光耀亚运

迎亚运职工文学作品创作专辑

《江南》杂志社 主编

中国民族文化出版社
北京

图书在版编目(CIP)数据

光耀亚运：迎亚运职工文学作品创作专辑 /《江南》杂志社主编. -- 北京：中国民族文化出版社有限公司，2024.5

ISBN 978-7-5122-1861-1

Ⅰ.①光… Ⅱ.①江… Ⅲ.①中国文学—当代文学—作品综合集 Ⅳ.①I217.1

中国国家版本馆CIP数据核字(2024)第078979号

光耀亚运：迎亚运职工文学作品创作专辑
Guangyao Yayun: Ying Yayun Zhigong Wenxue Zuopin Chuangzuo Zhuanji

主　　编	《江南》杂志社
责任编辑	王　华
责任校对	李文学
出版者	中国民族文化出版社　地址：北京市东城区和平里北街14号
	邮编：100013　联系电话：010-84250639　64211754(传真)
印　　刷	河北鸿运腾达印刷有限公司
开　　本	787mm×1092mm　1/16
印　　张	12.75
字　　数	200千字
版　　次	2024年7月第1版第1次印刷
标准书号	ISBN 978-7-5122-1861-1
定　　价	32.00元

版权所有　侵权必究

主　编
《江南》杂志社

组稿委员会
主　任：钱隽、朱雷鹤
副主任：陈富强、陈进、赵平
成　员：姚晓立、孟佳雯、邱东晓、朱迪、
　　　　张晓文、张衍圣、应敏、杜九江

光耀亚运

目录 CONTENTS

亚运之歌

1	亚运韵律(组诗)	/ 黄亚洲
3	我在亚运村等你(三首)	/ 张德强
5	亚运之光(三首)	/ 卢艳艳
6	杜苏芮与亚运志愿者(外一首)	/ 陆　岸
6	亚运在杭州绽放无与伦比的精彩(外二首)	/ 黑　马
7	掌　声	/ 再回首
8	灯光里的开幕式(三首)	/ 李传英
9	亚运叠韵(二首)	/ 苏　真
10	去拥抱风吧(外一首)	/ 沐　涯
10	点亮未来的火种	/ 孙玉荷
11	起飞的火蝶	/ 刘慧娟
12	这里,到处都是光的影子	/ 程亚军
13	从钱江潮的视线看亚运(外一首)	/ 正　觉
13	光耀亚运(外一首)	/ 彭建功
14	丝绸之路到杭州的距离(外二首)	/ 田冬青
14	当你遇见亚运(二首)	/ 子　木
15	每一朵荷的盛开(外二首)	/ 李　力
16	跑,跑,跑出一个光明的亚洲(外二首)	/ 沈志宏
17	2023,我的杭州亚运会光耀中华(组诗)	/ 杨　军
18	杭州亚运会(外一首)	/ 濮建镇
19	西湖的碧波荡漾起亚洲的晨曦(外二首)	/ 何永智
19	整个西湖,都在迎接亚运	/ 半　文
20	亚运情思	/ 邵　勇
21	迎亚运	/ 素心如玉
21	光明的赛道	/ 沈燕萍
21	杭州亚运会遐想(外一首)	/ 崔泽华
22	我在湘湖划龙舟(外一首)	/ 黄建明
23	穿行,一江水的世界	/ 陈雨声
23	亚运,以及一条奔向大海的江(二首)	/ 谷　耕
25	杭州亚运会	/ 洪昌庭
26	亚运之光(外一首)	/ 黄依童
26	杭州亚运会(外一首)	/ 刘洪泉
26	2023之亚运感怀	/ 如　一
27	启　航	/ 王杏芳
27	拥抱亚细亚	/ 寒　寒
27	别样的亚运火光	/ 王振东

目录

页码	标题	作者
28	喜迎亚运，光明同行	茉上秋
28	亚运之光照亮杭州	南方嘉树
29	亚运之光	褚 颖
29	光耀亚运 电亮文明	范彦嘉
30	光耀亚运 放歌电力	卢常海
30	亚运之光	苏 盈
31	光的舞章	唐汪翔
31	电力之歌，亚运之光	朱志成
32	浙之电 映亚运	乐 言
32	亚运之光	许丁林
34	杭州亚运会诗词八首	李正光
34	文明之光	杨建兴
35	光耀亚运（外一首）	沙 鸥
35	亚运与光明（六首）	范叶萍
36	青玉案·光耀亚运（新韵）	杨思怡
36	定风波·光耀亚运	穆紫荆
36	七律·杭州亚运会	韩启纲
36	诗词作品五首	赵琳娣
37	七律·绿电亚运（外一首）	蔡林辉
37	咏杭州亚运会吉祥物宸宸	王晴霞

电力之光

页码	标题	作者
38	给世界以光	蒲素平
40	向人间延伸的灯盏（三首）	辰 水
40	关于电的七个比喻	吴伟华
42	电力之光，雕琢澎湃的亚运彩卷	祝宝玉
43	光耀的电力工业（三首）	蔡启发
44	光的江南诗（外一首）	冷 冰
45	浑身淌着金光（三首）	黎 落
46	光耀世界（三首）	龙小龙
47	火红的奔赴（四首）	刘淑清
48	眼见为实——水与电的日常（三首）	达 达
48	灯，为他人而亮（三首）	金指尖
49	从东海到塔里木河	江仲民
50	飞向遥远（三首）	王学海
51	来自未来的人（外一首）	张建新
52	倾听光的声音（三首）	周西西
52	光耀亚运，是写给浙江电力人醉美的颂词（三首）	路志宽
54	一度电的激情（外二首）	夜 宇
54	光电让幸福如此清晰（组诗）	则 平
55	追光者（三首）	李 勋
56	掌灯人（三首）	王从航
57	致敬光明卫士	言一文
58	电之魂（三首）	关 岛
59	世界上，所有的光都是相通的	郭 香
59	一束光的思想（外一首）	厉 雄
60	向劳动致敬	许少君
61	栖身光明的人（三首）	吴张睿
62	"瞧，是我给它们牵的红线"	何文锋
62	光耀亚运（三首）	其 然
63	电是电力工人的血脉（三首）	许庭杨
64	电力人（外一首）	长安肆少
65	像电一样奔跑（三首）	周 萌
65	他们和人民用心交融	李 振
66	电（外一首）	叶小兵
67	诗二首	周建好
67	高压线上的光源	烟雨江南
67	乌镇无眠的夜	汪敏东
68	光耀亚运	王美林
68	雨后的晚霞	郭奕标
68	煤油灯	钱 林
69	浙送少年志	李 栋
70	一盏灯	王晓露
71	黑夜里掌灯的人（三首）	李志俊
71	光明行	严辉文
72	他们，为亚运点亮指路的星星（三首）	王万胜
73	零点检修	龚鹏兵
73	倾注伏天亮瑞的人	黄庆绸
73	徽	冯美芳
74	星星，是太阳洒落的汗水（外一首）	陈勋伟
75	初心为梦	胡 伟
76	电网有你 四季可期	刘 帅
77	亚运风采 光耀未来（组诗）	夏 风

78	浙电人谣 / 陆夕蒙		107	一团火(外一首) / 宁　肯
79	光耀亚运 / 王晨光		108	跃动北塘河 / 祝美芬
79	火　炬(三首) / 叶彬成		109	三江的风移动着温柔(三首) / 沈国龙
80	声音的浪潮 / 筏　子		110	我属于这条舟(外一首) / 高迪霞
80	电力人,我为你骄傲 / 林尚岳		111	亚运时光,上城的最美表情 / 聂振生　聂楚桐
81	你是春天里的一抹绿 / 殷　俏		111	亚洲的时刻(四首) / 曹　林
82	亚运有我,保障无忧! / 倪国平		112	新时代的一曲钱塘长歌,
83	致红船服务队的兄弟们 / 陈　慧			宋韵与亚运之音和鸣(外一首) / 黄爱国
83	杭州电力,让亚运别样精彩 / 孙泽平		114	等一盏圣火(外二首) / 朱振娟
83	电力迎亚运,与你同闪亮 / 陈艳霞		114	杭州情怀 / 贾　虹
84	熠熠光辉照亚运 / 金涟绮		115	盛开的梦想(外二首) / 费宾秋
84	浙电人,护卫之江发展的一抹明光 / 季定帮		116	寻 / 冯惠新
85	光耀亚运　放歌电力 / 傅晨琦		116	一条江,两个湖(外一首) / 许也平
85	光耀亚运　建勋有我 / 于欣楠		117	有关亚运的杭城组拍(三首) / 王洛枫
86	情昭风雨彩虹 / 杨　泳		118	茴香枝和西子 / 杨　锦
87	浙电之光 / 郁镇玮		119	一起向未来 / 李迅雷
88	月　光(外一首) / 朱奕琦		119	与你共赴亚运之约 / 宋兴蓓
88	电力之韵 / 宋美雅		120	美丽江南　亚运起航 / 叶旭勇
89	点亮明灯 / 李　茜			
89	水龙吟·电力圆梦(外一首) / 连查龙			
90	诗三首 / 韩建飞		## 杭城之忆	
90	诗词五首 / 潘玉毅			
91	放歌电力诗词(六首) / 江昌林		121	小学是条塘,中学是大海 / 孙昌建
91	绿色能源二题 / 姚金宝		131	杭州人物志 / 陈富强
			140	城南年味(外一篇) / 帕瓦龙
			145	我与两个杭城人的故事 / 岑建平
## 宋韵之地			148	游西湖感遇"西子" / 许建康
			150	杭州随笔 / 陈飞月
93	亚运之地在江南(组诗) / 冬　箫		152	路过西湖 / 周玲雅
95	行记杭州(组诗) / 高鹏程			
97	杭州的一天(外一首) / 慕　白			
97	湖　畔(三首) / 张巧慧		## 光明之缘	
98	杭州四首(组诗) / 朝　君			
99	杭州:亚运之书 / 许　岚		154	青山着意化为桥 / 陈　雄
99	围涂人(外二首) / 莫　莫		159	中流击水缚苍龙 / 郑卓雄
100	欢迎信(外一首) / 微雨含烟		169	南麂光明礼赞 / 谢作尾
101	莲花碗(组诗) / 小雪人		172	电之缘 / 张利庭
102	天上地下,那些执灯若星的人(组诗) / 周星宇		177	飞行记 / 蓝莉娅
104	请让我为你沏上一壶安静的龙井茶 / 麦　颁		182	梨花开遍高田坑 / 林新娟
104	在亚运之河摇橹千年宋韵(三首) / 李沅哲		185	柴火炉消失了 / 黄丹凤
105	最忆是杭州 / 林　平		188	千峡湖底下的记忆 / 刘远平
106	一朵莲虚怀以待(外一首) / 乔　宁		190	亮　光 / 李长健
107	莲花,生命的鸟巢 / 王　毓		194	我的魔法师爷爷 / 陈　怡
107	杭州之幸(二首) / 金建新			

亚运韵律（组诗）

◇ 黄亚洲

杭州写给亚洲的一封信

能听见杭州在呼唤吗,
我的东北亚、东南亚、南亚与西亚的朋友们?

这里是杭州,杭州正在以亚运与友谊的名义
呼唤你们
知道杭州吗,朋友们?
杭州是中国伟大的运河完成征程的地方
杭州是太平洋走近时能掀起惊天大潮的地方
杭州是出产动人的中国爱情故事的地方

知道杭州吗?
杭州的活力四射,一定能使朋友们欢欣不已
是的,我们杭州,有岳飞直捣黄龙府的英雄气概

我们杭州,有钱王拉开大弓射退一江潮水的豪迈壮举
就连杭州最婉约的西溪
龙舟竞赛的战鼓,也在每年震天动地
就连西子湖畔最妩媚的柳树
也都梳着整齐的运动发型

来自东北亚、东南亚、南亚与西亚的运动健儿们
我相信,你们还没有来到杭州这个充满活力与热情的城市之前
就已经听见了同样充满活力与热情的杭州人民的声音

是的,杭州人民将从月亮上摘下无数的桂花洒向你们
杭州人民将捧着西子湖,牵着大运河,舞着钱塘江欢迎你们
杭州人民将举着自己亲手创造的
智慧城市、科创城市、电子商务城市、品质城市这些叫人羡慕的荣誉
自豪地欢迎你们

朋友们,杭州人民对你们的欢迎是发自内心的
因为,你们将给我们这座城市带来新的

活力
你们跳高的撑竿,将撑住越王勾践擂响战鼓的这片土地
从而给杭州带来新的高度
你们的远距离投球,一定会把热情与友谊,精准而响亮地
投入杭州这个篮筐
让中国大运河的浪花,一片沸腾

所以,我们张开双臂,热情地欢迎
全亚洲的运动健儿
由于你们的到来,我们杭州,将与
"更快、更高、更强"这些激动人心的词汇
永远联结在一起
由于你们的到来,2023这个注定不寻常的年份,将耸立成
我们杭州前进征途中,一个
激动人心的里程碑

就让这一刻快些到来吧,朋友们
杭州正在建设的比赛场馆、亚运村,都像鲜花一样
一大群一大群地绽放了
就让2023年的9月快些到来吧,朋友们
让预示着胜利的发令枪,更早一些
在杭州打响吧
就让杭州的西子湖,成为
亚洲的一只水汪汪的大眼睛吧
就让亚洲的这片土地,更加清晰地
发出钱塘大潮的震天巨响吧!

杭州运河亚运公园:十八棵罗汉松

我是在遥望大草坪时,看见
那十八棵郁郁葱葱的罗汉松的
显然,那些松树都还在童年
导游说那是花园岗村的村民临走之时
依依不舍种下的,他们想要
留住一个村庄的念想
他们走了,他们把祖祖辈辈的土地献给了亚运会

准确地说,我看见的应该是
十八座罗汉松形状的
青铜纪念碑

准确地说,那村庄也没有消失
虽说她现在的准确形态是:
接连不断的大草坪、长桥、花海、人工湖,以及
宏大的国球中心、造型独特的"杭州伞"曲棍球场

花园岗村的村民是好样的
他们一下子就献出了土地,但
他们说,他们依旧是村民
他们是亚运村的村民,他们是地球村的村民
他们,很愿意把祖祖辈辈唱着的劳动号子,升级为
冲击金牌的呐喊声、赛场的欢呼声、颁奖台的国歌声

离亚运盛会只有一百来天了,工人们在做最后的装修
但是,导游依然说起了花园岗村,依然
把十八棵罗汉松指给我看
导游的眼里隐隐含泪,他深深知道
中国农民对土地的感情

当然,他也知道,如果这些土地
能够获得友谊、意志、拼搏、和平的大丰收
中国的农民会更加乐意
中国的农民,最知道什么庄稼是优质的
最知道一个成熟的民族,在金秋
应该有
什么样的收成

亚运,我们的热身已经开始

亚运会尚未开锣,但是我告诉你
真正的比赛已经开始
这里的十二个羽毛球场与六个乒乓球台龙腾虎跃
这里是亚运公园的全民健身中心大厅
杭州的群众开始抢跑
但是不算犯规

这是源自一个城市内心的热身,显然
亚运精神已经先期抵达
这里拼搏、鏖战,鞋底的尖叫、扣杀的呐喊
全都齐备,只缺
一面国旗,在领奖台冉冉升起

现在,钱塘江,或者大运河,或者

西湖九溪的水滴
正从业余运动员们的额头与后背流下
我看见他们急速的步伐,像极了
那些棕色、黄色、褐色、白色皮肤的正规选手
只是他们喊出的"加油",都是
纯正的汉语

现场,我还看见一个年仅十岁的乒乓球高手
我笑问他来自哪个国家
他回答我:拱墅
小运动员的声音尖锐而肯定
但我后来认真查了亚洲全图,一时
没有找见

亚运健儿,你们就是杭州的风景

我甚至会有这样的遐想
耸立在我们西子湖里的三个印月的石塔,是否
就是你手中三次飞出的铁饼,你让它们
飞到了我们国家的宋朝?

哦,你这位来自西亚的运动员,我多么喜欢看见你
在我们杭州,旋转你铁一般的身躯

我甚至会有这样的遐想
在我们杭州著名的"双峰插云"之间
横上一根标杆
你会不会冲过去,一跳而过
留下一只黑天鹅的矫健的身影?

哦,你这位来自南亚的运动员,我多么喜欢看见你
在我们杭州,扇动你冲天的翅膀

我甚至会有这样的遐想
我们的那座负有历史载重的雷峰塔,是否
就是举重馆你咬牙挺举的那副最后的杠铃,你也
跟我们一样愿意,让压在塔底的白娘子
重见天日,再回断桥
从许仙手里,重接爱情的雨伞

哦,你这位来自东亚的运动员,我多么喜欢看见你
在我们杭州,呼喊奥林匹克的
"更快、更高、更强——更团结"的格言

多好啊,还有一百多天,你们就来了
你们会把我们杭州的柳浪闻莺、苏堤春晓、曲院风荷
在桂花飘香的日子里,搅得
繁花四溅,五彩缤纷

多好啊,由于你们的到来
我们杭州的风景,就是全亚洲的风景
你们的腾挪、飞跳、旋转、冲刺
都是我们杭州的
百媚千娇
你们在领奖台上,那只高高举起金牌的
手臂,就是
我们杭州的最美丽的
保俶塔!

我在亚运村等你(三首)

◇张德强

亚运福娃

街心公园树荫下,草地上
三个活泼可爱的小伙伴向我奔来
你们好,亚运宝宝
葵花般的小脸蛋
在秋日艳阳下灿烂绽放

我认识你,一身明黄的琮琮
冠冕上绘有千年纹饰
来自良渚遗址
吉祥物玉琮象征中华古代文明
是杭城的典雅馈赠

莲莲,一个青绿秀丽的女娃
你头顶一片荷叶
在西湖边翩翩起舞
三潭印月的石塔恰如你扎起的小辫子
欢迎亚洲健儿前来比拼

你好宸宸!我牵起你的小手

沿着京杭大运河漫步
你帽子上涌现的钱江潮头
以蔚蓝色浪涛
形容赛事汹涌澎湃，奋勇争先

心心相融，走向未来
孩子们的愿景
以烂漫秋色和金桂馨香
拥抱来自亚洲各国的体育健儿
走向和谐共赢的美好明天

超级莲花碗
——写在杭州奥体中心

雄浑嘹亮大气磅礴的一曲
交响乐，渐渐凝固
五线谱上纷飞的音符
化作莲瓣花蕊，绽开饱满的笑容
当脚手架褪去
她已出落成了一朵巨荷
虽无亭亭玉立，却显清雅温婉
浮现于钱塘江南岸
像一首深情浪漫的抒情诗
正无声地吟诵

几年前，这里还是
农田旷野和一片荒凉的江滩
如一页白纸，可绘最新最美的图画
绽放迷人的奇葩

当朝霞被挖掘机的轰响吵醒
吊塔林间的哨音
代替江南莺啼与鸟鸣
当头盔下的汗
闪烁着青铜的光泽
泥浆把工装变成了迷彩服
就会有蓝图发芽
就会有建筑长成蓓蕾
含苞欲放，献给第十九届亚洲运动会
一大捧花束

这是杭州赠送的礼物
以丝绸之飘逸，茶桂之馥郁

奥体场馆在
西湖之侧钱塘之畔盛开硕大莲朵
比杨万里、朱自清笔下的更美
更矫健更灵动
今天，这只超级莲花碗就要
为世界体坛端上一餐
丰盛的宴席
让灵魂震撼地精致享用

我在亚运村等你

当你风尘仆仆
走下飞机的舷梯，用惊喜的目光
打量这片陌生的土地时
我会走向你
以一个青年志愿者的名义
帮你拉着行李箱
引导你登上大巴，前往亚运村

我在杭州等你
开幕式的火炬把你的热血煮沸
运动员队伍入场的步伐声
踏响参赛的浩歌
我听见，你青春的誓言和激情
在体育馆上空久久回荡

我在赛场等你
看矫健的身影活跃在
跑道、球场、游泳池、体操馆
我愿意为你当翻译
让你与裁判、教练以及其他选手
自由交流
还想教你学中文说汉语
高喊友谊长存

我在亚运村等你
当你赛后拖着疲惫的身子回来
我会送上亲切的问候
食堂有可口的饭菜
请慢慢用餐，细细品味
而后在舒适的床上睡个好觉
亚运村让你有回家的感觉

来吧！亲爱的朋友
让我们心心相融，携手共进
愿你的亚运忆，中国忆，江南忆
——最忆是杭州

亚运之光（三首）

◇卢艳艳

亚运之光

亚运之光，交融于眼中
一次又一次的坚持
在激发，被深藏的拼搏精神与信念

仿佛一切正在归来
只要千分之一被挖掘，便可视为
那些发光的脸孔，就是我

眉眼里有穿越黑暗的光
每被一个人看见，它们
就完成一次新生

并足以使一切
悄无声息地扩散，即使
一次次失败，遇到的每个场景

都是将不朽之精神复制的模型
不必年代久远，就能成为
纪念品，在热爱生命的人们体内传递

在观看者的眼中发光
一旦置身闪耀的舞台
不再用于探究，而是用于证明

不可回收的力量，瞬间迸发于
纵横交织的光芒之中，不时展示着
伟大时代，一个又一个细节

致

为了看不见的电流能够四通八达
你在铁塔上仿佛一粒
停在空中的尘埃
想到你所在的城市因你而辉煌
引来一拨又一拨
激情澎湃的人
用以反复强调
生命创造生命的多样性
飞越、攀登、摆荡……
用以说明和展示
生命抚触世界的方式
你无暇顾及一只鸟，擦过你的肩膀
一个风筝在你身边扶摇而上
——这是有形之物
风吹不动你的头盔和脚扣
就在无形中，钻进你的脖子
你忙碌，无暇感知它
是热，还是冷
是远道而来的客人，还是
左邻右舍。汗水滴落时
当一场盛会通过欢呼与喝彩
向一粒尘埃致敬，你于是有了
大于自身千百倍的快乐

亚运之夜

夜幕降临。城市熠熠发光
像亘古的珍宝不能损坏
让人忘了，实际上，时间的磨损
一刻不停，像一块不能看见的砂纸
擦拭着所有。而亚运之夜
是一段永远崭新的时光
在这里，那么多人像珍宝一样发光
不是本身为命运赋予了价值
而是通过不停拼搏，彰显了
闪耀的信念，个体的短暂
串成一条漫长的弹力绳
只有拉伸时，测试出隐藏的承受力
超负荷的练习从未停止
为了让生命在碰撞时，愈发变得明亮
走进去，找到自己的位置
层层叠叠的看台如同一朵盛开的花

在爱与包容搭建的空间里，你难道
不想重新开始属于自己的未来吗

杜苏芮与亚运志愿者（外一首）

◇陆 岸

杜苏芮，那么动人的女孩名字
她在沿海登陆那天
作为亚运志愿者——升旗手
儿子正在杭城一体育馆训练
他挥汗如雨
杜苏芮也陪他挥雨如汗

一个二十岁的青年人
他浑身火热
而大洋上远道而来的杜苏芮
她遍体清凉，却也热情如火

他跑操溅起一个个小水花
她用越来越大的水花来一一回应
青春像台风一般热烈
但台风坚持不了多久——

一个青春被亚运点燃的人
在骤雨初歇时
仍把一面鲜艳火红的旗帜缓缓升起
而杜苏芮会很快转身
越过东面的山冈

对 手

奔跑，跳跃，投掷……
在绿茵场上，在水中，在赛道里……
用规则，用骄傲，用尊严……
究竟什么是更快更高更强？

在西子湖畔
各国选手如钱塘江浩荡而来
又浩荡而去

人类从未战胜过自己

而对手
照着湖中之影
正站在孤山之上

亚运在杭州绽放无与伦比的精彩（外二首）

◇黑 马

风云际会的亚运在杭州开篇
灵隐寺的钟声
激荡水天一色的西湖
在运动和科技的互文里锻造矫健的身姿
让华丽的身影抵达宽广的自我
让自行车、铁人三项和马拉松游泳
抵达亚运精神的深处

鱼米之乡，人间天堂
江南之魅，亚运之光
向远道而来的人深情地诉说着
心心相融的吴语映衬了全世界的心声
用身体演奏生命的交响
互相支撑，散发出人性的光辉
南国气韵与梦之花
折射出一座历史名城的人文记忆

心心相融，@未来，以光明，以梦想
构筑梦想、辉煌或蓬勃
重塑"人"字汉语魅力，向亚运致敬
让时代、人文与运动三重叠加的神韵
百花芬芳，百鸟旋转于西子湖畔的潮声之中
弥漫着、浓缩着亚运杭州的锐意开拓
呈现一场宏大的亚运盛会
它的帷幕已拉开……

自行车的神圣之光

亚运。自行车的童话和梦想
一起绽放光彩，经久不息的欢呼声
风驰电掣，飞翔的自行车，像一道彩虹
在挥洒汗水的光与影中
你的勇气和力量，像一种捍卫

那优美的抛物线，引领我们走出困境

自行车汇聚成家族的聚会
亚洲共用了一道神圣的光，带着古老的呼吸
从不言败！一次次穿过漫长的征程
用真诚的微笑，融化冰雪
用奔驰的闪电，照亮未来

自行车还在飞驰，那回荡在空气里的掌声
久久没有平息下来
仿佛静止的画面，定格了荣誉的兑现
我们都拥有爱，一起向未来
犹如一个惊叹号！正打开一个旋转的梦
有着对飞驰最终极的向往

马拉松游泳的水花

像角力，一个人与整个世界
到中流击水，你的美旋转于亚洲的中心
在视频漫长的回放里
你更像大海里最兴奋的海豚
绽放出永恒的光芒，忘记了流浪

以勇士之名，勇者无惧
用流线型的身体，演奏生命的交响
你饱满的激情犹如无法松弛的琴弦
带着光亮，奋力拼搏于蔚蓝色的水域
又或者，冲击在宇宙的浩瀚之中

你是马拉松游泳中的海豚
你有晶莹剔透的腰身
当激起的水花，缓缓收拢于身后
在国歌响起的刹那，伴着喜悦和泪水
被掌声和鲜花淹没的呼吸里
幸福舒缓而悠长——

在国旗升起的刹那，在镁光灯的照射下
金牌闪闪发光，抵达你的眼眸
幸福而自由地绽放

掌 声
——亚运侧记

◇再回首

火炬，在熊熊燃烧
掌声，一直在杭州回响

即使，我是最后的跑者
也无愧于信仰的脚步

奔跑的其实不是运动员
只想，把火炬举起

既然作为一名刀锋战士
奔跑，只为我梦想

有一束光，和平地看你
只因为，有我在奔跑

亚细亚的家庭，闪着泪光
不单单是有些苦难

梦中的期望只是回家
就是回到了家乡的泥泞

下一刻，我能否活着
还是与炮弹共舞？

我喜欢在杭州的日子
更喜欢那些真诚的笑脸

或许，我该化为记忆
把杭州，深深想起……

灯光里的开幕式（三首）

◇李传英

灯光里的开幕式

从灯光开始的，一切都是
一束光跟随着舞蹈，语言
时间是一条明亮的线

整座城市陷入一场盛大辉煌的盛会
每一扇窗口，每一座房子
都被柔和的灯光填充着
充实并且温暖

此刻，守护着高塔的人
有的穿梭在高山峻岭之间
有的在荒无人烟的地方
他们没有人谈论正在进行的开幕式

甚至没有人打开直播
他们紧盯着一条条去往城市的电线
把稳定的电流
静静输送到城市的中心

开幕式美轮美奂
现场的人高呼，沦陷
守着电视屏幕的人，同样在一场盛会里
体会到美，和不可以言说的瞬间

站立在旷野里的高塔

最先看到的是站立在旷野里的高塔
他们比天空更容易
进入我们的视野，更容易和铁路线
成为朋友

比赛正酣，每个人都守着自己心中的明月光
加油，祷告
唯独这些铁塔不会有偏倚
他们保持着固定的姿势

和偶尔飞过的灰喜鹊
谈论晚来的雨水，静下来的风

广阔的田野里，成片成片的玉米正挥舞着手臂
欢呼和呐喊
为一场胜利，取出身体里所有的绿

巡视每一根电线的人
在高高的塔顶上，和天空互为影子
他们有着比头顶的聚光灯
更明亮的眼睛

路灯下安静下来的城市

轰隆隆的机器没有停下来
还在加工着弹簧
巡视机器的动作是否规范，是否符合今夜
开幕式上热闹的场面

是的，加班之后要去开幕式现场转一转
哪怕是已经结束
都回归到原本的轨道，只在酝酿着明天
惊心动魄的赛道

远在他乡巡视着高塔、电线的爱人
还行走在荒无人烟的地界
还守护着城市的灯光
守护着一座城市的温暖

路灯下安静下来的城市
也有模糊的睡意
偶尔穿行的人，穿行的车辆

这些不知疲倦的灯光，为夜行人的行走
给予了无限的力量
从取景框里找出唯美的一张
发给远方的爱人
看看他守护着的城市静美
明亮

亚运叠韵（二首）

◇苏　真

亚运村镜像

1

事实上，关注运动员的速度远不及关注运动衣
灯光很容易让人陷入色彩的诱惑
带有虚构性的线条，把光分解为多种调性
我喜欢的蓝所热衷制造的汹涌诗意泛滥
至于栖息在某处的松鼠偷听来的下一季，总是产生
不够的幻象

谁说不是呢，搭一种光的风景就有一种说不出的风韵
灯影赋予运动员的光环，总是具有更多的蜕变性
而命理中的曲线，随着电线杆拓印在大地上的影子
仿佛都在曾经练习过的沧海里
哭着，笑着，前进着———

2

操盘者的哨子被白纸黑字奉为神
几许隐秘，几许销魂，几许招摇
有人在开始前，放开。有人在结束后，放开
手执黑白棋子的裁判员，把公平打在棋盘上

血脉中的公正何须路人的耳语
"世界因为照耀而充满竞争的快感"
多么奇异的寂静上，于无声处布下的惊喜
只需要在运动场的枪响，便会随着电子大屏幕的
呼喊
成就世界的唯一

而他（裁判员）和他的同伴们
是这场盛宴的规尺和永不消失的芳草青

3

跑道上的格式紧贴着欢呼声
拍照，摄像，剪辑师忙于确定计时
与我们庸常所见的有诸多的出入

我试着从不同的角度诠释速度与激情的碰撞

接力棒传递的钥匙，弯腰才能更容易接近原野上的
豹子
接下来的短跑，敲开了谁的禁忌之词
亚洲人喜闻乐见的名字，在跑道上画出直线运动
我在不断更迭的数字屏幕上，赞叹电力工人精准而
纯粹的服务
他们仿佛无处不在，又仿佛从来没有来过
"让灰烬安静地升起"，犹如
年深日久的结果

亚运会吉祥三宝图鉴

1

按照正确的时间导航，最抒情的"江南忆"
物化着大运会的吉祥三宝。我挚爱的蓝，来到拱宸桥
的"宸宸"中心
暗藏的电机推动光影中的呼吸，点燃孩子们对于一
座桥的热忱与热情
额头上的绿我叫它石头，以它开启的京杭大运河
早已历史认证为时间的纪元

"用来连接各大街道的桥梁，桥拱高调、建筑精巧"，
世界在接到马可·波罗的
鹅毛信时，也昂起对于杭州的敬仰。至于后来者在桥
上构建的彩虹
电光四射的精致，延续了时间的饥渴
并因此证明"宸宸"在此刻辉煌的篇幅

2

我必须澄清，与西湖之间的情愫源于钟情于
一个叫"莲莲"的机器人和她周身的光芒
她的绿帽子让我从此摒弃了原生的嫌隙
我是如此渴望拥有这样的鲜衣怒马，拥有她的碧波
荡漾和她安静的迎接
以及她的笑靥如花。那么那么渴望在一束光里
我与她拥有可以重叠的爱情线与生命线
不带任何抒情的虚妄，只要无限接近彼此
并成为她"莲"的澎湃与青青

而启动我与"莲莲"的按钮，就在心脏的位置
"暴风雨像漏斗和旋涡般越来越小"，亚运村沐浴的光
把光与电汇合直达古诗词中风景之最的根基
"莲莲"我预定你的来世可好，你和我在同频的电流中

完成对于西湖不朽的描述

3
"琮琮"的黄与中华的皮肤黄,灯光下呈现的真相
再一次验证古良渚城邦的时间简史。相对论在玉器的同心圆中
以腐朽和永恒的两种方式迎接检验

在相同的圆心里,放上灯盏
在不同的维度中,发出光束
空间是时间羽化的器皿
在方正中画出园田
在圆润中坚持方方正正

而我们长久地注视着被泥土掩藏的善意
必然会在围成的光圈中,唤起来自良渚文化的美好
天空下的亚运村宁静而伟大,我与这个叫"琮琮"的
机器制造合影
光阴中唯一的杭州亚运标记

去拥抱风吧（外一首）

◇沐　涯

站在起跑线,去拥抱风吧
当发令枪释放你胸腔的火焰

当所有人的目光,在呐喊中凝望
你的信仰,已对准前方

赛场上,你努力喊出身体里的声音
呼啸的风与你呼应,所以你试图——

说出一枚箭镞,飞驰的速度
测出一颗流星,运动的轨迹

为了印证多年来的修行,你一次次
经住时间的敲打,忍住时间的沉默

纵然跑道上的影子,匍匐在地
可你坚毅的步伐,却丈量了大地的经纬

每一步落下的脚印
都是源于你多年来苦心孤诣的修行

消逝的指纹
——致跳水与游泳运动员

填满一块石头,就必须先侵蚀它
可以是风,可以是雨
可以是,石头本身

若是要填满身体,也无非是这样——
比如手上的指纹,受困于水中
历经日复一日的浸泡,侵蚀

起初,掌心只是蒙上一层薄薄的雾
后来,掌纹逐渐发白,像失血的后遗症

直到,螺旋的指纹在水中消逝
直到,刻在手指上的密码
无法再破译

是的,他们是水中泅渡的勇者
他们有水一样的属性,而澄澈的水中
有他们澄澈的爱

点亮未来的火种

◇孙玉荷

1
也许一束光的力量
微不足道
也许一滴汗的付出
无足轻重
也许一份爱的奉献
波澜不惊
然而,亚细亚四十七亿人的
心动和拥抱
让赛场上争先恐后的剪影,有了气势如虹
的超越

牵手钱塘江的潮水，以百米冲刺的
速度，呼啸而来
你（浙江电力）
用奔跑了一百二十七年的洪荒之力
刷去黑夜的黑
让光明更加精神抖擞

2
相约
一次次冉冉升起的国旗和高奏的国歌
穿越一条条载歌载舞的
时光隧道，盛世伫立
一块块奖牌就是你用力摁下的
一个个闪闪发光的指纹
以独一无二的方式
一笑倾城

穿越人声鼎沸的星河，紧紧抓住
划过额头的蝉声。撑起亚运会十九岁的
花季，绽放
因为有你点燃太阳
整个杭州城盛开了万紫千红的青春

3
醉在西湖喜笑颜开的皱纹里，在浪花中刻下你
凯旋的澎湃
指尖轻点，无数个不眠之夜的液晶屏绘出了
不同肤色的音节和相同的
风采

解开"拼搏、坚持、信念"的密码和
放飞翱翔的光明
让梦与爱
用心交融，互相包容，在灯火阑珊处
相拥

4
因为有闪电的力量，才能与
风雨同行
因为有燃烧的梦想，才能与
日月同辉

高举火炬心跳的旋律，点燃沾满期待的
跋涉

救赎一场风云与风云的邂逅
在你掠过天目山高峰的前夜，我看到
人类在开始钻木的那天就攥紧了
点亮未来的火种

起飞的火蝶
——致中国·杭州第十九届亚运会

◇刘慧娟

一粒神圣的火种，叱咤着
从良渚古城遗址大莫角山起飞
连同"中华第一城"那一抔黄土
它像一只光芒万丈的翩翩火蝶
承载五千年的中华文明与信仰
它飘逸如云裳，庄重如高峰
飞翔，瞄准闪亮的中华星座
前进，展现民族气血如火如荼的豪勇

那一声来自中国杭州的热情召唤
氤氲桂花的烈焰，芬芳令人动容
青山绿水爆发出欢乐的呐喊
亿万颗心脏怦怦而动。其实
那不是简单的第十九届亚运会
那是生命的真谛擂响了青春战鼓
有来自昆仑的灵芝和沙漠骆驼
有来自高山的雪莲及森林之狐
你看，矫健的骏马扬起自由之蹄
灵巧的射手，驰骋于逐鹿的队伍
每个项目都是令人深思的寄语
有花朵的思考，也有民族谣曲
有繁荣的叙述，也有山河妖娆

打开窗户吧，让世界同时聆听
新石器敲击史前咏唱响彻山谷
让四面的清风徐徐吹来
火的呼唤与呼唤之火一样生动
让纷至沓来的足音环绕西湖
倾听许仙与白娘子持续诉说的坚贞
湖水的声音就是心灵的声音
那时，碧莲与文竹都将燃烧
赛场上激情四射的律动将成为一种回声

山河与传说,在欢腾中依次明亮
叹息,早已被球员踢进了球网
是的,生命亟须竞技场上的振奋
哪怕时不待我,也要扼住降临的黄昏
在晨昏分界线,悬挂中国精神
正如光明使者,时刻将照耀当己任
拧紧中国特色与亚洲风采的铆钉
赋予新世纪运动会绿色的光明
四十五面旗帜高高飘扬起灿烂的笑容
那场举世瞩目的运动会异彩纷呈
赛场上,红花与绿叶都是发光体
与四百八十二块金牌一样金光闪烁

所有的心,都因光明而从从容容
"智慧大脑""智能亚运"燃烧着火的激情
那首光明颂,已装进裁判的发令枪
月光黯淡,无数颗心明亮起来
群山欢呼,人们奔跑雀跃
风怂恿阳光,阳光赞美电能
那场举世瞩目的赛事成为最美的记忆
成为光明使者抒发时代的隆重抒情

云彩热情奔放,精神热情高涨
杭州牵引着全世界热切的视线
人们用友谊和真诚奏响心灵之歌
万物生机盎然,新的历史悄悄构成
如同新增的"电子竞技"及"霹雳舞"
以新的形象张扬原始野性的风流

这仅仅是一幅图画或一支歌
比赛不会就此结束,而是开始
火蝶的翩翩鳞翅会振兴多维思索
让我们笃诚地表达中国情谊吧
采长江与黄河的滚滚波涛当作微笑
用海的激情与高原雄风制作信物
给 2023 年 9 月的亚运会最美的纪念
用未来嘹亮的欢呼,装饰伟大瑰丽的中国梦

这里,到处都是光的影子

◇程亚军

当我抬头,顺着平原上的风
最先看到远方的铁塔、琴弦
顺着弧形的琴弦,找到之江大地上的大型风力发电厂
看到清新的风,精确的劳动,能量的赞歌

简直是一种伟大创造:"电"的翅膀扇动着
飞过高空,跃过沧海
用光对接一次起源于百年前的盛会
这里,每处都充斥着电的诗意与能量
万物与光同框,电力与歌唱并行
吹拂之江大地,亚运一词正被悄然照亮

我同时也寻找运动健儿的运动之光
步伐动起来,如风一次次刮过火热运动场
风驰电掣,取出风、电两字,对应
我先前的一次次放歌

南方的艳阳播撒下光的种子
可以用来生火做饭
1 万块光伏板装在
亚运村万人食堂的屋顶

不辱使命的光
化身为环保的"使者"
"机场 + 轨道 + 电车"
铺设低碳出行交通格局

人群里的普通人,带来了光
在这个夏天,他们完成了
1048 个亚运配套电力工程
3298 项电网重点设备治理任务

当然,最灿烂的光来自人的心底
自下向上,弥漫着
你的微笑是一束光
你的一次志愿服务是一束光
你的全程参与也是一束光

这强大的光源，让整个亚洲动起来
以美丽的杭州西湖为光的轴心
"光从远方来，跨越山海……"
"有朋自远方来，用光之躯，点亮亚运精神……"

是他们谱写一曲光的颂歌，汇入亚运，汇入世界
把美好愿景收集在心，把激情能量收集在心
天空是旋转的，江河日夜奔腾不息
这里是亚洲明亮激荡的部分
亚运之光，亚洲之光，世界在聚焦
又怎能不一次又一次地想起
日夜输送能量的远方的电力劳动者
这一切工作情景中的精确、诗意、辛劳的部分
这最值得赞美的歌中之歌

从钱江潮的视线看亚运（外一首）

◇ 正　觉

今日
我沿着钱江潮奔涌的视线
望向亚运的方向

那里有钱王射出千年的利箭
和良渚儿孙新雕琢的玉琮
还有
一艘跨湖桥追逐梦想的小舟

至于织女新编织的彩带
正飘动在莲花碗的上空
那种柔软、谦逊和热情
恰似潮水的洒脱、热烈和包容

如果，此刻的视线就是我的双臂
那么我必将这样的情愫
拥抱入怀

霓虹灯

当夜幕降临

你的光亮中
闪烁出城市的另一种姿态

红黄青蓝紫
交替演绎光的潜能
恰如所有沉潜的梦想
在这一刻
也舞动出五环的能量

这样的亮色，是杭城的
色彩也是杭城的
而梦想
却洋溢着中国的温度

光耀亚运（外一首）

◇ 彭建功

东方大地，吹响了十九届亚运会的号角
那些星星开始紧锣密鼓地布置场景
浙江电力铁塔的汉子，肩负起重任，挑着一条条银龙潜行
那些摘星星的人，手缚乌云中的闪电注入大地
将光与热，送进千家万户，他们身后都有彩虹的光环
一首《亚洲雄风》，经久不衰，一种精神至高无上
也是一种人类的文明，维护着世界的和平与繁荣
心灵间的火花，传递着爱的信息
亚运，亚运，浙电为你保驾护航

电流的赞歌

能的转换，爱的传递
浙电将光和热送进千家万户，亚运精神传递爱的种子
风，水，光……是电的源头
德，智，体……是人类的文明
杭州十九届亚运会即将召开，十四亿人的荣誉
亚洲人的骄傲，一颗颗心织成一张璀璨的星空
亚运会馆的灯光，复制了一截银河
凝结着那些摘星人的梦境，犹如亚运精神
是人间一盏和平之灯，电流的赞歌

光耀亚运

丝绸之路到杭州的距离（外二首）

◇田冬青

为了测量它们的距离
我动用了千米，米，分米……
又小心翼翼地把它们清零

在一幅中国地图前独坐
丝绸之路到杭州
地图上每个点到杭州
都成了零距离

我用最不擅长的算术
把丝绸之路到杭州的距离
加了又加，算了又算

柴达木盆地加上嘉峪关
再加上黄土高原
新疆哈密加上巴楚之地
光伏加上风力
等于杭州亚运的璀璨

把初心写在高塔上的人

他们是整个电力的主笔画
把自己写在繁华都市、僻远乡村
烈日下，冰雪中
用银线，编织成的网有阳光的味道

试电笔、电工刀、老虎钳、绝缘胶布
都是他们最擅长的标点符号
做过宾语，也做过谓语
主语是一座座高塔
一百二十七年来，最后的落款只有四个字
不忘初心

成为电

"电正在来的路上，山路太遥远"
多年前，母亲的这句话

是一束光
我追着这束光奔跑
一直跑出小山村

其实，我最想成为电
不是闪电，是源源不断的
是能让老屋的电灯泡不灭的电

在昏黄的电灯下
童年的忧郁、山村的忧伤、燕子的忧愁
都看得清清楚楚

当你遇见亚运（二首）

◇子　木

你的名字叫萧山

如一江海潮
从亘古的八千年刻度中，奔竞而来
湍急的身姿里
圈流出一个地域的文明

朝代或有佐证
是檐下的一片蕉叶
史学家的笔墨，浓浓淡淡
不置可否

于是，月明星稀
之后，绿肥红瘦
这时，少小离家

起伏的潮汐，终与它相遇
有人呐喊，有人执笔
姓名和潮水，狡黠退去
留下的，不过是川流的风
以及几千年前的一颗星

起起落落

然而，土地并没有选择沉默
它以变更的地界
用山河的意象
遗赠下一份珍贵的深沉

我们唤其应有的乳名：
萧山

亚运之风

夸父逐日
是属于神话的脚力
它以精神为骨
这才有了人类求索的气力

孟子若在
必将以格语，振聋发聩
苦其心志，劳其筋骨
方能淬炼心智，接替大任

每一页，灵动的鹅羽
都有它的奔赴
大千世界里各种兴替，与运动
都承载了莫可名状的隐喻

刀耕火种，延续文明
火种传递，指向未来
星月交替
人从智向力的跨越
却绵延出更快、更高、更强的生动诠释
是体育精神
更是意志的延续

如今，面向江潮
过洋吹拂的亚运之风
裹挟希望之光
从人类文明的间隙里，氤氲
年月空旷，它在生动摇曳
人们筑起高楼，建起要道
焕新面貌，繁荣与共
帧与帧之间，众人满心渴求

烟火人间里
落满了城市无法抑制的兴奋
神话与现代
这才有了交集

若生命有其疆域
运动者的身姿
便是它的足迹

每一朵荷的盛开（外二首）

◇ 李 力

以西湖的名义，盛开
每一朵荷花。不早也不迟
迎着夏，也携几个四季的积蓄
绽放在亚运年代里
悄然而起的场馆顶上，或
一条条赛道上

随时有风来，缓缓，激烈
或者对峙，相融
其实什么形式都可以
只要你来
荷都会回你一湖，一城，一个世界的芬芳

蓝天下一个行走在银线上的音符

那是个电力工人吧？
位置很高很高，让人登上高楼也看不清他模样
摸着白云走的每一步应该都是空虚的
但他走得那么扎实
仿佛就踏在最坚实的大地上
脚下的银线晃了又好像没晃
他就像和蓝天一起降生的音符
演奏着
蓝天的序曲

看射箭

我在看射箭
这一刻的心不属于和风、暖阳
也不属于看台上密密麻麻的观众和加油声
更不属于那些试图吸引我的镁光灯
我只会聚焦
聚焦到那双手，那根弦，那个眼神
但
也可能不是聚焦
是慌慌张张地从手上跑到弦上，又跑到那个眼神上
来来回回地跑
寻找着停滞的呼吸里最好的那条缝隙
虔诚松手
箭离弦
被眼神带着一往无前地向前，向前
直到扎中
一颗充满了尖叫和快意的红心

跑，跑，跑出一个光明的亚洲(外二首)

◇沈志宏

我要赞美你
轻盈的光明使者
你们是万家灯火的守护人

区别于满天星斗
人间的篝火
是由你们点燃的

温暖，洁净，播撒着
熠熠生辉的梦想
让影子无从逃遁
让黑夜成为新的开始

来自亚细亚土地上的人们
在日光下奔跑
在灯光下奔跑
在钱塘江的奔涌不息里绕着江堤奔跑

在明亮与明亮间飞跃

感谢你们，用责任与辛劳
用炽热的光
照亮了整齐标准的赛道
让所有参加神圣体育盛宴的人们
迎着包容、和平的风
往前跑
跑，跑，跑出一个光明的亚洲

一盏灯

我坚信，我就是那一盏灯
以树的形象站立在赛道的末端

我愿意把那一份遗留的光
均匀地洒在最后一个抵达终点的
选手身上
心脏在剧烈跳动，情绪如迷茫的烟雾
漂浮在阒静的赛场上

当所有的掌声和欢笑
全部给予容光焕发的获奖者时
唯独我
静静地守护着你，比赛的失败者
因为我知道
人间有多少欢乐
就有多少痛苦
巨大的空白需要你我
用信心与意念填补

这一夜

这一夜，是盛世的华章
是东风夜放花千树的如星如雨
是火树银花的欢腾

这一夜，是亚细亚人民的狂欢
是用心交融，互相包容
是不同语言与民族间的流畅传达

在比赛的征程上
我们要守护那些
闪着光芒的思想与精神
在汗水和欢笑交织的片刻
铸就生命的荣耀

以不同的方式
你用力量与速度
我用行走在钢丝上的细心与耐心
共同写下这段光明的历史

那巨大的莲花
缓缓盛开在湖水之间
我们会看见
一个沸腾的西湖
最美的人间

2023，我的杭州亚运会光耀中华（组诗）

◇杨　军

2023，我的杭州亚运会光耀中华

这是亚洲的运动会
这是一场旷日持久的运动，就在杭州
横过种族的鸿沟，面向东方
可以久远地联结友谊之光
2023，光耀中华，我的杭州亚运会

你来了，我的杭州，我的亚运会
我因为你的到来成为西湖里
一朵夺目绽放的水莲，湘湖上
一座发热的桥梁，无论你是从哪里来的
我们都会以"光明"服务的"电力"风采
体现"拼搏，坚持，信念"
伸开我们的双手，用心交融，互相包容

2023，我的杭州，我的亚运会
你说来就来，谁也挡不住你的健康和美丽
你点燃的亚运花朵要落地生根！整个世界都亮了

在经过高山和海洋的时候，也没有被风雨打灭
我们有理由认为你是被一只古老的渡船运载过来的
摆渡者揣着神秘的地图，我们的杭州
必定成为你今天抵达的终点

2023，我的杭州，我的亚运会
我们站在车水马龙的街道上
我们站成茂密的森林
我们挥舞着鲜艳的红旗，无限风光
被我们尽收眼底。当我们扶着自己的肩膀
让燃烧圣火的奔跑高高举过我们黑发茂盛的头顶

2023，我的杭州，我的亚运会
光耀中华的光环里，我成了
你珍藏在身边的一支发令枪！我被你
紧紧握在手中，我在你的手中
成为一块装着子弹的熟铁

2023，光耀中华，我的杭州亚运会

抒情亚运场

站在运动场上，如果
我说话，那就是我在写诗
如果你说话，你
也一定是在高声朗诵着一首诗
一首梦笔生花的抒情诗
让你我深情成西湖里一朵
洁白无瑕的莲花一样的诗

我是西湖里的一朵莲花吗
站在跑道上，我一千遍一万遍
痴痴地呼唤着你，凝视着你
我要像运动员一样汗流浃背地挥毫泼墨
这杭州的山山水水
我要尽情描画美丽祖国的美丽画卷

其实，这远远不够，远远不够表达
那我就要像雷电风云一样
在运动员的怀里激荡，反反复复地
创造一项又一项破纪录的奇迹
在颁奖仪式上来来回回地

响亮亚运的口号

亚运会的圣火，燃烧在
美丽杭州完美的天空中，太阳
把一天里最耀眼的那一刻献给了
为国争光的中国运动员
透湿的汗珠和旗袍上的中国龙
按捺不住胸中跃跃欲试的勇敢

登上领奖台的那一刻，如果你高歌
你就是亚运之神，那甜美的歌喉
就像西湖的山水都能滋润干渴的荒漠
如果你在黎明飞奔，你就是一条东方火龙
用最矫健的姿势骄傲展示
亚洲人强大强盛的梦

你可以说飞流直下三千尺
我会应答说可下五洋捉鳖
你可以说疑是银河落九天
我会应答说可上九天揽月
我这豪放的豪情
就像手中高高举起的五星红旗
照亮你在亚运会场上雄健奋迅的身姿
如同彩虹一样迷人的中国梦
拨动你夺冠破纪录时优雅的心弦

让我们当空起舞吧，让亚运精神
气贯长虹，让杭州亚运红透寰宇
所以，我忍不住了
才喊出这么伟大的口号

杭州亚运会（外一首）

◇ 濮建镇

这是离我最近的一届亚运会
播放那一首让我热泪盈眶的
《义勇军进行曲》

激动的心情，像钱江潮水
涌向西湖，睁亮了
数不清的眼睛
想看一次竞技盛况

想想那些项目，那些运动员
仿佛是将生活与生存
提炼进了场馆
算不上生死对决
也要使尽手段与谋略

命运似乎总是相连的
看台上的人，也像入了局
与拼杀的运动员一样紧张
每场比赛，难有闲人
一赛出输赢，场中场外的人
不是欢呼，便是垂头丧气

电

电一出生就有很长的路要走
一路的电杆举起高高的鞭子
赶着电翻山越岭跨河入野

那些看上去笔直的路
拐起弯来，全然不顾电的感受
电只能接受命运布下的线路
向前走下去，不能停下
更没有退路，彼此
淹没在滚滚前行的电流中

如果有电子在路上跌落
闪出一片火花后，就无影踪
仿佛根本没有来过

电总被聚到一起，推动机器
运转着，替他们喊出声音
电也团圆在灯泡中
那是发出光彩的时候

电在为世界发光发热
却被各种颜色的线牢牢系住
想挣脱，只能用短路方式

闪出电弧烧毁自己

只有很少的电进入天空
本以为再没有线牵住了
谁知又被乌云裹得更紧
只能与乌云同生共死
那些想叛逆逃出来的
在用力嘶喊中化为闪电
却仍然劈不碎乌云
只给天下人的眼睛
划亮一瞬间——

西湖的碧波荡漾起亚洲的晨曦（外二首）

◇ 何永智

一声声鸟鸣
唤醒沉睡的西湖
踏浪而来的鸟儿
衔着汗水擦亮的金钥匙
打开西湖的涌金门

谁是真正的引领者
2023 年的风云际会
拨动多少人的心弦
"有朋自远方来，不亦乐乎"

五千年文明古国
捧出珍贵的杭州丝扇
书写流水淙淙
书写团团莲花
书写彩虹阵阵

齐刷刷的目光
聚焦在这亚运盛会
一如夏日的西湖
那朵朵的荷花
那张张的笑脸
一波一波向你荡漾
荡漾起亚洲的晨曦

弄潮儿

呼啸而至的波涛
一浪高过一浪
脚穿"李宁"的弄潮儿
高擎"亚运之光"的旗帜
如履平地而来

国之瑰宝琮琮露出笑脸
迎接八方健儿
握一握彼此的手
扬帆启航钱塘江
弓着腰风呼呼作响
这满天的朝霞飞舞
谁是这喷薄的旭日

致中国体操运动员

你是鹰
犀利的目光
柔软的身段
盘旋在舞台的天空
擦亮了中华儿女的目光

你逡巡盈盈的西湖
点燃五光十色的喷泉
自豪之情一遍遍升腾
月是如此皎洁

整个西湖，都在迎接亚运

◇ 半　文

1
2023 年 6 月 24 日的午后
梅雨。我骑共享单车，行驶在
南山路上。路边的悬铃木列队
伸出手臂，还有手掌。从它站立
的姿态，可以看出，欢迎远客的
期望。路边的西湖，每一条游船

上都写着：心心相融，@未来
和每一辆观光车一样。从今天开始
西湖的每一棵垂柳，每一艘游船
每一条鱼，每一滴雨
都和悬铃木一样，伸出手掌
迎接亚运

2
莲莲站在草地上，琮琮骑着
赛车，宸宸举起红旗
在杨公堤上，它们都是迎亚运
的志愿者。我看见有人滑轮滑
有人骑单车，有人跑步
有人拍婚纱照，有人站立路口
挥动双臂。水杉树和站立千年的
香樟，也在迎接远方的客人
它们站得比我正，比我挺
好像举行一种庄严的仪式
从宋朝，一直
站到今天

3
北山街的每一朵荷花都知道
需要倾尽全力，绽放出盛世的容颜
过去的梦和未来的梦交织
会产生化学反应，此世间最美
的色彩，就在那一刹那
一座城，或一个人，等待千年
事实，就是那一个瞬间
刹那芳华，值得用一生
去等待。我看到，西湖边的每一张脸
上，都写着迎接亚运的笑容
我把我的笑，融进这一湖笑脸
整个西湖，都在迎接亚运

亚运情思
——一朵莲花的前世今生

◇邵 勇

我是一朵来自太阳的火莲
由一队圣洁的白衣少女
采自神圣的大莫角山山巅
五千年的文明火光
穿越时空
点燃新时代的亚运纪元
我曾看过
池塘淤泥里躺着的那片黑陶的闪光
那是人类智慧折射的星芒
我曾听过
殿堂乐舞中飞旋的玉饰叮当的和鸣
那是中华文明的一缕曙光
我曾抚摸过
良渚先民淌着汗水的健壮黝黑的光滑肌肤
我曾追逐过
划破苍穹投向巨兽的打磨细腻的石器
那是人类命运的钥匙
那是人类运动的先声
那是薪火相传的文明密码

我是西湖里一朵摇曳的红莲
经受唐风宋韵的滋润
盛开在江南火热的六月
门网高悬
我听到过鞠球少年恣意的大声欢呼
裙裾飞扬
我看到过秋千少女飞过柳梢的冲天快乐
我身边划过端午竞渡的龙舟
我岸上赛过宫廷助兴的马球
举石捶丸
角抵投壶
汗水在欢呼中尽情挥洒
莲花在夕阳下别样红艳

我是盛开在钱塘江畔洁白的并蒂莲
在日月同辉之下
轻盈柔美
端庄大气
见证了一个崭新的钱塘江时代
一朵代表吴越王的子孙
有钢铁般的坚硬风骨
射潮的箭镞疾飞如雨
弄潮的健儿勇立潮头
手把红旗旗不湿
一朵象征西施的后人
有流水般的柔媚姿态

淡妆浓抹
雍容素雅
盛情迎接五湖四海的宾客

我们是来自五湖四海的一朵朵小小的莲花
为了一个共同的目标聚集在一起
我们有一个共同的名字
——亚运志愿者
我们的汗水像莲花盘上晶莹的露珠
我们的微笑像盛夏娇艳的莲花绽放
我们的手势和脚步神采飞扬
我们的自信和青春一起飞翔

一朵莲花
两朵莲花
千万朵莲花
从良渚这个美丽的水中之洲缓缓漂来
开遍西湖
开遍大运河
开遍钱塘江
开遍杭州
开遍浙江
盛开在亚细亚火热的今夏
开出一朵世界上最美的莲花
如地平线燃烧的灿烂朝霞
如夜空里盛开的绚丽烟花
如闪闪的星光开满天涯
今夏
我们以体育之名
带你走进一场世纪的盛宴
去拥抱一个古老而又现代的中华

迎亚运

◇ **素心如玉**

杭州火了
盛开的莲花火了
闪烁着一种光彩

这光彩，在天地间无限放大
呈现出一种日新月异的景象

此时
钱塘江大大小小的水滴
在雀跃着
似乎呐喊着什么

华彩之中
一群雄鹰飞来了
从不同的方向飞来了
盘旋在即将盛开的莲花之上
只为实现
一个更快、更高、更强的愿望

光明的赛道

◇ **沈燕萍**

赛道，像急速的电流一般
箭指前方

枪响之后，那些燃烧的双腿
腾空而起，竞逐，超越
在跑道上击溅出尘土的火星
空气因为选手喷出的强烈鼻息而战栗
没有一个词语比"电光火石"更贴切

冲刺过线，缓缓收住脚步
走出跑道，躺在绿茵上仰望天空
环形赛道，起点就是
终点，终点又是新一轮
起点

赛道，足以让我们
成为更加璀璨的自己

杭州亚运会遐想（外一首）

◇ **崔泽华**

在这里
一棵碧树遮天挺立

它轻舞的枝条挽着悠远的记忆
荡出现代文明的心律
这深沉而激荡的土地
此时升腾起千载的沉积
滚动着奔突的热力
它使仇恨的冰块化成水滴
它让不同的人发觉
人类原来是同胞的失散
本可以同在母亲的膝前
尽情地生存　欢娱
驻足在这片土地
体验这绿树的躯干和根须
在这母亲般的祥和里
人们找回了爱的音容和形体
爱在熊熊圣火的燃烧和传递
爱在白鸽的酣畅羽翼
爱在橄榄枝浓浓的绿
爱在并肩挽手的站立
爱在五彩肤色的默契
爱在泪花飞溅的眼帘
爱在国旗的高高升起
爱在嘴角蠕动的唱响
爱在缠着纱布的伤口里
爱在对手间真诚的拥抱里
爱在撼天的赛场
爱在被感动的山川　大地
是爱的神奇魔力
让裹着空气的星球祥和　美丽

方舟　白鸽　橄榄

人们惊喜
冲天的浊浪中
挪亚方舟的到来
人们欣慰
翘首凝望时
白鸽衔回了橄榄枝
从此,方舟　白鸽和绿绿的橄榄枝
永恒在人们的记忆里
从此,星球上的人们
有了共同的企盼和信念

每当地神和太阳神的圆舞曲

鸣奏四次时
时空的巨钟就会连天扯地地敲响
这雄壮的钟声
敲得人猛醒
敲得人驻足
敲得人绿了心田和生命
顺着这声音的涟漪
人们又找回了那历史的隧道
又看到了那片古朴的土地
又看到了那传递胜利喜讯的勇士
又看到了那群已凝成塑像的搏击者

不同的人踏着钟声向这里汇聚
相同的人在钟响时比肩站立
他们胸中涌动的是滚烫的血液
亚洲的人们越过波浪
山峰　硝烟向这里凝望
圣火如潮
白鸽如絮
赛事如飞
人们在想
昨天　今天　明天
人们在想
方舟　白鸽　橄榄

我在湘湖划龙舟（外一首）

◇黄建明

300米
对于屈原来说
等于一辈子
而对于我来说
仿佛走过了2300年

湘湖的一滴水
在安慰我的情绪
我的桨在龙舟的左侧
划走我的悲

锣鼓动天
呐喊如鼓

每一个参赛的划手
都闭着一口气
水在高空思考

站在历史高冈上的勾践
很清楚别越的语境
所以他永远不会放过自己
心中的那一叶舟

我在湘湖划龙舟
西施在岸边种藕
锦鲤在湖底
与春天永世隔绝

我在湘湖跑半马

我在湘湖跑半马
用时2小时09分32秒
这个成绩，比三年前
只快了0.5秒钟

杨时在湘湖跑了80里
这个全马的距离
他跑了整整一年
他用一个人的力量
把理学托举到雄伟的气势

在湘湖景区上班
固然幸福
可我依旧报名参赛
期待另一次暧昧的邂逅
结果双腿发出警报
要减肥了

穿行，一江水的世界

◇陈雨声

潮起，钱塘江
九月，勇立潮头的运动健儿
会将这座城市高举于头顶
向世界展示

从北京到广州，从广州
到杭州，亚运号列车
又停靠于，这块土地上
这座古老而年轻的城市
西湖是心脏，四通八达的运河
涌动着灵动的血。唐宋元明清的风
吹醒了断桥边打盹的青蛙……

越近九月，亚运气息越浓
一群孩子，在墙绘里
点燃了亚运火把。街头巷尾
再匆忙的疾行也要为亚运让道
一切期待，将在不断的付出中趋于圆满
所有的脚步都汇聚成一个脚步
所有的声音，最后
只有一个声音——

杭州。地铁飞驰着，窗外
巨型液晶屏上，闪动着一行字：
"办好一个会，提升一座城"
另一块屏幕上，一滴水落下
溅起了无数的水，就这样
我们于沸腾中，穿行
一滴水的世界，一江水的
世界

亚运，以及一条奔向大海的江（二首）

◇谷　耕

题记：

　　百里闻雷震，鸣弦暂辍弹。府中连骑
出，江上待潮观。

　　　　　　　　——唐·孟浩然

　　千百年来，钱塘江灌溉、滋润着两岸的土壤，更孕育了"奔竞不息，勇立潮头"拼搏精神，它是我们的"生命之江"和"精神之江"。这次亚运盛会，会徽为"潮涌"，场馆大多汇聚在钱塘江边，我们正以"当好东道主,办好亚运会"的热情,以钱塘江的浩荡胸怀,拥抱亚洲,拥抱世界,拥抱蔚蓝。

亚运,所有浪花汇聚成一条江

1

如果,我的今生是一只白鹭
我就一路沿着钱塘江,振羽,滑翔或者独立
我的左侧是坐落在大地上的日月
右边是绽开莲花的南岸,花瓣银闪闪的
而最闪亮的,却是晨光为所有向阳的部分及其边缘
都抹上了一层打磨过的纯金,慷慨的光神
几百年前我是海浪之上怒焰的海鸟,更远的时候
也许我是一颗星,一粒不甘心只在银河的尘埃
只为无垠而生。我展开的双翼
是对苍茫无限的赞美
羽毛,雪白得如同浊浪之巅擎起的冠冕
我的酒杯满盏了钱塘江潮。面前,长空一碧如洗

2

即使没有船的渔夫,也是大海的。即使再遥远
再遥远的一滴雨,一滴汗
甚至一滴泪,也是大海的源头
挥动双翅,用肉体,羽和精神所能到达的极限
让自己成为自己的源头
离江三百多米的喘息处,我带着涛声,你也带着涛声
飞越亚运场馆,这座钱塘江边
面向大海,春暖花开的码头
熙熙攘攘的,即将汇聚整个亚洲浪花的码头
选手和渔夫侧身的影子,山峦一样匍匐着。偶尔
江心一声汽笛的长鸣

3

对,拼命奔涌,以不可思议的膂力
撕开江面的胸膛
让黑豹般的岸礁飞溅出一群白鸥。风暴中
手臂粗的缆绳只能拉住船,拉不住滚滚波澜
这汹涌,用刹那的爆发力,涌起一条江的绝对高度
等着太阳用炽热的手点燃圣火,等着独木舟
一路狂行八千年,举起浪花的长矛
等着卧薪尝胆的越王勾践,挥戈可吞吴的越甲三千

等着从精疲力竭的喉咙里发出的冲破终点时的怒吼
爆发在逆风中,快要被孤独淹没了的怒吼
像一颗恒星带着不竭的时间、光速的荣耀,亿万年的
永不止息的奔涌、拍岸、飞溅、澎湃、翱翥
耸起亚洲的、世界的,来自宇宙的钱塘江潮头
而穿越时空的亚运会
带着辽阔亚洲每一条河流的浪朵,呼啸潮涌

亚运的江岸,路灯也闪着星光

1

我觉得晚霞就是一个孩子
一个到了晚饭时间还在赛场上训练的女孩子
夕阳终于温和得像一个满意了的教练,"我要下山了,你赶紧回去吃饭吧"。
护栏、篮架、空旷的街面、矗立的旗杆以及建筑物
行人的脸上都涂满了辉煌
我也准备下山了,收拢每一条涓涓的溪流
把一天的全部收成都装进了金色的河流
如果你说月亮的光线太纤弱,那我就给你点一排路灯
再放下一盏闪着光的莲花灯照耀起航地
钱塘江就是最好的赛道。奔跑,向着山水穷尽处奔跑
奔向夜空托起的另一面大海,头顶上飞的大海
夸父沉睡的时候,漫天星光
就像所有选手都仰望着的明星之光,神秘,璀璨
近在咫尺。葛云飞、汤寿潜、蔡东藩、任颐在云端坐着
而江水在我们脚下,缓缓地流着

2

"如果你看见莲花亮了,
就和我一起骑着单车去江边,看亚运!"

3

江岸的路灯,在大白天是个沉默的人。只有在黑夜
才会明亮和沸腾起来,才会让我看见赤足的风,踏过树冠
踏过戴着浪花之冠的潮头
才会让我看见一个奔跑着的女子,长发比晚风还长
我迎着她,却又在那一刻和她擦肩而过。因为转弯
赛道就变得一眼望不到尽头
我要跑去哪里,是尽头吗

朝圣的野草还在岸边等着露珠和奔马，一朵花开
需要另一场奔跑的时间。空旷的广场，鸽子
起起落落，天地之间好像只因为它们，才有了亲密
联系
才有一匹摇摆着图腾的长角麋鹿
快速跃过我，沿着钱王射出的箭，奔跑。我想跟着它
没有尽头地跟着它
无数星空的鳞片和我一样，从坠落地重新飞起
萤火虫的秀场。"哗哗，哗"，阑珊夜色像潮水一样
满溢过堤岸。我看见一盏莲花灯里满是沸腾的人潮
灯火通明的亚运
燃在了寂静世界的中央

4
赶去大海的云和浪花都闪耀着雪白，钱塘江
快乐得像一个尝过酒的人
"太阳，昨晚我已经醉过了"

杭州亚运会

◇洪昌庭

西湖掀起奋进的波浪
潮涌出一阵阵豪放的词语
倒映出群星灿烂
激情四射的波光
是亚运健儿书写的精彩

良渚裹挟着豪迈气势
化作追求成功的圣地
点燃的薪火永不熄灭

莲花碗绽放在盛开的季节里
弹奏蓬勃奔放的韵律
将绿茵铺成激流勇进的战场

江南忆兄弟姐妹
手拉着手，肩并着肩
浪漫纷呈的风姿

酝酿热忱的欢迎词

这里是智力与体力的呈现
是体育与舞蹈的结合
每一个如画的翻滚
跳动出动人的音符
每一次华丽的倒立
澎湃出火山爆发的能量

心心相融的璀璨
在纵身一跃的水花中绽放
纵横驰骋的闪电与流星
挑战耐力的极限
在跑道上轻盈地飞翔
追梦的身影
超越不断升高的横杆

百折不挠的身姿
飘洒成愈挫愈勇的诗行
荣光在如雨的汗水里闪烁
不负青春的韶华与流年

力量与雄心
托举起心中的太阳
呐喊与雷鸣
燃烧坚毅滚烫的热流
即使失败
依然挺起尊严的胸膛

莲莲的洁净无邪
弹奏出绝世的清音
激烈的碰撞
不需要兴奋剂助威

琮琮透着不羁的倔强
勇往直前书写着传奇
摘取成功的桂冠
这是智慧和汗水拥抱的希望

宸宸的毅力和坚韧
闪耀着彩虹般的光芒

亚运之光（外一首）

◇ 黄依童

孩子们的欢笑，夏天
弹跳了整个操场，空竹
的视线转战蓝天，脚步
摸索着下一个终点
你以飞鸟之姿跃入阳光
在加油的浪潮中闪现
黑白皮革错落，旋转
网格在目光凝聚的极点
赫尔墨斯，过去是我们
现在是雏鹰信任羽毛
他们矫健侧身云端
在高空俯瞰世界
他们展翅轻点碧波
在江滨落生莲花

赛　跑

似有约定，他说
太阳初升，塑胶跑道线
勾勒出汗水的轮廓。向前
没有退路。云朵困觉
像池边的残柳，等待
微风出鞘
伸腿，屈膝，弯腰
毛孔再次动员
疲惫应约而来
黄昏将沉默吞咽

杭州亚运会（外一首）

◇ 刘洪泉

被激情点燃的火炬
被热爱点燃的火炬
被团结和友谊点燃的火炬
照亮拼搏，照亮信念
仰望者
他的脸上流动着光
身体里流动着能量
以高度超越高度
以奇迹超越奇迹
速度，力，以及美
青春诠释出它们的极致

四十五面旗帜
杭州的天空
舒展四十五面最美的色彩

赞美青春

不同的肤色
不同的语言
而
我的激动与你的激动
同在一个层面
在拼搏中生成精彩
在悬念中揭开高度
居住在一个星球
我的骄傲与你的骄傲
有着相同的弧度
一次盛会一次聚会
青春与青春擦出的火花
与荣誉有着一样的亮度

2023之亚运感怀

◇ 如　一

若要给这座城写个序，我想该是这样的吧：
　"一塔，两堤，三潭印月，桨声阵阵棹声起
断桥有残雪，平湖有秋月
柳浪波光闻莺啼，花港深处观鱼跃
回首，亭、台、楼、阁处
归去，也无风雨也无晴"

峰峦绵延，千峰翠色在城中
湖光潋滟，九曲风荷在城中
千年文明，古城遗址在城中
旗袍，折扇，摇橹船，"大莲花"……
荡漾在湖畔月色下的霓虹灯里
也回响在新杭城的酒吧茶座间

是包容世界的一座城
是盛会共享的一座城
是山外有青山，是浓淡皆相宜的一座城
迎远客，邀亲朋，揽日月，撷荷韵
亚运之帆风中竞相奋发
启航逐梦在西子柔波里

在丹青水墨中绘一幅动态之图
与硝烟无声处雄姿英发竞技一场
九月的晨露，将从草尖开始欢唱
新生的一季

启 航

◇王杏芳

钱塘江畔潮头在涌动
湘湖山水心魄在激荡
跨湖桥遗址长篇在续写
美味佳肴在田间地头生长

数年的梦
亚运璀璨聚在杭城
萧山人民尽展豪情
共享荣耀挥汗如雨

河道在延伸
城郭在修复
文化在浸润
古老的、现代的文明
从"萧山走向世界"的铁架下疾驶

掠过旷野
越过高山
绵延着江湾几千

收拢满时空的颜霞
只为那时绽放

拥抱亚细亚

◇寒 寒

有人说，当今社会的体育盛会
意义早已超越了体育本身

恰是。1951年从印度新德里出发
到2023年的中国杭州，这一场邀约
已期待太久。水墨江南，万里云来
西子湖畔，小青荷、大莲花……
志愿者与高科技，正代言联结起
健康和友谊，汗水和荣耀，正义和文明

又是整整八年。像一封家书
总是一再地，催发着集结的最强音
这一次，杭州、宁波、温州、湖州、绍兴和金华
六城同跃。四十五个国家和地区，二十个赛区
这一次，连电子竞技和霹雳舞也要加入进来
年轻而热烈，共谱江南忆——

良渚"薪火"，钱江"潮涌"，大美"湖山"
"宸宸""琮琮""莲莲"……
传统与现代，真诚且文艺
更快，更高，更强——更团结
让我们一起！心心相融，爱达未来
拥抱亚细亚——

别样的亚运火光

◇王振东

忘不了
那一年，钱塘江上的雾霭
把亚运盛景的温度冷却
把浙江好客的热情延长

浙电一百二十七年辉煌的实力
已经备好了电力火光
期待瞩目的盛世
炫耀着七彩的魅力
一步步走向我们的身旁
亿万观众，翘首观望

钱塘江畔的地铁
把亚运浓浓的氛围扩散
亚运村里的霓虹灯
把火热的青春活力绽放

好风凭借力，
正是扬帆时

喜迎亚运，光明同行

◇茉上秋

亚运踏歌入江南，
我们翘首以盼，
良渚"琮琮"挥挥衣袖，
"宸宸"运河颂赞歌，
西子"莲莲"等烟雨，
我们听见欢呼声，
在江南的柔情里，
在上下五千年的历史沉淀里，
我们听见加油声，
在运动健儿的期许里，
在竞技体育的呐喊里，
你听，中国心在跳动，
你看，薪火在传递，
炎炎盛夏送来了贺礼，
浙江电力保驾护"光明"，
体育项目宣布出战，
电子竞技惊喜亮相，
霹雳舞华丽登场，
你我手拉手，心连心，
智能科技达未来，
而我哪里都不去，就在这里等你，
等你一起挥斥方遒，
等你一起共享盛世繁华。

亚运之光照亮杭州

◇南方嘉树

五环旗下的梦想
在杭州，绽放灿烂花朵
千年古都，一手张开悠久的历史
一手张开新兴的繁荣
迎接，现代体育竞技的盛会

亚运火炬，在良渚文明的灿烂阳光里
点燃。耀眼的圣火
照亮西湖。让美丽变得更美
这人间天堂
第一次，升腾起激昂的亚洲雄风

山连着山啊，我们手牵起手
水连着水啊，我们心陪伴心

之江两岸，四十七亿亚细亚人民
真诚的友谊
随着钱江潮的汹涌，一起飞翔

我们，"心心相融，@未来"
我们，"用心交融，互相包容，
团结向上、紧密相拥"

我们，与琮琮，莲莲，宸宸
一起
喜迎来自五湖四海的朋友
一杯龙井茶的清香
是最醇厚的杭州味道，中国滋味
一掬西湖水的纯净
是最晶莹的杭州情，中国心

我们，汇聚在奥林匹克的旗帜下
追逐着"更快、更高、更强——更团结"的
新梦想。我们秉承着
"和平、友谊、公平、进步"的精神
打造一方奥林匹克的
新圣地：杭州，浙江，中国

钱塘江的浪涛，滔滔不绝

古运河的清波，悠悠荡荡
亚运之光
照耀杭州。我们
一起，走进新的人间天堂

亚运之光

◇褚　颖

良渚古城，在朝阳中醒来了
十九位采火使者，款款而来
火种，在大莫角山台地采集
千年古都，拥抱五湖四海
迎着九月的清风与暖阳
穿越时空，拥抱亚运

有一种颜色，带来蓬勃的力量
它是和谐，是自然，是循环，是共生
这柔和的、舒适的、令人心驰神往的绿色啊
它是亚运的光辉
它是奔腾的能量，源源不断

从绿色风电、绿色变电站到
绿电社区、绿电驿站，再到
全绿电供应
这一趟亚运绿电专列
带来持续的盎然生机

是什么照亮了
心中所有的热情与梦想
无数的声音汇在一起
向天空呐喊

是拼搏、坚持与信念的力量
是我们从盘古开天地到探索宇宙奥秘的
勇往直前、不屈不挠的意志
是特高压电网友好邦交的国际援助
更是中华崛起的骄傲与自豪

从一百二十七年前的那个夜晚开始
点点光芒，照亮星空
千家万户，灯火辉煌

夜，不再是漆黑一片
这光的力量，不停歇
它推动历史的车轮
不断向前，向前

直到今天，这道光更加耀眼
绿色，清洁，高效
一张能源大网，铺张开来

看，远处那一座座铁塔
像一个个坚毅的背影
见证每一次前进的坚定与信心
看，那一根根银色的线
像一双双紧握的手
把亚洲，把人民串联在一起
五湖四海，互相交融

秋风起，雷霆乍响
渴望着，盼望着
亚运之光，闪耀浙杭

在这光芒中，我看见一只巨手
正拍打、呼唤着每一个人

光耀亚运　电亮文明

◇范彦嘉

从古老的文明到现代的繁华
良渚遗址上采集的圣火
开启了亚运的篇章
九百六十万平方千米上生长出的绿电
让运动健儿的光芒更加闪耀

赛场上，汗水与梦想交汇
力量与希望交织
奋力拼搏的运动员
用汗水
书写下荣誉与梦想
电的光芒
守护每一份付出

光耀亚运

照亮每一张笑容
点靓每一场比赛

亚运的火焰　记录辉煌
电光的瞬间　照亮未来

光耀亚运　放歌电力

◇卢常海

九月杭州的秋，
那是傲人的醉。
西子翩跹的舞，
引巾帼须眉，
齐相逢。
亚运夺目的光，
是圣洁璀璨的火。
赛场，
拼搏者驰骋的疆场，
是传递友谊的桥——
乒乓球划出的弧，
是天空一道道七彩的虹。
百米冲刺，
是呼啸而出的箭。
擎天一举，
沉重的杠铃，
积蓄已久的力，
举起的是辉煌。
高低杠上矫健的身影，
是上下翻飞的蝶。
篮球，排球，足球，
一场又一场，
是雄健刮起的风。
泳道，帆船，划艇，龙舟，
乘风破浪不屈勇向前。
剑术，柔道，拳击，
坚韧者的乐园。
……
体育，
人类文明交流的使者。
杭州亚运，
交流历程中鲜艳的花坛，

花团锦簇。
浙江电力，放歌亚运，
为亚运保驾。
每一个浙江电力人，
一瓣瓣清郁的绿叶，
陪衬着亚运之花。

亚运之光

◇苏　盈

来了　来了
你终于来了
2023 杭州亚运
在翘首企盼中
踏歌而来

六月的暖风行走了千里
钱塘江此时正潮水激荡
杭城芬芳的花朵次第绽放
蓬勃的生命不断唱响

守护光明的人挥洒着汗水
厚植笃行　砥砺奋进
顽强拼搏的亚运精神已然开启
以绚烂的笔墨、充沛的情感
谱写亚运史上的电力篇章

2023
我们盼望亚运时代
亚运的旗帜　在家门口高高飘扬
光明使者们翘首迎接亚运的荣光

电力人以新时代崭新的姿态
迎接来自五湖四海的宾朋好友
向世人展示
电力人的智慧、善良与素养

来了　来了
你终于来了
2023 杭州亚运
在翘首企盼中

熠熠闪光

光的舞章
——亚运与浙江的电力颂

◇唐汪翔

杭州，亚运的旗帜在你心中飘扬，
"用心交融，互相包容"，如同涓涓细流，汇成热烈的洪潮。
在赛场的瞬间，闪耀的不仅是火焰，更是每一个灵魂的力量。

运动员们，在赛场之上犹如星际舞者，
坚持的信念，照亮了黑夜，如北斗指引着航者。
他们的每一次跃动，都在编织着人类拼搏的赞歌。

浙江，电力在你的大地上如星河般流淌，
历经一百二十七载风霜雕琢，犹如不熄的灯塔，照亮历史的长廊。
是它推动社会的车轮，撑起经济的繁花，如繁星点缀夜晚。

电力的脉动，如疾驰的火车，冲破时空的界限，
在这个百花斗艳的世纪，
它为我们绘制了一幅幅壮丽的画卷，点亮了希望的大道。

浙江的电力建设，如春日的阳光，普照大地，
在每一个角落，都能感受到那温暖的光芒，
它如同春天的暖风，轻轻抚过每一颗心。

亚运的火炬，在杭州的大地上燃烧，
电力的脉动，在浙江的土地上激荡，
他们相互映照，彼此照耀，共同描绘一幅金色的乐章。

所以，让我们一起向前，
为亚运会的热血沸腾欢呼，为电力建设的辉煌点赞，
为浙江的未来描绘梦想，
拼搏、坚持、信念，这就是我们的力量，
在此时此刻，我们一起，肩并肩，心连心，迎接美好的明天。

电力之歌，亚运之光

◇朱志成

我是一名电力一线员工
每天奔波在城市的大街小巷
为了让每一个用户
享受到安全、稳定、高效的电力服务
这是我的职责，也是我的荣耀

我是一名电力一线员工
我知晓了浙江电力的发展历程
从清朝末年的第一盏电灯
到新中国成立后的第一座水电站
这是我的传承，也是我的骄傲

我是一名电力一线员工
从煤炭、水力、核能到风能、太阳能
从传统发电到智能电网、分布式能源
我参与了浙江电力的创新进步
这是我的贡献，也是我的梦想

我是一名电力一线员工
从抗击自然灾害到支援国家重大工程
从服务民生民营到助力绿色低碳
我感受了浙江电力的社会责任
这是我的奉献，也是我的担当

我是一名电力一线员工
我也是一名亚运会的志愿者
为了让每一个来自亚洲的朋友
感受到杭州的美丽、热情、包容

我是一名电力一线员工
我也是一名亚运会的观众
为了给每一个奋斗在赛场上的运动员
送上最真诚的祝福、最热烈的掌声

我是一名电力一线员工
我也是一名亚运会的参与者
为了让每一个关注亚运会的人
看到浙江电力的风采、实力、贡献

光耀亚运，放歌电力

这是我们的主题，也是我们的使命
我们用心交融，互相包容
我们拼搏坚持，信念不移

光耀亚运，放歌电力
这是我们的荣耀，也是我们的责任
我们用爱点亮，希望之光
我们用歌传递，友谊之声

光耀亚运，放歌电力
这是我们的梦想，也是我们的未来
我们用智创造，美好生活
我们用力推动，社会进步

光耀亚运，放歌电力！

浙之电　映亚运

◇乐　言

穿越千山万水，承载百年梦想，
浙江电网，一百二十七年，注入光辉与力量。
五千年的熠熠火种，亚洲的希望，相映成瑰，
杭之城，心交融，为世界谱写华丽篇章。

繁星照亮夜空，如电之于人间光明，
智能电网，砌石铺路，带来明日希望。
如松之韧，如石之坚，怀雄心壮志，
高弹性电网，如灯之明，照亮每个追梦人。

多元融合，我们并肩同行，携手亚洲各方，
源网荷储，信念如火，魂若砥，永无停息。
拼搏，坚持，既是精神，也是信念，
为亚运之花绽放，我们心手相连，共绘辉煌未来。

赛道上的奔跑，扬帆的翱翔，
汗水灵动，如珍珠般闪光，铭刻在心房。
感谢你，人民电力，用心交融，互相包容，
为亚洲的舞台，铺设光明，守护我们的梦想。

欢呼之声，歌唱之翼，迎风而扬，
为亚运之光，为电网之力，我们共同歌唱。

电的火花，如流星划破黑暗，带来曙光，
因为你，亚运的光，如朝阳，万丈光芒。

亚运之光

◇许丁林

朋友，你到过杭州吗？
朋友，你观过亚运吗？
如果没有，也无须叹息，
请收拾心情，怀揣梦想，
跟我一起跃入杭州亚运的时光隧道。

啊，神奇的亚运！你从远东运动会脱胎而来，
你曾披过"亚洲业余体育联合会"的战袍，
你也曾吹过"亚洲运动会联合会"的号角，
而"亚洲奥林匹克理事会"这面旗帜，
指引我们历尽坎坷，却越发厚重而坚强！

这百年不衰的盛会哦，东方巨龙的雄姿令你如此异彩流光：
不说1911年伊始的上海，历史转折中铺陈的华丽舞台，
也不说1974年首次征战，排名第二意气风发，
单是1990的北京，那始终是一个无法超越的梦幻，
而今的杭州，将带你书写新的活力和华彩！

杭州遇见你，恰似恬静的姑娘邂逅热情的小伙儿，青春激扬时正当：
良渚古城精美绝伦的"琮琮"，述说你骨子里的不屈不挠，
西子湖里碧色接天的"莲莲"，展示你血脉里的大气开放，
从京杭大运河拱宸桥上走来的"宸宸"，迈出了海纳百川的时代步伐，
勇立潮头的浙电儿女，又岂能辜负五湖四海万众期待的目光！

科创的亚运，让你在智慧的征途上重焕光彩：
支付宝的境外用户支付，重新诠释了地球村的内涵，
"吉利未来出行星座"，首次将你送上航天科技的快道，
而"亚运数字火炬手"，给了你我一个跨越时空成就梦想的契机，

· 亚运之歌

无源物联不仅串起了万物,更跨山越海,@未来!

绿色的亚运,让你洗尽铅华更善睐:
昔日臭气熏天的垃圾站,如今实现了垃圾分类智能化,
那堆积如山的冰冷建材,被装配式建筑技术所替代,
记忆中黑烟冲天的火电,早已换成遥远西部的绿电,
无废亚运,让你实现了绿色环保的华丽蜕变!

智能的亚运,让你竞展浙江风采,韵味无限:
"智慧大脑"使场馆监管不再手忙脚乱,
元宇宙平台将虚拟和现实完美结合,别开生面,
无人驾驶接驳系统打通物流配送的任督二脉,
不经意间,身边的智慧灯杆竟然也自带"5G"光环!

低碳的亚运,让你竖起健康节俭可持续发展的标杆:
奥博能耗实时计量监测系统让减碳不再遥远,
"电力运行保障指挥平台"让高峰负荷预测精准可见,
电力无人机测温让场馆巡视,更远更高更快,
绿电交易机制让绿色能源供应跨过万水千山!

听,天籁的亚运,在金黄的大地上反复传唱:
《最美的风景》,带你我徐徐步入诗画江南,
奔跑和拼搏,永不间断,无论《从现在到未来》,
团结和友谊,常盛常开,《有你有我》倍添精彩,
《一脉生长》,温润万方,我们奋进的亚洲气象万千!

看,奔腾的亚运,之江人民早已翘首期盼:
"莲花碗"在骄阳下怒放而不知疲倦,
"亚运号"地铁铿锵地串起流动的风景线,
神圣的火种已在良渚古城成功采集,烈火炎炎,
那白练自天来的钱塘正期待你脚步不歇,勇往
直前!

啊,亚运的杭州,我们为你骄傲:
看这方圆相融的"湖山",勾勒出"三面云山一面城"
的灵动画卷,
穿着中西兼容的"云舒霞卷",身姿曼妙,色彩斑斓,
捧起那一卷江南韵味的"润泽",带你重回飘逸舒展
的千年,

搽涂那一抹"淡妆浓抹"的"虹韵紫",今天,你站立
的地方就是湖山之巅!

啊,杭州的亚运,我们为你自豪:
一万两千多名运动员报名,是对你无声的盛赞,
四十大项四百八十一小项,是对你广泛的完美注解,
一城主办五地协办,让全省共享实至名归,
热辣的电竞、酷炫的霹雳舞,不正如旭日东升,蓬勃
而有朝气!

啊,薪火相传的亚运,你始终萦绕在我们的心上:
儿时,听收音机里运动会的歌声多么嘹亮,
少年,看电视里盛大的开幕式无比辉煌,
青年,身体力行响应强身健体的号召,
如今,在志愿的行列里默默奉献,也不忘助威呼号!

尽管也屡经磨难和沧桑,但你的精神永远是我们心
中的烛光:
你虽没有世界杯那样的奔放,
也缺少奥运头顶的神光,
但你满载亚洲人民的期盼,
你有和平的使命,还有令人艳羡的青春年少!

啊,激情的亚运,你一直是我们前行的号角:
你是风雨中猎猎舞动红旗的鲜艳,
你是寰宇里声声回荡国歌的雄壮,
既有点亮万众目光奖牌的闪亮,
还有红日般的圣火里燃烧不尽的希望!

杭州,难忘的故土;亚运,美丽的精灵鸟:
让我掬一捧清水洗去您旅程的疲劳,
让我撑一艘乌篷去迎接远方的姑娘,
让我们在西子湖畔相拥相抱,
让疲倦的我在你的柔软里进入梦乡。

杭州亚运会诗词八首

◇李正光

水调歌头·庆杭州亚运会

杭城宾朋聚，亚运喜相逢。黄旂红帜，扬誉为国壮心同。仪展文明礼谊，允执绿能低碳，爱达未来[1]中。钱塘风云动，邀竞健儿雄。

当惊世，能撼岳，可追风。韶华如许，伸志矫首敢争锋。持守五环旨意，敷显大邦气宇，心力共交融。梦里江南忆[2]，西子最情浓。

满庭芳·喜迎2023杭州亚运会

西子凝妆，钱塘逐浪，五环徽帜凌风。回眸尤记，申论会群雄。已是筹谟克举，纵流疫、遵信由衷。八年候，夙心渴盼，圣火曜长空。

金秋逢盛事，风云际会，竞锐争锋。主东道，朋来且尽从容。最喜国歌高奏，欣然处、激荡怀中。佳期近，邀君共赏，把酒女儿红。

七绝·为2023杭州亚运会作（六首）

"大莲花"体育场

巧夺天工未必神，灵根本出匠心人。
三千银界钱江畔，一朵宫莲自绝尘。

"化蝶"双馆

当年化蝶奈情恨，今倩双娥归浙坤。
已是词穷霜鬓客，依然举目动吟魂。

"玉琮"综合训练馆

莫解飞天金缕带，临期且听玉琮琤。
因缘只合钱塘续，今古风流一概倾。

"湖山"奖牌

三面云山一面城，方圆兼济玉琮衡。
生来只为光鲜日，不惧珩磨铸铣程。

"江南忆"吉祥物

一阕离歌话乐天，情生肺腑自拳拳。
吉祥三宝风云会，魂系千年再续缘。

"薪火"火炬

玉琮水脉两相连，虹韵鎏金笼紫烟。
众手高擎煊庆礼，长留圣火继薪传。

文明之光

◇杨建兴

九州承良渚，圣火越千年。
尧舜源由此，雄狮憾自眠。
五星昭日月，西子铸新篇。
亚运今重聚，文明亘古传。
钱塘秋浪卷，明月恰团圆。
绿色紫佳会，霓虹低碳先。
空调风电动，光伏照无眠。
赛事从环保，零排值此宣。
孤山花影绕，灵隐梵音绵。
制胜须呈勇，祈牌唯向前。
今朝身崇健，他日志弥坚。
体育休争战，和平一线牵。

---

[1] 本届亚运会口号"心心相融，@未来"(读作"心心相融，爱达未来")。

[2] 江南忆，指杭州2023年第19届亚运会吉祥物，分别取名琮琮、莲莲和宸宸。

光耀亚运（外一首）

◇沙 鸥

相约天堂迎亚运，电光闪耀竞风流。
梦圆中华涉千里，情暖山河连五洲。
舞动青春豪气展，飞腾力量世人讴。
健儿从此江南忆，潮涌钱塘壮志酬。

忆江南·杭州亚运感怀

江南忆，心与未来融。宸柳多情施粉黛，莲花含笑染丹红。何似玉琤琤。

潮涌处，映日碧无穷。光耀杭城添景色，亚洲期待展雄风。今日贯长虹。

亚运与光明（六首）

◇范叶萍

观亚运场馆"大小莲花"有感

亚洲盛会约杭州，出水芙蓉江畔幽。
片片瑶芳妆带俏，丝丝清气面含羞。
花开并蒂佳宾慕，潮涌长川好梦酬。
磨剑数年今出鞘，风姿尽展在金秋。

见奥体中心"化蝶"游泳馆畅想亚运

银蝶新基宾客迎，赛场拼搏竞纷呈。
飞鱼疾速掠云过，花泳盛开浮水明。
池似泉清欣眼阔，掌如雷响赞身轻。
金秋潮涌钱江畔，亚运风情溢满城。

凤凰台上忆吹箫·美丽杭州喜迎亚运会

秀美西湖，人文吴越，相邀赛事金秋。
恰正是、风荷曲醉，花港鱼游。
漫赏莺啼柳浪，波潋滟、湖月清幽。
钱江畔，双莲并蒂，银蝶低眸[1]。

唯待健儿齐聚，来为国，纷纷拼搏争优。
洒汗水、多场竞技，遍引全球。
闪电飞鱼神力，电舞棋[2]、尽展风流。
新时代，杭城续写新讴。

赞电力工作者

恒常线路巡，四季忘昏晨。
足迹千村道，心怀万户民。
风寒侵到骨，暑湿透全身。
亮化城乡者，芸芸电力人。

电力工人

脚踏层峦云比肩，艰辛劳作我当先。
心装服务三农爱，一片光明耀海川。

少年游·电力工人

常年野外冷残羹。飞线觉身轻。
迎霞踏露，艰辛付出，为了万家明。

家中老幼时挂念，作业惹心惊。
苦辣酸甜，尽遮泪眼，是铁骨柔情。

---

[1] 上片写到了西湖十景中的"曲院风荷，花港观鱼，柳浪闻莺，平湖秋月。"和新奥体中心的大小"莲花馆"和"化蝶馆"。

[2] 下片的"电舞棋"是这次杭州亚运会新增的"电子竞技，霹雳舞和棋类项目"。

青玉案·光耀亚运（新韵）

◇杨思怡

残阳渐落西湖畔，碧波染、千灯盏。试问人间何灿烂？银河之下，又一星汉。逐梦江南岸。

杭城八月鲲鹏展，翘首绸缪万人盼。若会客人寻场馆？钱塘之浍，汀花菡萏[1]。四海谁争冠？

定风波·光耀亚运

◇穆紫荆

夏日炎炎斗志高，浙江亚运劲头豪。
比赛竞争多激烈，不缺，扬眉吐气剑离鞘。

电力浙江来保障，有望，全程无碍靠辛劳。
儿女中华今有幸，引领，全球先进尽风骚。

七律·杭州亚运会

◇韩启纲

载歌载舞聚杭州，设备顶尖情意稠。
秣马厉兵明圣火，生龙活虎占鳌头。
友情为重互研习，奖品次之同创优。
电力浙江连四海，助襄中华变金瓯。

诗词作品五首

◇赵琳娣

鹧鸪天·迎杭州亚运会

八月金风漫卷城，人和地利继重明。健儿争列显身手，亚运擎旌推俊英。

思共济，笑相迎，几回清梦觅峥嵘。待看云起西湖畔，论剑钱塘一纵横。

忆江南·赞杭州亚运会"湖山"奖牌

"湖山"寓，情系是江南。水墨云天朝邑铸，莲潭风月叶金参。折桂正秋酣。

七绝·咏吉祥物莲莲

田田莲叶玉盘青，物我相连总是情。
待到三潭秋月白，尽将信意付时英。

七绝·咏吉祥物琮琮

祥云霭霭玉琮琤，良渚传薪亚运城。
今古同流元一气，宸莲相共续风情。

七绝·闻亚运会新增电竞项目偶得

赛场试手展英姿，今又新添电竞时。
若教诗文同一例，樗翁俚妇莫相辞！

---

[1] 菡萏:指形状似莲花的杭州奥体中心，为杭州亚运会的主会场。

七律·绿电亚运（外一首）

◇蔡林辉

追光当奋鲁阳戈，造物阴阳奈我何。
风转叶轮命箕伯，日收晶板挽羲和。
云筋岩骨连山海，柔性低频入网罗。
蔓入钱塘随意绿，旌旗仗彩着花多。

七排·巡线工亚运保供电的一天

挎包皮插安全帽，茧手铜肤粗布衣。
草木幽泉寻野径，石苔危磴上岩扉。
长弦纵壑八荒合，高塔摩天三界微。
点检如何知有几，殷勤但使愿无违。
滚云倾雨当头泼，翻鼎惊雷匝地辉。
望断峦烟迷去处，聊将汗水相因依。
苍山暮日飞霞晚，倦鸟投林踏月归。
十万人家灯璀璨，一行背影气崔巍。

咏杭州亚运会吉祥物宸宸

◇王晴霞

曾有千帆纵四瀛，玉成形识着高情。
欣逢盛事潮头立，慕向群英共一程。

电力之光

给世界以光
——写给时代楷模钱海军

◇蒲素平

1

一个人是一滴水，一个民族
汇聚成一条奔腾的大河

一盏灯照亮一个房间
万千盏灯照亮盛世人间

2

如果我们把目光放远，或者
用北纬 30 度线，在地球上轻轻一划
一条无法看见的虚拟线上
底格里斯河和幼发拉底河哺育了两河文明
尼罗河哺育了古埃及文明
印度河哺育了古印度文明
长江哺育了长江文明
噢，这一条"地球的脐带"啊
人类文明在此发端

沿着这条虚拟的线，可以看见
金字塔群、珠穆朗玛峰、马里亚纳海沟
可以探寻远古玛雅文明遗迹、三星堆
每年引起万人观看的钱塘江大潮
也处在这条虚拟线上
钱塘江边，有一个叫慈溪的小城
小城有一个叫钱海军的电力人
一个生动温暖的人
一个点亮千户万灯的人

3

在中国大地上
在中国浙江大地上
在浙江慈溪大地上
一个身穿工装，个子不高的人
一个被老百姓称为"电力110"的人
用 23 年的时间
他带动一群志愿者
志愿服务惠及 1.3 万余人次
1.3 万人，我无法数清这黑压压的人群
我无法喊出他们的一个个的名字，但我知道
他们一个人一个微笑
就是微笑的海洋

一个人发光可以有多亮
我拿出笔纸默默计算
"千户万灯""星星点灯"
正照亮祖国的河流山川

4

我仰头，看见飘扬的红旗
在空中舞成明天的希望
我低头，看见伸开的五根手指
根根通向自己的心脏
"有疑必解释、有问必解答、有难必解决、
　为群众解困、为政府解忧"
简单的 25 个字，落地有声
有着阳光的颜色
有着金子的质地

在草原，我见过骏马奔驰
马蹄踏着花香
像一阵风，从眼前刮过
在慈溪，用电有困难，请找钱海军
"马上到、马上修、马上好"
三个"马"字，三匹骏马飞奔

5
一滴水有一滴水的力量
一滴水有一滴水的光芒
钱海军服务班"破壳"
一个人成为一个品牌

一个词催动一个词诞生，一篇文章诞生
一滴水推动一滴水前进，大海的波浪形成
一个志愿者带动一个志愿者，志愿者团队形成
光照射光，光带动光
世界便被光所照耀

认领一盏节能灯
千户万灯是一个项目
更是爱的付出和奉献
你出一份力，我出一份力
千户万灯，口口相传
志愿者走出慈溪，走出浙江
辐射西藏、吉林、贵州、四川
沿途播下爱，成为善

钱海军们把"千户万灯"带往雪域高原
室内照明线路改造，这活儿
说起来是个"小活儿"
比如多吉家，离公路垂直距离不过二百米
中间隔着一个大大的峡谷
物资顺索道缓缓传递
"高反"之下的作业
是对生命承受力的一种考验

扎西德勒！扎西德勒！
藏族同胞重复地说着一句话
是啊，一盏灯照亮一个家庭
千户万灯照亮边疆农牧户的心
黑夜亮堂了，心就亮堂了
心亮堂了，世界就亮堂了

6
2017年3月1日，北京的晨风中
九十岁高龄的傅万久老人
一个参加过抗美援朝、辽沈战役的退伍老兵
此刻，缓缓弯下腰
弯下坚挺了一个世纪的腰
风声雨声枪炮声

此刻，在天安门人民英雄纪念碑前骤然停止

傅万久仰头，高举手臂
是啊，给昔日战友敬个礼，鞠个躬
是他一生的愿望

谁没有梦想？
孩子，年轻人，中年人，老年人
钱海军志愿服务队，开始了一个"情牵夕阳　梦圆北京"的行动

春风从更南的地方悄然启程时
桃花正在等待花开之时
七名老人，从六十九岁到九十岁
年龄不等，身体状况不一
从"余姚北"转"杭州东"到"北京南"
走千余千米圆一个心中的"北京梦"
"这是真的，这是真的！"
火车一声长鸣，缓缓驶离站台
目光在阳光里向后退去

敬礼！朝着冉冉上升的五星红旗
傅万久老人右手颤颤巍巍举起
是啊，面对这火的颜色，这光的力量

7
有人把天空淘洗干净
有人对生活的困难志愿帮扶

在慈溪，无数的人
他们说着同样一句话
"有你们，真好！"
你们，是钱海军
是国网浙江（慈溪钱海军）共产党员服务队
是国家电网浙江电力（慈溪）红船共产党员服务队
是一个个普普通通的点灯人

点灯，是一个动词
行动，是一种担当
光，是一种明亮
爱，让光越聚越亮

光耀亚运

向人间延伸的灯盏（三首）
◇ 辰 水

电流，或者一种折返跑的火焰

或者是一种最绚烂的火焰，对于天空而言
碰撞之后，电流四溢，如提着一盏花灯
走过流光溢彩的晚市，魅力丛生
电流，暗藏着能量。无限的，伟大的，核裂变的……
分离出原子、离子……，在魔幻的磁场里
如同火焰，进行着永不休止的折返跑
比赛。在一座发电厂的后半生
并联或者串联，一个城市的数万幢高楼，再延伸
到一个个家庭之中，点亮灯盏
这些向人间低处盛开的火焰，搬运恒定的
力之星，光之魅。大地之上
永不停歇的动力，煤、风、光伏……
催动一条流淌着电流的河流，穿越群山、湖泊与大地
传达大爱与能量，授予一台台机器
运行，工作。产生美与无限的能量
为了一个幸福而光亮的国度。快点儿，快点儿
再快点儿！灵感已融化，已奔流
成为电，成为光，成为力
与无数个数码芯片和人心，对话，交流……
并相互取暖

点亮神秘的灯盏

钻木取火，或者是点石成金
在大地上俯身耕作的人，复制神的光阴
飓风如电，让电流带着翅膀飞行
跨越山川与河流，与万物对话，完成一次
美好而诗意的交集

电的分身术，无处不在
隐蔽栖身于悬空的电缆之中，踪影变幻
比七十二变更多，又守口如瓶
无论黄昏还是朝霞，电是一道彩虹
最美，留存心间

当电流穿过钨丝，灯盏亮起
夜晚的国度，再次光明。这么神秘的灯盏
撬动黑夜的一角，完成一次滑翔
取出身体里的光与电，照亮天下
也涤荡人间的尘埃

万家灯火汇聚的光

从特高压电线上，走下来的电流
经过瓷胡，与分流的伙伴，互道晚安，并携手而去
它们并排而立，经过黑暗的电房，如闪电
钻进母亲的腹地，完成一次裂变
再细分到千家万户，在明亮的灯头里，在光洁的
插座里
淬火，成光。一支支的光，聚拢，发射
点亮人间的一片夜色，人心汇聚
那个夜晚，在电力的催促下，一夜未眠
一名崭新的电工，攀爬到高高的铁塔之上，张望
万家灯火汇聚的村庄，如一道光
闪耀在大地之上，璀璨如繁花，梦幻如烟火
此刻，天空俯下身来，犹如闪电匍匐
光与影的合奏，定格于大地之上
闪存于内心之中，精彩绝伦，拨弄琴弦
如音符，跳跃。这人间大地上的万家灯火
照亮了一晚，也仿佛温暖了一个世纪

关于电的七个比喻
◇ 吴伟华

1
水，流水。或水流
润物细无声的水。上善若水的水
大江大河般奔腾的水
向下蔓延、向上攀登的水

它的流动，是一首宁静的诗
是一支嘹亮的歌
更多时候，它回归到
水的永恒的属性
——持续不断地滋润万物

2
是火。有如可以燎原的
星星之火
或是春风吹又生、顽强又勇敢的火
是火种、火苗、火把
焰火、火山
是热火朝天。是浴火重生

电是另一种火
带来能量
带来动力，带来速度，带来希望

3
电是光。它制造光
成为光
成为光明和温暖的象征

它照耀前方，抵达遥远的未来
它照亮梦想
成为辽阔大地上的丰美现实

"恩泽万物，因光明故"
电，有光的明亮，有光的速度
也有光的多彩
它直抵人心，送上属于电的祝福

电说——
"我为祖国点亮万家灯火"

4
是音符。缠绵，或跳跃；低沉
或高亢
像是一粒粒圆润饱满的种子
孕育出无数不同风格
不同节奏的曲子

无论是50毫安的催眠曲、安魂曲
10千伏的进行曲
还是500千伏的协奏曲、交响乐
它永远是忠诚的陪伴
和守护

5
是拥有神奇魔法的画笔

给大地画上五彩，给大海画上辽阔
给浩瀚的夜空
画上月亮
和闪耀的星辰

给城市画上活力，给乡村画上生机
给劳动者画上热忱
给流淌的汗水画上钢铁的光芒
给用户的期待画上温暖
画上信任，画上美好
画上和谐

给追赶时间的人画上一盏灯
——持久的，明亮的

6
电是春天，或秋天。它深谙
开启四季的密码
能在瞬间准确破译廿四节气的秘密
让神州十二时辰如此真实
如此盛大

春华，秋实。这两个动人的词
就像是电的姓氏
血液里的基因

是电，让这世界变得如此绚丽
和迷人

7
是梦，是中华民族伟大复兴的
中国梦的一部分

它以电的方式，给中国梦
照亮诗和远方
给老百姓的期待涂上鲜艳的
红色的坚实底色

为绿水青山成为真正的
金山银山
安装上新时代的加速器

8
电就是电！它是水，是风

光耀亚运

是太阳能
是煤。是核子反应

有时，它是巍峨的铁塔、逶迤的银线
是 95598 这组数字
是手机上一条温馨的叮咛

有时，它是抢修现场
汗流浃背的运维工
是营业厅春风化雨的营业员
有时，它是悄悄经过你家门口的
电网规划员、客户经理
有时，它是你有求必应的电保姆
是你最信赖的一位邻居

是的，这就是电
——"人民电业为人民"的电
它牢记宗旨
总是以最朴素的姿态
安全、稳定地来到你面前

电力之光，雕琢澎湃的亚运彩卷
◇祝宝玉

1
电，极速
与最后的冲刺相匹配
澎湃的脉冲，同频血管里的奔驰
抵达杭州，从四面八方汇聚
手持电的闪光，在高亢的歌声中进场
于热情的海洋里确定热情的坐标，船舶，或礁石
运动所带动的巨浪拍打
释放激切的电感，在那一刻，身体强烈地提示——
我们都是大海的孩子
"驾驭、召唤、丈量……梦想家的目光，呼啸而过
海浪已为你备下意志的航程"
元宇宙的能力聚集在我们的手掌上，鼓掌
是对夺冠的呼应

2
电，制造光

制造影像
制造璀璨的色彩，汇合在杭州亚运赛场上
我们眺望，极目之所在
"目睹的升腾，高于海平面的攒动
一个集结的眼角，释放它——
飘扬的彩旗，夺眶而出的霞光运用于灵魂的升华"
必然，这里将因人们的呼唤而更加声势浩大
必然，载入运动史册
我们见证，电力开启新的征程
如同万匹奔腾的骏马在广阔的草原上驰骋，山峦隐伏
声浪掀起帷幕，诗意古老的杭州
在簇新的光照下，嬗变为运动之都
每一个人的身体机能都被完全激发，飞翔，或深潜
都是对激情亚运的诠释

3
电，携带着江河的奔腾
把幸福的日子输送
在宽阔的屏幕上，为亚运欢呼的万千观众
发出无可比拟的浩荡
人群开始流动，跟随着运动健儿们的步伐
盛大的镜像聚焦冲刺的刹那
在笔直的跑道上，一往直前
长江的水能转化为威力无比的电光，刷新着新时代的速度
太阳的喜悦，东风的劲吹
带动漫溢的感慨
哦，杭州亚运，光的告白，电的表达
在天空中预设一幕幕神奇的演绎

4
电，制造彩色的梦
广阔的赛场上，所有的颜色汇集，涂绘
关于未来的蓝图设计
"一个涌动的平面，承载着太多的波澜壮阔
世界被我们缓缓托起
眺望，并承接了它衍生的自由与梦想"
站在领奖台上的冠军，得到鲜花和掌声的加持
光泽华彩，电的棱角分明
祝福，纷至沓来
理想终于在奋斗的行动里实现，聆听现实与梦想的合唱
每一枚音符里都蕴含着说不尽的酸甜苦辣
如同爬山越岭，将电的光芒送给千家万户

在一个固态的名词上
——英雄,我们称呼所有为未来而奋战的人,
屹立不倒
新时代的扉页上,充满激情的绽放

5
必然,在开幕式的那天
每一粒空气都到达激越的沸点,电的聚焦
光的散射,一行行释放热量的诗句
点燃内心火焰,动感地跳跃
看见灵魂的微笑,如灿烂朝曦般的速写
杭州,在运动的范畴里锤炼坚毅的壮志和胸襟
伟大的信念再一次铸造
在杭州,运动健儿们的跳跃,腾挪,转出辽阔乾坤
或绚烂起舞,演绎新时代的美好
哦,激情带动吹过赛场上的风
旋律澎湃,心灵与心灵碰撞
在杭州,呼唤的声音全都汇聚在赛场上
那些经过打磨的旗帜柔软地承托,青春的主题张扬
诗词磅礴的气息,此刻,在杭州
永远,在杭州

6
电,无比烂漫
那是胜利之夜天空中绽放的烟花
可以预想到的是,他们列队进入,引爆幸福的火线
声浪跌宕,号角催生力量的延伸
一切变得永恒,我们的眼眸里升起中国梦的锦绣
再一次歌唱,在杭州
我们用运动的长歌改写生涯的坎坷,去奋斗,去奔跑
电的形态,不断的加速度
心灵的律动,丰沛了新时代的画帧
在炫彩的亚运赛场上,流动的影像记录生命蓬发的瞬间
取之不尽的词组,用之不竭的音符
组合成豪迈的乐曲,以及澎湃的诗行
赞美,亚运
抒情,电力
在杭州,黏合两枚蓄势待发的语素,走向历史的见证

光耀的电力工业（三首）
◇ 蔡启发

光耀的电力

迎接杭州亚运的阳光
每一朵闪烁的星星
都以用心交融的谦逊与互耀
告诉一种电力的发展历程

绽放,在次第花开
雷鸣的半夏夜晚热闷
被熏染
异常的色体,孕育微凉
指从各自的方向下,载看
他人的意象,图腾高架古道

输变是唯一的本能
从而获得了电的走线
做一个线路安装工
互相包容
再以团结"拼搏,坚持,信念"
爱你所展现的羡慕衷肠

电 机

寂寞与你无关。蓄满了电源
驱动的走向
是一堵著名的风景墙

经受住安静或忙碌
处于人一样的辛勤付出
便以守望相助的状态

机智的力量
被发现,却赋予了学术用词
同步或者异步

光电传感器

在科研团队眼中,你是一种
灵动智能光学
传感到杆上,如感恩我们遇见

几经周折,触屏的手
示意很明显
挽着波前规律所有的来往

系统联测
评价了管理学的基础
将光感信息切换成光电效应

光的江南诗（外一首）

◇冷 冰

第一次
那束光照亮架上的蚕丝
会让人想到太阳抚摸万物
想西湖水白亮亮的荡漾
想风中点点闪光的桑叶
拱宸桥旁的如意里
如了江南的意
永恒的光悄然而来
夜,不再永远地黑
机器,可以长久地转
现代文明的光
落于良渚之地
接通了五千年时空
写下江南新诗的第一个标点

碾米,缫丝,织布
酿酒,制茶,榨油
当劳作有了电的参与
成就的何止一方山水
更有自古繁华的高傲
骄傲的光
照进江南山水街巷

诗意错落,江南
编织从未有过的美与梦的篇章

诗篇如梦
它是新安江水电站创造的一组新词
它是村村通电的幸福畅想
它是迈入特高压时代的豪迈抒怀
它是多元融合高弹性电网的惊叹称赞
变幻之光,转折的诗行
现在是绿色的
百分之一百绿电
供应杭州亚运会全部竞赛场馆
中国首个220千伏柔性低频输电示范工程护航
电力"AI军团"协同作战
没有哪个文人墨客
能够写出这样的韵律
钱王射潮、越王擂鼓
也无此豪迈的辽阔战场

今天的江南诗
每个词都熠熠闪亮
光芒四射的诗行
写着接天莲叶的风姿
写着钱塘潮涌的壮丽
也写出@未来与世界的智慧
一切皆轻盈
一切皆庄重
新时代的江南
诗传刚柔相济的风格
"美丽中国"的主题
一点点,一行行
描绘着"人间天堂"的模样

杭州辞

"山寺月中寻桂子,
郡亭枕上看潮头"
当年,白居易的杭州山水闲适

"烟柳画桥,风帘翠幕
参差十万人家"
当年,柳永的杭州一派繁华

"弄潮儿向涛头立,
手把红旗旗不湿"
当年,潘阆的杭州英勇无畏

千年之后
时传文明,地造风物
变与不变,今天
杭州,山水依然多情妩媚
杭州,城市发展引领天下
刚柔相济的杭州
多面变幻的杭州
唱响"更快、更高、更强"的节奏

无论何时
到杭州,依然
"日出江花红胜火,春来江水绿如蓝"
依然
"有三秋桂子,十里荷花"
依然
"来疑沧海尽成空,万面鼓声中"

今天
谁不爱江南

浑身淌着金光（三首）

◇黎　落

关于足球闪电

铜锣敲响时
我已步入其中。但还不是一个能控制光的人
有些喑哑的暗物质需要
被剔除。我的朋友中有人专门研究
这个——怎么发电,怎么用光做更有意义的事
比方举办一场灯火 party
或一次亚运会
他有颗光明的头颅,一副
热心肠。在他的感召下,我开始对
视觉艺术和阴阳产生兴趣

最接近的一次
我用两个正负电极制作了一个足球闪电
甚至突进了禁区。他说我很有天分
作为资深电力人,他已能游刃有余地输送
电荷,随时发射一盏孔明灯——
像运动场上空这些五颜六色的灯泡
"很快你也会有自己的江山",他说
我坐在他的江山里,憧憬着未来——
我们的队友在场下踢球
浑身淌着金光

关于视觉盛宴

"吸引我往上走一步的是光
拱起的幻觉中的花园"[1]那种流光溢彩
几乎可以抵达伟大,他说
我深信不疑。运动场上的胶着正经历白热化
挤在一条隐性的电路里
没分出胜负之前,我们的队友不会退场
他的语速撞上球门边的立柱
再反弹。我从中捕捉到某类猛兽般的迅疾和
响亮,灯更亮了
穿着光的条纹衫走下场的人
像匹斑马。中场休息时,电流里投放的花鸟
水禽。群山像给江山加盖了印章
他抓住一只长尾雀。
说:"音乐使人分享,像光一样。"
比赛继续。他被替换上场。一个会发电的人像
行为艺术的灯塔
一群会发电的人引领了全场的
鲜花。鸽子和星辰

关于电的照拂

电力队制造的盛景向亚运会抛出
一个美学江山。他抑制不住要与人分享
不同层次的爱被记下来。我看他
眷顾过白发苍茫的老人
也招呼孕妇。小孩

---

[1] 引用诗人这样的诗句。

光耀亚运

一只麻雀因落在光的秩序里不再乱飞
运动会后,他邀我去亚运村天台
——数万条光纤衍射出去
网络着千门万户。每扇窗后都有幸运
或不幸运的人
光照着,一如母亲。光落在石磨和黑水塘上
并无不同,甚至落在黑暗的更多
我们举杯邀月
月亮以一种天然的经验向大地撒下清晖
东边云层后
一座新的发电机就要突破边界重新发电
云也排布成放射的星空形状

有如地球,硕大的一滴激动的热泪
而星辰大海
就是心跳的回声,遥远的量子纠缠

小颗粒

我心中的光和电,源自
一粒小小的沙砾
一滴晶莹剔透的水
源自一座蕴含巨大能量的生命场

它们,以不同的意识形态
形而上和形而下的存在方式
帮助人类抵达更深层次的思想
和精神境界
飞越一座又一座
智慧的巅峰

在现代技术的引领下
它们化身智慧大脑和数字传输的桥梁
体内的每一个因子
都在酝酿、蓄积超越时空的灵感

在能源变革和信息爆炸的时代
作为现实与未来的链接与延伸载体
怀揣蓝色的令牌
光电,和它的子民
举着无处不在的阳光之旗
将整个世界点亮

光耀世界（三首）
◇ 龙小龙

梦　想

"人类,因为梦想而伟大"
梦想,本是蓝色晶体
抑或蓝到极致,就是无际无涯的黑
就是大数据库构建的
深邃时空,需用我们理想之光芒
——照亮

我曾思考,该怎样表达
我们对浩瀚宇宙的敬仰与尊崇
也曾叩问,究竟是谁
造就了这些漂浮的蓝色星球
是谁导演着永不歇息的浩繁的群舞

当我仰望一切
俯瞰这片辽阔的土地
感恩赐予无限能量的神奇世界
海阔天空,长河落日
紧紧握住的感动
每一刻就是稍纵即逝的光阴

在思想的穹顶之下
我们的梦,是过去,更是未来——
有如月亮是日思夜念的戒指

成为光

没有人知道,是谁第一个看见了光
我只知道
钟灵毓秀的山山水水
浓墨重彩的中华文明
是历史长河中最瑰丽的一道光芒

当江河的流水澎湃着时代变革的潮声
当粼粼的银亮闪烁如徐徐启幕的星辰
一群人,用睿智和远略,用魄力与胆识
满怀敬意和拳拳赤诚

化作了追光逐梦的伟大行动
从一滴露水的芬芳中开始
从一粒沙子的晶亮中出发

逐梦之路永无止境
一转眼，波澜壮阔的数十年过去了
一转眼，又走过了起伏跌宕的数十年
信念，有着万缕光亮的质地
梦想，有着一千多度的热烈

当绿色发展成为时代潮流
总有风雨无阻的探路者开拓出高光大道
迎着太阳，向光而行
用绿色产业的蓬勃发展
用铿锵有力步伐，回答时代的提问

我们，从生活中萃取了十二个九的纯度
每个符号都是晶亮的蓝色电子
从追逐光，到成为光
集合的蓝色天使
展开智慧的翅膀，在天地间自由飞翔

火红的奔赴（四首）

◇刘淑清

巡线路上

从新疆到珠江，从东北到西藏
幅员辽阔的疆域里，有我辽阔的视野
每一次相视，都有新感觉
每一次输送，都和阳光一起奔跑
一级级铁塔，一座座电站
都是我种下的庄稼
枝繁叶茂的田野里，年年丰腴
是我最贵重的财产
九百六十万平方千米春光无限，元气满满
我不知如何描绘这一望无际的坚强
还有光芒万丈的敞亮

亚运村巡线路上，我不知道还有什么存在
我只知道，你沸腾的跳跃里有我火热的加持

火红的奔赴

奔向上海望志路106号的
是火红的步履
奔赴嘉兴南湖的船是火红的摇篮
奔赴延安的心是火红的烈焰
奔赴抗日战场的是火红的号角
奔向小康路上的是火红的初心
奔向杭州亚运村的电流
是我火红的青春

每一次奔赴都是炽热的心跳
每一次奔赴都是倾心的朝圣
每一次奔赴都是一次红彤彤的日出

一代又一代，我们有一个相同的目标
就是奔赴光明
紧紧抱团，不改火红的旗帜
一路赶来，走到今天

奔赴，奔赴
我们一直坚持，没有放弃的是
以自己的光芒，唤醒沉默的事物。并赋予希望与力量

每一度电

每一度电
可以生产布匹10米
可以灌溉农田330平方米
可以产出大米11万粒
可以让10瓦的灯泡亮100小时

在杭州，在亚运村
每一度电
都让你熠熠生辉
每一度电
都包含着一个灯火通明的体育场

我的电力兄弟

一根导线，把我们拧成志同道合的朋友

光耀亚运

一根安全绳，把我们紧拴得相依为命
一顶安全帽，把我们遮盖成同一个屋檐下的兄弟
一身国网绿，能席卷一切黑暗

仿佛燧石点燃了心中的火海
我们说出的话，字字有电，句句炽热
我们走过的路，步步放光，条条闪亮
天天打交道的螺丝刀和钢丝钳
散发着金属光芒
怀揣着它们，就像怀揣着一片灿烂的星空

眼见为实——水与电的日常（三首）
◇达 达

初始的电

初始的电从堰坝里来
我仔细寻找过电的出处
有水从堰坝被引进沟渠
那汩汩不息的水
那涌泉相报的水
那清澈泛着白浪的水
沿着暗渠一头扎进日夜旋转的机器
——据说，那东西
就是能给我们送来光明的发电机
而那些水，则是喂养发电机的上好食材
如果谁浪费了电，我们会跟着心疼
如果谁浪费了水，我们会跟着肉疼

木头电线杆子

最开始的电线杆子都是木头的
木头绝缘
木头取材便宜
木头山里砍砍就有
木电线杆不仅村巷到处竖
就是农田里也隔三岔五
我们常看见农田上的天空
被电线分割成一小块一小块井田似的
我们常见有几只燕雀

没事就栖息在电线上
叽叽喳喳聊闲篇
好奇它怎么不触电

后来木头电线杆子换成水泥杆
电线拉得更高
鸟儿却自此很少出现在那些电线上
是不是树木，鸟儿门清呢

高压线铁塔

我们进到深山里砍柴
山顶上，见到一座座高压电线塔
一个山头连着一个山头像浪头
忽然特别有亲切感
特别不违和
常言道山高林子深
我们砍柴辛苦且多半有点儿孤单
怕遇见些什么一个人势单力孤
见到这高压线铁塔竖在那儿
无形中好像多了个伴儿
壮胆了，不再有焦虑感
想想这么高的铁塔上山
没有几十个壮汉子助阵怎么可能
想想那源源不竭的电
通过高压线传输到四面八方
没有装铁塔的几千上万个架线工人怎么可能
我这会儿独自在这里砍柴有什么好怕
我心里涌起通电似的孤独感有什么好说

灯，为他人而亮（三首）
◇金指尖

电

作为一种形态
它交出了自己的光和热

作为一种物质
应该回到沸腾的血液和工厂

回到日夜不息
用恭敬和感恩，向建设者鞠躬

应该庆幸
阴阳交付，复活的光，与电力人

立场一致

走 过

山有明悟
水有睿智

一个电工跋山涉水
一群电工跋山涉水
他们走过岁月，石头和树，岸和鱼

走过原野
走过庄稼
走过亲疏贵贱之分，走过画外之身

从风到雨
从铜芯的红、黄、绿三色到矩阵的 A、B、C 三相
条条线路，通往光明

走过火
走过光
走过线路工闪光的足迹和脊梁

灯，为他人而亮

水草以水禽装饰弧形的天空
我在渠江之滨靠近你
从一盏灯里取走虔诚和肯定

你是偶数个磁极中的一个
被天空虚化的脸，像太阳，像月亮
映在流水线上流不尽的汗水里

从富流滩电站石壁上飞走的鸟
没有再次回到瓦窑沟

你却把自己坚守成电力人一扇窗

石头梁子边那棵巨大的树
长久地静默，渡槽的水借它的倒影
反复冲刷电机上的磁

灯，为他人而亮
谁用够了流水的落差
谁就拥有更多的光明

从东海到塔里木河
◇江仲民

1

左耳的潮声还未退去，右耳
已灌满了大漠的风沙
一只鞋搁浅在越州的滩涂上，无心拾取
而另一只鞋，在塔里木河中载浮载沉
直到，消失在茫茫的塔克拉玛干深处

弹起热瓦普，敲起纳格拉
古尔邦的烟尘、喧嚣，追逐着塔里木的气息
滚滚而来，真实不虚
那些封存在琥珀里的时光，瞬间喷涌
繁华与骚动，激情与荒蛮
迤逦走远

大风吹过，沙尘蔽日
我回想起那有腥味的空气
叉脚掌舵，在轰鸣的马达声中
穿越波峰浪谷的雄性岁月
那些遗失的过往，湿润，澎湃
一条血脉在另一条血脉中
煮沸般地吱吱作响

2

有风的日子里，最大的愉悦
莫过于与故人在万里外的西域
一次漫不经心的偶遇
我们从地阔海冥冥，一直聊到关山度若飞
言谈里已渐渐有了风暴潮的影子

光耀亚运

而我，却吐出了一口又一口
饱含着泥沙的塔里木河水

曼陀罗花飘散的天空，黄金为地，白玉作柱
孤独的王坐在烈焰王座上
一个"我"跋涉在戈壁中，寻觅葱岭
一个"我"在暗夜里潜行，越过
塔里木、吐鲁番、祁连山、贺兰山、秦岭、梅岭……
而后，斟一壶农家新酿的米酒
在清冽的海风中，高谈阔论

我曾经在空中，把一片薄薄的时间
安放在塔里木河和东海之间
八月的瀚海激动如昔，八月的塔里木河在沙漠中
横冲直撞，不可一世
一个"我"即将醒来，一个"我"昏昏欲睡

切割后的时间，经不起咀嚼
一放手，就是遍地的黄沙
我的身后，是半生的尘，瞬间无影
前面，海妖的歌声、章鱼的触须、大漠的烟尘
纠缠不清

3
虽然，诧异于树木的缄默
但修剪的刀斧，依然保持一贯的饕餮
拧干河流，洗刷汗腺，把信交给风
就如同树在火中的那般，无助、寂静
最后，用灰烬证明自己

我探究过这条河的诞生与消亡
就如同一滴水从天空坠下，渗入沙漠
只不过，这个过程被放大了亿万倍
而显得无比悲壮

昔日的王淡然隐没于天山深处
与万古冰川为伴，饮风刀霜剑度日
龟兹的荣耀，湮没于一次又一次
寒暑更迭中

塔里木呵塔里木
塔里木河赤着怀念与妄想的双脚
在沙漠中狂奔
宿命啊！一次次地愚弄

即便耗尽万年光阴
还是不能望见
波澜壮阔的大海

飞向遥远（三首）

◇王学海

电　光

若太阳
大笑一声
声波便穿透了
厚黑的
压被，循着光
闪出明亮
如放纵的舞步
一伸展
整个天空
就红了，此时比
火焰更炽烈，比
太阳，更华丽

你的张力，挤扁了厚黑
光明，夸张着黑夜

台　灯

我卸下了一天的劳累
当台灯的光向我袭来

永远都是这样，台灯下
我开始
又一天的充电
犹如大海的捕鱼船
万顷的浪向我涌过

你的光，越来越明亮
仿佛让我看到
森林后面那
悄悄

转晃的鹿角

而如果
我是一头小鹿
就在台灯下
顶着厚厚的书
吃草——

后来，你的光
便成了我的翅膀
在柔和的光线里，让我
飞向遥远

霓虹灯光秀

在灿烂的万花中，我把
黑暗高高托起
掸走了沉重的黑
和苍白，那
疲倦的心灵
因你的闪亮，重新
把身体振作
兴奋在一团团，锦簇
巨变的美学之中
虽然，它时高时低
却荡漾着
不可击败的傲气，暗夜
有斑斑色光和点滴
水珠飘落，恰如遥远的
脚步，我暗恋的
亲情　走近

来自未来的人（外一首）
◇张建新

这支与光明相伴的队伍
由一群来自于未来的人组成

一百二十七年前，他们从未来取来的火种
如今已落地生根光照世界

在西湖边走走，你就会发现
湖中桨影如翼，堤上柳叶透明

光也是流水啊，洗尽恐惧和尘埃
让每一颗陷于黑暗里的心亮起来

他们翻山越岭越过激流险滩
每一座铁塔都扛着希望和期盼

它们是脊梁，无论山高水长
誓将光明输送到每一个人身上

不只是光明，还有一种力量
从光明中产生，那是什么样的力量

让我们从每一台机器的振动中
都能听到推动现代文明建设的强音

拼搏、坚持、信念，是这群人
谱写的新时代音符，唱响的旋律

江河奔涌不息，岁月万古流长
他们从未停下矢志不渝的梦想

光明使者

儿时乡村的每一个夜晚
母亲都会点亮煤油灯
当我们入梦时，母亲再吹灭它

如果是夏天，我们就搬张竹床
睡在户外，任由满天星光
照亮我小小的梦想和对光明的渴望

长大后，我当了一名普通电工
我扛着梯子背着电工包
走街串巷进村入户成为光明的使者

那一根根电线都是我的脉搏
每一次跳动都会点亮一盏灯火
我将星光送给我的光明送给他们

在光明里,我们手拉着手
用心交融,相互包容
我们是一群普通又特殊的人

无论刮风下雨,还是严冬酷暑
我们守护着万家灯火
在我们眼里,它是希望之光
它不灭,梦想就会奔腾不息

倾听光的声音（三首）
◇周西西

电的重量

两根电线杆之间,都有电线
呈现倒抛物线的弧度
电在电力的高速公路上飞驰
电的重量和速度,让那些线垂了下来

昨天和今天、明天的电,重量是一样的
核电、水电与火电的重量,也是一样的
电的重量,与光等重
与远方等重

烈日下的架线工

酷暑中,时间像电缆无限延伸,
他们喊着号子,在收割后的麦地里
拉纤。

大口喝水,抽烟,互相嘲笑,
讲荤素搭配的段子。

把工作服脱下来,露出铜和钢筋。
拧出汗水、盐,
拧掉疲惫与抱怨。

他们站在铁塔顶端,用电缆线穿过云,
穿过40摄氏度的蝉鸣。

在这个酷热的季节,这些最接近天空和光的人
自带光芒。

高压线铁塔

旷野中,铁塔是唯一高过鸟鸣的站立者
是见证
是天平
是渡口,是里程碑。是守护与眺望

站着,倾听光的声音
倾听照耀

那么高,几乎是夏日的顶点

光耀亚运,
是写给浙江电力人醉美的颂词（三首）
◇路志宽

行走在那电线上的浙江电力人

别人的路,在大地上
而你们的路,更多的时候
在那高高的电线上,似乎每一次作业
都会有那如走钢丝般的惊险

于一次次地攀爬一次次地滑动一次次地飞掠中
让自己命悬一线,靠着扎实的业务技能和责任心
施展凌波微步的轻功,秀出一个浙江电力人最美的
演绎
在无数次的仰视中啧啧称赞
那高塔上,那高压线上,那高竖的大拇指
都是对你们最高的点赞

我敬重你们,你们用自己的言行
在这片浙江大地上,为举世瞩目的杭州亚运会
诠释出生命的高度和演绎出醉美的篇章

光耀亚运,是写给浙江电力人醉美的颂词

1

浙江电力人啊,你们不是电
但却总像是那电一样的存在
你们个个自带光芒,于晨曦夜幕中
闪烁出自己身后那一道道璀璨的万家灯火

一座座线塔,一道道电线
在纵横交错中,定格你们人生那大写的格局
你们是一盏盏独特的明灯
点亮的不仅仅是人们的目光,还有他们那一颗颗
渴求光明与希望的心灵

2

不只是遭遇黑暗
这电的威力才能淋漓尽致地显现
看今日之亚运盛会,哪一个梦想的实现
能少得了这原动力的支撑与助力呢
电,是能源
开启另一些能源的内心

而在这个过程中,总会有你们的身影
散落在这浙江大地上的城市乡村乡野森林
一万盏灯的光里,闪烁着你们
十万滴的汗水

3

你们行走在那高压线上的样子
总是值得我们一次次抬头仰望
是啊,生活中有些人的高度
来自肩头那份沉甸甸的责任和那颗任劳任怨的心
连过路的风,都在为你们的勇气与担当
鼓出那哗哗啦啦呼呼的掌声

一座座铁塔,高耸成你们坚挺的风骨
夜晚的黑幕,还是被你们的光亮
刺出一个个大窟窿,成为那点缀在这片天空上和亚运盛会的
美丽星辰

4

真的,我能清晰地看见这些小工具身上散发出的光芒
电笔,胶带,电工钳,电工刀……
仿佛是一个个医者手中的手术用具
在一次次精准的"对症下药"里
做到药到病除,黑暗被一扫而尽
光明再次占领人间和精彩亚运

你们流动在这浙江大地上的身影
就是一道道别样的电流

5

经历过漫长的黑夜
所以我们更加渴望光明
而那光耀亚运的璀璨霓虹里
总有一群人在默默奉献

岁月的脚步匆匆走过
那一片真实而温暖的灯光里,光耀亚运
有着浙江电力人最大爱担当最抒情的书写与荣光

被灯光点亮的亚运之夜

被这点点星光点亮的亚运会之夜
多像是一条条彩色霓虹里的星河
就算是那些黑暗的角落里
人们的心头,也都会亮起一盏灯

浙江电力人啊,是你们无私的付出
才让这浙江的人间,没有了黑夜和白天的区分
才让这杭州亚运会有了如此光耀的印象
多少盏灯亮着,就会有多少颗心醒着
在那无尽的霓虹闪烁里,隐藏着多少人心中的温暖家园

在亚运之夜,有无数盏灯光亮着
在亚运会的璀璨夜色里,就会有无数的心灵
在无尽的幸福与美好里,沉醉和留恋

一度电的激情（外二首）
◇夜　宇

你看，那是一度电
它在奔跑
从出生到现在
一直在奔跑
如顽劣的孩童
跑到哪儿，都会带来温暖
光明，还有笑语

你看，它不知疲倦
在祖国母亲的身躯中奔跑
翻山，跨河
最后躲进深山
躲进每户人家，每个角落
当你发现它的时候
你会听见它的话语
关心与问候

它

它在火焰中
在水中、风中
在暴躁的核裂变中
在温暖的阳光中
出生，成长
它是一度电
有许多名字
直流电、交流电、高压电
特高压……
与许多朋友
善良的孩子，乡村的路灯
城市的机械……
它去过遥远的地方
沙漠、高山、岛屿……
夜晚我坐在灯下
对你诉说它的故事

光明使者

黑夜
当我看见光明，一盏灯
就看见一度电在燃烧自己
看见一条线穿山而过
一个瓷瓶，一座电塔
一个夜不归家的输电人
在攀一座山

看见一粒粒煤粉在燃烧
一滴滴水珠在冲打涡轮
一阵阵微风吹动扇叶

还有一群无眠的人在编织
梦想，用扳手，用电表
用一条条银线
用足迹和青春
还有激情与担当
这些人，是电力人
我叫他光明使者

光电让幸福如此清晰（组诗）
◇则　平

光明之丝

是传说还是神话——拱宸桥
灵巧的缫丝女，一手
给京杭大运河打了个结
一手划开电的洪流

需要几辈子火候的修炼
电力才能遇见丝绸？
吐出一束束光明之丝
让寒夜写的情书
也蕴含黎明的暖色

秦山如星

海盐，注定熠熠生辉
如同每粒海盐，自身闪着光亮

秦山核电站
垂天夜幕上最亮的星

这颗完全属于中国自己的星子啊
把黑夜和人心照亮

电之花

两万多个村，两万多个心愿
每个心愿都仰仗电花实现

那一刻，老人的皱纹也开了花
日落时，幸福来得
如此清晰
如此温馨

让每个返乡或回家的人
多了相守相望的眼

追 光

一百二十七年
岁月的集结号

温暖的歌声里，与你一起
追逐
亚运之光

追逐的脚步与歌声
回响，久远

追光者（三首）

◇ 李 勋

追光者

都因亚运体育赛事的预报
奔涌心中的狂潮

四十五朵拼搏之花
追光而行
当那一阵哨声将吹响之时
我明白盛夏七月西湖岸边沸腾的柳树
也形成了一个又一个金牌的组合
以自我独特的方式
准备把最艳丽的景色和盘托出

那些浓烈的茅草和白花
都纷纷开出壮怀激烈的场景
在竞技大幕
亚运保电的热身赛
正进行得如火如荼

让世界凝聚成一朵花

捧着九天丢给一树桂花的诗句
那些沉香汗水也跟着擦出红光

一群亚运追星人穿过银河
来到逐梦无垠的大地
天光云影摊开一处处流金的电火
一些应景的风月只为到来的花期盘算

湖边应运而生的马鞭草和波斯菊
用期许的目光不停裹住风情的烟雨
一双双灵巧检修的手浮动霞光

曾经的水立方和金色的鸟巢
喜悦啄出中国龙匠心筑梦的五环
今天勇毅前行的铁血电网人
再次伸手采撷月亮丰实的银果

光耀亚运

我们因美丽的杭州湾大桥与钱塘江潮翘首以盼
傲然屹立的中国让世界再次凝聚成一朵花

荡起金色的湖水

也许是太过于热切
从此刻起,炽烈燃烧的白天和夜晚
将思绪的灯盏放亮在季节深处

我,一个特殊值守播报光明的电网人
也是紧紧攥住这将要击打的拳头
像是要把这些心花怒放的喜气锤出
眼睛里不停地闪着坚毅的目光
将振聋发聩的吼叫滑向耳际

十月,击打的威风锣鼓和夺冠喜讯
从一块块闪闪发光的奖牌上
印证着一路逆转的金色旋风
带出一个更比一个激动人心的场景

一再点头、鞠躬致意和回眸浅笑
把秋天昂扬的气息和脉搏
交给一幅沉浸于幸福和喜悦当中的画卷

掌灯人（三首）
◇王从航

人与鸟的故事

有那么一个故事,一个女孩
为了救一只受伤的丹顶鹤
滑进了沼泽,再也没有上来
鹤儿久久地盘旋,悲鸣
一首歌,凄美得让人落泪

水乡泽国,鸟类栖息的天堂
急于繁衍后代的乌鸫争不过喜鹊
离开树梢,衔着桑枝落在电杆上
这里虽不能遮风挡雨,却也安然

远处高高的铁塔是白鹭的新居

春暖花开,鸟儿们忙着修筑爱巢
殊不知,也累坏了一群电力小哥
几场大雨下来,线路频频跳闸
罪魁祸首竟然是淋湿的、散落的鸟巢
怎样与鸟类和谐相处
成了让人煞费苦心的难题

于是,这群人起早贪黑
观察鸟类的习性
在电杆上安装视频监控
记录鸟类的活动规律
根据时间、天气、风速、温度
摸索鸟儿喜欢筑巢的季节、杆型
实实在在当起了鸟类专家

他们改进电杆横担结构
提高线路设备的绝缘化程度
还发明了风车驱鸟神器
他们将保留的鸟巢登记在册
按照气候设置红橙黄预警
紧要关头给鸟巢一个个搬家

白头翁在欢快地扑腾。夜鹭
细心照料着巢穴里的三个鸟蛋
这个春天,经常来看望它们的
还有这群电力小哥

水乡掌灯人

据说,那是上天的赐福
化身火鸟,通透而炫目
祖辈们对此深信不疑
在古老的运河之畔
栽下梧桐无数
为了引它栖息此处
小镇用灯笼点缀夜幕
沿袭至今,世代守护

从那以后
小镇的夜有了颜色,家家户户
形形色色的灯琳琅满目

掩映在粉墙黛瓦、亭台楼阁
摇曳在船桨的划痕里
流光溢彩，繁华了吴越的水路
如梦如幻，迷醉了客船的窗户

到了这一代掌灯人，他们深悟
神鸟热衷于焚身以火的秉性
他们集雷霆与地底之火
用电光细腻的笔触
勾勒出古运河的纹理
让拱桥的弧线更丰腴柔和
让长廊的倒影更缥缈虚无
让江南的梦更有温度

小镇人用勤劳和智慧
把日子过得安逸而富足
掌灯人更是用高科技，悄然
在水网上安置了一张智能电网
百般呵护这颗璀璨的明珠
听说，有人在飞机上俯瞰
惊诧地看到一只火鸟在翩翩起舞

直到有一天，这座
叫乌镇的小镇被全世界关注
而此时，或更早时
小镇人已经了然，但从不吐露
那只被唤作凤凰的神鸟早已眷顾
一直都在，未曾离开

每夜，为你留一盏灯

跨过半座空城
回到家，却空无一人
客厅里只亮着一盏台灯
失去了孩子们的欢笑声
少了你笑脸相迎温柔的眼神

爆发的疫情波及小城
春节，从没有这般寂静而沉闷
除夕夜商量着两个孩子如何安顿
第二天就托付给了乡下老人
按照约定，开启了各自忙碌的日程

丈夫放弃休假，随着那辆黄色皮卡
走街串巷，守护万家明灯
妻子主动请缨，和一群逆行的天使
前往救治一线医院助阵
孩子们传来漫画：爸妈加油，中国加油

妻子已经多日没有着家
小心翼翼，生怕一不留神
还是把病毒带给亲人
好在音像的传播不必消毒
家人的关爱更是至纯至真

视频中的你包裹得密不透风
眼眶有点湿，声音有些哽
苍白憔悴得让人看着心疼
平日里你那么在意的俊俏脸庞
布满了口罩和护目镜留下的深深印痕

微信上的寥寥数语
是每天短暂问候的温馨时分
一句"千万小心""累了别硬撑"
流淌着妻子浓浓的爱意
传递着丈夫宽厚臂膀的体温

每夜，为你留一盏灯
说不定某天的深夜或凌晨
你就轻轻地推开了家门
晚安，我的小城
晚安，我的爱人

致敬光明卫士
◇言一文

高压线上
蚂蚁般，不起眼儿的建设者
都是家里的顶梁柱
更是蓝天下跳动着的——最美的音符

过了天天向上的年纪
理想，离现实，越来越遥远了
然而高空的蜘蛛侠们

靠着云端漫步
成了离太阳最近的人

在迎峰度夏的日子里
他们头顶烈日
忍受着高温的炙烤
送来亚运的直播
在北风呼啸的岁月里
他们脚踏冰雪
忍受着严寒的煎熬
带来冬日的暖阳

每次走过这些忙碌的人啊！
我都心生
微小而长存的善意……

电之魂（三首）
◇关　岛

漫　唱

自年轻的岁月被种植进这片
神圣的土地。聆听漫唱
便是我的职责与荣耀

与阳光奔跑，与日月同辉
祖国的每一片土地上都呈现
闪亮的光芒。燃烧的炉膛里
散发着发电机那美妙的歌唱

多么静美的岁月。那无声的电流
犹如一曲曲动听的歌谣
穿过日渐丰满的羽毛
我听到电能拔节的声音
我们的生活由此而梦想
我们的爱情由此而崇高
我们的事业由此而图腾

聆听漫唱
听机器永不变调的歌喉
以质朴严谨的民族唱法

覆盖着我们奋斗的一生

电之魂

这是生命中最充沛的部分
那灵魂的歌者，形象立于
火焰之上。那是光芒的象征

每天清晨，便有歌者在电厂上空
唱响，覆盖着祖国的每个角落
那些娇小的女子，我尊敬的同事
你们的歌声总是与光明一起
以独特的方式，缝补着发电的薄弱环节
在无比荣耀面前，无人再怀疑
这歌声的力量

哦，电之魂在岁月的光芒中
尽情舞蹈，点亮光明
我们的歌唱显得微不足道
高擎火焰如一朵朵鲜花

每当我从你面前走过
就想起这个美丽的比喻
温馨、朴素

绿色·梦想

时光翻阅在浙东这片沉寂的版图
正崛起一座梦幻般新型绿色之城
是东海之滨创业创新的激情勃发
让唐滩宋涂走出一个惊艳的神话

绿色能源不再是神话。弹指一挥间
当岁月的光芒掠过浙能人的头顶
当豪迈的春风从遥远的东方吹来
当杭州亚运从钱塘的江水涌上心头
那挥洒着的劳动者的汗水，号子
又一次响彻在东海浪潮上
用澎湃的潮汐，镌刻在
一百年前的海涂，以光的速度
已辉映出波澜壮阔的历史画卷

长虹卧波，延伸的是视野的长度
奔腾的是浙能人永不停息的热血
血脉偾张，与海争锋
动力梦想，放歌未来
注定要书写亘古未有的辉煌诗篇
那些朝气蓬勃的创业汗水
已化作十月的鲜花，芬芳在海的气息里

此际，我们用一种辽阔的蔚蓝
深藏于骨头的锤炼，根植于大海的胸怀
此际，我们激情满怀，浮想联翩
弹奏于内心的歌唱，怀想于亚运的梦想
此际，我们深知对这片绿色眷恋之情
时刻感触到浙能人脉搏的跃动
沉睡的梦一旦醒来，犹如亚运健儿的奔跑
动力梦想的起碇，已通向世界的桥头堡
照亮开拓者的心路历程和光辉形象

阳光下的新能源战略，犹如一幅和谐的画面
图腾在镇海这品质优雅的怀抱
开发中的绿色之城，犹如一匹奔腾的骏马
飞驰在时间的跑道上，勇往直前
点燃希望，能源先行
跨越梦想，亚运同在
那闪耀的青春之歌，在蛟川大地不曾停歇

向绿色致敬，向梦想致敬，向亚运致敬
我们怀揣梦想、坚毅和坚定，收获的
将是一个用青春汗水浇灌的秋天童话

世界上，所有的光都是相通的
◇ 郭　香

1
先于万物而生的是光
太阳高悬于白昼
月亮和繁星散发着微弱的光芒

2
有了光明，就有了黑暗
有人从木头里取出火种
有人用一种叫电的东西点燃了黑夜

3
更多的人，他们健硕的肌肉
跌落的汗珠，眼角的泪滴
泛起的光泽沸腾了那个叫亚运会的竞技场

4
我赢，光芒万丈
我输，万丈光芒
领奖台上，簇拥着胜利者的光环

5
遇见你时，我披着瑟瑟秋风
落魄与狼狈是一个人摇摇欲坠的烛火
你心底的怜惜，仿佛一束光

6
你说，要有光
坚定的目光，生活的电流
都是我生命里的温暖

7
一个人的光芒叫孤独
一群人的光芒叫狂欢
两束光的缠绕才是人间最美的烟火

一束光的思想（外一首）
◇ 厉　雄

在之江，我目睹水的柔情
还有光的蓄势
它们在凝聚，在守局，在悟道

从西子湖弃船
得意上岸。一朵幻化的大莲花
亭亭玉立，在钱塘身边
光从高音部跳出
叙述最青春，最傲娇的激情

第一次将满载吴语的巨轮
驶向世界
倒映数阕宋词
放大民族的光芒，将博大的胸怀
在世人面前璀璨

一束光，在天地间
横空出世。完成了人生最完美的一跃
与生俱来的哲学思想
孕育出一粒粒民族特色的方块字
内敛而光芒四射

在之江，我们捡拾理性的鸟鸣
电在这里开了花
中国速度在这里结了果实
淬了火的光芒，词句宽阔无比

杭城的秋

雷阵雨走得匆忙
淡泊了暑气和功名
杭城的秋，是一弯新月写的情书
几枚又香又软的形容词
捏一下，滴下雨水

钱塘的秋水，性格略粗犷，整天开着门
进进出出
红日，云霞，烟雨，笔直的赛道
江南的密钥啊
千万瓦的潮水打湿了吴语

电弧铺满秋夜的皮肤
五光十色，用音乐的符号变幻着
钱塘，西子湖，丈量之江两岸的大小
就像阳光，肆无忌惮地铺张
放歌
爱与被爱

桂花捧起自己的香气
在美妙的梦境里，被诗人点睛
百年电网贴上秋色
那是丰收的颜色。闻着稻香和风声

打开一段崭新的光明

向劳动致敬
◇许少君

此时，春意盎然，山川秀美
遍地的鲜花静静地绽放
所有平凡的故事和那些劳动者的身影
在这个季节也愈加显得朴素和动人
其实每一次风雪雨夜里的那一丝暖意
轰鸣的机器，流光溢彩的街道
甚至长夜里一盏不熄的灯
我们都能体会到电力人点点滴滴的积攒、辛劳和努力
如今这所有的美好
都让我们心存感激，充满敬意

在这个春光遍地鲜花盛开的季节
我们要向每一个朴实而平凡的电力劳动者致敬
向每一个挥汗如雨的劳动场景致敬
向抗击冰灾和疫情的每一个英勇的身影致敬
向电网调度台上发出的每一项操作命令致敬
向灾后重新点亮的每一盏灯火致敬
向每一次的执着和坚持致敬
向安全有序的电力施工现场致敬
向万家灯火背后那一份沉甸甸的责任致敬
向迎峰度夏时那些忙碌的身影致敬
向每一次台风肆虐时的坚守致敬
向朴素而响亮的劳动号子致敬
向每一次爬山巡线致敬
向每一次设备消缺致敬
向每一座铁塔致敬
向每一根银线致敬
向山川致敬
向梦想致敬
向所有肩负责任不辱使命的劳动者致敬

在这阳光灿烂的日子里
作为电力人，我们责无旁贷，守护光明
在电光闪烁中传递着光明与温暖
让美好装点着我们的生活

让每一个普通的日子都透出一种满满的幸福

栖身光明的人（三首）

◇吴张睿

亚运颂

"涌潮"打开扇面的时候
光晕从莲花上扩散开来
散落于各处的场馆
像蜻蜓点水后熵增的涟漪
在扩散中架构起盛会的图谱
五十六个场馆，寄情于五十六个故事
或隐匿山林细腻处
摩挲绿水青山的真谛
或栖身象牙塔尖尖
窥探书香文脉的风骨
或雄踞钱塘江浪头
领略钱王射潮的勇气
不约而同张开的臂膀，采撷朝阳的
温度，环抱住迥异的肤色与口音
汗水，是趋同的沉淀
观众、运动员、志愿者使用
不同的修辞，演绎同步的押韵
从北京，到广州，再到杭州
翘首的西子，正沏泡待客的新茗
圣火在跳跃中舞动
一首久违的旋律由远及近：
"我们亚洲，山是高昂的头……"

栖身光明的人

点燃一汪湖水畔清澈的明灯
山水正入画一幅什锦华彩
你在登高车上修饰光与热
与昼伏夜出的路灯不期而遇在
一棵栾树丰硕的回眸

月亮与灯盏争夺飞蛾的骨架
星星，本该在色块的碰撞中
保持沉默。你用机油味掩盖了
指尖隔夜烟草的尼古丁
鼓起的二头肌与扳手孕育出的
汗水，抽空了体内酸乏的咸涩味
柏油路兜住了叶孔遗漏的光屑
逐渐溶解在亚运盛会前有序的街角
沐浴的人流，始终未能察觉
通明都市掩映下，你晦暗的身躯

拼搏或守护

我听到欢呼声正溢出场馆
全息影像记录的伟大时刻
借道生生不息的线路扩散
坚持、信念、攥紧的拳头
你在热烈敲打沸腾的空气
任由头顶空洞消纳了震颤

只有野草为伴的晌午
我只消落座，守护一盏远方的灯
用漉湿的余光捕捉一条
蛰伏的通道，静默的电缆
我也曾深爱野草，顺从曝露的经络
延伸到汲取大地的脉搏
立体生长的电力网络
支撑起这座城市，明亮的骨架
我像一只湛蓝的工蚁，在纤细的
路径，玩一场名为坚韧的游戏

气氛已进入高潮
保电的人，接收到野草的共鸣
胸挂奖牌的人，把花束献给祖国
这是你的舞台，也是我的
你我沁出的汗液，有相似的盐碱度

"瞧，是我给它们牵的红线"
◇何文锋

你蹲守在"大莲花"[1]的角落里
你目光坚毅
手指与手指之间
手指与仪器之间
手指与眼睛之间
有精密齿轮环环相扣
检测，读取，记录，上传
一气呵成
瞬间点亮
数字化全景指挥系统上的一个点
在做这些的时候
你的视网膜上
是冰冷、单调和机械——
冰冷的设备
单调的操作
机械的动作
你的脑海里却无比壮阔——
新疆哈密戈壁滩上
那枝繁叶茂的风机林
青海柴达木盆地上
那波光粼粼的光伏海
还有四川凉山上
那驯服青龙振翅欲飞的"白鹤滩"[2]
电从风中来
电从光中来
电从水中来
你说，这些纯绿色电能
奔涌数千千米而来
是为了共赴一场
名为"零碳亚运"的金秋之约
挥了下手中的红外测温仪
你又说
瞧，是我给它们牵的红线

---

[1] 大莲花，指杭州奥体中心主体育场。
[2] 白鹤滩，指白鹤滩水电站。

光耀亚运（三首）
◇其 然

光耀亚运

不单是天空中一串映日红光
也不单是一串月桂黄光，或者水色蓝光
春天的光芒，夏天的光芒
秋天的光芒，乃至整个季节的光芒
亚运的主题光芒，定会准确绽放
在长长的输送线缆，在场馆
骤然绽开的欢腾中

欢聚与交融，活力与创新
让无数的光芒，顺着电缆而来
让无数的志愿者，顺着电缆而来
输电，变电，送电，巡检
为一座现代的城市
为一个古老的记忆，跻身
亚运会的赛场，转化光与热

光耀亚运，浙电以及全国的电力
正以饱满的热情，运行在
漫长的电缆线上，把一百二十七年深厚的
底蕴，凝结成一团火
照亮杭州古城的每一块青石
每一面洁白的防火山墙

作为一个光明的浙电人，心中
同样充满亚运会的激情与速度
保电值守在亚运会的场馆
高压、低压、应急、照明
所有的线路上都挥洒我们的汗水
无论千里铁塔，还是地下管廊
都能见证每一个开花和结果的时候
浙电人，都能让所有的花草沸腾

起伏的线缆

线缆起伏的光亮
一团橘红色彩，巡视群山

我将目光放短，不管
是山的方言，水的方言
方言总是停留在方言处

流浪的母语，在僻静处
寻找一个热闹的角落
舔舔伤口，隐约的灯光下
呼应，山脚几片灯火
夜的低矮，伤痕与星辰的
记忆，已被光芒舔去
没有失败，失败就是灾难
就是无法挪动的脚步

用旧的普通话，其实
早就没有棱角
正如青春，青春一闪而过
当虚拟的雪花，扑向
路灯时，路灯无动于衷
飘动的光影，一派幸福

所有的寒冷，都无法被搬上桌面
只有热血，在坚定地流淌
信号，越来越弱
泵动的激情，无法停放
在扬程指定的高度
天空的光亮处，大多
成为薄雾，只有铁塔
无怨无悔地背负着
两座大山之间的重量

铁塔下

天空很空，一个人的清晨
站在草地，线缆是如此的辽阔
铁塔，是山与山之间的感叹
风轻云淡，我以仰视的角度
看大山与城市的叙事

铁塔，一枚露水的坠下
水滴，滚圆，干净
天空很空，一个人的夜晚
躺在山坡上，线缆是如此地沉重
星星站在线缆上，忽东忽西

在不可企及的高度

流云，快速地从眼前掠过
翻过密实的电缆，天空很空
夏日的酷暑，冬季的冰凌
从一座山梁，追赶至另一座山梁
所有的守望，都是内心的激流

撑起安培表的指针，千里之遥
一条条看不见的热血奔腾
从江河奔流的大坝
到轰鸣的蒸汽机组
从静静转动的扇臂
到大片的光伏极板
我们一路逆行，每一座铁塔
都是持枪的礼兵，将山川日月
恭迎入城

细腻的诗行，把汗滴
滴下的文字，从开关融入人心
从仪表台凝视的目光
到铁塔下的脚步
上坡下坡，上杆下杆，送变的电流
让共和国不断强壮，充盈的血管
沸腾一代又一代电力人的心潮
从寂静到繁华，从繁华到寂静
线缆，在祖国的版图上越走越辽阔

电是电力工人的血脉（三首）
◇许庭杨

远山的输电线路，是大山的琴弦

鸟飞不上的山峰，电力人脚踏祥云
登上去了，还架起了
直插云霄的铁塔
一座座高山，被铁塔上的输电线
琴弦一样连接在一起
没有人迹的山峰上
一根根银色的输电线路
被电力人拨响，音符是高压电

连绵响彻千万里外的城市和乡村
把人们心里的幸福点燃
山峰上的一座座铁塔
又仿佛是电力人给只有野兽飞鸟的
无数群山，收听人类文明的
天线

电是电力工人的血脉

看不见，摸不着，野性难驯的电
只有电力工人能寻找到
它们的行踪，能把它们驯服
听从调度，安排，调遣
电力工人能用电画画，弹琴
唱歌，能把电当成生活的调色板
电力工人，把电送上无人迹的
山峰，送到无底的深谷
悬崖峭壁和江河湖海
挡不住电力工人的勇气，把电
送到天空和水下
让电，有了更宽广的舞台
把生活描绘得五彩斑斓
电是电力工人的血脉，只要生活
需要，电就会从电力工人身上
输送出来，把日子点燃

电是驯服的闪电

每当乌云一块块一层层密布
闪电就在天空乱窜
像天空产生裂缝
又像雷鸣举起钢鞭
行踪不定，脚步无痕，闪电
把天空当作舞台，要捕捉
很难。好在电力人
把多余的闪电驯服赶进导线
服务人类，否则
天空，到处是裂缝导致坍塌
或者雷鸣的钢鞭
把人心打得血迹斑斑

电力人（外一首）
◇长安肆少

很多年前，有一场风暴夹着狂沙
从更北的地方跟过来，却并不想停驻
他们遮掩了秦时那轮圆月，汉时的轻霜
吹进巍巍梵天寺经幢，寂寞的容颜

西湖微微蹙眉，就召唤起了龙旗
城下，是万亿的群情激昂
植绿，治水，修城，守住人间的绿廊

钱塘江的蒹葭在枯萎中等待，然后绿了又黄
白塔上的老人，还是没有等住时光
直到有一天，一匹快马带着春风跑来
打败疫情的土地，迎来盛世中的驼铃悠扬

旌旗飘扬的赛场，火炬点燃亚运精神
电力人扬起自豪的手掌，与所有的奋斗者拼搏
太阳，月亮，还有璀璨北斗
一起跟着中华土地的心脏，有力搏跳

筑梦亚运

白帆影子印在西湖，还有高楼，霓虹
在迎接亚运的歌声里，扬帆天边
蓝天歌唱这个季节，一首奋斗者的赞歌
杭州，最远的留恋，筛成婆婆故事

扯弄水里的云层，走上高架，仰望
一面红色的旗，随风铺展
十里繁华的道路，川流不息的车
流淌财富的康庄大道，还有建设者的激情

夕阳落在体育馆外墙，脚印，贝壳，一层层浪
眸子里，云的细缝中，透出炽热阳光
一些关乎爱情的传说，那不是传说
亚运城市，奔流的爱情，一家人的幸福
映在灯影里，把异乡变成故土

月亮停留，星星驻留，梦想伸进小窗
筑梦美丽杭州，这是幸福的港湾

像电一样奔跑（三首）
◇周　萌

风，在我的脸颊蹭出火花

我体内的干草蠢蠢欲动
它们酝酿了很久，只为把自己交给火焰
奔跑的时候，风在我的脸颊蹭出火花
我慵懒的灵魂，蓦地燃烧起来
继而光芒万丈，与日同辉
这一路火光，让凋零的野花又重新聚拢

我的肉身，正摩擦着大地

奔跑，是肉体升华的过程
一些坚硬的骨头，在震颤中抵达下盘
如此扎实，让对抗变得平等
我的肉身正摩擦着大地
生出的热，将血肉中灵巧的部分抬升
五脏变得轻盈，与云彩齐飞
我贪婪地吸取着地气，后者让我心安
也让我原本松垮的身躯变得紧致而坚韧

心中有一道闪电，经过

只有在奔跑的时候，灵与肉才会合而为一
就像双手合十，将自己全盘托出
在不知不觉中，融入一片纯净
在激烈中，归于沉寂
心中必有一道闪电经过，照亮黑暗与荒芜
就像一个人的时候，对着镜子，反复深省

他们和人民用心交融
◇李　振

1

在立起电塔的第三百六十五个夜晚
星星有意侧了侧身子
让电落在电上

2

电塔坚挺地驻守着
总有人想把自己的衣物
给它再穿一次，总有人
想和它张开双手
尽情拥抱

3

这一群有着相同颜色、不同腔调的电力人
赋予一截截角铁崇高的品质
他们一起矗立在远方

几万万生灵
因此成了家

4

自他开始唤电的乳名起
他和电就结下了不解之缘
这陪伴了他一生的兄弟
让大地的脉搏始终保持跳动

5

等一个诚实的夜晚
身体里的电与火
就会在数个顶峰复活

6

穿上那件蓝绿色工服以后
它再不用独自替人受罪

7

一定是用尽了身体全部的语言
一定是道尽了一生的危险
一定是往返了数程
才得以拼出神州大地的版图

8

当一个个电网被织起
一条动脉就会搭上另一条动脉
一个国就会和一个村重逢

9

一想起电力人与安然失之交臂

我就老泪纵横，在生日的时候
想换个愿望

10
这一次，我窥见黑暗中
无数个电力人把煳掉的馒头
满满地填在自己的肚子里
碗口大的疤明晃晃地
奉献在阳光下

11
在幕布被冲天的火烧开后
一丝丝光亮折射出
一双双关闭着的眼睛
隐约间，似乎他们还醒着
似乎深藏在他们心底的人民
悄悄地走了出来

电（外一首）

◇叶小兵

电已发动
充满了生命的火与热

煤油灯的黑烟
告诉世界
人世间
不但有黑暗
还有污染心肺的乌烟瘴气

一九七六年
重庆的农村
终于有电了

从此刻起黑夜不仅仅是黑
还有正能量的电
将心灯点燃
世界从此亮堂起来！

冬天的冷
已被电温暖

电动车，电话，电视机，电脑……
将日子里的幸福点燃

岁月静好
生命不仅仅是孤独的过客

点亮心灯
光明驱逐有限阴暗

热腾腾的火力全开
希望将有限
延长为永无止境的无限能量守恒之电！

亚运的光明颂

从小时候的味道
到幼年时的梦想

楼上楼下
电灯电话
再到现在的
手机、电脑、空调，延长了
青春永驻
永远不老的幸福安康共产主义的天堂

从"我们亚洲
山是高昂的头"
到北京
到杭州
到祖国的山河大地

每寸土地
都在沸腾
每个中国魂
均在跳跃
每种声音
每个用诉说
用表情
用过了
有用和无用
有心乃无心
诉说中华民族共同体的

国富民强的中国梦

诗二首
◇周建好

电 工

许许多多的日子
被你的老虎钳紧紧地拧在一起
拧成一根根的电线
连接遥远的心愿

所有的电线
在你手中成了精美的琴弦
你用全部的精力弹奏一曲
万家灯火

电 线

村庄是落在地上的风筝
被电线牢牢地抓住

从屋子里挤出来的灯光
在黑夜喊出了电线的辛苦

村子拉着这根线
就找到了光明
多大的风雨
不再飘摇窗体顶端窗体底端

高压线上的光源
◇烟雨江南

阳光灼热。湖水，路面，屋檐
甚至每一片植物的叶子
都成为反光的瓷片。与它们的每一次对视
都燃起青烟

高压线上没有飞鸟的影子，唯有大写的"人"字
从这一头移动到那一头
填补五线谱中高音的部分

没能空出一只手，擦去顺流而下的汗水
其晶莹的亮度
与五千年良渚文明点亮的亚运圣火
有着相似的光芒
将一同在九月的钱塘江畔
点亮千万盏璀璨的灯火
让一朵莲花，开成亚细亚瞩目的中心

站在高压线上，这些渺小又大写的"人"字
是一个个光源
替燕子谱写光明的赞歌

乌镇无眠的夜
◇汪敏东

拱桥下流淌的那一抹夕阳
浸染了水中晃动的电工帽
脚踏石板的小李脚步匆匆，依旧
与枕水的乌篷船一次次擦肩而过
那檐下的黄，墙角的白
重复见证着他可爱的背影

夜晚水雾缭绕
小李帽檐终将下坠的那一滴水
只为了今夜每一处值得显露的美
不曾留下遗憾

瞧，屋檐下挂着的那一串串参差的红
如此安静却又那样显眼
正如电力工人小李那内敛的坚持不懈
以及同伴们的冲锋陷阵在前
换来的此刻璀璨不变的瞬间

华灯初上，夜色撩人醉
桨声灯影，闪动似梦幻
火树银花点点，那是电力工人的眼

望着四海宾朋相聚乌镇互联
驻足啧叹，共襄峰会盛典

华丽的背后总有一群可爱的人儿
今夜此时
电力工人的责任和使命
带着疲惫和光荣在接力
今夜注定无眠

光耀亚运
◇王美林

在闪耀璀璨夺目的灯光之下
在那一行行电力分析仪器里
这红色仪表上那带箭头的指针
随着有力洁白的手摁着圆形
开关在快速的上下的运转中
这一双双明亮的眼睛是认真的
它们在仔细一丝不苟认真看着
人也在机器之间来回地走动
这一双双明亮眼睛就像闪烁
天上一闪一闪亮晶晶的星星
还有旁边电机一声声马达轰鸣
在这四十度炎热的天气之下
那脸上留下了这晶莹的汗水
跟着蓝色的厚厚的工作衣服
这脸热得是那样的通红
但她们依然坚持在工作岗位
这种大爱无疆那奋斗的精神
她们是电力工作者的骄傲
这壮丽的青春在这里燃烧升华

雨后的晚霞
◇郭奕标

在我家门前
地面上的
这件霓裳

究竟是哪位仙女？
遗下的

高压电铁架上
这五根
接云的电线
哪一根的尽头
系着
牛郎那头
奔天的老牛

煤油灯
◇钱　林

外婆，现在，晚上不需要煤油灯
不用时常担心突然停电
像除不去的疼痛
黑夜不会像巨兽跳出来
将我们吞没
不必防备有人来检查
有没有用大功率电器

那时，我们不得不
喜欢上一盏煤油灯
小屋的旧方桌上
它光线昏黄
只撑破了一小片黑暗
它熏黑了我的鼻孔
损害了我的眼睛
但是，那朵透过玻璃罩的火苗
照亮了我求学的路
照亮了外婆外公苍老的脸
和慈祥的叮嘱

现在万家灯火，日夜通明
不会想到煤油灯，但是
外婆，我想在灿烂里找遍世界
有没有一盏灯
能够再把你和外公照见

浙送[1]少年志

◇李　栋

　　序言：入浙送一年有余，沐骤雨，栉疾风，披荆斩棘而行，从苦痛中走向成熟，从磨难中历练刚强。砺书生之笔锋，锐奋进之利刃。回首前路，虽苦亦甜。

第一章 少年行

向日葵的花盘追随着太阳的脚步
是盲目，抑或是执着？
扑火的飞蛾摇曳着冲向那团光热
是信仰，还是狂热？

漫溯在生命的长河
苦苦追索
那一个理想的安身之所

青春结束在那个烈日炎炎的夏天
我告别家乡
背起行囊
"浙送铁军"的旗帜在高高的山冈迎风飘扬

曾经我也无数次地幻想
幻想工作后的模样
帅气的西装
天蓝色的办公桌靠着明亮的窗
午后的那间咖啡馆里有我那丁香一样的姑娘

满怀憧憬
踏入工作现场
火热的太阳啊，灼烧着我的肩膀
汗水混着尘土静静流淌
机器的轰鸣在耳边回响

我也曾怀疑过往

抱怨一切为什么和想象的并不一样
质疑当初的选择
为何这般辛苦而又漫长

直到那一天
我站在最高的铁塔上
俯瞰大地
远方的地平线蜿蜒出最美的弧线
那是梦中都不曾出现过的雄壮

直到那一刻
我眺望黑夜的远方
点点灯火陆续绽放
仿佛自己在用双手将天空的群星点亮

我不再彷徨
生命在这里散发更加璀璨的光芒
我不再迷茫
无数的浙送人指引我前进的方向

随风飞行好似南飞的雁
带着希冀翱翔自由蓝天
怀揣梦想在九重天涤荡
不羁的少年要逐梦远航

第二章 伤别离

有没有一种美丽能够成为永恒？
当阳光透过枝丫映出斑驳的树影
有没有一种回忆能够成为感动？
当雨霁的天空中划过七色的彩虹

亚马孙的河水蜿蜒出迷人的姿态
舟山的海岛回荡着震耳的波涛
点亮万家灯火是我的梦想
即使背负沉重　卷满案头

父母总是喜欢问我工作的地方
期待每一个日升月落
一起看满树银花是他们的梦想
归家的日子被他们盼在挂历上

悠悠天河长
亮不过千家万户

---

[1] 作者注：浙送为浙江电力系统送电部门，员工常以"浙送人"自称。

光耀亚运

灯火辉煌
高高山冈上
载不动浙送人的
思念情伤

我在清冷的荒野上人来人往
你在繁华的都市里独处一堂
家中父母可是安康？
我那可爱的小儿如今又是何模样？

都说这思念从不为谁而长
为何那默默无言的等待如此漫长
与其说是奉献
不如说是亏欠

第三章 凌云志

穿越岁月沧桑
走过大地苍茫
坚强的输电网永远传递着温暖的电光

站在高高的山巅仰望
巍峨的铁塔绵延向远方
六十年寒来暑往
那是属于我们浙送人的辉煌

犹记得 2008 年那场大雪
冰临黄河，冻雨冰广
低温严寒，雨雪长江

在天寒地冻中检修
在低温冰挂中奔忙
胜利伴着新年的钟声敲响

挺起胸膛
大自然的疯狂
压不垮浙送人的脊梁

峰会保电护航
战鼓急响　号角声扬
浙送的战士
满怀勇气　一身戎装

我们骄傲

当捷报在电波中飞扬
我们自豪
当点燃城中不灭的灯光
我们是开拓的利剑
亦是钢铁的城墙

直面风雷激荡
笑对雨横风狂
无论艰难困苦
都不能将我们阻挡
万里长空是属于我们的战场
我们强，则电网强
勇往直前　乘风破浪
奋斗的汗水铸就我们的辉煌

一盏灯

◇王晓露

一盏灯
让明亮更加明亮
成为这个世界的中心和焦点
任由亿万人
审视自己的优点和缺点

静止的光线里
它的灵魂在游走
就像一个人的大脑飞速运转
"我来自哪里？"
这种思索需要巨大的能量
以至于石油喷薄而出
煤炭把自己炙烤得通红
江河奔腾，狂风呼啸

人与自然的博弈
一代又一代
他们在为驯服能量而战
直到在东方举起一个太阳

黑夜里掌灯的人（三首）
◇李志俊

铁 塔

俯下身子
把自己当作挖掘机，电钻，铁锹
入地三尺
土地倔强着，我也倔强着

掘土，掘石头，掘粉尘
掘山谷里的河流
掘血脉和骨架
掘世间最坚硬的棱角
掘身体里铁一般的刚毅和质地

直到站起来
每个土坑都栽上铁塔
除了风吹动故乡，撞上软肋
身体才闪了一下

在黑夜里掌灯的人

落日，是溺水的孩子
在地平线上挣扎
尘世里，我们抱紧桅杆往上爬
村庄，远山，来路，去路
轻轻念叨过的人
都渐渐隐退

我是被大地掌在手心里的人
被夜擦破，擦亮
擦成一盏烛火
高高挂起

故乡偎在灯下
像一块熔化了的铁

雪 域

是泥土深处的草木之心裸露在外面
雪，一寸寸洁白
是天空，是鸟的翅膀上落下的一片羽毛
覆盖了世界

是脚印，是缆绳在飘摇
是奔腾在疆域里一颗颗清澈透明的心
哦！这雪域
这山峰，这铁塔
这世界的高处，脊梁之上

微微陷下去的黄昏啊
灯火，落在远方

光明行
◇严辉文

之 一

太阳在彼岸
又在水中，浸成夕阳
此刻夸父逐日的心
鲜艳滴血

然后昼夜轮转，黑夜来临
当你眼光明亮，逼退
流水、乡村、田畈和山脉
我仍不敢向前半步

之 二

你我之间
微光流淌，节奏缓慢
万物隐身飞行
寻找唯一出口
不要试图找到一滴水
不管我们曾多么亲密

光耀亚运

不要试图抓住时间的浪花
不管我们曾多么浪漫
光带显现，像一条江
正等待我们飞越

之 三

唯有爱，是骤然的明亮
你站上这舞台
如同满月升起
牵引全世界的目光

杭州、亚洲紧跟出场
我和所有的事物一道
眼花缭乱，心绪飞扬
忘情奔腾歌唱

之 四

光可以被输送
然后勾画各种形状
泳池、跑道、运动场
呐喊、激情、闪亮的奖牌

你无处不在，一再
溢出光明的边界
照亮了我
照彻冲刺和速度

他们，为亚运点亮指路的星星（三首）
◇王万胜

夜间巡线员

饮下浓烈的晚霞后，夕阳酩酊大醉
一路跌跌撞撞，绕过三五座铁塔
总算摸回了西山，沉沉睡去
此时此刻，夜幕的势力正悄悄潜入城市

唯有电力工人，能够将黑暗逐出市民的眼睛

他们是阳光洒落在人间的种子
拥有为电力设备把脉问诊的神技
电流涌动的节拍，与他们的脉搏相呼应
在他们的安抚下，那些躁动不安的电力设备
终于拾起了改过自新的勇气

市民家中，空调恢复了冷静，电灯心花怒放
整座城市得以安然入眠
待到天色渐亮，巡线员拂身而去
那些见证了一切的电力设备，纷纷挺直了腰
依旧撑起一片晴空

变电站运行员

夜已深，一场过路的暴风雨别无去处
竟然想在变电站借宿
门口的路灯开始痉挛
像是一种预警
一时间，光与影的关系变得扑朔迷离

值班室内，运行人员用鼠标指针轻轻安抚
屏幕上躁动不安的数据，以及那些
与数据血脉相连的仪表
其他人员也已经出发
有些患有幽闭恐惧症的设备，正在渴望着
得到他们的鼓励

在这波澜起伏的雨夜，电力工人
还有他们守护的变电站，显得格外冷静
而不远处那座岿然不动的铁塔
在风雨中逐渐模糊，倒是有了几分
定海神针的样子

调度员

小暑过后，世间即将上演迎峰度夏大戏
剧组头牌演员当属各地电网
至于导演，则是一众调度员
电力系统图需要仔仔细细研究分析

它是这场大戏的剧本
电话、电脑、对讲机要寸步不离
那是联系演员的必备道具
遇到突发情况,要随机应变处理问题
绝不允许哪两个演员争执不下

这场大戏事关人间冷暖
没有哪个镜头经得起补拍
调度员小心翼翼做着动作指导
观察着每一位演员的状态信息
一切已经就绪
盛夏的大幕缓缓拉开

零点检修
◇龚鹏兵

为了光明
有一群人翻转了时间的形状
让黑夜的呼吸与脉搏
更有张力

他们步履匆匆
穿越霓虹灯下的夏日风情
安全帽下淌流的汗珠
映现出栅道两侧的月季与香樟
他们即将集结
与最美的自己相遇
淡定而从容
等待朱班长那熟悉的口令

墙上的时针与秒针
相视调侃
小伙子们用江南七地的口音
把一盘盘大龙虾炒熟了
你们不是马路哥
而是国网绿的国之栋梁
也不是神雕七怪
却托起了百万城市的光明之塔
安全监护的反光服
再次照亮用户高举的一双大拇指

从子时走进
又从寅时走出
变电人以青春与自豪
验证
零点检修

倾注伏天亮瑞的人
◇黄庆绸

保障电力,亮化亚运
供电人的内心不会漏光
是千千万万灯盏里最璀璨的那一颗
不等星月博彩传情
撕碎雾　捏断雨
用新耸的座座输电铁塔
纵横四方的银线为亚运写诗
歌飞笺扬　追赶早霞和晚霞
夜的肌肤上涂满灯光诗句
不辨水的光线和空气光线的细微差别
繁星似的手机手电筒不是唯一光亮
流光溢彩的亚运灯带是城市最靠谱的审美
中华健儿力量硬过石头
为国争胜是运动鞋上的内容
俯瞰亚运看台的星星记得
中华儿郎壮哉其志
灯光最浓处留下生命密码
是谁倾注伏天亮瑞光耀亚运

徽
◇冯美芳

直到现在,我才明白
你是一道穿过黑夜的晨光
你是一串趟过沙砾的水珠
一缕拂过草原的清风是你
一颗沉睡亿年的煤也是你

光耀亚运

世间万物，原来都是你

运河荡漾起记忆的碎屑
左右手定则的茫然
在合闸的瞬间被弧光警告
登高板溜走了，攀缘的无助
在俯视和仰望之间
唯有，学着勇敢

我在晨露中奔跑
我在星空下漫步
摔倒的跑道
那些手上、脚上蹭出的伤口
始终没有哭泣
不为人知的图腾
就这样缓缓刻进光阴
像一枚徽章的雏形，坚定

无数个夜晚
风雨和雷电
守望此起彼伏的电话
另一端，是重重叠叠的身影
或在杆塔上奋力攀登
或在洪水里激流勇进
或在黑暗中将一盏盏灯火依次点亮

梦里，我总是在高高飞翔
穿出茂密的树林
掠过高山大海
扑向满天繁星
或在输电线下有惊无险地掠过
或在屋顶的避雷针上休憩
或在风铃般的绝缘子间徘徊

你在春天的油菜地伫立
你在如火的骄阳下闪烁
你在秋天的稻浪中穿梭
你在雪花纷飞的寒冷里等候
你，不分昼夜
翻山越岭
看似平静却奔腾不已

亿万光年
一念重逢

远古的阳光把雪山的清凉
送到湖畔的每一朵莲蓬
今夜，我听到花落的声音
那些恐惧、黑暗和无边的担忧
就这样化为芬芳的泥土

你是天空的五线谱
日月星辰凝为音符
你是起舞的正弦波
只有我看到你永恒的浪涌
清晰的脉络里
旋转与静止的交变
在远方与眼前
吟着同一个频率
不断地向光明，出发

星星，是太阳洒落的汗水（外一首）
◇陈勋伟

向上，繁星点点
向下，灯光灿烂
屋内凉爽宜人
但窗外的酷热
透过玻璃告诉了眼睛
今天休假，他在欣赏夜色
和她闲聊，享受温情
突然，窗外西南方向漆黑一片
"中心医院附近"
他一边说，一边走向衣帽间
"今天你调休"她马上提醒
他已经换上了工作服
她欲言又止，"注意安全"
她坐在窗前刷着抖音
时不时抬头望望窗外
原来黑黑的地方突然亮了一片
她起身去准备他的换洗衣服
等那熟悉的脚步声
他接过她递来的衣服随手一扔
顺势和衣躺在沙发上
很快发出了富有节奏的鼾声
她端来一盆热水

心疼地脱掉他的鞋子
默默地擦洗着，浮想联翩
天上的星星
是太阳洒落的汗水
他的汗水
留在了窗外的万家灯火

角 色

你是一个工人，更像一个战士
停电就是敌情
常常出现在你想安逸一下的时候
比如春节，刚与家人喝酒尽兴
比如夏夜，刚准备在空调房打个盹儿
突然，电话铃声响个不停

不允许丝毫懈怠，立即披挂上阵
除夕夜，全村人将你团团围住
盯着你的一举一动
喝矿泉水，盼你囫囵吞下
当全村亮灯的一刹那
掌声喊声轰鸣

夏夜，人群挡住了任何一处的风
汗水早已将你浑身浸透
虽然会有人在旁给你摇几扇
却掩盖不了他躁动的内心，听不见
你的汗水在炽热的设备外壳吱吱作响
所有人的心聚焦于电快点接通

"通电啦"！人群一哄而散
边走边议电视中断的剧情
此时你感觉像个多余的人
疲惫地和同事收拾工具
离开时突然发现
自己高大的身影
再次融入城市的灯火通明

初心为梦

◇ 胡　伟

杭徽古道上是静雨缠绵，
浙西乡村里是民俗俚语。
太湖源头水流翻腾，
水韵潜川清波漫游。
看亚运，汇聚杭州坚韧情怀。
守亚运，浙江电力全力以赴。
127年的奋勇为继，
荡开浙江电力如今灿烂的局面。
127年的创新经实，
守护电力发展有志有梦的未来。
我们经过清末、民国的动荡。
还记步履维艰，还记沧桑历尽。
我们经过新中国的光辉崛起，
还记从小到大，从弱到强。
1932年闸口发电厂正式投产，
装机总容量位居全国第三。
1959年，闸口发电厂完成扩建，
单一的14千伏供电
改为35千伏与10千伏对外供电。
风风雨雨的前行凿画成印记，
刻骨铭心的转折融化成经历。
新安江水电站的建设
是我国自主设计、自主制造大型水力发电站的丰碑。
从此，浙江电力步入新的轨道。
北仑发电厂
经过几十年的轰鸣与建设，
成为国内首座装机容量达
300万千瓦的巨型火电厂。

月光笼罩住千万里神州，
星光勾勒伟岸的守候。
鸟鸣打破沉默，
淮水分开山河。
铁拳紧握，
砸碎沉睡的荒蛮。
电流踊跃，
高压线串联起锋芒，
矗立的铁塔，
守护着万家灯火辉煌。

光耀亚运

精密检修，一次验收，
打造安全基础团队。
攻坚克难，整装出发，
锁定全优项目工程。
绿色亚运，绿电在行。
穿过旷野戈壁，跨过崇山峻岭，
从大西北源源不断地输送绿电。
二氧化碳排放接近于零，
环境保护理念支持同行。
风力电能，过特高压网架输送，
丝绸光点，点亮了亚运的灯。
源头低碳，为环保护航。
设备高效，展大国力量。
带电作业，用兢兢业业保亚运供电。
检修严谨，用共同荣誉献全部心血。
培训电力人才，为亚运助力。
甄选电力精英，为亚运护航。

熊熊燃烧的星照亮神州，
千山万水的光对映星座。
滚烫的梦想，
撒在干旱的戈壁滩。
热切的希冀，
种在万仞高山。
在艰难困苦中，
电流指明前进的方向。
在坎坷风沙中，
汗水流淌奋斗的真理。
艰苦拼搏，攻坚克难，
突破困局的精神紧密结合。
努力超越，追求卓越
匠艺求精的誓言指引方向。
瓯江沿岸，钱塘激浪，
青山有路，鸿鸟飞翔。
浙江电网，以使命言明担当。
培训中心，用奋勇助力亚运。

电网有你　四季可期

◇刘　帅

夜晚，不代表黑暗；
就像夏与冬，
也不再代表酷热与严寒。
如今的人们，
已渐渐习惯不熄灯的夜晚，
也开始偏爱起，
棉被里的夏日和吃着冷饮的冬天。
却不曾意识到，
这反常的正常生活背后，
电网发生的翻天覆地的改变：
四交四直，特高电压任驰骋；
川藏联网，万里布线赛长征。
一声电网人，
一生奉献心。

日月风雨，洗尽沧桑，
却洗不掉电网人的信仰。
春夏秋冬，四季变换，
却变不了电网人的坚持。

又是一年春暖季，
慵懒的阳光温暖着还在沉睡的万物，
勤劳的脚步却早已踏上新的征途。

人们望着电杆上的你，
遥远而神秘，
不过一根杆的高度，
却是黑暗到光明的距离。

你们站得最高，
却不为远眺。
你们走得最远，
只因使命在肩。
像蜜蜂，点缀电力之花；
像啄木鸟，修复电力之树；
像音符，装饰最美的电力乐谱。

终于，不远的房间亮起了一抹昏黄，
你知道，这便是胜利的荣光。

于是，你重新拾起行囊，
渐没在夜的远方，
却用坚实的背影告诉世界：
这，就是电网人的力量！

夏日的太阳转了又转
你们的衣服被汗水浸透，
湿了又干。

一壶白开水，
几粒防暑丹，
便是电力工人最特殊的"工作餐"。
没有乌云蔽日，
没有凉风拂面，
铁肩担重任，
所以不惧烈日炎。

"娜美""杜鹃"，
每一个可爱的名字背后，
都是一段可怕的梦魇，
狂风，骤雨。
花残，树断。
"快看！"，电力突击队站在了风口浪尖，
抢修，送电，
你们走了，也带走风雨中的黑暗。

最坚强的电网，
因为有最坚定的信念！

时间兜兜转转，
夏去了，秋还，
于是金满大地，层林尽染。

本该收获的季节，
为何有人愁云遮面？
他们勤劳，却无人照料；
他们刻苦，却没钱读书。
他们在花园的角落被人遗忘，
但祖国的花朵，
终究需要绽放！
善良的你们纷纷解囊，
搭建爱的温室，
投去爱的阳光，
在爱的浇灌下看他们长出最美的模样。

秋色依旧，
爱也依旧。
这不是本分，
却是电网人沉甸甸的责任。

南国的冬天，
低沉，湿冷。
没有北风呼啸，
寒意却丝丝入缝。

路的那边，
巡线的身影踽踽而行，
坚定的脚步似乎已习惯这孤独的旅程。
一阵冷风袭过，
你紧了紧衣领，
目光却不离线路，处处紧盯。
这份淡定从容让人心疼。

除夕之夜，
保万家供电，烟火通明。
良宵苦短，
你在坚守中期盼天明。

选择远方，所以风雨兼程；
选择电网，所以甘愿牺牲。
这是你对社会的承诺
这就是电网人的执着！

电网有你，
四季可期。

亚运风采　光耀未来（组诗）

◇夏　风

绿　色

从柴达木盆地的阳光
到杭州亚运村的灯光
从新疆哈密的清风
到奥体中心的清凉

这是特高压技术的实力
亦是杭州亚运的绿色

智 能

机器人智能巡检
为保供电添砖加瓦
无人机重载运输
为架线路降压减负
这是科技创新的能力
亦是杭州亚运的智能

节 俭

物品回收场馆共享
为资源循环添动力
垃圾分类变废为宝
为环境保护赋新能
这是可持续发展的活力
亦是杭州亚运的节俭

文 明

西子湖畔静品茶茗
钱塘江岸动观潮涌
吴越文化源远流长
江南水乡钟林毓秀
这是人文积淀的魅力
亦是杭州亚运的文明

绿色　智能　节俭　文明
这是杭州亚运的风采
亦是新时代中国
熠熠生辉的光芒
点亮你我
照耀未来

浙电人谣
——浙里青莲迎着风伴着风
◇陆夕蒙

绿啊，我爱你这连绵东西的绿色。
绿的风，绿的阳光。
风的羽叶在海上，在高原。
光的芒束在山中，在戈壁。
能脉流淌在山河湖海云间，
她在西子湖畔莲花上编织新的梦罟。
绿的衣裳，绿的流苏，
和那烈日般灼热的眼眸。
绿啊，我爱你这繁星满缀的绿色。
在横跨亚细亚的月亮下，
一切都望着她，
她也将那朵莲举向月亮之上，泛起一片星光。
远方风车用船桨似的叶片
划过风，
山，满是岁月的脸颊
沐浴着忽明忽暗挑逗的阳光。
谁将到来？从哪儿？
她起舞在之江大地，
绿的衣裳，绿的柔发，
梦见心心相融，
爱达未来。
——朋友，我想
用我绿色的莲换你尽情奔跑，
用我的风车换你欢呼雀跃，
把我藏的光换你不断健强。
朋友，我从措美哲古迎着风回来，
从芒康昂多向着光回来。
——我一定办得到，年轻人们，
这交易准能让你们满意。
那亚细亚姑娘
在西子湖畔摇曳。
绿的衣裳，绿的簪子，
和那烈日般灼热的眼眸。
月光下的莲
在水中托着她。
黎明前朦胧得
似在云间。
雄赳赳、气昂昂的采莲人，
正在渡船。

光耀亚运
◇王晨光

浙里的电网,
承载了我们的使命与担当；
不灭的灯光,
赋予了我们的责任与希望。

金秋的九月,
亚洲的运动健儿齐聚浙江；
拼搏的赛场,
共同铸就浙里亚运的辉煌。

奋起拼搏,
用激情去创造奇迹；
乘风破浪,
用汗水去浇灌梦想。

确保供电,
我们无惧艰辛风雨；
光耀浙里,
为亚运崛起助全力!

火 炬（三首）
◇叶彬成

发 芽

台州首富黄楚聊追求真理,向往科学
1917年,柴油发电机在中式花园里发出噪声
灯火从黄家大院高墙隙缝间透出
明亮,穿透力强
旁边的煤油灯仰视纷纷低头臣服
像太阳一样独骚霞涟老街,椒江口,台州大地
闪烁着力量打破死气沉沉的保守氛围
它是台州第一盏电灯。

一个月一盏灯吃光一担大米
电灯是光明的先知

一盏,两盏,三盏,无数盏在台州各地兴起
电灯只照亮少数富贵家的堂前
高粱、蕃莳、土豆、芋头一直摆在寻常百姓家的饭
桌上
1937年,日军入侵杭州
油贵如金,私营电厂纷纷破产倒闭
扑灭小小的轰鸣声,小小的光明
台州又回到煤油灯的世界。

开 花

1978年,改革开放的春风吹来
饥饿的电力胃需要煤
疯长的血液呼唤电力线路
台州电力局,台州地区电力公司,输变工程筹建处
合并
1981年4月1日,台州电业局落地
1981年,110千伏大汾变电站投运
孤立的台州联入浙江电网,找到了组织
1982年,浙江巨大的充电宝
——台州发电厂开始发电
培养出一批工学并举的电力人才。
电力血管通到每一个村庄
美孚灯在黑暗的角落里哭泣
回忆当年在台上的风采。

1999年,百姓在村口接迎农网改造
洋溢的笑容直通电工心坎上
电压稳了,停电少了,电价降了
空调、冰箱、热水器一起唱着快乐的声音。

结 果

2004年,台州第一个500千伏塘岭变投运
一个将军统领10多个220千伏变电站
为全国能源互联网的蓝图打下一根桩基
运行自动,无人化值班,状态检修……
一朵朵花儿纷纷绽放

在500千伏电网的肩膀上,特高压电网横空出世
上游服务核电站、煤田坑口电站
下游吸纳风力发电,光伏发电等清洁电能源

2009 年，三门核电开工
第三代压水堆核电 AP1000 技术的标本和教科书
集聚太平洋的海风，裹着绿色的气息
2009 年，大陈岛上的风机闪耀在海天中
转着风，转着清洁，血液输进轰鸣的工厂

2013 年，浙江省首个家庭光伏电站并网
照着太阳，吸收无边无垠的新能源
一寸阳光一瓦电
梦想照进了百姓的现实中

2022 年，台州大陈岛氢能综合利用示范工程
捕捉深海的风力能量，分解二氧化碳
站在"碳达峰、碳中和"的前线

声音的浪潮
◇筏　子

大运河的波涛
从远处传来，闪动着
黑夜的光。我最初只是
感觉沉寂的夜空
有星星组合的方阵坠落
河面上
一阵阵浪潮
夹杂着一个又一个微弱的声音
像沉船前，发出的呼救

我睁开眼睛，什么也看不见
刺痛我的，疑似
星光与冰块的撞击
这些晶莹透亮的天外之物
化为许多细粒，反而聚集
在我的周围
时隐时现，声音的波动
一次比一次更有力

让我这副抛弃不掉的
躯体，重又恢复了知觉
我的心是钨丝，也开始发热，发光

电力人，我为你骄傲
◇林尚岳

1
一群人，默默无闻
坚守在自己的岗位
干着平凡的工作
历经岁月沧桑
日复一日，年复一年
心如磐石，宁静淡泊
习惯了艰辛寂寞
只为内心的那份执着

没有朝九晚五的休闲
没有假期节日的浪漫
一根时刻绷紧的弦
响应着无时的召唤
内强素质，外树形象
在磨炼中不断成长
怀着同一个信念
奉献着自己的青春力量

2
摸爬滚打几十年
风雨无阻，所向披靡
每一寸土地，都留下
攻无不克的胜利荣光
你用智慧和双手
点燃岁月，打造江山
以气贯山河的豪迈
成就了电网的坚强

一座座铁塔
危峰耸立，凌空对望
一条条银线
横跨江河，穿越海洋
一根根电缆
纵横交错，携手相牵
望神州大地
一片灿烂

你是春天里的一抹绿

◇ 殷 俏

3
一次次飓风，闪电
一场场洪水，冰灾
考验着你内心的强悍
沉着应对，运筹帷幄
经受着最残酷的摧残
成就了一次又一次辉煌
你前仆后继，不畏艰难
铸成一道道铁壁铜墙

你是光明的使者
日夜守护着每一座城市、村庄
灯火阑珊处，曾留下
你挥汗如雨疲惫的身影
不知不觉感动了多少人
可靠能源，可信服务
是你永远的追求
不变的誓言

4
你是时代的楷模
奋进的脚步从未停止过
努力超越，追求卓越
"特高压"，一个响亮的名字
开创了电网发展的新纪元
智能电网，清洁能源
一次又一次吹响时代的号角
谱写日新月异的新篇章

不忘初心，砥砺前行
你始终鞠躬尽瘁
以优质服务为己任
以人民满意为宗旨
加快推进电力公平交易新进程
你，不辱使命负重前行
"一带一路"闯天下
无怨无悔写人生

你是春天里的一抹绿
微笑温柔了二月的风
轻舞在春的暖阳里，悱恻缠绵
你不惧严寒
涌入深冬的腊月里
为人间褪去风里的寒，
抹去冬日的灰

你是春天里的一抹绿
轻盈地走过大地
万物至此苏醒
你逆行而上
消散灾害
送去光明
你如初放的叶芽
娇嫩欣喜
是希望，是生机

你是春天里的一抹绿
你如四月天里的云烟
黄昏吹着风的软
橙光的身影在四处闪动
你日夜兼程
疫前奋战
夏日晚风的清凉，你像
雪中送炭的温暖，你是
你用人们口中的电力速度
完成了一个又一个不可能完成的任务
你踏遍千山万水
只为守护万家灯火
你一路一路地走来
光明在各处点亮
是温暖，是守护

你似水光潋滟的碧荷
如破土而出的春竹
你是一树一树的花开
是蝶在丛间飞舞
是爱，是暖，是希望
你是春天里的一抹绿！

亚运有我,保障无忧!
◇倪国平

亚运圣火
在良渚古城点燃了
我的思绪也像燃烧的火苗
不停地闪耀

1990年
我刚刚从电校毕业
进入县供电局工作
那一年,第十一届亚运会
在首都北京召开

那一年,电力还是紧缺的,
空调是极少数人享受的
那一年,电表是一个单元或者几户人家合用的
农村里一个村用一台变压器供电
清晰记得,那一年的居民电费是0.165元/度
清晰记得,那一年夏天的停电次数
是不能用手指扳得过来的
停电后啥时来电也是未知的

时光穿梭机到了2010年,
第十六届亚运会在广州召开
这是中国经济在新世纪高速发展的一个年代
然而,我们的电力发展还跟不上经济发展的速度,
特别是国家提出节能减排的目标,
电力工作又首当其冲
那一年,国家提出宁可企业停产也要让电于民确保民生
那一年,国家提出宁可经济适缓也要完成节能减排目标
那时有序用电还处于初级阶段
停电是不可避免的

2023年,
第十九届亚运会
将在我们杭州召开

一晃33年
我从一个懵懂的电力小白
成长为一名电力老兵
电力工业呢,
也从当年炎炎夏日不可计数的停电
到今年,在40摄氏度的高温考验下
老百姓没有一次停电

因为,我们是光明的使者
　　　　　是黑夜的亮光
　　　　　是生活的风光
　　　　　是城市的高光
　　　　　是未来的曙光
看我,正用活力迸溢的满面红光
挑战33年工龄花白头发的闪烁银光

今天
亚运来临,盛会当前
为了杭州亚运会的顺利和圆满
我们的保电队伍
从去年就开始备战
一次次巡检保电场所
一次次巡检用电设备
不是在保电现场
就是在奔向保电现场的路上

当亚运会隆重召开
亚洲各国运动员
将在杭州展开竞赛
中国的体育健儿们
也将踔厉奋发,奋勇拼搏
拼出中华民族的精、气、神
拼出民族复兴的心、肝、胆

而我们的电力工人们
正发扬保电精神
交出保电考试的满分答卷
"亚运有我,保障无忧!"
这就是我们——杭州电力工人的铮铮誓言

致红船服务队的兄弟们
◇陈　慧

有一张网
我擎着这头
你擎着那头
日日夜夜
分分秒秒
屏气凝神
不敢有一丝丝懈怠

有一根线
这头握在我的手心
那头攥在你的手里
春夏秋冬
斗转星移
焚膏继晷
不敢有一丁点儿马虎

暴雨中守候
泥水中攀爬
烈日下探测
黑夜里巡查
寒冬算得了什么
酷暑又算得了什么
我们有红色铠甲
——志当光明千万家

杭州电力，让亚运别样精彩
◇孙泽平

光耀亚运，放歌电力，
心交融，互相包容。
拼搏奋进，信念坚持，
浙江电力建设助力飞腾。
临安山下，传来欢声笑语，
杭城焕发光彩无疆。
西湖的水，钱江的潮。
送走了春和夏。

一天又一天，
一年又一年，
永远显风华。
亚运盛会，璀璨耀眼，
每一刻都在书写辉煌。
浙江电力，经年累月努力，
百折不挠，默默耕耘。
汗水浸润，建设飞速推进，
电力强国展现实力。
从浙江电网发而至全国，
源源不断的电力光芒。
衣食住行，铺就美好生活，
社会经济蓬勃发展。
电力点亮万家灯火，
为人民幸福筑起基础。
世界聚焦，展现实力和成果，
光耀亚运，放歌电力，
照亮大江南北！

电力迎亚运，与你同闪亮
◇陈艳霞

咔，亮了
这是电力的"光明"
亦是亚运的"曙光"
我用"光明"牵起你信念的双手
带你走向拼搏的亚运赛场
光点打在你的汗水上
映照出粼粼波光
美，闪亮极了
啪，赛了
你向终点冲刺而去
我便是你前行的眼睛
你便是我同行的骄傲
我助千万家光明
你传古今精神
我渴望你的一触即发
就像轻触我，瞬间闪亮全场一样
万丈光芒
我喜欢你的势如破竹
就像发输配用，合力而发

我静待你的厚积薄发
就像源网荷储，保能源充足
我相信你的能量场
迎难而上，超越自我
就像浙江有电
勇攀能源高峰
跑出"加速度"
……
于是，我想
这样很美
你踏着胜利之歌奔跑在亚运赛场上
我载着电力之舟行驶在科技赛道中
你向顽强发起拼搏
我向"双碳"发起挑战
你用坚强诉说精神
我用光明传递关爱
你用信念战胜对手
我用科技突破创新
……
那么，来吧
"光明"赋予你
曙光在脚下
"光明"之所向
拼搏之所向
浙江电力，与你同闪亮
愿：凯旋

熠熠光辉照亚运
◇ 金涟绮

杭州亚运，电力见证
绿电场馆，灯光辉煌
每一道光束，都是新能源奇迹的展示
电力之火，舞动未来
每一夜坚守，都是为了更光明的未来

杭州亚运辉煌绽放
用心交融，互相包容
浙江电力肩负使命
熠熠生辉，进步不止
山川峻险，河流澎湃

飞檐走壁悬线造塔
力擒巨龙铺设电缆
风力发电绿色光伏
守护灯火，照亮万家

杭州亚运，能源之城的辉映
电力之网，连接天空与大地
高楼大厦，绽放于沉沉夜幕
璀璨灯火，描绘出壮美画卷
电力之手，赓续着不熄魅力

浙电人，护卫之江发展的一抹明光
◇ 季定帮

在浙里，有一群人
日夜交替的电网故障
逃不过他们炯炯有神的目光

在浙里，有一群人
风吹日晒的保电担当
撑起了他们默默无闻的脊梁

在浙里，有一群人
年月增长的发展亮光
点缀出他们甘于奉献的形象

这样的一群人
似灯塔、似暖阳
浙电人的名字共同而响亮

他们无惧出入深山，行进蛮荒
用足迹丈量银线光芒
他们无惧进驻江海，忍受凄凉
用坚守描绘人生华章
他们无惧穿梭风雨，投身苍茫
用艰辛书写勇毅刚强
他们无惧严寒酷暑，迎接风浪
用拼搏彰显坚韧力量

一百二十七年的历程，
浙电人依然不断迎难而上

从星星点点到纵横交错
电——
彻底赢过了烛火

一百二十七年的历程，
浙电人依然斗志昂扬
从单一薄弱到灿烂辉煌
电——
勇敢跨越了山河

一百二十七年的历程，
浙电人依然选择茁壮成长
从水火起步到风光交相呼应
电——
被赋予绿的生命

电支撑起文明盛会，疫情阴霾中稳步前进
浙电人持续着创新和传承
为坚持增添绵延的乐章

电促进了体育竞技，亚运健儿在赛场峥嵘
浙电人呼喊着"请党放心，保电有我"
为炽热注入跳动的梦想

电加快了文化交融，五湖四海的激情碰撞
浙电人连接着黑夜和白天
为多元填充更多的亮光

浙电人，记录之江光明的一叠纸张
用不变的责任和信仰
矢志不渝写出"电等发展"的诗章

浙电人，护卫之江发展的一抹明光
百年来的路指引着前方
照亮着千家万户走向美好生活的热望

光耀亚运　放歌电力
◇傅晨琦

光耀亚运，放歌电力，
辉映竞技，荣耀之地。
电网巍峨，架起通天桥，

武林繁华，赛场各逍遥。

拼搏的火焰燃起在心中，
坚持的力量让我们无畏前行。
清洁能源，为比赛保驾护航，
让每个瞬间都变得更加难忘。

电力之光照亮每个角落，
为运动员们点燃希望的火把。
用心交融，彼此扶持助力，
共同创造辉煌的传奇。

光耀亚运，放歌电力华章，
国家电网用心守护着每一刻。
为运动会点燃梦想与希望，
让世界见证中国的辉煌。

光耀亚运　建勋有我
◇于欣楠

光耀浙里亚运
放歌青春电力
于天地间为亚运喝彩
浙江绿电点亮光明之路

悠悠一百二十七载岁月
电等发展硕果辉煌
促进社会经济发展
打造心心相融亚运
银线迢迢跨越山川大地
为人民点亮　灯火一盏盏

强基固本迎亚运
当好体魄排头兵
健康杭州用心交融
浙江风采互相包容
以热血与汗水铸就辉煌
我们追求卓越，我们永不停歇

基础设施不断完善
智能电网变革先锋

光耀亚运

使全民用电安全可靠
为亚运绿电保驾护航

互联网+体育一键通
VR与5G智能观赛
4K超高清实时转播
智慧亚运心心相融
万物互联爱达未来

燃起亚运精神的火花
展现浙江电力的风采
壮志凌云心中有梦
奋发进取不曾停

挥洒汗水拼搏创造
逆风奋起志在远方
勇毅前行永不放弃
以青春之火点亮光芒

不同领域百花齐放
动静结合温润万方
多彩文化交流互鉴
健康中国共迎美好

理想和信念，指引着我们永不停歇的步伐
在这伟大的时代里，我们共同谱写新篇章
奋进新征程，让我们绘就无限的可能
建功新时代，让我们尽情发光发热
迎接新挑战，创造属于我们的新天地
我们一起奋斗，创造一个更加美好的未来
我们肩负历史使命
在奋进新时代的路上
迎着未来的骄阳，大步向前。

情昭风雨彩虹

◇ 杨　泳

1
当黑夜从大地上升起，
我们需要的是什么？
——光明！
当灾难倾覆城市的生机，

我们需要的是什么？
——光明！
当寒冷和恐惧意外侵袭，
当心中温暖的城池不复存在时，
我们需要的是什么？
——光明！

2
有那么一群人，
他们为光明而战；
有那么一群人，
他们用青春和热血捍卫世界的光明！
铁塔是他们竞技的舞台，
银线是他们架设的琴弦，
他们嘹亮的战歌响彻浩瀚长空，
他们如鹰的身姿搏击在祖国的碧海云天。
一身没有特色的工装，
一双皲裂流血的手，
手握长长线钳，
攀登在道道银线上。
新时代的电力工人，
新时代的光明卫士，
他们默默无闻、无私奉献；
他们敬业爱岗、勇往直前。
他们铁一样的身躯，
在祖国大地展开一场永不停歇的接力赛。
戈壁、沙漠、荒原，
惊雷、雨雪、冰川，
大自然给予他们最严峻的考验，
他们在灾难面前信守不屈不挠的誓言！

3
还记得吗？
2008那场重压山川脊梁的大雪，
多少条运输大动脉被冰雪尘封，
多少座城市、村庄被黑暗包围；
大雪下，支离破碎的屋舍在哭泣，
塌肩歪臂的高压线塔失去往日的风采。
长达20多天的雪灾，

人们被抛入无电的世界。
昔日的万家灯火不再！
昔日的流光溢彩不再！
世界似乎进入停滞的冷冻期，

南方的百万群众被严寒、恐惧和黑暗席卷!
看哪!他们来了!
一声号令,
天南地北的抗灾勇士,
顽强不屈的电力英雄,
一马当先迎击着风雪来了!
他们在风雨中架线爬杆,
重新修复被大雪肆虐的设施;
他们在严寒中昼夜激战,
重新让灯光刷亮老百姓的视野。
新时代的电力工人,
新时代的光明卫士,
他们拥有抗天的无穷动力,
处处化险为夷,让愁云舒展,
城市乡村倾洒他们夜以继日的汗水,
深山野岭留下他们踏雪探路的足迹,
陡壁峭崖镌刻他们不畏艰险的英姿!

4
这是令人震撼的速度,
这是惊人罕见的奇迹!
雪灾重压着山川的脊梁,
却压不垮电力工人满怀的豪情
和中国人民团结一致的气概!
新时代的电力工人,
在危难之时意志弥坚,
在险情之中奋勇向前。
他们递送的不仅仅是光明,
更是民众的希望;
他们点亮的不仅仅是黑夜,
更是时代的辉煌!
新时代的电力人,用行动缔造一座座神圣的丰碑,
新时代的电力人,用信念筑起一座座不摧的堡垒。
千磨万击还坚劲,
任尔东西南北风!
新时代电力人,
傲然铁骨情昭风雨彩虹!

浙电之光
◇ 郁镇玮

在湖畔的杭州城,
闪耀亚运的辉煌光彩。
心与心交融,包容无疆,
传承的理念,浓墨豪情驱驰。

拼搏的力量鼓舞壮胆,
坚持的信念燃烧温暖。
浙江电力,百年来建功立业,
为人民造福,铸就辉煌。

来自电力的风采凛冽,
见证浙江的崭新岁月。
百廿七载风雨同行,
电力建设,助力社会繁荣。

电力之光照亮浙江大地,
带动经济,人民幸福满怀。
照亮亚运,点燃希望与光芒,
展现中国实力,传承电力荣光。

真诚燃烧梦想的火焰,
智慧指引更美好的天空。
光耀亚运,彰显中国力量,
浙江电力,承载荣耀风采。

杭州之地,坚毅与智慧的悟,
用心构筑更加美好的未来。
浙江电力,引领繁荣的轨迹,
奏响亚运的荣光乐章。

电力光芒照亮中国的骄傲,
亚运舞台彰显志愿者的勇敢。
浙江电力的激情飞扬,
诗歌歌颂,永存我们的辉煌。

月　光（外一首）
◇朱奕琦

她说，别怕
攒够了月光
我们就回家

从此，我开始在地上找月亮
我看到被人踩进泥土里的脏月亮
看到波纹弄皱的老月亮

只是不敢抬头看
我知道
那天晚上没有月亮
送我回家用尽了她所有的温柔

至于月亮的皎洁
给过一去不返的风
给过遥远的星星
给过静悄悄漆黑黑的黑夜
却唯独没给过具体的人

海里的月亮

我见过有人的孤独像月亮
有人的孤独像大海
而他的孤独像海里的月亮

他可以很耐心地坐在一块大石头上
看月亮一点点升起来
再一点点进入海里
他等，等着月亮和大海的孤独相融
世界就在他面前晕开

他的孤独可以压缩进一摊世界
在五百度近视眼前慢慢晕开的那一刻
融化成一幅模糊又真实的景象
他的所有情绪，所有力量，所有希冀和绝望都来自一
摊诸如月亮融入大海的
黏稠又成分复杂的液体
于是眼睛里也有了一摊混浊的介质

他们都说他老了
谈着当下时髦的少年感
他摸摸头也摸摸自己已经开始发白的下巴
然后继续埋头
认真地做着那些成年人觉得毫无意义的事

我想见他也很容易
闭上眼身体去漂浮，很快他就在猩红之下出现
我们穿过一片幽静森林在深处见到一座破败的红色神庙
我们在一座孤岛上与赤裸上身的工人挥舞着铁锹，
耳边有海浪凶猛地打在石头上
今天或许就是坐在黑暗的石头上，看月亮和大海
我很难称得上喜欢他
有时候倒也放心把身体交给他

电力之韵
◇宋美雅

在古老的杭州，亚运会的钟声响起，
十二年的轮回，再次见证了竞争与友谊。
用心交融，互相包容，这是亚运的魂，
拼搏、坚持、信念，这是运动员的勋。
绿叶在风中摇曳，仿佛众神的宴，
电力在空气中跳跃，如同琴弦的颤。
一百二十七年风雨兼程，如一部壮丽的篇章，
讲述着电力的发展，描绘着浙江的辉煌
从煤油灯到高压电网，
电力建设，推动社会的发展进步。
从高山到海洋，从工业到民生，
电力发展，推动社会经济的繁荣。
繁华的城市，灯火通明，如同星河九天，
那是浙江的骄傲，那是电力之光在闪耀。
在这片土地，我们见证了电力建设的重要性，
它如同一道光，照亮了我们的未来，引领我们前行。
电力如水，润物无声，满足万象需求。
浙江有电，百年历程，社会和谐，人民幸福
电力如光，照亮未来，引领前行。
浙江有电，百年历程，创新驱动，光明无限。

电力贡献,历史所见证,未来所期许。
在这场盛会,我们看到了运动员们的热血与青春,
我们看到了电力人的坚韧与奉献,
我们看到了浙江的未来与希望。
用心交融,互相包容,这是亚运的精神,
也是浙江电力人的信念,是我们对未来的承诺。
让我们一起,用电力点亮生活,照亮未来,
让浙江的篇章,在电力与生活的交融中,更加灿烂。
在杭州亚运的舞台上,让我们共同见证,
浙江电力的辉煌,浙江人民的奋斗,和我们对美好
生活的追求。

点亮明灯
◇李 茜

行走
去赶赴一场明灯的约会
有时是温柔的繁星相伴
有时却会遇见凌厉的风雨
没有什么能阻挡前行的脚步
神圣的职责写在电力工人的心头

行走在汽轮机的轰鸣声中
为了一场明灯的绽放
不是发电厂房的灯火通明
而是千家万户窗里的温暖灯花
没有人会关注它们从何而来
似乎就是一种平常的存在
而在前线默默耕耘的电力工人
他们却始终不敢淡忘
花开的珍贵

行走在七八十米高的塔顶
俯视一场明灯的盛宴
大桥辉映出江面上的流光溢彩
远山环绕着橘黄色的光影缎带
城市里的七彩霓虹闪烁不息
高楼上的灯盏照亮回家的路
这是一个创造奇迹的时代
跟随着电流每一次有力的脉动

豪情充溢了胸怀
我们在高处把志向立得更高

行走在春天的诗意里
去点亮一段明灯的传奇
离不开
控制室的专注,生产现场的巡查
离不开
团结协作,奉献执着
用心点亮每一盏夜晚的灯
唱响岁月婉转的歌
用爱点亮每一盏拂晓的灯
迎接红日喷薄的希望

电之流在这里起航
插上翅膀去它想去的任何地方
我们的梦想也在这里起航
点亮明灯点亮生命的光彩
让闪闪的明灯汇成宽阔的海洋
每一片波涛都会记住美丽的誓言
守候明亮　守候温暖
守候悠远而又绵长的幸福

水龙吟·电力圆梦(外一首)
◇连查龙

万家灯火辉煌,电流汩汩无声涌。巍巍铁塔,迢迢银线,云霄高耸。水库储能,雄浑力量,翻山传送。看钱塘两岸,灯光闪烁,西湖夜、飞鸣凤。

亚运会场守护。舍家园、殷勤圆梦。晓来巡线,夜谈良策,心弦灵动。电力之光,赛场映照,北辰星拱。助奔驰跳跃,刷新纪录,让全球颂。

莺啼序·电力情深

华灯照城入户,映射光似雪。向除夕、围坐欢言,把盏观戏心悦。料窗外、电力巡线,烟花灿烂群飞

蝶。恰深情、银线悬空，夜风冽冽。

因念千家，最苦落寂，想妻愁暗结。若灯暗，杆上腾飞，抢修身手灵活。讲安全，围栏操作，似猿猱，沿杆攀蹑。望东方，晨日将升，已临春节。

斯人爱电，灯亮连天，人间共一色。但夏至、雨风无定，过境台风，东海前沿，风声叫裂。此时此夜，何曾入睡，蒲溪水涨荆城没，困楼台，山水墙头溢。杆倾线淹，望洋兴叹灯关，待时复电驰出。

人应记得，湖雾龙西，线断因树折。众聚集、请缨争上，结伴巡查，老将回归，宝刀犹利。北埠路断，山村水阻，抢修心急手牵手，物肩扛，飞渡乡民侧。排除故障回春，杆线临风，光明再发。

诗三首
◇ 韩建飞

抗冰抢险

汗透棉衣冷似铁，安君逸适我危悬。
孤登杆顶伴星月，换得灯明照万千。

亚运保电

踏月拾阶登，星云平步升。
琳琅腰索扣，盛会耀华灯。

浙江电网迎亚运

秋分寒露节，桂盛菊雏新。
两浙风云事，千邦矫健人。
巡修疲烈夏，抢险苦争春。
电网常磨砺，风光耀睦邻。

诗词五首
◇ 潘玉毅

如梦令二首

2021年，宁波市钱海军志愿服务中心的志愿者在深入调研、走访的基础上，在距离宁波2500多千米的四川省凉山彝族自治州启动了"千户万灯"照亮计划——困难残疾人住房照明线路改造。他们克服水土不服、雨雪天气带来的不利影响，每天早出晚归，穿梭在山间，为当地室内照明线路存在隐患的困难残疾人家庭去除隐患，换上新的线路、开关，给他们营造安全舒适的用电环境。

一

为改照明线路。跋涉不言辛苦。试把电和光，送入千家万户。忙碌，忙碌，再累亦觉幸福。

二

心系彝族兄弟，飞越二千千米。隐患除将去，换取光明万里。努力，努力，此地更加美丽。

江城子·电力人抗台风

台风过后水茫茫，腾白浪，漫三江。陆地成河，满目是苍凉。家园遭浸失原貌，灯火灭，心慌慌。

忽来电力男儿郎，踵接踵，抢修忙。为复光明，辛苦又何妨？愿得此光照万家，所见处，俱安康。

满江红·驰援玉环

庚子年（2020年）农历六月中，浙江玉环受台风"黑格比"影响，电力线路倒杆者甚众，国网浙江省电力有限公司慈溪市供电公司奔驰六百里，助力抢修复电。

三军齐动，跨山海、驰援玉环。风似虎，横行高速，疾疾缓缓。身未抵达心已远，运筹帷幄谋全篇。甫下车、杯水未曾沾，忙查勘。

起挖机，持铁锹。爬电杆，换横担。汗湿处，慈电风华尽显。夺秒争分复电源，欢声笑语喜开颜。倾全力、谱就光明曲，奏凯旋。

观安全教育有感

自古安全无小事，
从来隐患两心知。
但得四野无缺陷，
繁复庸常苦不辞。

放歌电力诗词（六首）
◇ 江昌林

序诗：浙江电力成长概况

年岁已超双甲子[1]，光源一点壮怀开。
集成人事兴伟业，通变经纶划[2]大台。
得道唯民唯国是，于身付电付尘埃。
耀从亚运光明起，焦聚全球拓未来。

鹧鸪天·杭州电力　文明启元

溯电缘于百载前，运河南段拱桥边。
微光一束文明启，浊火半生蒙昧延。
欣解放，共和宣。风车水转为民圆。
学科占比渐关重，电爆洪流时待天。

---

[1] 杭州有电之始为1896年，至2023年已127年。
[2] "划"（读平声）。

满江红·电力之使命与担当

改革东风，呼醒了、浙江电力。因时势，民经勃发，电峰造极。设局谋编襄共管，扩容造塔修规则。弹指间、用电几翻番，真奇迹！

军供紧，民须急。行业广，商情实。一分钟恨久，秒争时值。着眼需求融数智，精心保供筹良策。我要为、电力颂功劳，传心得！

实现企业价值　铸就磅礴大气

如今百业电为先，业内源源集大贤。
国计民生司任重，需求供给保安全。
中华日进三千里，电网神飙九万年。
大气环循功艺伟，超然价值贵齐天。

光耀亚运　杭州有情

厉兵秣马催装激，起凤腾龙亚运行。
满面欢欣迎贵客，终端配变送光明。
钱潮见证时刻伟，西子留诗岁月平。
展我中华形象美，杭州举市乐衷情。

光耀亚运送温情

助力杭州开亚运，相融世界作平台。
熊熊圣火鏖战激，光耀源源情满怀。

绿色能源二题
◇ 姚金宝

风电与光伏电

取之无竭用无疆，天地从来最慨慷。
翻动云飙三叶扇，收藏伏热一方框。
能源滚滚家园绿，事业蒸蒸岁月香。
不论登峰敷水岸，暖人间处尽风光。

水电与潮汐电

不辞涓滴不辞遥，汇聚江河纳海潮。
静矣居高如处子，砰然直下胜狂飙。
电机飞转电流出，水利频生水害消。
猜意禹王应感喟，人间大智甚昭昭。

· 宋韵之地

宋韵之地

亚运之地在江南（组诗）

◇冬 箫

红山的盐粒

一座江山的红色，源于盛大
江湖平原之上，它的根基与精神
经过暴晒
成了一块块盐板上晶莹的盐粒

这是一个炭火一般的场面
我想用一个词
来诉说这段历史。诉说它的炽热、笃诚
和前后的云泥之别
还有迷幻的风从江上吹来
令你古铜色的肌肤泛出了红晕

此刻，我也站在烈日炎炎之下
无风，却一直惴惴不安

七彩的城市

在七彩社区走上一圈
再从屋宇的间隙
望一眼莲花碗

——那个即将从中盛开的城市
与我对视

我当然知道这朵莲花
那些清纯、高雅、圣洁的词语
已经包容不下它的寓意
所有即将发出的不同语言
与竞争后的和缓
都将与之契合
与之一起平静
就像现在
它在阳光下熠熠闪光
同时，又默默静候

虚掩的门

这一刻，我受虚掩的静默诱惑
纷扰踅回的背影
开始虚化

我寻找着心中虔诚的器物
开始祷告

一面绝壁的寺庙下
红枫不再
听僧人说，等到烂漫的时节
一壶茶，一束阳光

足以让世间模糊不清的景物
触手可及

所以，门一直虚掩着
进来，出去
皆是人的清醒与迷茫

跟着感觉走访知章村

一条小河，一座古桥
在身体里有了偶遇的冲动

此刻，时序已不堪大用
只有曲高和寡的乡音
似乎带着些怀念的感觉

一座文笔山袅袅的墨香尚在
一座石牌坊威严的光芒尚在
还有一棵树，一座屋
一些古老中穿梭的影子
似乎已经覆盖了我，我的脚印
以及我反复念叨的
那首《回乡偶书》

当湘湖遇上夜

一切都会慢下来
比如灯光，比如灯光后面的
跨湖桥和下孙文化

它们沉寂着
把胸中千古的话
留在了湖面，风中，灯光与黑暗的交界处
毛边，清淡但厚重

它们不曾反光
不曾把土陶说成是新石器人类的智慧
还有独木舟折戟般飘零
它们只是懂得
把行踪留在这里
哪怕一丝风
一丝细微的夜色

都足以让后来人
抱住自己，托起沉思的脑门

走在河岸，看到一些灯在跳动

在微风里，在夜的黑里
我们并排走着
一路看看上弦月的清瘦
感觉自己也有些江南的清瘦了

还有那些被河水褶皱的灯光
依然带着原有的斑斓
偶尔跳动一下
似乎让它的发光部位展露了一次
而我
更静谧于它褶皱的部位
那里，存在着我琢磨不透的
所有清瘦的江南元素

平凡的人

一个平凡的人
行走在高原、极地、大山和河流
一个平凡的人
容身于雪峰、电站、蓝天和海岛
他们和光有着毕生的约定
他们在光的行进中
走出了自己的节奏

他们不是雄鹰，却飞得很高
他们不是时间，却跑得飞快
他们用极致的努力阐释了生活的精彩
他们用小小的创造闯出了别样的天空
他们用挑战艰难展现着科学的光芒
他们用一步一个脚印走出了踏实的内涵

他们，在有光的地方都能遇见
他们，在没有光的地方发着光芒

行记杭州（组诗）

◇ 高鹏程

在南宋德寿宫博物馆

从一个巨大土坑内仅存的几处柱础
恢复一座宫殿的巍峨
从土坑内散布的一些瓷器碎片
去推测八百年前帝王家的日常场景
这相当于我从手中的一杯绿茶
去恢复西湖梅坞一带的云水烟雾

借助现代声光电技术，考古和建筑学家们做到了
借助想象力，我也做到了
甚至我还借助三枚陶土棋子去想象宋高宗的退休生活
借助一方龙泉青釉盆，想象吴太后的插花技艺
借助对一枚汝瓷残片的凝视
我还尝试理解一种素朴幽远的宋韵美学

但我不能借助导游的解说，去理解一座王朝的衰败的原因
如同不能借助秦桧对美的建构，
去理解他为什么会制造对岳飞的冤案
同样不能理解能够引弓三百石、只身闯金营的康王
为什么成了著名的逃跑皇帝

有关历史，我不能理解
那么多的非理性与非逻辑性
所以只好捧着茶杯，转到了重华宫的后殿
绛红、仿古的宫城墙角，一株梅花开得正艳
这里据说曾是秦桧的故宅
但庆幸的是，除了无辜的美，我暂时也没有
看出更多无法言说的时间的悖论

跨湖桥遗址[1]：远古之恋

这是最后的时刻，亲爱的
沧海已经涨起
用不了多久它就会
没过我们的头顶

亲爱的，请允许我最后一次向你倾诉
三十年河东河西，三百年江左江右
我漆藤为弓，灼木为舟
而你持甗为饭
用一轮水平踞织机，编织我们朴素的光阴

亲爱的，现在，让我们去水深之处安眠
一路隐去尘世的痕迹。
那条古老的河流，将流过我们紧紧相拥的骨殖

八千年后，沧海退去
后世的人，将用一枚出土的骨针
缝接我们的传说
从一只陶制的茶罐，发现我们相濡以沫的秘密

那条古老的大江依旧会将我们的脚踝
轻轻掰动
一条载过我们的独木舟将重新浮出水面
而我们的爱情将化作承载它的粼粼波光……

过孤山，再与林和靖书

孤山只是一把锁。
你练习过很多开锁的方式。
用鹤唳，用一缕梅花的香气。
最后，你找到了死亡这把钥匙。

---

[1] 跨湖桥遗址，位于萧山湘湖内，因古湘湖的上、下湘泉之间有一座跨湖桥而得名。遗址中出土了大量陶器、骨器、木器、石器，以及人工栽培的水稻等文物。其中距今约8000年的独木舟及相关遗迹，为目前国内外发现的最早实物，证实今湘湖一带曾被海水淹没，而生活在此处的远古人类，已经掌握了制造独木舟的技艺并初步具备了航海的能力。

但你的墓冢里面只有一枚玉簪和一方石砚。
你的名字里的"逋"字,意为"逃亡"
而你被赐予的号,却是"平和安定"的意思,
究竟有何深意,
这也许要从你秘而不宣的身世里探寻。

你在练习开锁技巧时顺便把自己变成了一个诗人,
一个高明的匠人。
及至多年之后,人们才发现
事实上你才是一把锁。
锁住了庙堂之上的那一双双眼睛,
顺便,也替西湖锁住了一湖烟雨和一缕梅魂。

多年以后我来到这里,
梅与鹤与你,皆已不在。
在你的坟边徘徊良久,耳畔传来的,并非鹤唳
而是一句流行歌曲:一个岛锁住一个人
深深太平洋底,深深伤心。

良渚玉鸟

它在另一个空间里飞。使用
我们看不见的翼翅。
绚丽的羽毛,已经化为精细的阴刻线条。
笨拙的光线里,晃动着南方水域细密的水纹。
它的鸣叫,已经成为一件器物上的包浆和沁色。
轻盈、宁静、内敛。带着
那么一点儿让人费解的神秘。
它被人创造,却有了人
所不能及的某种神力。
这是春日里的古老南国,万物苏醒,而博物馆里
时间还在沉睡
只有它,借助现代光影在我们身边飞
划出的弧度里,带着对人间难以觉察的眷恋。

剩水图

流水接纳了太多的东西,也让自身变得漫漶。
若干年后,当我们沿着富春江逆流而上
沿途早已不是山居图中的模样。

江面开阔、浑浊。让印象中
山青水碧的《富春山居图》[1]
经历了又一次毁损

——这是宿命
水至清则无鱼。万物只有在它的开端
还存在着某种真相:清澈、碧湛,却无足观。
而是非功过,往往需要在一江浑水里
反复沉淀。

许多年了,很多事情早已不再风烟俱净
每个人的生活都交织着清流浊流。
如同此刻的江面,借助暗流带来的旋涡,
一大片四处漂泊的水葫芦得以聚拢,开出淡蓝色的
小花。

——这水面上的道理,同样
适用于水下:借助暗礁和淤泥
一些水底的事物,获得了更多的生存空间。

据说,那幅著名的画卷,烧成两截之后
一小半被称为剩山图,另一半
名为无用师卷。但在若干年后,历史
却赋予了它更为重要的意义。

所以,可以由此再次理解这幅伟大的作品:
所谓剩山,也许是另一种形式的完满。
而所谓无用,也许正是它的大用所在。

那画面未曾表达的,这现实的江岸,还在替我们表达
那画面未曾完成的,这烧剩的画卷,还在替我们完成

夜赴西湖口占

又读到了这枯荷的狂草,这满湖散乱的书写。

---

[1]《富春山居图》,元代画家黄公望的代表作,被誉为"中国十大传世名画"之一。此画于明朝末年辗转到了收藏家吴洪裕手中。吴洪裕极为喜爱此画,甚至在临死前下令将其焚烧殉葬。此画被吴洪裕的侄子从火中抢救出,但此时画已被烧成一大一小两段。较长的后段为《无用师卷》,现藏于台北故宫博物院;前段为《剩山图》,现收藏于浙江省博物馆。

又摸到了如梦令,这面梦幻的门牌。

孤山已经是一只发烫的酒杯,被无数游客把盏。
而白堤和苏堤
仍是两把生锈的锁。
需要把多少沿堤的灯火兑换成一湖
陈旧的月色,
才能打开断桥的锁孔,去抵达一面湖水的内心。

湖心亭内,心怀残山
与剩水的人,需要把多少枯荷残柳,兑换成前朝的草木
才能把偌大的西湖,沏成一杯可供孤独啜饮的茶?

杭州的一天(外一首)

◇ 慕 白

这是七月的第一天
下半年开始了
我住在湖墅南路的酒店
一夜隔着两个半年
我睁着眼睛数着天花板的竖线
窗外的雨声穿过玻璃
滴滴答答,滴滴答答地
闯入我的房间,窗帘没有拉上
信息再次发送失败
街灯把黑夜变得暧昧
我好像听见有一个人在呜咽
但这屋里除了我之外再无别人
仿佛是内心孤独的回音
茶几上有一张卡片,一把壶
茶喝光了,另一只杯子没人动过
天亮了,床头还有半瓶喝剩下的酒
留在这首杭州的诗里

湘湖图

爱如潮水,你我之间
藏着一条江的秘密,隔着传说
一只芦苇折成的船,何时渡我到达彼岸

爱才是天堂的通行证
我的河道日益污染,一半来自内心
一半来自外力,我无权抱怨
太阳也有黑点,不应对刚刚长出的白发
指指点点,对曾经指责过的上游和下游
我愿意新建一座桥,让八千年的历史
在一条江上跨过来,就像我们
在初夏的夜晚一见如故

山洪和汛期同时到达
都比不上内心的洪涝来势迅猛
对面就是盐官,大禹已经把水治好
不会再次同流合污,你是多么幸福呀
怀抱湘湖,浦阳湖,钱塘江
三水合流,渔歌唱晚

湖桥能拾梦,纤道有古风
我们在渔浦滩头寻找唐诗之源
美女山下听越人歌,潮起潮落
诗歌不是《史记》,没有必要分清吴越之间
谁是霸主,如果缘起卧薪尝胆
我会在空白处再造一个湖
在独木舟上把酒临风,每一个周末
穿起丝绸做的古装,你扮西施
我做范蠡,再演一出春秋绝恋

湖 畔(三首)

◇ 张巧慧

向 下

她顺从地躺下,往低处
她顺从地收起棱角,按河道的意思
改变自身的形状。
暴雨未来之时,谁也看不出潜伏的波涛
和暗处的旋涡

你有成熟的种子,而我已没有
生机勃勃的土地

水土流失，她的体内，越来越狭窄
却还供奉着宽阔

钱江的一条无名的支流，也会挟带着泥沙、
泡沫、碎冰，以及垃圾
在下一次暴雨之前韬光养晦
一条令人争议的河流
已没什么值得荣耀，但她依然愿意
以仅剩的温柔，滋润更低处的人

望湖楼

雷雨来时，我正在望湖楼上喝茶
被打乱的垂柳
被打乱的船
千年来一首诗的代名

杯中，西湖龙井缓缓下沉
叶芽舒展，
小宁静

而吹倒又立起的荷叶
映照出中年内心
那些行色匆匆的人

我继续喝茶
只待雨后，去看湖面更为开阔

湖 畔

断桥与寺院，都适宜隔水而望
想起年少时在寺院丢的伞
想起年轻时与恋人走过的桥

我们曾经投入过，又抽身而出的
年复一年，有莲花从淤泥中挣脱而出

雷峰塔，灵隐寺
一个西湖，
浪漫与残酷，我们都经历了

但莲花下成双的野鸭子，依旧令人羡慕

顶伞过桥的人，依旧想着
遇到另一个自己

不远处，寺院的晚钟，又隐隐传来

杭州四首（组诗）

◇朝 君

西泠的月光，如雪

西窗如夜，摒弃的月光
断桥，在灯影里没入湖水

想借一把伞，会一会傻里傻气的许仙
一个人的西湖，把了了人影
贴在湖壁，随灯光旋转

这样的慢摇，让我失去自信
又见苏小怜人，西泠秋寒
抓一把月光碎片，为你扎花

远处的雷峰塔，倾倒在黑夜
我的脚印，早已伸进颠簸的西湖

西溪在暮秋里蝉蜕

鱼塘的故事，随荷叶枯干
把茅草织一小辫
西溪的落日，像个顽皮的孩子

画舫，榭台，招幌。暮景如戏
小酌及把盏，我的睡意在苇丛中漂移
一翎羽毛飞过，谁私藏了蓝天的历史

白云遮盖着游船的马达声
我想在茶汤里行舟
然后，做一杆笔
点醒青瓷上，一袅炊烟

潮横钱塘

钱塘临潮，想在这里截取咆哮
除了海的声音，螺号。船鸣
六和塔的钟声

在诗句里，脚底已踏进湿漉漉的潮音
无法从这里，跋涉半步
月光洗礼，我的灵魂如一面镜子

武松的断臂，被冲到湖岸
谁能为他衔接，月光如鳞片
岁月无边

守住风铃与飞檐
听，江潮的声音。从西湖飞向天宇

在龙井里穿梭

一场雨的虎跑泉，我喉咙的绿
开放了。从窗口向外
脚下的芽床，攀爬到山顶

我的尘缘，被风卷去。除了泉涌
茶芽的响声
在一杯龙井里，停泊

铺张的云雾，想丢下我的魂魄
让我在茶山里安葬，享受永恒的宁静

杭州：亚运之书

◇ 许　岚

一湖西子
款款迎接远方的客人，浓抹淡妆
一江富春水
一心交融不同肤色的热血偾张

一匹丝绸
一针一线绣织运动质地的衣裳
一壶龙井
品饮着五湖四海甘醇包容的清香

一碗藕粉
温暖着多少生命营养着多少力量
一把绸伞
撑开了江南的旖旎秋光

一组"江南忆"
活力着一座历史名城自然生态的吉祥
一枚"湖山"奖牌
将一种东方审美辽阔于画卷之上

一把"薪火"
托举着良渚文化的永恒光芒
向世界展现着中国设计的独特创意
中国制造的硬核力量

一份浙江电力人的青春梦想
谱写着一百二十七载的美好华章
承载着多少人对美好生活的向往
点燃了多少运动员的拼搏荣光……

一场智能亚运
在杭州按下"元宇宙"的无边畅想
一枚"潮涌"会徽
张开了杭州人智慧翱翔的翅膀

一部亚运之书
在西子湖畔开笔铿锵
一曲《同爱同在》
在江南中的江南深情唱响

围涂人（外二首）

◇ 莫　莫

独木舟翻开八千年扉页
有人赤手空拳，在无字天书上刻下誓言

他们借用铁铲铁锹锋利的牙齿
推开海潮加固淤泥层

他们在滩涂上喝盐碱水，形成巨大人海
以匹敌海水的浓度压制江潮

他们用骨头里的钢筋
与潮水对抗，把坍江的土地再撑起来

他们从荒芜创造更多滩涂
在不毛之地变出城池和鸟雀

他们的血管里始终流淌不服输的血液
故能创造"人类造地史上的奇迹"

所前天乐寺

柴门半掩，推门而入是客
"一切佛寺皆是众生福"

匾额书"起敬"二字，是为劝诫人内者
须"肃然"见佛祖

长廊四方建筑，庭院大肚能容
梵音隔开墙外喧哗红尘

释迦牟尼以身饲虎，解答众生平等
释姓主持身着黄色僧衣
引君领悟自主自宾自仆深意

一如佛祖坐在莲花台上劝众生向善
这世间便开满了莲花

信仰让行善之人更依仗圆满
让行恶之人忌惮虚无
有人来时不信，有人走时不疑

城厢七桥

运河穿萧城，水利而万物兴
每一朝代的光亮也许只能照到当时

我们站在古桥上，闭目乍现灵光：
千百年也只一瞬，那相似的树影婆娑和河水斑斓
以及单孔石拱背起的故人脚印
皆在于此

也皆深刻于传说
一阵晨风从回澜桥起身
经过东旸、惠济、梦笔、仓桥、真济五桥
到达永兴桥头时农家炊烟已深

也许想知道萧城旧时繁华的并不是风
一群爱写诗的人，与许询陆游站在同一位置
在新河道覆盖的旧河道上，他们一齐出声

令桥上每一块青石板皆化身乐器
为一代人叠着一代人吟诵的回响伴奏

欢迎信（外一首）

◇微雨含烟

1
西湖边，种满柳树和香樟
你若来，不用带纸笔，树叶就是欢迎辞
风一吹，呼啦啦
欢迎你的心多么真诚

登上断桥，再也不想下去
披一件长衫，白娘子在那边，伞在这边

水是西湖的，树也是
你从亚洲的不同方向来，你是风的

2
一朵莲开在城市中央，一朵
留在未来的回忆
那么多闪耀的光，护佑我们的肢体
在草坪，跑马场，球馆
留下剪影

到亚运村走一走，会忘了外面的样子

羡慕那个腾空飞翔的女子，她的平衡木
高低杠，她闪转腾挪的体操场

时间限定比赛
河水限定我们的速度

3
怀抱琵琶，不如身怀绝技
问流水和落花，不如问身体里
蓄积的潮水

四年一次的相逢和释放
欢迎朝露一样的欢迎你
欢迎春天般，捧出我们的良善和热情

4
一轮明月走在我们的前面
一轮明月从城中
走到运河，再走到莲花碗

把明月赠予你，把西湖的柔波也赠予你
夜深了，所有竞技归于平静
一城桂花伸出小巴掌，一城烟火和星辰
遥相致意——

那是最好的颂词

高架线塔边的守护人

风吹不动高架线塔
就把旁边的野草吹矮，烟囱里的烟吹矮
吹不矮白云，就把它们吹得
绕着高架线塔慢慢飘移

白云多么不舍
一朵一朵拖着，慢慢变形
想念也是这样，直到最后
认不出自己

——那就找回自己

等一场雨远比等一场风
要难，当我们守着输电线路

看见香樟树举起小巴掌
便知雨快要到来了，雨是多么善解人意
斜斜地拥抱，浸润黑色的泥土
并积聚成脚边的花朵

——连落下都这么好看

莲花碗（组诗）

◇小雪人

石 狮

镇压在市心北路的某一处拐角。

汉白玉石，从孤峰上被肢截下
劈开。工匠用一生

用一生的锐利雕刻它
用一生的笨拙打磨它

它特别地白，浑圆的白。
经过它的人群，停下匆匆

抬起低垂的黑头颅，黑眼珠注视它
——众生喧哗中的静音

跨湖桥遗址博物馆

那独木舟被搁浅，穿过八千年
时间巨流。

有木桨，划过潮涨潮落
瞬息之间，我回首看悬空处

光影中
有乘风划桨者，身披蓑衣巨翅

勇立潮头。
恰似故人归来

与注视它的异乡人，
有相似的气息……

无 题

暴雨中，马齿苋、马缨丹在城建绿化带中
奔驰，蹄印蓄满雨水

——这么多动物的魂，集结在叶脉上

香彩雀为其簇拥，鼓舞喝彩
蓝猪耳侧耳，听——

迎亚运四重奏，正在弹落的雨珠中
谱曲合唱

莲花碗

一亿三千五百万年以后
博物馆陈列恐龙化石的年代
此物种
还是年年生
年年枯

年年从淤泥中挺起，破出
水界，向阳开
年年又收敛自己，重归寂静

莲托出来的不只是众花，还有众佛
不只是众佛，还有众人

大千世界在莲花碗里度过一场
整个钱塘夜空，散发出紫气

天上地下，那些执灯若星的人（组诗）

◇周星宇

杭州湾在等一辆工程车

夕光以后，夜色加入我们
杭州湾，遥远的一座铁塔在等候
涌来的海风逐渐有了形状
比如夜空中一根若隐若现的银线状项链
还有项链上悬挂的
一个个铁塔状的吊坠

那时候，所有工程车都在回家的路上
但这一辆，正向着杭州湾深处驶去
喇叭口一样的杭州湾，终于发出一声呼唤
于是轮胎，就有了焦急的回应

呼唤是嘶吼的，回应也是
在一切嘶吼的努力下
杭州湾躁动的夜空终于驶入
这辆明黄的工程车，它就像夜空递来的
一颗行侠仗义的太阳
发出正义而又和蔼的光

摆渡人

一滴汗水落下来
一片腥咸的阵雨落到大地头上
在银线上远眺的摆渡人
夹杂着高耸和俯身

北风造就的抖动远大于南风
摆渡人稳住舟楫
漫长的摆渡固然禁锢了他的双手
但无法禁锢，那穿云破雾
紧紧吻合着银线的双脚

那双脚
就要驶向无数人可望
而不可即的铁塔。那铁塔的下面

森林和麦田一唱一和
所有刈麦的农人抬起头来

此刻
辽阔的杭嘉湖平原上，铁塔
就站成了最高的峰
而站在塔上的摆渡人，就是最贴近人间的神

用光阴换取光明的人

更大的光明就要调集更多的光阴
一座变电站配合着平原的铺展
把光明递送给每一株草，每一棵树

去年，一公顷的麦田抚慰着
身下娇嫩的土地
今年的这一公顷，伸进来砖头
水泥和钢铁，伸进来工程车，工人
还有保安和伙夫

临时工棚，临时性地住了一年
一座变电站终于能够看清
那么多鸟毗邻着天空，那么多
麦穗举起麦芒，像在欢庆大地上新生的
一个会发光的物种

而这一物种的创造者，这些
用光阴换取光明的造物者，他们背后
一整个变电站的光穿在身上
黄色、蓝色、橙色的光
集结为一道紧紧拥抱着麦田的彩虹
就要拥抱更远更远的大地

摇 篮

工程车是我的摇篮
我在梦里有一项伟大的工程
一片蓝天等着我爬
一朵白云等我系挂
我手中握着与它们沟通的钥匙
那是座铁塔，我要把它插在天上

以此调动所有隐秘的财富
苍鹰掠过苍天
日头奔跑如牛马
我为这财富而生的悸动，隆重且巨大

暖 流

这流淌是滚烫的，内含热忱
但一只鸟能悬停在上面
像一个把手，把流淌提起
它颔首，点头
秋菊回以笑容，但没有发出笑声
更早时，它对之颔首的
是油菜花。时间
让合适的花在合适的答案里揭晓

它要飞走
一个把手牵引着流淌
现在，它变成一个暖壶盖
朝着倾倒而出的暖流
追上去，覆盖上去

流淌的守卫者

为这充沛的流淌
所有激流险滩已站满守卫者
早在亚运会鸣金开锣前
这些人就早早热身

他们的心跟着流淌下去
沿西湖九溪十八涧，把每一滴水换成
运动员滴答的汗
他们的心也跟着嘀嗒，以流淌着的浪的频率
嘀嗒，嘀嗒
他们的耳朵要听风吹草动
眼睛要看蛛丝马迹

为这充沛的流淌
他们要把自己砌成两岸
流淌漫过脚踝，漫过腰臀
就要漫进这些人的口中

他们吞吐着
像是流淌借由了他们的嘴进行呼吸

请让我为你沏上一壶安静的龙井茶

◇麦 须

在一朵从心底开出的莲花里
当掠过西湖天光的风轻轻拂过的时候
当我们在琮琮、莲莲、宸宸的嬉闹
和欢笑中相聚的时候
当钱塘江的潮水与
大莫角山的圣火带着朝霞与晨星展示它们的
古老与繁茂的时候
请让我为你沏上一壶安静的龙井茶

当云鬓婀娜的姑娘们从水中升起
用洁白的素手采摘谷雨的嫩芽
在龙舟的金鼓声中翩然起舞
当古老国度的宽博与祥和
汇入江南温婉的河流和习俗
并为这美丽的相遇奉上
阳光雨露的真切与灿烂
请让我为你沏上一壶安静的龙井茶

当时光之轮行至公元 2023 年的 9 月 23 日
无数的高楼大厦从大地上崛起
人类语言已然超越了各自的时空
而月辉仍映照着我们孤独的身影
当我们意识到亚细亚大地的广阔和辽远
依然被荒凉和隔绝所遮掩
洞穿层楼的视力仍被黑暗海岸所镇压
请让我为你沏上一壶安静的龙井茶

我们深知,饥馑与瘟疫的葡萄藤仍在头顶
悬挂着它们的黑色果实,洋洋得意地
晃动着,嘲弄着,充满着
下坠的危险。一定是
我们对这片土地共同的美好夙愿
为我们戴上和平与发展的花环

那上面缠绕着梦与黎明的歌声,我的朋友哟
请让我为你沏上一壶安静的龙井茶

是一杯安静的龙井茶,远远地
向你发出的邀请,它并不浓烈,它挥舞着
翠绿的旗帜,翻滚着透明的希望
我的睿智而深情的朋友哟
当大海的潮汐把我们推向同一个
命运,当命运毫无悬念地将我们置于
同一叶小舟,千万不要惧怕黑浪
请让我为你沏上一壶安静的龙井茶

世界的太阳从这里升起,从这朵
开自心底的莲花升起
当十六道光芒在每一片花瓣上跳动闪烁
当我们的眼睛只为此刻而雀跃
当我们的手只为此刻而挥舞
让我们再一次在彼此的汗水里自由呼吸
我的尊贵而年轻的朋友哟
请让我为你沏上一壶安静的龙井茶

在亚运之河摇橹千年宋韵(三首)

◇李沅哲

云村飞马

站在亚运的天空下
我就能放飞一匹想象的白马

想象着,它在寂寂的夜色下疾驰
并载着一位,使出十八般武艺
来自真实的,元宇宙数字人
他可以挥拳肘击,腾空飞脚,掠地如风

云上的村,就一定虚无吗?
不,它比现实更早到来

钱江水,是它卸下的缰绳
黎明之前,它将抵达九月的岸边

楼宇，是在潮声中拱起的脊背
次第春花，是它嗒嗒的马蹄

当云雾一层层涂抹高楼
湖水绿与水光蓝，交织成百转千回的天桥
并通向一串数字的心跳
它在每一扇窗子里，种下了一颗星星
把飞虹路的尽头
积攒成一个惊艳的时刻

是什么让一片晚霞忘了回家？
是什么让向上的目光，
收获一枚崭新的月亮？
是莫比乌斯环上跳跃的欢呼吗？

抬首处，那些温馨的玻璃
正举着信号牌
等候黎明发出指令

在亚运之河摇橹千年宋韵

一千年前的往事，蜷缩在
一方容器
来自褶皱身躯的香气
将辨认的目光一一收集

直到，一场宋韵雅剧的重现
收拢的线条，于山水中舒展耳朵
从挂画，走出的娘子
焚下一炉香篆，并在
一碗茶汤点染馥郁的"茶"字

亚运，借由诗人和孩子们的诗颂
于茶的空间，袅动

它的叶子撑开目光和舌头，落入
宋韵与亚运的千年对话
它的身躯摇橹侠游，拨开时光之河

因荷而来

湖水，池塘，晓风中
你的名字，在月光下站成诗行
从"荷花夜开风露香"
到"一片笙歌醉里归"
荷花在夏里，开成文人的偏爱

西子湖畔，十里菡萏
为了这场盛会，你穿过夏，
飞越仲秋的月圆，甚至住进了冬天
以冬荷之名，被搬进了亚运河的滨水

"希陶飞雪""秋衣明裳""共婵娟"
——风荷举

读懂"冬荷"，就读懂亚运村的浪漫
那是穿越季节把你追寻
是披着皎洁月色，敬一杯友情的酒

最忆是杭州

◇ 林　平

阳光在花瓣上欢呼雀跃
知了躲在绿荫里组团合唱
孩子和庄稼一起拔节生长
青春意气勃发，风一样满城徜徉

无数细微的光汇聚一起
照亮奔跑的石子和摇曳的草叶
车轮滚滚，无数只臂膀奋力搏击
掌心盛开沁人的芳香

启明星看得见，那些挥汗奔跑的人
向着光，手举火把，神情坚毅
不，他们本身就是光
是接力喷发的岩浆滚烫

每一颗心都深藏激情，热血澎湃
喷发出来，汇成浩瀚深邃的海洋

每一个身躯都鲜嫩挺拔,努力向上
日日壮大,长成银色铁塔的模样

凝神屏气,我听见次第花开的声音
在西湖边,在宋城下,在飞来峰
灵隐寺钟声袅袅,穿越千年
岳王庙前聚满热切仰慕的目光

星落大地,街头巷尾灯光璀璨
那是无数滴晶莹的汗水悄然绽放
千年前的夜明珠熠熠闪烁
每个眼眸都是今夜皎洁的月亮

谁在负重前行,身形影影绰绰
脚步跫音,潮水响彻钱江两岸
每一片辉煌和光明的背后
总蕴藏着一束束拼搏向上的力量

晨曦伴随鸟鸣透进心扉
梦想已盈满江南的大街小巷
怀揣信念,携手前行
凝聚成条条银线,奔向葱翠的远方

大幕徐徐拉开,发令枪已然响起
日月与尘埃一同出场
杭州不言,远古与现代交相辉映
手挽着手,目光挽着目光

一朵莲虚怀以待(外一首)

◇ 乔 宁

以水闻名世界的城市
一朵莲花的盛放是理所应当的
包括从湖中开往陆地
陆地开往海洋
海洋开进每个人心中
每一朵,每一个花瓣的绽放
都是时间的芳香流淌

良渚文明,一朵莲见证
无数爱莲池滋养的前世今生
已是古老民族
所有的隐喻

但它并不神秘
它的映日灿烂,它的通达
甚至它的名字
都随着有形无形之路抵达万物

现在,一朵莲虚怀以待
它洁白的环抱似乎比天更大
比宇宙更深
这让我突然怀疑,古往今来
到底是莲被我们所养,还是
莲养我们

"湖山"的信

给你点什么好呢,世界?
我想了很久
把良渚的一朵云想成了三面山
把起伏的青黛想成了粼粼波光
孤月入潭化作三个
一座桥连接的
不只是岸

给你点什么好呢,世界?
脚下的潮涌和眼前的流霞是我的
又不是我的
五千年文明是我的,又不全是我的
这美丽的蓝色星球是我的
同样,也是你的

给你点什么好呢?
我在一尊玉琮里问天问地
直到
成为可以带走的神谕

莲花，生命的鸟巢

◇ 王　毓

一个响指，点亮一场潮起的神话
一片滩涂被捏成莲花朵朵芳唇
呐喊，大唐的马球在花影中升成太阳
低语，南宋的蹴鞠在明月下惊起鸥鹭
如果今天，时空注定被城市占领
我愿这花蕊上力的紧绷、美的颤息
凝结的音乐都来自自然生长的奇想
从绽放中走出的盘古、哪吒……
在云中连着如来是福、如去是烟……
围着天堂的祭坛，举起钱塘江上的浪花
像蓓蕾一般等待，等待亚洲雄风
在激流中放下分歧的恶浪
朝向天空，波光粼粼的花瓣掀起巨澜
这翻腾的盛宴也朝向欢愉的赛场
一颗球，弄出无法琢磨的轨迹
进入它，感受它，和它一起弄潮
心跳爆发的刹那，不朽的精神疯长
这座灵魂的房子，飞扬，飞扬
生命的渡口就坐落在花心里
用一艘船的激情，划亮了众人的彼岸

杭州之幸（二首）

◇ 金建新

良渚，为亚运发光

当与天堂媲美的城市
成了世界瞩目的焦点
全球面积最辽阔，人口最众多的亚洲
金秋时节，拉开了一场体育盛会

良渚，中华文明的发祥地之一
五千年前的文明，醒来还不足百年
沉睡于古城里的不灭火种
今日被少男少女们用纯洁点燃

悠远，智慧，农耕，王权
宏大的水利工程，服务生活耕种灌溉
良渚，中国最大的史前遗址
载入世界文化遗产名录，乃当之无愧

四千年前山峦里的烟火味
凝聚成热情奔放的火焰
熊熊火炬，为亚运会发光
熠熠升腾，为全人类添彩

钱塘江的掌声

东海的龙王喜怒无常
杭州湾被搅得地暗天昏
万马奔腾，驰骋百里钱塘
涌入杭州，真听话尽显乖巧温顺

白花花的潮水一字排开
数不清的双手一起鼓掌
欢声雷动，震耳欲聋
欢迎你们，来自大亚洲的体育精英

钱塘江，中华民族一条有力的臂膀
今天，松紧之间咯咯作响
为体育健儿摇旗呐喊
西湖之水酿美酒，一片中国心

钱塘江，浙江人民的母亲河
今天，正代表十四亿中华儿女
欢迎与会的和平使者
给一点四万亚运健儿，以经久不息的掌声

一团火（外一首）

◇ 宁　肯

从天上来
从五千年前的良渚来

光耀亚运

从无数风风雨雨中来
一团火
冉冉盛开。盛开的火蔓延
灿烂了中国南方
灿烂了中国
灿烂了天下

火炬是火的种子
这团火是念青唐古拉山的兄弟
这团火是北京居庸关长城的伙伴
这团火是杭州良渚古城遗址的亲人
一团火
与人类历史一样古老
带着向光而生的基因
今天，又来见证人间传奇

奇迹就在这里
五千年文明从这里萌生肇始
千里运河从这里流淌开端
这里的水温婉如女子
这里的水也剽悍似蛟龙
爱情传奇生动着山水
山水荡漾着词韵诗律
——人间奇迹，天堂美誉

一团火，照亮时光流转
今天，光与力量在这里创造
智慧城市、科创城市、电子商务城市、品质城市
一团火，照进网络
全球网民都成为"亚运数字火炬手"
把亚运之火传遍亚洲
文明传递融合，理解包容世界
这里，一直在创造

将这一团火揣入心里
精神明亮的人
一定有美好的前程
@未来
以光之火为号
杭州，请你继续
中国，我们继续

人间天堂

绿杨白堤
天容水色
拱宸桥头送运河

钱江潮涌
龙舟飞渡
自古豪迈催生发

良渚文化
数字城市
江南一脉传佳话

点亮满城灯火
照彻古今
来吧！现在，一起看
这人间天堂
这美与繁华

跃动北塘河

◇祝美芬

在北塘河走路时
我发现绿道真有弹性
一步一步
托起了轻盈的脚步
也将晨练的决心托起

这么多的人
同样的跑步或走路姿势
一样的昂然带劲
汗水欢快地流
每一个脚尖着地的动感
是一天悦动旋律的开始

彩色跑道与绿色的草坪
北塘河在一边静静陪伴
草叶清香和高大的梧桐
把我的情感紧紧系住

北塘河的夜晚
车水马龙在河的北岸
健步行走的我在南岸
岸边的灯光将心空点亮
徒步也可成咖啡般的诱惑

亚运的莲花馆就在北边
奥体中心的运动音符不远
这北塘河畔的彩色跑道
承载起人们的运动日常
素朴且自然
北塘河静默流淌
见证着岸边的跃动人生

三江的风移动着温柔（三首）

◇沈国龙

回 首

此刻，站在车水马龙的时代大道上
头顶的风正变换着季节的模式
过往云烟从指间滑过
坠落在三江汇处
游弋的时光把渔浦元素积淀
踏歌的风，不时更新

时代高架，让日新月异的渔浦
再次加速，天涯若邻
融入更广阔的世界
回首溯源
它的前身，是一条六车道的水泥公路
再前溯，是一条四车道的柏油马路
再前身，是一条狭窄而高低不平
穿村而过的机耕路
在这样的时光里，站在渔浦寨的旧址
我恍惚回到童年
在西江塘边的土路上
踮起脚尖，眺望远方

田园牧歌，骚客泛舟富春
历史和现实的切换，刚好
隐墨丹青的三江口
蓝有万顷

三江的风移动着温柔

温柔的风移动着
再一次在三江口的风声里
当年的不羁少年早已被岁月磨尽锐气

逝者如水流，在风中
我再也回不去的旧时光
阳光和水草弥漫的滩涂
回忆捡拾野鸭蛋的愉悦
深一脚，浅一脚，在湿地里落下的足迹

时光荏苒
唐诗宋词依旧
钱塘潮涌依旧
温柔的风移动依旧
在古渡口
我终究找不到有效的摆渡方式
面对源远流长的浙江
我诗里的云在天际酝酿着雨

温柔的风移动着
在风的间隙，觅一丝唐风宋韵
看碧波的纹路阐释流逝之美
在三江口，我试图捕捉这原生态的魂魄
过去，现在，未来
此刻，与时间不仅仅是遇见

仙女湖

能冠以仙女的地名，一定有它的独特之处
能让人奔而往之的地方
那一定是令人神往的
顾名思义
仙女落于红尘，舞之涟漪

造化弄人

那些草木，泥石，流水，它们不知道
以时间为轴而融合，周而复始
"自己满溢，自己降露，自己做焦枯荒野上的雨。"[1]
渐成一方仙境

湖水复制着天空的蓝
这大山腹中涌出的水
侵蚀而削减了人间的酷热
这山水间，让人流连忘返
岁月打磨的痕迹，造就了这魔幻的黛青
在仙女湖，一张一伸
就能把风景一幅一帧地提取

沉鱼与落雁
共同涂抹着这大自然的画布
而游人也成了景中景
掬起的水，撒向欲跃的蛟龙
犹如点睛

在仙女湖，推开世界的门
所有的感觉和认知，都会与众不同
感谢上苍的厚爱
给予了这方土地上的人们
一个取之不竭的聚宝盆

我属于这条舟（外一首）

◇ 高迪霞

我属于这条舟
我是舟上嵌着的一枚谷粒
在稻穗上仰望苍穹与在独木舟里沉睡
历经历史、文明的同与不同
幸好，我见证古老的舟底
先人用树脂漆写上八千年的标记

我用眼睛的形状在独木舟的年轮里痴情阅读你
我以碳的名义在岩层里无数遍书写你

我甚至想张开外壳为你歌唱起舞
即使扬成一粒微尘
我那么渺小，又那么壮志凌云
我那么单薄，又那么全力以赴
当我从时空中转身
遇见时代的浪潮里萧山人齐齐站在一起
如成片的稻田舞出丰收的格局

此刻，我的欢喜是劳动者、运动者颊上的汗珠
浸润我们共同生长、奋斗的土地
此刻，我的骄傲是翅膀般拍打天际的桨
与独木舟的身姿一样，飞翔
此刻，我的满足是播撒在萧山格式里的种子
始与终，都被赋予青绿和金黄

我是属于这条舟的
而我不曾在舟上写下的
舟已在时间的长河里写下

为亚运而抛起的谷

田垄掩在磅礴的谷浪里
阡陌酝酿下一季格律
路与天空追寻马蹄与鸟鸣
星斗切换字幕
大地完成的印刷
还透着纤维的香

母亲按住风翻动的日历
用一枚缝衣针别住
像独木舟横亘在重要的时刻
今日，将谈论体魄与梦想
每个人心中的那颗谷子
都要为亚运准时抛起

我将记住那刻骨而悄然无声的
我将沉浸这隐约而热闹非凡的
我将用脊梁呈出一个人的坚毅挺拔
我将以一条舟的胸膛接住每一粒飞腾的谷
让谷米的白耀出在心的舱
盛满日光与欢笑

---

[1] 尼采语。

亚运时光，上城的最美表情

◇聂振生／聂楚桐

在上城，白居易、苏轼、李清照、郁达夫
曾经逗留的光阴里
油纸伞浮现出丁香女子的笑容
亚运激情的火把
浮动在上城多情的时光里

李宁体育园。700米空中跑道
如婉约的水墨，描摹着亚运风情
花影染红鸟儿的归途
花香重叠着足音
飘逸的裙子
被花香绊住
鸟影停在暮色的边缘
夕阳守在归家的路口
一粒粒激情的汗水
从唐宋的诗行里起身
健美的身影如一抹春风
裹挟着梦想和激情
滨水景观和绿林植被
包裹着上城幸福的日子
鸥鸟的翅牵动缕缕霞光
银色的月亮
从河的臂弯里缓缓升起

19千米的钱塘江黄金岸线
如连绵的画轴
铺开亚运盛会渐浓的氛围
青碧的江水照见传说和春光
白云擦去一只鹭鸶的身影
花香弹拨着簇新的斑马线
亭台的檐角摇落几多星雨
鱼儿的梦乡，擦亮了桥影的玉镯

西湖运河绿道牵引着花期
诗画江南的美韵
有着几多的妩媚
荷影虚掩鸟儿的梦乡
树影挑起水里的流云

层层水花
溢出长堤圈住的时间
矫健的身影
从"15分钟健身圈"的水墨画境里返身
花影拥抱着激情的时光
传说闪到奔跑的身影后面
烟花翻动着微熏的时光

宝成寺。花香一样轻的梵音
逗留在传说里
粉墙照见千年时光
檐角荡蓝了天色
清河坊。青石街巷
浮动着历史的云烟
铁手咖啡香摇醒琴曲
茶烟弹亮暮色
民宿的一扇窗
眺望到了唐宋的时光
檐角勾住春讯和传说
迎亚运的灯火
照见了岁月的风雅

亚洲的时刻（四首）
——致杭州亚运会

◇曹　林

名　字

我见过一缕光，是雕刻在楔形文字上的思想
我见过一次群星闪耀，是在堆满泥板的亚述废墟中
我听见过的大音希声，是良渚的玉琮被毛皮摩擦着的声音
我听见过的古老乐章，是第一片稻田在风中的摇曳
我跟着一叶东渡的扁舟，从余姚下海，从一个岛屿，航向另一个岛屿
我跟着一群勇敢的人，在荒漠向前，从一个文明，奔赴另一个文明
在岩壁里留下智慧的闪烁，在龟甲中上下求索真理
在绳索上记下了哈雷彗星的足迹，在竹简上雕刻出

光耀亚运

万物的尺度
亚洲,是你的名字

涅槃

我们曾将功绩雕刻于每一面墙上,写满了梦想与荣光
我们也曾遇见西方的坚船利炮,写满了苦难与彷徨
听见了革命的声音,遇见了辛亥的枪响
看见了独立的民族,见到了解放的汪洋
在密林里,在湖泊边,在平型关下,在青纱帐中,在长津湖畔
在马尼拉的港口中,在胡志明小道上
亚洲人,百年以来不屈不挠
亚洲人,千年以来不屈不挠
亚洲人,自古以来不屈不挠

河流

我是恒河,我是底格里斯河,我是幼发拉底河,我在南亚和西南亚
我是黄河,我是长江,我是黑龙江,我是湄公河,我在东亚和东南亚
我是鄂毕河,我是叶尼塞河,勒拿河,我在亚洲的北部
我们有各自的城市,我们有不同的人们,我们有各自的骄傲
但我们都汇入大洋,又成为彼此的风霜雨雪,滋润着共同的家园
这,是亚洲的气象

赛场

这是钱塘江畔的时刻,寻找了千年的图景,将在富春山水的画卷中徐徐展开
这是中国江南的时刻,跨越了百年的足迹,将在江南的烟雨中踏出未来的篇章
这是亚洲的时刻,包容与气度,无关肤色与信仰
这是世界的时刻,文明因交流而多彩,因互鉴而丰富
这是人类的时刻,在黑夜里中为光明前行,在风雪中向温暖奔跑
不朽的,只有不朽的时间

你见过,所以从容且不迫
这些时间带着年轻的影子,穿过赛场
如同曾经那样,千百年地,穿过文明

新时代的一曲钱塘长歌,
宋韵与亚运之音和鸣（外一首）

◇黄爱国

光辉岁月,灼灼年华
一条钱塘江铁血丹心,家国情怀亘古未改
奔竞不息,践行愿景和使命
雕琢,打磨,经营着自己温馨的家园
在这里,一座城内心的山水细腻如绸
在这里,一座城高枕着江南水乡
在这里,一座城在西湖的山色水光里起居

杭城,一个唯美而精致的江南
千百年的时光和风光共鸣、凝练、沉淀
杭城,一个富庶而繁华的人间天堂
千百年如一日,构建山水宜居的美学修辞
从辉煌灿烂的唐诗宋词里走来
从墨香扑鼻的《西湖图》《四景山水图》中走来
山一程,水一程

很显然,身处这座城市就身处于江南的深处
就身在稳稳的、清澈见底的幸福里
是的,我们应该且必须骄傲
当千百年厚重深邃的人文风韵灌满一座城
当这座城市小心翼翼地捧出一枚晶莹剔透的西湖
当诗画的山水押韵一座城的万家灯火
那锦绣无限的水墨,已是一块浓得化不开的蜜

在杭城,一城山水,一城宋韵
曾经浓墨重彩的一笔笔依然鲜艳,历历在目
这里的湖光山色曾漫过一个朝代的版图
如今依是江南的代名词、典范、最忆
这里昔日的繁盛让一座城登上历史的大舞台
如今不朽的宋城千古情仍在演绎着,绝唱着
毋庸置疑,宋韵是杭城古老而灿烂的底色

宋韵今辉,新时代的杭城再出发
在钱塘江的千层浪里逐梦、开创、铸就
升起亚运之帆,破浪奔竞
在宋韵的斑斓里点燃亚运的火炬,也点燃了自己的
烟花
一曲钱塘长歌,宋韵与亚运琴瑟和鸣
两颗怒放的心花在广袤的山水间宣告新景象、新传奇
杭城已是一个炽热的星球

亚运之火燎原,亮彻杭城的每个角落
宋韵的江南更加通明、温润、辽阔
每一缕光都直抵古今空前的盛况和福祉
直抵一座城激情澎湃的脉搏和胸怀里的丰碑
并用崭新的笔墨加粗杭城的山水与灯火
抑或,在西子湖的眸底再次聚焦全世界的目光
必须有更多的赞词垫高幸福的指数。歌舞不休

亚运应是宋韵杭城的另一种色彩
新时代,勇立潮头的英雄本色
有钱塘江奔流入海的气魄、气势、气概
亚运是契机,更是杭城的新征程
一路芬芳、明媚,一路新丰碑、新史诗
站在世界大舞台的C位,赞誉和奖牌
在16850平方千米的心田里发光、闪亮

站在杭州湾的舞台上,
萧山体育馆已握住一座城的涛声

变化一直在变化着,从未停止
保持着潮涌的活力和魅力,奋进、豪迈
萧山不变的初心具有钱塘江的属性
勇立潮头,用尽内心的波涛、浪花、芬芳
谋算、策划,把蓝图的斑斓星空复制粘贴到地表
千层浪呢喃的海拔和四重奏里,拓垦梦里水乡
让萧山醉在杭城璀璨的灯火里
广而告之,所有地铁和路桥都驶向春天、心田

定居11载,我以一个新萧山人的自豪
感触和见证一个个惊艳的变化
或悄然无息,或大张旗鼓,荡气回肠
萧山兼容并蓄,梦想和激情在广袤的版图上

筑建楼厦的森林,温馨家园,乐康胜地
以及茂密的绿色、霓虹、笑语
站着百年党辉的船头,萧山在坚守中再出发
以饱满而辽阔的热情迎接亚运

蝶变,又如凤凰涅槃的重生
市心南路398号,一座城的凤冠
抬高了钱塘和湘湖的波光
崭新的坐标,构建精美的、幸福的、立体的象限
左45度方向,我伫立阳台以这种角度凝望
我的脉搏和萧山体育馆,直线距离500米
多么亲密啊!明亮的泉眼和舞台清澈见底
毋庸置疑,它每一缕光都斩钉截铁
我时常陷入这个温馨得要命的旋涡,且说蓝穹

以亚运为契机,荣耀、新的引擎
顺应并导引趋势、潮流,也肩负使命
萧山体育馆蓄势待发,灌满傲气刚烈的钱江
和婉美秀丽的湘湖,上紧自己的发条,呈现自己的
风采
加粗,市心路作为一座城中轴线的威仪
雕琢,地铁2号线络绎不绝的心花
一座城的主流、色彩、力量、格局
在它的新房里,徐徐展开现代化都市灿烂的画卷
杭州湾集结号里,我找出了所有试卷的答案

钱塘江和湘湖已入住它的新房
在这里,青山绿水萦绕着万家灯盏
所有钱江大桥都安顿了不息的洪流和壮丽的两岸
高亢的春色和号角荡涤丝绸般的前程
深情的跨湖桥撑一叶独木舟勾兑湖光山色的涟漪
随带千年的老酒和渔火照亮最忆的江南
让汗水和手茧叮嘱过的钢筋混凝土记住乡愁
让萧然的日月之辉在掌声里倒映着高架桥和地铁的
阡陌

是的,站在杭州湾的舞台上
新历史新时代,萧山体育馆已握住一座城的涛声
和花期,以及亚洲的雄风和世界的目光
书写萧然大地崭新的诗篇,迎着十里春风

光耀亚运

等一盏圣火（外二首）

◇朱振娟

我走入了烟花三月的杭州
拜岳飞喋血而成的《满江红》
观南宋都城青柳暖依的大庭小院
品白马湖灯火阑珊的两岸

我在湖边寻觅
在岸上等待
等那一盏光耀世界的圣火
那里曾有我摇晃的渔船
任意东西的童年

白鲢飞跃
如蛟龙出水
钱江两岸长虹卧波
西子湖畔山色空蒙
吴越大地
穿越良渚的五千年文化
一路万马奔腾

我打开了世界之门
世界的光绚烂着扑面而来
只有那一束属于我们的光
在九月的花开里
蓄势待发

亚运之光

良渚的文明之光
从五千年的岁月中穿梭而来
孕育出钱塘江流域的富饶
九月的莲花碗灿烂盛开
喜迎世界贵宾
八方来客

我们站在钱塘江畔
高举亚运圣火
从良渚的文明之光里走来
穿过古湘湖的琉璃山色
越过西子湖的接天莲叶

我们相聚在这里
相同的肤色
共同的梦想
乘上亚运的希望之光
我们飞向未来
飞向美好的明天

亚运的风吹开一朵南宋的莲

这一朵生长在西子湖里
沉睡在钱塘江畔的莲
穿越了八百年的沧桑岁月
被一阵年轻而热烈的风吹醒

朝阳洒在亚运洁白的赛道上
鸟儿也屏住了呼吸
倾听那来自远方的呐喊
隆重而热烈的亚运赛事
磨砺出千年古都耀眼的光芒

那一朵笼在宋词酒壶里的莲
傲然绽放成一曲最动人的乐章
我在九月的狂欢里
看见一朵洁白的莲张开双臂
用圣火把自己点燃

杭州情怀

◇贾 虹

我去过杭州
那是个去了就忘不了的地方
千年的人文历史文房墨宝
把杭州描绘得早就如一幅
美不胜收的山水巨画
变换着不同的色彩

114

向全世界展示天堂城市
无可替代的魅力

这里曾是吴越的古都
吴国开国大帝孙权的故地
三国争霸的风云依旧豪气
这里也曾是西施一展抱负之地
她让两国之争变成了反败为胜
这里有岳飞抗金时的豪言壮语
也有赵家人落败后的刻骨铭心
无论有多少战争风云翻滚
千年以来
杭州用它的独一无二
天上人间的无比秀气
绣掉战争留下的痕迹
绣出这幅天下最美
浓妆素裹全相宜的画卷

杭州我去过
苏堤白堤我都走过
九溪十八涧的溪水
龙井虎跑水的茶香
满觉陇的桂花
钱塘江岸的大潮
西湖边的流连忘返
那真是一个
去了就忘不了的地方

2023年9月23日
它将用最美的姿态和表情
欢迎亚运健儿尽显风采
它将用最璀璨夺目的灯秀
让这座千年古城锦上添彩
它要让世界看到
中国这个叫杭州的城市
来了就让您再也无法忘怀

盛开的梦想（外二首）

◇ 费宾秋

一座被梦想擦得崭亮的城市
到处散发着青春的律动
旗帜飘扬　热情洋溢

那些西湖的水光潋滟
那些苏堤白堤上熟悉的诗词
泛舟而来　跃跃欲试

来不及高喝一声加油
比赛已被滚烫的电流点燃
50赫兹的此起彼伏

黑暗也在我温暖的怀里
一寸寸地变软变短
迎接盛开的梦想

相约九月

在秋天抵达之前
我会练习飞翔
自由地　每天从平地到山峦
做一只称职的棕头鸭

在秋天抵达之前
我会努力长成一朵桂花
湖畔　街道　公园　山坡上
到处都有沁人的馨香

在秋天抵达之前
我只能穿越到春秋越国
踩着古老的月光
与西子姑娘牵手回故乡

在秋天抵达之前
高耸的铁塔悬挂着责任
粗大的电缆灌满了能量
我隐藏其中　准备盛开在体育中心

光耀亚运

因为,九月
我与亚运有个约会

电力工人

他们总是行色匆匆
溅不起早晚霞的半点涟漪
阳光烙下印记的黝黑面孔
也不会惊动杭州如诗如画的风景

但他们用新安江的清澈的水
用秦山核电站内心的灼热
用天荒坪不停歇的高低差运动
用阳光锋利的光芒
用大风车的轮叶
甚至是白鹤滩远道赶来的客人

点亮西子湖畔夜晚的宁静
点亮解放路平常的繁华
点亮钱江新城现代化的节奏
点亮电商们热闹的吆喝
更点亮亚运会场的即将绽放

或许　他们应该更快些……
阳光一样自由飞翔
或许　他们应该更高些……
梦想和智慧的高度
或许　他们应该更强些……
国家电网凝聚的力量

他们就是那道不可战胜的光亮

寻

◇冯惠新

雨后的一阵风吹醒了南宋遗梦
是谁迈着轻盈的步子从桥那端走来:
她的身后绿云浮动,蝉鸣聒噪

远处南屏晚钟一响
拥挤的人群换了新颜
夜幕降临,人们误入闪烁的星河

沿着江畔一路前行
这里早已变成造梦者的天堂
曾经的荒野大厦林立
明珠般璀璨的巨莲悄然绽放
街头巷尾的"亚运妆"为城市添彩
酷炫的列车直达心之所向
一个轻盈的抛物线
整个世界为之沸腾

她跨越时空,惊叹亿人的浪漫
却更好奇亚运盛会的奥秘
她寻寻觅觅直到看见
被汗水浸透的工装
危急时刻飞奔现场的身影
和守护万家灯火的一双双眼睛
原来每一道靓丽的风景线
无不依托坚强的电力保障

天慢慢亮了
远山上的银线在阳光下闪耀
——那是电力人为梦想编织而成
为美好生活充电,为美丽中国赋能
我庆幸,我是一名电力工人

一条江,两个湖（外一首）

◇许也平

钱塘江像一根扁担
挑起了西湖与湘湖
这个城市
像钱塘江一样奔涌不息
像西湖一样秀丽
像湘湖一样古朴

从吴越到南宋
每一个节点

都记录了岁月的年轮
孕育五千年中华文明的良渚遗址
采集的圣火
点亮了黎明

一条江，两个湖
一个城市
永恒的希望

在湘湖边开亚运会

在湘湖边开亚运会
向世界展示
八千年的历史
吴越古国的文明

此时，我仿佛看见
跨湖桥博物馆沉睡的木舟
从远古瞬间跨越了时空
搬移到现代

而湘湖的清波
仿佛从亘古的地底
喷涌而出
在湖面平静下来

在湘湖边开亚运会
父老乡亲们
用吴越的乡音
点亮天空中的星星

有关亚运的杭城组拍（三首）

◇王洛枫

空山新雨后

轻盈闪转在密叶间的一双绝世剑客，
手持的日光剑影一刹那碰撞了亿兆次，
如蝉鸣不断，如一滴炙热的汗水
在十万人注目中坠落的那个永恒，
将五千年的记忆复现为一声欢呼。
武林的高手终要相聚在武林，
献上毕生的技艺，手足齐舞
非是为了天下第一，手足齐舞
以一场盛大的仪式献给古奥林匹克。

潮平月起时

隔江而望新城，霓虹蜃楼如赛博织锦，
上接天宫下达人间，静夜的波浪
以 0 和 1 的温柔触摸两岸，乘画舫
或是以云邀游，人人皆是诗仙
江心捉月而不必担心溺死，期待着
西子胡旋出世，得享 Diva 之名，
沉鱼变化玉龙，再次跃出水面。
对于向往江南之客，西湖应是灵山，
总有喜爱登峰之人，灵山亦要高攀。

电光石火间

采取太阳之力，烈焰孕生了文明微光，
也曾烧毁过宫殿园林，如今又将火炬点燃。
但最初的火种却始于一道闪电，一个偶然。
人最强大的时刻，是将内心的火焰还原为
闪电的瞬间，作家谓之灵感，运动员则
迸发在赛场，肉身被雕刻为米氏的塑像。
还有一群人，将火焰转化为永恒的光明，
心中的电流无限放大，守护在烟火繁花
幕后，为光耀亚运点亮千万盏心灯。

茴香枝和西子
——小记2023年亚运会在
浙江杭州良渚顺利启动的喜悦之情

◇杨　锦

那天,普罗米修斯在天幕上悄悄点燃了一把茴香枝[1]
这瞬时照亮浓夜的光芒,被人类用一个小小的风筝
将它接了下来
二百年了!!
犹如树木的掌纹,叶片未曾瞒下直白且摊开的神经末梢
犹如汩汩奔跑在我们自身的血液,脉络明明白白地告诉我们
是善用了能源,才让我们趋近了诸神
一如奔跑迅疾的电能,无时无刻,照管着世界丛林的命脉
不辍的能源,不辍的能动齿轮
不辍的地球公转自转

两千五百多年前,希腊埃拉多斯山岩上刻下一句格言:
"如果你想强壮,你就跑步吧;如果你想健美,你就跑步吧;如果你想聪明,你就跑步吧。"
古希腊哲学家和数学家毕达哥拉斯是著名的拳击手
苏格拉底、柏拉图是有名的运动健将
看吧,诸神追求强壮健美的肌体和思想深邃的灵魂!!

而今良渚接过了运动诸神递过来的茴香枝
大莫角山的凹面玉琮,接过了茴香枝
实证中华五千年文明史的圣地,郑重地接过了亚运火种
这是中华文明曙光升起的地方啊!!
这是点燃了的象征着
亚洲大团结的体育之火、文明之火、和平之火!!
十九名身着白色服饰的采火使者告诉我们:
这是第十九届亚运会,杭州西子[2]的亚运会

这,是西子的良渚古城遗址呼应了历届亚运会的精神主旨
这,是良渚的历经沧桑,从人类历史的遥光中不辞尘劳而来
是中华五千多年文明史中极有价值的部分之一,蹒跚而来
是中华文明多元一体、兼容并蓄、绵延不断的有力见证,高举着茴香枝而来
是绚烂的礼俗制度、庞大的城市系统、高超的农业手工业水平,点燃着熊熊火把而来
是采集了中国五千年前早期国家的社会形态,中国史前稻作文明的伟大成就的火种而来

她是人类文明史上早期城市文明的杰出范例
她遥相呼应着奥林匹克圣地阿尔提斯北部古老的赫拉神庙
她高高举起茴香枝,面对着太阳放射出的万道光芒
引燃了诸神的火种而来!!!

西子亚运会的坐骑琮琮、宸宸、莲莲,为亚洲人民捧来一衣带水的绿色
一组承载深厚底蕴和充满时代活力的机器人使者,携古老神庙的火种而来
它们传播着奥林匹克精神,传递着和平与友谊!
是长袖善舞的美丽西子告诉我们:
一个以大数据综合能力著称的城市
一个合格的低碳版亚运会吉祥物玩偶
将为地球减排1500克二氧化碳,相当于夜晚关灯6小时或步行替代坐车5000米
这是浙江在骄傲地告诉我们:这可是54棵树1天的固碳量!

这是绿色的亚运会!我们是——绿色低碳的西子!
我们赞叹能源的利用和节约,我们赞叹能源的迅捷和力量!!
不管它出自地球还是自身,不管它出自多少回合的试验之后!

愿西子的亚运会电能在城市的血脉里,奔向未来和光明!!
愿有电和运动的共舞、意蕴之动感美感,永远鲜活有力、蒸蒸日上!!
同时我们赞叹那一把瞬时来自天庭的茴香枝,一双顺势摸到滚烫天雷的人类双手

---

[1] 茴香枝是古希腊神话中普罗米修斯为人类盗火时用来引火的东西。

[2] 西子是杭州的美称。

我们更加赞叹,被人类复刻了的奥林匹克精神、亚运会传承
赞叹"心心相融,爱达未来"
以及"更快、更高、更强——更团结!!!"

一起向未来

◇李迅雷

采一束良渚的蔺草
编一席渡江的苇席
趁着太平洋的季风
今夜　就流过古老的拱宸桥底
看人们在桥边玩耍嬉戏
而清晨
要去看西子湖红莲如焰
听美丽的船娘吟唱新编的戏曲
继续向前吧
在波涛奔涌的钱江旁
在灯光璀璨绿色低碳的城市 CBD
雄壮的凯歌将再次奏起
时代的弄潮儿要在大莲花齐聚
筚路蓝缕　拼搏努力
摔倒爬起　不挠不屈
不管曾经的历程是多么地坎坷崎岖
脚踏的永远是坚实的土地
所有的泪水汗水将编织今日的传奇
亚细亚
一个古老而辉煌的名字
在胸中永远滚烫战栗
雄起　是刻在基因里的记忆
一起向未来　是人们共同的希冀

与你共赴亚运之约

◇宋兴蓓

天青色等烟雨,而我在等你
烟花冉冉升起,隔江千万里
白堤苏堤杨公堤,十景各色不同
永福天竺灵隐寺,禅房花木闻香
拱宸武林大运河,南北两岸相通
信息通讯智慧城,人间天堂静候

疾疫消退,五载之约同贺
否极泰来,癸卯之际共襄
钢筋铁骨铸就莲花灿灿
清波荡漾幻作蝶舞翩翩
温润如玉悠然立于天地
绯色灯光映射繁华万千

一处天地,四方舞台,八方来赛
单兵作战,双人竞技,团队比拼
身姿矫健好似那穿云神箭
双目炯炯犹如那电光火炬
"十八般武艺"轮番上阵,精彩缤纷
"七十二变化"异彩纷呈,盛况空前

香樟绿柳,丹桂秋枫,良辰美景
发令枪响,百舸争流,奋楫者先
凝神静气,百米穿杨,箭无虚发
你追我赶,百米飞人,疾如闪电

力大无穷可扛鼎,剑光如雪斩杂芜
方寸之间展球技,碧波浪里弄潮儿
行云流水轻如燕,电子竞技战英雄

亚洲,东方日出之所
亚运,竞技体育之美
珠穆朗玛为颜,直面烈日
青藏高原为脊,背负苍穹
江河湖海为脉,滋养万物
亚细亚洲为母,人杰地灵

青山伴朝阳,青春伴你我

绿水淌星河，梦想摘金银
逆风而行，鲲鹏展翅，高飞九万里
迎难而上，水滴石穿，苦心数春秋

劈波斩浪，迎难上，欲穷千里
扬帆起航，从此始，直面沧海
盼望着，盼望着，精彩大幕将启
等待着，等待着，五湖四海聚首
西子湖畔的邂逅，定是优雅诗意
钱塘江岸的相聚，必是激情澎湃

群星闪耀，健儿跃跃欲试，摩拳擦掌
盛况空前，各国整装待发，势在必得
遥寄明月与请柬，携手共赴亚运约

美丽江南 亚运起航

◇叶旭勇

1
当这一片古老的土地迎来文明的曙光
当这一片沧海汪洋拱起曲折的海岸线
在历经了万千亘古的不懈转变和发展
一条蜿蜒的江河孕育出富饶的杭州湾
东南形胜三吴都会，自古繁华的钱塘
巍巍六和塔镇守，秀美的西子湖相伴
这里交集着良渚和河姆渡文明的摇篮
新安转富春起钱塘掀潮水卷千层飞浪
这里的人民是一个个敢于开拓的勇士
站在时代的前沿开疆辟土的睿智猛将
筚路蓝缕、栉风沐雨，在荒芜的土地
开垦出文明的曙光，红色胜利的通道

2
前进的每一步和每一段历程都包含着汗水
滴灌出朵朵盛开的繁荣和自力更生的彩虹
坚持足下的土地和对世界向往的不断开拓
以大船大帆昂扬的姿态走出一条海上之路
坚定不移地走出去、引进来包容四海朋友

当亚运会的圣火在古老的土地再一次点燃
在这片高举"八八战略"共同富裕的地方
用心迎接每位到此的人一同@未来新世界
携手伟大的体育精神驻留美丽东方——杭州

3
当普罗米修斯不断地一次次忍受折磨
用大无畏的牺牲精神将光明带给世界
当人类第一次以机械转动力点燃光时
东方的我们在摸索富国图强的黑暗中
127年前的这片土地昏昏沉沉惺忪时
当科技带来的文明照亮整个之江大地
浑噩的大地拨开了那一层压顶的乌云
转而是一跃千里势如破竹的如火如荼
有一种神奇可以刺穿黑暗迎接新希望

4
一个新的时代会产生无穷无尽的力量
人定胜天大无畏的浙江人豪迈与坚定
新安江大坝砌起一个民族自豪的开始
从那一刻翻天覆地的新浙江一骑绝尘
在高高的山冈架起座座坚毅的守望者
源源不竭地输送着光明与温暖
大自然的山海潮汐，朝暮风云的起伏
输出四通八达天堑变通衢的清洁能源
一座座拔地而起的高楼大厦灯光璀璨
助力崛起浙江速度追赶失去的那些年

5
每一次改变或许都是一次涅槃重生
从每一段历史中走来都是一次收获
当我们以一日千里的速度赶超明天
相信未来可以手拉手一同创造世界
因为我们心连心在同一个地球微笑
不分种族和肤色走到一起来
来到这美丽的杭州美丽的西子湖畔
这就是我们一直被困扰想而去不成
心里的诗和远方
一个我们共同的美丽家园

小学是条塘，
　　中学是大海

◎孙昌建

一

1975年10月的一天，吴老师把穿着毛线衫的我叫到办公室，完全没有过渡句地问我：

"昌建，打球、唱歌、写作文，你到底喜欢哪一个？"

吴老师突然的问话让我有些摸不着头脑。吴老师是我初中的班主任兼语文老师，同时又是管校文宣队的老师，他是部队里复员回来的，当时可能还是代课老师。

可1975年的10月，我已经读高一了，吴老师已经不教我们了，教我们的语文老师并兼班主任的是徐老师。徐老师也是管文宣队的，会拉手风琴和二胡，他有时是会教我们唱歌的，他先把歌谱刻印出来，自己刻的，因为刻蜡纸也是一门技术活。然后是在班会课或是什么自修课教我们唱歌，偶尔也有几次，他是伴奏，文艺委员教我们唱。当年，我们班的文艺委员跳舞比较好，唱歌可能也一般般吧，如此的文艺氛围在当时也是很少见的。一开始唱什么歌已经完全记不起来了，1976年10月之后是有几首歌记得的，比如《洪湖水浪打浪》，还有《长征组歌》中的几首。当时，校园里也是有歌声的，但是那种非常抒情的"浪打浪"式的，却不多见。

"情况不明，就地待命"，后来一位当过兵的同事曾经说过这么一句经典的话。当时吴老师问我的时候，我也是情况不明的，所以我当时只好回答了一句：我都喜欢。直到今天，我才想到这可能是我与生俱来的弱点，不会拒绝，西瓜芝麻都想要，但真正想要的是什么，可能没有好好想过。

"那你想不想参加校文宣队？"

吴老师原来是诱敌深入啊。这怎么回答呢？因为我没有任何文艺才能，除了嗓子还算响亮之外，舞蹈，哪怕现在想来是那个年代的那种舞蹈，我跳得也是极不协调的。我关于跳舞的一个记忆是在小学一二年级时，大概是参加市里的一个演出活动，要跳当时流行的《小松树》。我被要求扮演一棵小松树，一开始是蹲在舞台上，后来再慢慢地、慢慢地站起来。等我站起来，同学围着我转上两圈，我自己也转上两圈，这节目也就结束了，因为小松树已经长大了。

就是这棵小松树，10多年之后被我写进了诗里，作为一个树的意象，一棵会动的树，或者说是树人合一。

对了，关于嗓子响亮我也是出过洋相的。一般同学上台发言可能声音都很小，小学一年级时，有一次老师把上台发言的机会给了我。大概是代表班级表决心吧。上台前，老师一再叮嘱我，等下"一定要响亮，一定要响亮"。但是，我那时还很小，也是第一次上台，不知道响亮是什么东西，要响亮到什么程度，所以我上去一响亮，下面就笑了，下面一笑我就慌了，我以为我不够响亮，于是我又提高了八度，开快车把稿子给念完了。

今天想来我那时可能已经不是响亮，而是在吼叫了。

在一片笑声中我下了台，班主任叶老师不忘拍拍我的头。

由此，我成了校园里的"名人"，这"名"就是比较傻呗。一直要到四五年级，我才真的在小学里成名了，因为那时我打乒乓球已经打进校队了，我用打球洗刷了一年级时的傻名声。

小学里，我也的确是参演过合唱节目的。有一次，也是到市里演出，要求每位同学都要穿白衬衫，但我没有白衬衫，只有一件细碎蓝格子的衬衫，我便死活不肯去。后来老师说可以的，但还是把C位让给了同学，让我站到后排去唱。我还记得那一次演出是在东坡剧院，说是周建人省长要来听的。

还有一次是冬天演出之后，脸上大概还有胭脂什么的，我就跑到街上去了，杂货店的阿姨见我说是像个小姑娘，叫我"小萝卜头"。后来，我才知道"小萝卜头"是电影《烈火中永生》的一个角色，是由小女孩饰演小男孩的。

"那你想不想参加到校文宣队里来？"

说实在的，是想而又不太想。

说想，是因为参加文宣队可以住校，住校就可以有更多时间打球。还有一点，全校漂亮的女生都在文宣队。

说不想，是因为我在那个时候的确没有多少文艺细胞，唯一的条件，是我还会一点点三脚猫，我几乎是自学过二胡和手风琴，会拉简单的旋律，但手风琴还没有学会贝司，左右手的配合还不太会。

就这样，我参加了校文宣队，后来参加过《长征组歌》的合唱，并领唱，也在二胡齐奏《扬鞭催马运粮忙》的节目中摇头晃脑过两分钟，但说实在的，那个马的嘶鸣还是拉不出来的。

参加校文宣队的任务是去参加什么比赛吗？不是的，只是为了元旦去中村部慰问演出，类似搞军民联欢。当时，我还是校乒乓球队的一员主力，元旦那一天，或者是前一天，好像下午是乒乓球和篮球比赛，就是我们和部队的官兵比，晚上是我们的演出。而最为高潮的部分，是演出后的夜宵，是部队请我们吃的。在此按下不表。

二

我就读的小学是转塘小学，位于今天之江文化带的核心区块，中国美术学院、浙江音乐学院、浙江图书馆、浙江省博物馆、浙江省非物质文化遗产馆和浙江文学馆都在那里，还有云栖小镇。它属于杭州的西湖区，当年属于郊区。郊区就是城市的周边区域，但当年有一个区就叫郊区，它的下面就是公社，如西湖公社、古荡公社、转塘公社等。它就是一个区级行政单位。

转塘为什么叫转塘？此名有何讲究？40岁之前我一直认为就是转来转去都是塘，池塘的塘，那是学会游泳的地方。40岁之后，突然在哪里看到说，转塘一名出自唐朝诗人崔国辅的名句。有一天，老崔要渡过钱塘江去，但是到了梵村渡江处时天色已晚，于是写下了"路绕定山转，塘连范浦横"的诗句。然后说那塘不是池塘，而是堤塘。原来，我们也是生活在海边的，至少，是生活在江边的。

转塘小学设于清末，说起来也是百年名校了。我读小学一年级，是过完年才去上的，可能就是人们所说的春季班。为什么会这样，我也不知道。我们一年级有两个班，甲班和乙班，甲班是水泥房子，我们乙班是草舍，是当年学校里唯一的一间草舍。为什么会是草舍？我们也不知道，当时略有过自卑，但一下课"哇"的一声冲出教室到操场上，就忘了这种忧郁。也要到很久才知道，甲班宋老师当时是教过汉语拼音的，教乙班的叶老师是没有教我们汉语拼音的。我后来上大学才开始学拼音，是跟英语一起学的，同一个A，英语课读"爱"，汉语课读"啊"，连起来倒是"爱—啊"！

这种暗示很厉害，至少初学写诗离不开"爱"和"啊"。

叶老师在我读一年级还是二年级时就去世了，后来知道是突发心脏病，也才30来岁吧。那时我们不会判断大人的年龄，有的可能也是三四十岁的老师，但在我们眼里感觉已经是很老的样子，只有等我们也这么"老"了之后，才知道小时候的"傻"。下课的时候，我们这些小猴子们往他身上扑，想把他扳倒，也曾扳倒过几次，但是一上课，叶老师就很威严。后来才听说，叶老师晚上住在某个偏僻的地方，心脏病突发，没人发现。他就这样永远离开了我们。如果他今天还在，可能也就80出头的样子吧。

乒乓球是从水泥台子开始练的，下课10分钟，看谁跑得快抢住台子，然后比两个球，一人发一个。要知道乒乓球在水泥桌子上的弹跳是不规则的，但就是这样，我也常常可以霸占10分钟，如果是体育课，还能霸占更长时间。这个霸其实是霸气的霸，完全是凭实力打出来的。不过，这里有一个背景，我妈妈上班的供销社有一张乒乓球台子，就在她办公室的对面，所以我有时放学回来就泡在球台上了。那时放学回来没有作业。我有时会一个人对着墙壁和球台练，就是把球发过来，发过去。大人实在看不过去，有时会来陪我打几个，这样打几个，打几个，两三年之后，他们都成了我的手下败将，从此我就取得了跟大人打球的通行证，那时我已经读四年级了。

在小学里教我打球的是张老师。

当年，他们都叫他小张老师，他很年轻，住在学校小食堂的隔壁。食堂有一个绍兴大妈，很凶，凶的原因是我们经常要去偷一只吊桶吊井水。井水清且甘洌，是我们当年的饮品。吊井水是一门技术活，吊桶容易碰到井壁，发出响声，会被大妈发觉。小伙伴又要争抢着吊，结果常常是水没吊起来，大妈就跑出来了："那两个小巨头啊……"我们马上便作鸟兽散，有时就把吊绳一扔，那桶就直接扔在井里了。

其实，认真地问大妈借吊桶，她还是好说话的，原因就是我们小巨头太怕她了。

张老师不是体育老师，他教语文，但不教我们，后来我们在小学读初一戴帽班时，他教过我们英语，所以一开始我英语是不错的。直到现在看到"辣佛鲁迅"，我还是能张口就来的，前几年在纽约大学我也是将"油腻肥税特"脱口而出，把女儿吓了一跳。

张老师在教我打球之前，先教我要把腰板挺直，原因是我的背略有点儿佝偻。那怎么校正呢？张老师教我练俯卧撑，因为他自己就在练。他还练哑铃，练得肱二头肌很发达。这是我们小男生最感兴趣的，于是我也开始练上了，所以每天早晨到校都很早，有时就在井台边上练。这个时候，绍兴大妈是不会骂人的，绍兴大妈不烧早饭，张老师有时要吃烧饼油条，于是我就做了临时的外卖小哥，拿着6分钱和一两半粮票去给张老师从街上买来早饭。这距离大概也就是两三百米吧。而且，我都是跑着来跑着去的，因为怕油条掉掉。这事如果放在今天，肯定有人会说我是在拍老师马屁。当年可不是这样的，这甚至会引起同学的羡慕，几个个子高一点的男生有时会围住我问东问西，特别是会问：张老师是不是教你打拳了？

是的，打拳，这才是关键词，因为当年在我们读小学时，还不知道李连杰（虽然我们可能是同龄的），但打拳绝对是最为令人热血沸腾的。原因是曾经有一支市少体校的武术队来我们学校表演过。他们刚走，我们男生一下课就开始相互拳打脚踢，口中"啊啊啊"了，但是光"啊啊啊"还不够，还得先练起来。所以，同学们看张老师的肱二头肌这么发达，一致认为他是有拳脚的，而且认为他是在教我打拳。这让我处于一种尴尬的境地，因为一放学就有比较强壮的同学要跟我来切磋切磋，虽然那时我长得也不矮，但强壮是绝对谈不上的，所以还有点怕。

这里还有一个背景，当时转塘街上的变电所有一个人已经小有名气了，他就是后来电影《少林寺》中秃鹰的扮演者计春华，后来成了职业武打演员，可惜前几年英年早逝了。那时，他在镇上已经略有名气了，但变电所在庙山，平时又关着门，所以我并没有见过这一位高手。另外，我妈妈单位有一个小伙子，名字我忘了，大概是学徒工，人很白，也在练哑铃和俯卧撑，而且就像那些成长电影一样，他还带我去浦里游过泳，我此生的第一根烟是他给我抽的。

跟拳头有关的人，还有一个叫老朱的。他喜欢喝点酒，人们叫他"猪八戒"。他逮着我们几个小鬼，总是要让我们给他敲背，越重越好，于是我们便在他背上用拳头进行雨点般的施暴。作为奖励，他有时会给我们水果糖吃吃。糖是好吃的，但我更想从他那里也学点拳法。他还真教了我一招，什么名称我忘了，好像叫"一掌功"，由三个动作连贯而成，一是避打，二是手脚并出，三是聚力一攻……分解动作我今天还记得，后来我就把这个动作做给了几个同学看。他们一致认为我还是有点货色的，对我也就格外尊重了。尊重也就是要凭实力说话的。不过，我的兴趣不在拳头上，而在乒乓球台上。

教我们乒乓球的，还有一位老师叫廖老师，他是正宗的体育老师，给人一种干巴精瘦、武林高手的感觉。小时候感觉他好像有点病，比如老是要咳嗽。

廖老师在我们转塘街上是有点名气的，人们给他起了一个绰号叫"廖猁猁"，大意是他很灵活且人又瘦。他跟张老师的区别在于，他常常扮演黑脸，因为在我们训练时，常常会有看着像二流子的人来占我们的球场。这个时候，他是会来真格的，他不仅骂还会冲上去打。这个时候张老师也会冲上去，他会像猛张飞似的，脸涨得通红，扑上去跟人干架。

说白了，他们都是为了我们能安心地打球，至今想来还容易湿眼眶。

那个年代教体育，主要是教全校开会的整队，立正稍息、向右看齐一类的，还包括教我们广播体操。第几套忘了，第二节叫冲拳运动，至今我还记得，廖老师说一拳是冲向美帝，一拳是冲向苏修，所以在当年我这两拳出去还是挺用力的。

廖老师的特长是游泳，他曾经跟我们说，天气只要20摄氏度以上，就可以下水练游泳了。这话听得我很着急，因为他说这话的时候我还没有学会游泳，这是多么难为情的事情啊。也可能是廖老师这话的作用，我加紧了在夏天练游泳的步子，还在腰上绑块塑料布，以期望能浮起来。

最后浮起来的不是塑料布，而是不断地扑腾扑腾。现实是廖老师一次也没有教我们班游过泳，不过我知道，每个暑假，他都要去玉泉游泳池里做救生员。20世纪70年代杭州的游泳池很少，室内的更少，属于当年西湖区的，可能就是玉泉游泳池，后来大概还有向阳游泳池。还有跟游泳相关的是，我小学和初中里的几个女同学，竟然都参加过横渡钱塘江的活动，那是每年的7月16日。她们是什么时候学会游泳且水性那么好的？我至今还没能搞明白。当然她们出水芙蓉的样子我也没看到过。

廖老师教我们打球，有一个特点，他站在我们身后，手拿一把扫帚。干什么呢？他是在督战，只要我们往后退，他就打我们的屁股，因为当时我们练的都是近台快攻，是要在台内解决问题的，最好前三个回合就解决问题。这里还有一个先决条件：一开始我们训练的球台是放在教室里的。小学的教室你想想，放下一张台子前后也就没有多少距离了，所以实际上也没有多少退路。廖老师站在身后，那是一种威严和震慑，让我们不敢偷懒调皮。同时，我们的近台快攻也是因地制宜练出来的。当时，我不会放高球，那是因为没有放高球的条件，以至于后来我到体育馆里比赛，连高抛球都发不好了，一是因为灯光不一，二是因为参照物变了。

到了我五年级快要读戴帽初中时，学校造了一个室内的球馆，可以放五到六张台子，且装上了小太阳（灯）。这在当年是匪夷所思的事情，对外没有说这里是西湖区少年体校，但其实是用了这个指标的。从那时起，廖老师管篮球队，张老师管乒乓球队，训练也好，比赛也好，条件一下子提高了，我们的球技也好像提高了不少。那个时候可以练放高球一类的，廖老师也不在身后督战了，但他依然喉咙梆梆响的。那时，特别是周日和暑假，乒乓球队和篮球队都搞训练。其中，最快乐的是有一支棒冰可以吃，然后在训练的时候我们会去打篮球，篮球队的来打乒乓。如果前面练得好，廖老师是不会生气的，如果练得不好，他就不允许我们这样交叉着玩了。

廖老师于我，有两件事情对我影响蛮大的，这在今天想来还是蛮感动的。

一件事发生在我五年级第二学期的时候，有一次校布告栏前围了一群人在看，原来是张榜公布校乒乓球队员的名单，我自然在男队员中。但是，奇怪的是我的名字同时出现在女队中。这是怎么一回事情呢？我说我不知道呀，我也跑过去一看，原来是任命我为女队的兼职教练，另一位教练就是廖老师，而男队教练是张老师。这样一来，我就成了话题人物了，一个男生能够去教一群女生，这也是我想都没有想过的事情呀，要知道那时我们男女同学基本不说话，特别是有"第三者"在场的时候。

就这样，我成了女队的教练。怎么说呢？平时女生训练时，倒是用不着我管的，因为她们都很自觉，练起球来对角互打，也完全可以几分钟球不落地，何况我自己也要训练。我扮演教练主要是在比赛的时候。男女队员的区别之一，就是女队员在吃发球或被人家抑制时，不知道怎么摆脱，中场休息时往往一脸的懵相，而廖老师之前又是以"凶"著称的，她们一输球，廖老师还训她们：你好好想想，你怎么会输的？

我的体会是，输球时脑子常常是一团糨糊，会严重地怀疑自己，因此我不会训她们，也没资格训，我只是跟她们说，下一局你发什么球，发到哪里，第二板怎么准备，怎么接她的发球……而且我比较冒险，专让她们偷发长球到对方的正手，让对方攻，根据概率，一般是攻不到的居多。有时，她们每打一个球，特别是关键时刻的球，我在场下会做手势甚至喊出来，因为那时没有规定不可以这样，何况我也是个学生，于是就有了反败为胜扭转乾坤之战例，指挥N次，只要有一次经典案例，那我就坐稳了教练的位子。后来，女队比赛，基本是我临场指导，而且我也很享受那样的时候，虚荣心得到了极大满足。

还有一件事，是廖老师让我送了一封鸡毛信到市体委，也是在我读五年级的时候。要知道那时转塘小学到市体委，先是要坐14路或18路到九溪，换4路到湖滨，再换7路或10路（似乎如此）到市体委。当时市体委在哪里呢？在今天环城西路青少年宫边上，那里好像有个老年活动中心，省人民大会堂以南，当时市体育场在那里，马路对面是杭十二中（今十四中）。

我从来没有一个人去过市体委，一个小学生要倒三班车，而且课也不上，廖老师给了我车钱，给了我信，我就出发了。事先完全不知道，父母也不知道，回来我也不敢跟他们说，不过我还是顺利完成了任务。那时没有手机，没有导航，就是按照廖老师给我的指令，先上什么车，再换什么车，所以当我把信交到相关人手里时，那个叔叔开玩笑说，鸡毛信送到了。

为什么要派人送去呢？可能是寄信已经来不及了吧，可能就是什么比赛的一个报名表，截至那天下午的，所以我就当了一回闪送员，而且有点偷偷去执行任务的感觉。

这两件事对我是有影响的，因为被信任，被任用，就是最大的鼓励，比吃一根棒冰的鼓励要大好多了。廖老师是性情中人，有时带我们去外地比赛，当时如在外面吃饭，那一般也就吃碗肉丝面，但只要我们打赢了，他就会请我们吃猪肝面。他自己会叫上一碗黄酒，有时还让我们喝上一口，这说明他那时已经很高兴了。但是输了球，他的脸也就有点挂不住了，我们也就像做错了事情一样地默不作声了。

说了那么多乒乓球的事情，其实平时训练都还是张老师带的，而且张老师是跟我们练在一起的，所以水平也与我们不分伯仲，他能赢我们，我们也能赢他。但是，我们赢他多了，他就不放我们走了，要一局一局地打，要知道那时的一局是21分制，所以还是很花时间的。而廖老师是以说为主，有时也做动作给我们看，相当标准，但是真的一上场就完全对不上点了，所以他后来就不跟我们这些小鬼头打了。我们有时还会调皮捉弄他，他就会一手扶着腰自嘲道：老腰不行了，但如果我们学他的样也扶腰，他是要骂的：小鬼头有什么腰呢？

小鬼头一开始都是洞里老虎，打遍郊区是没有问题的，但是一到市里比，差距就体现出来了。我打比赛时，打过一次杭州市的团体第五名，没有进入前三，因为前三里的上城一小、下城二小和小河小学，各有几名少体校队员。当时，我是校队里的二号选手，我们的一号比我大一岁，跟我同姓，他弟弟也是球队的，后来改打横拍。我记得当时少体校有位名教练姓鲁，是跟世界冠军周兰荪同一批的，我们在比赛时他往往头都不抬起来的，但是有一回我们的一号差点把少体校的一号拉下马，他就时不时地抬起头来。我们的一号有个绝招，会下蹲砍式发球，即改用横拍发球，像用刀砍一样的，而且出来的球是逆旋转，后面跟上一板抢攻，不熟悉的队员往往不适应，所以这一招屡试不爽，我们平时打惯的就不怕，不习惯的就要吃苦头。再说一点，这个下蹲式发球当年颇为流行，且先于高抛发球，高抛后来成为流行式，一直到现在，几乎全世界的球员都高抛式了，而下蹲式已经很少见了，唯德国的奥恰洛夫还时常采用这种发球。这种发球方式还是颇具一定威力的。

虽然整场比赛我们输了，但一号的表现还是赢得了尊重，后来听说，过了不到一两年，跟我们交手过的这些少体校选手，基本都被成都军区、兰州军区招去吃专业饭了。

看到了差距，我们回来就开始苦练了，也想着怎么改变打法，像我曾经改过横拍，但改不过来的是直拍思维，后来又改回直拍。这些都是后话了。

张老师是很钻研乒乓球的，他后来还考出了国家二级裁判的证书。有一年全国乒乓球分区赛在杭州体育馆（当年叫省体育馆）举行，他有门票就请我们这些队员去观摩学习。那一次的经历很令人难忘。我记得应该就是1976年，比赛前我们几个人在少年宫水电站这里，明显看到两辆停着的自行车晃动得厉害，一个同学说是地震了，我说是水闸放水的缘故。后来到体育馆刚坐下，运动员已经在训练了，广播里突然说可能有地震，让大家撤，于是我发现那些女运动员跑得最快，敏捷地越过挡板奔向场外。在场外，我们看到国家队的李富荣、郑敏之等人围在一起聊天，他们都是我极为崇拜的偶像，但那时胆小，不敢上去让他们签名，何况那时好像也没这个风气，因而我们只是远远地望着。

后来，比赛还是正常举行了。那个下午张老师不执裁，要到晚上才有他的场次，他也在认认真真地看同行执裁。

当时我在想，再过四五年，我也要打到国家队去，如果那时的愿望真的实现了，那我应该是跟郭耀华、蔡振华和陈新华他们这一批的，那时我可能改名叫孙中华了。

张老师当年不仅教我打球，还是我写诗的启蒙老师。先是因为我常去张老师的房间里，看他小书架上有书，于是问他借书看，当时我印象中就有《朝霞》的杂志。作为答谢，我也把从废品收购站里淘来的书拿去给他看。当年，废品收购站和茶场是在一起的，茶场基本只有春夏两季的活，当时我妈妈在那里做出纳，所以我有事没事就去淘书。

可能是看我还比较喜欢看书，有一次张老师拿出一张《杭州日报》的"用稿单"（大概是这个名称吧），是邮局寄来的，上面是印着一首张老师的诗。我记得清清楚楚，题目叫《会走的"百货商店"》。用稿单是报社寄给张老师的，大意是这首诗已经被选用，请你看看（校对）还有什么问题。

我看到那张用稿单，那个激动和崇拜啊。当时对于发表文章说实在的也没有特别大的感觉，那滔滔崇敬之心来自哪里呢，来自这首诗的题目，"会走的'百货商店'"，它是写什么你能猜出来吗？它是写货郎车送货下乡的。多少年之后，我去《杭州日报》资料库里找出了这首诗，发表时间是1973年的8月12日，那么张老师给我看的时间，大约是在7月，那应该就是在暑假训练的时候。也就是从那时起，我有了一个"发表"的概念。7年之后的1980年，我的第一首小诗也在杂志上发表了，这跟张老师对我的启蒙是分不开的。

现在，我就抄录这一首诗的前两段如下，它虽然带有那个时代的痕迹，但在当年来看还是比较出色的。

你总是在农忙季节出现，
两个轮子把公社阡陌量遍：
瓶瓶罐罐一辆车，
你是座会走的"百货商店"。

别看只有几尺见方的店面，
车子一停，柜台就在家门前。
别看货物只有一车，
需要的东西都装在里边。

另据不完全统计，仅在《杭州日报》的副刊上，张老师就发表过9首诗歌作品，所以才会有本文开头吴老师问我的那句话——

"打球、唱歌、写作文，你到底喜欢哪一个？"

大概在有些老师的眼里，我也是个写文章的材料。

三

上了中学，准确地说是上了初二，我到了上泗中学，但好像还没有断奶一样，我还会不时回转塘小学看看，因为老师还在那里，我的师弟球友们还在那里，因为到了上泗中学，几个尚能一打的对手已经上高二了。后来一想也奇怪，在我同届的里面我几乎没有对手，那些打得好的，都是比我低一届到两届的，因而，到了上泗中学，我就有点独孤求败，所以横拍打了很长一段时间，也想学拉弧圈球，但一直拉不好。

到了高中，学校分来了一位教音乐的李老师，听说我们文宣队也拉二胡什么的，李老师一上来就给我们来了个下马威，她问大家——

二胡有几个调？

大家面面相觑，不敢作声。只有后来去当了兵的阿灿站起来回答：

有两个调，一个是哆索（1、5）调，一个是来法（2、4）调。

我们顿时对阿灿也崇拜了起来。

不过，我今天在改写这篇旧文时也想到了两个调：一个是着调，一个是不着调，而我们当年拉的都是不着调。

老实说，那个时候的上泗中学在杭州市内没有多大名气。我们去城里参加运动会，举着校旗走在大街上，杭州人看到我们的旗帜会说成是"上海中学"。都是三滴水的偏旁，但"海"和"泗"相差的可不是一点点。不过，在我们的心中，上泗中学就是我们的大海。

上泗中学就在狮子山下，这狮子山也就是崔国辅诗句"路绕定山转"中的定山，文人墨客，从钱塘江进入富春江，都要经过定山。因为它酷似一只狮子，故而又叫狮子山。山下有个大队就叫狮子大队。

最早的上泗中学，应该也是从农业中学演变过来的，所以我们去的时候，学校里还有农田，也还有学农基地，而近在咫尺的狮子山，也成了我们的课堂之一。那时的农业课，大约相当于今天的生物课。教我们这一科的是楼老师，他让我们到山上去采草药，谢天谢地，都说草药识得是个宝，不识是根草，我们从山上采回的也不知是草还是药，因为要按图索骥实在也是不容易的。但是，山上多自由啊！而且，楼老师的脾气是老师中我见过的最好的，他上课总手捧着课本或草药，眼睛多数时候是对着天花板（我理解成是对着天空）。楼老师有很大的烟瘾，但他上课时从来不抽，只有下课从走廊上走过时手里会夹着一根烟。

狮子山曾被叫作定山，跟另一座浮山相对应，就像海上的两个航标。几千年乃至上万年之前，狮子山下也还是汪洋一片，至于说海怎么变成了泗，那是历史地理学的课题了，否则上泗也真是可以叫作上海的。校园就是我们的大海，我们有事没事会爬个狮子山玩玩，尤其是冬天去晒太阳，也尤其是在青春期，同学们或需要单独去故作深沉一下，或需要三五成群地做一些有些叛逆的事情，这狮子山就是我们的一片自由之海。

现在回想起来，上泗中学的老师普遍不凶，而且对我们都很好，这也正如大海包容了每一条河流，哪怕是很小很小的支流。是的，校园就是我们的大海，而狮子山就是大海中的一个岛屿，爬山玩玩，尤其是冬天去晒太阳很是惬意。当然也有男生的第一根烟，可能就是在那山上学的。青春期嘛谁没有经历过叛逆呢？

前面讲过教我们语文的徐老师，全身都是文艺细胞，但是他让我们更难忘的是在夏天他会准备两桶开水，早上打好，凉在他二楼的房间里。那时又没有矿泉水好买，虽然已经有汽水了，但我们买不起，所以一下课就去喝他凉着的白开水。这是我们班所特有的，让其他班的同学都羡慕不已。用今天的话来说，徐老师是个暖男。

教我们高中数学的刘老师，在我们心中就属于天才一类的老师，数学教得好那是不用多说的，特别是一手漂亮的板书，一节课上好，就是整整一黑板板书，这中间几乎不需要再用粉笔刷子，而且他几乎每节课都是这样，因为那时又没有什么听课活动，所以不需要特别地做筋做骨。我们初中毕业时是五个班，能升上高中的只有两个班，我所在的一班是徐老师当班主任，二班就是刘老师当班主任。他们班大概有六七十个学生，是打掉了办公室的一道墙才装得下这么多人（巧的是我上大学时的一个班也是这样）。为什么会这么多呢？就是想多招几个学生。像我是有姐姐有哥哥的，但他们都没有上过高中，这才轮到我有机会读高中。刘老师是班主任，是亲和与严肃的结合体。他有一句名言，你们现在是高中生，是大人了，有什么事情都要自己解决。同学之间会有什么事情呢？说起来可笑，高中时也

还会有"三八线"的纠纷，曾有同学告状到刘老师那里，那后来只能是自取其"辱"了。

刘老师是运动健将，当时就会俯卧式跳高，这个是我亲眼看到过的。他还是篮球高手，而且特别擅长当教练，后来凡是公社、区和市一级的篮球比赛，刘老师不是裁判就是教练。他特别擅长做女篮教练，而且是农民女篮的教练。有一次周浦的一支女篮参加全省农民女篮比赛，教练就是我们的刘老师。要知道女将在场上那个凶啊，除了没有互扯头发，什么动作都会来的，但在刘老师面前，她们讲话声音都不敢响的。是刘老师凶吗？肯定不是，而是她们觉得刘老师讲的有道理，根据老师的战术布置，她们打赢了，所以她们就服服帖帖的。当然，把刘老师请出去，我们的数学课就泡汤了，但我们宁可泡汤，也不想有其他老师来代课，因为不习惯。

还有一点要说明的是，当年是20世纪70年代中期，农村里篮球运动相当火热，今天人们所说的什么"村超"只是一个新叫法，其实当年就有灯光球场，在学校里篮球打得好是特别吃香的（这一点我们后面还会讲到）。而在大队或石矿一类的单位，打球是可以计工分的，所以那真是"吃香"的。

刘老师体育这么好，但他的身体似乎不怎么好，这跟我小学里的廖老师有些相似，所以他出现在运动场上的时候并不多，除非是开校运动会，那他一定是竞赛的总裁判，是站在终点管秒表的那个人。我后来当老师时也当过几年竞赛总裁判，一举一动，甚至在终点上说的"回表"一语都是向刘老师学的。在我印象中，刘老师最擅长的就是象棋和围棋，围棋当时我不懂，象棋早就会下了。我记得有一次在龙门坎的学军活动，晚上是睡在那里的，他就跟我们下默棋，即他不看棋盘，我们走一步告诉他如"炮五平三"之类的，他先是一人跟我们一人下，后来他一人同时跟我们两三人，最后是跟四人比赛，结果他全部都赢了，这说明他的记忆力是超常的。

刘老师还是桥牌高手，当时我们不懂什么叫桥牌，也看不懂，只觉得老师们在打牌时说的是英语，什么double，什么redouble。后来我也学会了之后才知道这是"加倍""再加倍"的意思，跟我们平时打老K不一样，我记得他桥牌的搭子有教英语的吴老师，教政治的李老师（曾是话剧演员），还有什么老师我忘了。当时的老师有"土"和"洋"两个群落，以什么区分呢，就以打牌区分，"洋"的就是刘老师这一批城里的老师，他们是打桥牌的，我们站在边上半天也看不懂；"土"的就是我们上

泗地区的老师，平时是讲本地方言的，他们当年打的是"争上游"一类的，输赢是要在脸上贴纸条的，这个也很好玩。

本地的老师中有一位姓葛名亮的老师，跟今天的一位作家同名。当然如果一定要关公战秦琼，那他跟诸葛亮还同名呢，好在那时我们已经知道诸葛是个复姓，因为那时我们已经知道另一个复姓的英雄欧阳海了。葛老师是最接地气的老师，教历史，完全用上泗方言讲课，他大约就是袁浦麦岭沙人。葛老师没有直接教过我，但他是我们上泗中学的喜剧人物。怎么说呢？葛老师好酒，当时的生活条件大家都知道的，他也总要备一点下酒菜。在冬天或是过年之后，还是有点储备的，因为有酱肉腌肉，这些肉要见阳光才好，所以他就将这些肉挂在二楼走廊的上面。当时的同学调皮，而且食堂里都是自己蒸饭吃的，所以就有同学来偷偷割肉来解馋，一次两次可能没被发觉，但割得多了，葛老师就发现了，因为割过会呈现一个比较新鲜的切面。于是，葛老师就做记号了，他把伤筋膏药贴在切面上，同学再去时一看就懂了，先撕掉膏药再割肉，割完之后再贴上……

这就是当时的师生关系，后来我也去考证过这段轶闻，实际上这也不是一般的同学会"偷"的，那主要还是高中毕业做了临时代课老师的，因为也住校，所以有行动的机会，这当然都是当作笑谈的。很可能这个"偷"葛老师肉的人，平时家里有什么好东西也会拿来给葛老师下酒。

说葛老师是喜剧人物，还因为他会跟同学开玩笑，但同学开他的玩笑更是不得了的。葛老师曾经养过一只土狗，在校园里大家都知道这是葛老师的狗，所以一般也不会欺它。但是这个问题就出在葛老师的名字上，大家说多了，且一定要用上泗方言来说，一定要完整地说，这就形成了一句约定俗成的话，那就叫"葛亮只狗"，即"格两只狗"，"格"在方言中是"这"的意思。而这个喜剧效果一定要碰到葛老师时才可会有，如果旁边正好有一只狗，于是大家都会心照不宣地举起中指和食指，然后要有一定的弯曲，指向那一只狗，有时手指还得朝空气处用力地指一下，那就是特指"葛亮只狗"。

如果一本正经地解释起来，好像是太不应该了，因为这等于在骂老师是狗，但这个梗的出处，其实来源于葛老师自己的创造发明。所以，后来在校园里碰到葛老师，远远地，我们就举起手指，他便心领神会地也举起手指，相视一笑，偶尔会大笑，这时就不管旁边有没有狗，这就像老外见面会拳头对碰一样，所以我说葛老师是个喜剧人物。可能因为胖的原因，葛老师的笑声特别响亮，而且他特别喜欢穿高帮套鞋，有时晴天也这样穿。这就是我们当时的上泗中学，我们就是在这样宽松的环境里长大的，老师和学生打成一片。

但葛老师有时又很严肃，特别是讲到历史的时候，这里还有一段我和他之间小小的私交。那是1976年的暑假，我们这些所谓的班干部是要轮流值班的，再加上那些天刚刚发生过唐山大地震，人们心里极度恐慌。当时我记得操场上堆满了毛竹，好像随时要搭临时帐篷。晚饭之后葛老师和我走出校园去散步，是往良户方向走的。也不知怎么开的头，葛老师讲到了刘邦和吕太后。好像是讲到了国家啦，命运啦。那也可能他是酒后的话，或者说他实在想找人聊聊天了，他当时可能觉得我还是一个好听众，听得很用心，也看过《三国》啦，《水浒》啦，所以会跟我讲历史，也就是说那时葛老师已经把我当作大人看了。我记得那一次散步一直走到蜈蚣岭上面才回来。回来之后，我好像真的成了一个忧国忧民的人了，而不仅仅是忧心地震。我记得那些天睡觉之前先把一个汽水瓶倒竖在那里。后来我偏好文史，高考时历史成绩在几门课中是最好的，这不知跟葛亮老师的启蒙有没有关系。对了，我高中毕业后就到麦岭沙当了一年的知识青年，边劳动边背诵《尼布楚条约》，在那里还见过葛亮老师的，他的一个亲戚是西藏的，来我们这里的时候还穿着民族服装。

一晃就40多年过去了，很多老师已经去了另一个世界，但是也有的老师，当年教我们，直到今天还是在教我的。比如教我们高中化学的丁老师，他除了化学教得好，口才极佳之外，更重要的是他的美声唱得特别好，当年走廊上常常是他的"我爱五指山，我爱万泉河"。当年我们文宣队好像去请教过他，但是他好像有点不屑于教我们唱歌。

前几年，我对杭州筧桥中央航校和八一四空战的史料比较感兴趣，谈不上有什么研究，但有时会对某个人、某个地名、某个地址特别感兴趣。比如，我之前写过一本《读白》的小书，讲的是民国诗人、教育家刘大白的朋友交际圈。我注意到当时刘租住在皮市巷3号，这个地方也是中国共产党杭州小组和中国社会主义青年团杭州支部的诞生地。这个都不算奇怪，奇怪的是我发现中央航校一期生丁炎的家庭住址也是在皮市巷3号，但刘氏和丁氏又没有任何的瓜葛，这就让我十分好奇，但这种好奇又没办法得到新的考据材料。巧也真是巧，有一天我在看一个课题审读材料时读到了丁老师的名字，是那作者提到了丁老师是丁丙、丁申的后人，且也是丁炎的侄儿。丁老师的大名叫丁大可，这个名字在杭州几乎是独一无二的，那真是踏破铁鞋无觅处，得来全不费功夫啊。于是，我又去找到了丁老师。天呢，80多岁了呀，丁老师还在上班，还在骑自行车上班，然后我把疑问一一提出，丁老师又一一给我解答。这就比化学课管用多了，因为他不仅解了我皮市巷3号之谜，还解了丁氏后人之谜。这些年我一直在做"一文一武"的事情，"文"的就是梳理杭州的文脉，"武"的就是厘清孙中山先生"航空救国"思想的发展脉络，而其中最为重要的一节就是位于笕桥的中央航空学校。它是中国空军的摇篮，而丁老师的亲伯伯丁炎曾是航校的一期生，遗憾的是，丁炎在抗日战争后期因飞机失事而以身殉国。

当然，丁老师跟我讲的远远不止这些，包括他的家史，包括学唱歌的经历等，唯一没有讲的就是化学。然而，岁月的化学早就在起作用了，丁老师看上去还是那么充满活力，减去20岁才是他真实的样子。

在小学里说到了打球，其实我到中学也还是打球，只是说中学里师生关系真的是不一样了。教我们体育的张老师是短跑出身，嗓子有些哑哑的，每次比赛都是他带我们去。打完比赛那高我两级的同学会当面跟他争吵，有时在大街上就吵起来了，边走边吵，嗓门都很大，但张老师从来不会恼，有时会苦笑着看看我，好像我的沉默反倒是理解了他一样。我想我是理解他的，因为球类似乎不是张老师的强项，但他是体育老师呀，全校开大会都是他站在主席台上喊口令的。我高中毕业几年后，他就做了西湖区的体育教研员，那时西湖区的考教研员清一色是从上泗中学出去的。教语文的黄老师，脾气好得一塌糊涂，另一位教化学的是美女蒋老师；教英语的程老师，他当年总请病假，后来不教我们改卖饭菜票了；教数学的李老师好像还担任了教研室主任，反正他们不是做领导就是做教研员。当然还有一批是属于"文革"期间"下放"而来的，1977年之后，都陆续回原单位了。比如，管图书室的任老师回省水利厅了，永远皮鞋锃亮的教英语的吴老师也回省里了⋯⋯

不过，留在那里的也有，比如另一位教我们体育的郭老师就是龙坞本地人。他个子不高，但下盘非常坚实，弹跳尤为出色，篮球场上是打后卫的，抢篮板和中投是他的强项，他的弹跳似有滞空的本事。当然，他也很凶的，只不过他的凶往往是分人的，因为那时篮球场上也时常要打架的，如果有社会上的人敢打我们同学，他会第一个跳上去护住学生然后开打。同学看老师都冲上去了，那还有什么可怕的呢？那个时候旺盛的荷尔蒙真的是挺美好的。

不过也是巧，前两年我碰到西溪湿地边上的一所小学的领导，姓郭，他说他家住在龙坞。我说我以前龙坞茶场村也有一位老师姓郭的，大名一报，他说是他的父亲。只可惜郭老师已经不在了。

这也正如我当老师的最后一年，跟我搭班的数学老师姓姚，一直要到这个班毕业10多年之后开同学会，我才知道这位姚老师是我小学姚老师的儿子，而且我读小学时还在他们位于玉泉的家里住过。那是一幢独立的房子，有一次张老师带我们在体育馆看球，晚上回不去了，遂集体住在姚老师的家里。姚老师在小学里是教过二胡、小提琴之类的，后来是教英语的。

好了，这篇文章够长了，应该要到结束的时候了，回到文章开头，被吴老师诱敌深入之后，我就进了校文宣队，排练啦，打球啦，一样都没落下。老实说那时的读书真的就是课堂上的45分钟，所以只要熬过这45分钟就OK了的。

终于要到1977年的元旦了，到底是元旦前一天还是元旦当天我忘了，应该是吃过中饭军车接我们去部队。下午是篮球和乒乓球比赛，乒乓球是打团体赛，我们赢了；篮球不清楚比分，不过要知道当时我们篮球队还是小有名气的，且在当年已经有一个"姚明"了，即身高190厘米的中锋，这支球队在杭州市中学生比赛中也是拿过名次的。

晚上的文艺演出属于波澜不惊，但波澜还是有的。正当我们在台上合唱时，突然停电了，全场一片漆黑。这个时候，我们也没有慌，没有人指挥，就是按照惯性唱下去，因为歌词大家都背得出，且唯有歌声能驱逐黑暗，我们就这样坚持着把唱歌完，最后赢得了热烈的掌声。事实上没等歌完，电就来了，后面的节目也进行得非常顺利，我也去摇头晃脑地拉了二胡参加合奏。

演出结束之后，部队招待我们吃夜宵，这之前晚饭也是吃的，那基本是白菜啦，豆腐啦，再加米饭或包子。我所说的包子是没有馅的，有馅我叫馒头，而刀切馒头也是没有馅的。

夜宵就不一样了，没有酒，但好像上了汽水，十人一桌，坐满为止。我跟篮球中锋在一桌，在桌上我发现他有一项特异功能，因为那一脸盆白菜肉片，我用筷子去拣夹时，拣上来的基本是白菜，而我们的中锋，一拣一个准，拣上来的都是肉片。要知道肉都潜伏在白菜里，如果他这个准头用在投篮上面，我想可能都进省队了。后来想想也对，因为他的手臂可能比我要长10多厘米呢，所以他更有把握，也更有准头地在大盆里游弋并寻找目标，而我的筷子好像不可能那么长时间停留在那脸盆里的。当时，我对他的崇敬又加深了一层。多少年之后，有一次，我接父亲出院，在路旁打车，结果就是他开的出租车把我送到了家里。这么高的个子开出租车也是苦了他了，但是当年开出租车还是能赚点钱的，辛苦是辛苦了些。我们没有说起还打不打球这样的话题，但是可以肯定，对球肯定还是关注的。

要补充一下的是，我从转塘小学到上泗中学，真是遇到了很多好老师，廖老师后来去了九溪中学当老师，再后来就是到西子实验学校当老师，仍然是教体育。他就住在转塘老街上，现在这条老街已经没有了。我只是听说他是个颇有家世的人，好像亲人中有黄埔出来的人。

教我打乒乓球的小张老师，对我写诗也产生过影响的老师，后来做了校长，先是转塘，再是保小和西湖小学，也到区教育局任过职，一直在坚持运动和锻炼。早些年参编了西湖教育志，前几年还写过童谣，那时我做了大赛的评委，我理解成这是一种传承吧。张老师后来也跟我讲过家史。张老师问过我，从哪里可以找到他父亲后来在台湾的下落，我也的确找过，但未果。

徐老师后来调至杭州的一座著名的职高任教，早年家里出租的房子达10多套，现在和夫人住在三墩，十分低调朴素。

刘老师先是做教师，后是任督导，最后任区领导，前几年遇见，他已是满头银发。

吴老师后来回富阳老家，考出了律师资格证，在乡镇的法律事务所工作，每每看到《杭州日报》，特别是《富阳日报》上有我的文章，都会第一时间告诉我。有的的确也是从他那里先知道的。

而说起吴老师问我的三项爱好，我也得交代一下。

打球，我本来是想打到国家队的，结果只打到校队，在杭州师范学院时拿过全校冠军，亚军要大我10岁，当年也曾去北京参加过少年比赛。后来，我们参加全省大学生比赛，发现包括浙江大学在内的球员，都是从省队下来的，那这个球还怎么打呢？前些年在一个什么比赛中，我和当年的亚军还相遇过，他当时代表证券公司，我代表杭报集团，结果还是我赢了他，很不好意思的，因为他以为能赢我的。

至于唱歌，也是在读杭州师范学院时，学校要筹办音乐系，筹办老师是杭州歌舞团的歌队陈队长。他来各系挑人，也挑到了我，让我在钢琴面前视唱练习，我大约可以唱到C调的哆（1）上面加两点。唱完之后，陈老师感叹了一句：你一点乐理知识都没有，可惜了。

至于写作文，对了说是写作，写诗，我还一直喜欢，否则就没有这篇文章了，但是你说要在上泗中学里究竟学到了多少，我也是不敢夸张的。只是说在20岁时，我投了一组诗给《西湖》杂志，后来刊发在1981年的1月号上，当时编辑还加了一篇短评。后来，也是后来我才听说，这一期杂志的终审是主编薛家柱师。他1960年杭州大学毕业之后，曾短暂地到上泗中学任过教，并且影响了一个同寝室的教数学的苏老师。我曾在苏老师的房间里，看到过外国诗歌选一类的诗集，苏老师喜欢文学，是人所皆知的事情。

不过，1980年的薛老师，并不认识我，我也不认识他，但是这又有什么关系呢？在塘路上相遇，在大海里邂逅，或者说塘路并不认识大海，还需要认识吗？

由此想想，小学是条塘，上学的路就是塘路；中学是大海，就在海岛的边上；从转塘小学到上泗中学，就是从塘到海的经历。我的少年时代还算是有故事的吧，至少是有打球这么一项爱好可以说说，不论是大球，还是小球，我都喜欢，所以后来我在40岁后写作了长篇小说《我为球狂》，2003年出版发行过了15万册，这也算是文学和体育的一次结缘吧。

杭州人物志

◎陈富强

孩儿巷98号,深巷明朝卖杏花

杭州孩儿巷98号现在是陆游纪念馆,但门前的石碑上写的是"孩儿巷98号民居"。只有跨进石砌大门,走到第一井屋檐下,才能看见悬着的"陆游纪念馆"匾额。这个格局,与其他名人纪念馆稍有不同。这所清代古宅,并非为陆游后代所有,只不过是陆游每次来杭州,都住在孩儿巷的客栈。而这幢民居,则是保存较为完好的古建筑,也是最有历史沧桑感的房子,将其辟为陆游纪念馆,既是无奈之举,也在情理之中。

许多年以前,我曾在毗邻孩儿巷的凤起饭店工作过两年,那是我调到浙江电力报社的第二年,编辑部临时安置在凤起饭店。我听说陆游就是在孩儿巷写下《临安春雨初霁》的,就很想去找找那条小巷,或者,那里会有陆游的一些痕迹。事实上,孩儿巷98号是2005年才正式成为陆游纪念馆的,而我在2003年就离开凤起饭店,调到省电力公司本部工作了。我在凤起饭店工作的两年,虽然离孩儿巷很近,却一次也不曾去过,现在回头看,实在是过意不去。那时,即使没有陆游纪念馆,在小巷里走一走,感受诗人曾经看过的杏花,想象清晨杏花的叫卖声,也是一件多么有意义的事情。

我到达孩儿巷98号是一个夏天的中午,气温高达35摄氏度,很热。纪念馆门前有一排树,不是很高大,但还是遮挡出一片树荫。几位穿黄色工装的工人坐在门口纳凉。我从小就知道,夏天,只要有门的地方,就会有风。我们也称它为穿堂风。拂过几位工人身边的,显然就是穿堂风。其中一位工人,见我在拍照,也跟随我走进墙门,对着"陆游纪念馆"匾额拍了一张照片。

这幢古宅的主人是谁,我无从考证,但可以看出,一定是有相当经济实力的大户人家。古宅临孩儿巷一侧是一堵巨大的白墙，我们所说的深墙大院大致就是这个格局。门是石条砌成的，是典型的清代风格。门楣上，是一条两端比门框要长出尺余的石块，压着门框。远远看去，以白墙为背景，特别显眼和稳重。

进入大门，是一个面积不大的天井，连着堂屋，在整个大宅中，堂屋的面积显然是最大的。正面是陆游的木刻全身像，诗人左手握一卷书，右手抚须，背景是书法家抄录的《临安春雨初霁》一诗。而两侧是陆游多次来杭的图文记载，一图一文，倒也简洁明了。再往里走，是陆游手书的拓印件和一些著名的诗稿复制品。南宋以来，实物自然不可能再有，但有这些拓印和诗稿，也是十分珍贵了。尤其是《钗头凤》，特别醒目。诗稿则有《剑南诗稿》《渭南文集》《南唐书》，也都是稀世珍品，难得一见。

最后一井，是杭州下城区的部分史料陈列。相比陆游，这些史料，给人的感觉有一点附带成分，但意义非凡，因为能够入藏本馆的人物，都是近现代历史上一个个响当当的名流，是杭州城历史上不可或缺的重要标志。

古宅有个后院，面积不大，但树木苍翠，且有一口水井。我在墙角，看见一块石碑，碑上隐约可见"继德堂傅界"五字。想来，这是古宅主人的实证了。

我在树荫下的石凳上小坐，望着宅子与后院分隔的那面墙。墙十分高大。古宅南北两侧是高墙，东西则是房子。这个格局，很容易令人联想起"侯门深似海"的古语。

陆游一生创作了大量诗歌，据称有近一万首，在历代诗人当中，也是出类拔萃。而《临安春雨初霁》因为就是在他客居杭州孩儿巷时写下的，所以就特别有画面和意境。陆游写下此诗时已年过花甲，经过几十年的颠沛流离，想必诗人的心境已颇为淡然。纪念馆内有一幅画，重现了当时陆游写作这首诗歌时的场景。鳞次栉比的江南民居间，诗人被春雨吵醒，他站在一幢客栈的窗前，窗下是一条小巷，向远处延伸，消失在屋檐下。而与诗人相隔一条小巷的，是一树杏花，在雨中正开得鲜艳。诗人有感而发，提笔写下《临安春雨初霁》，其中"小楼一夜听春雨，深巷明朝卖杏花"两句最是让人百读不厌。

事实上，陆游写下此诗时已62岁。他在家乡山阴赋闲了5年。诗人少年时的意气风发与壮年时的裘马轻狂，都随着岁月的流逝一去不返了。虽然他光复中原的壮志未衰，但对偏安一隅的南宋小朝廷的软弱与黑暗，是日益见得明白了。这一年春天，陆游又被起用为严州知州，赴任之前，先到临安去觐见皇帝，住在西湖边上的客栈里听候召见。在百无聊赖中，他写下了这首诗。

陆游16岁第一次来到临安，是参加锁厅考试。所谓锁厅试，其实就是一种官职考试。途经钱塘江畔，他身背一个黄色包裹，头戴黑色纱巾，从神态上看，显得踌躇满志。另有一幅画，是陆游78岁客居临安参与国史实录编撰。闻词人辛弃疾回临安要再次北伐之讯，诗人激动万分，依窗远眺，寄托收复山河统一祖国的心愿。画面上，诗人已明显沧桑，他手捻下巴上的胡须远眺窗外，家国情怀跃然纸上。

陆游与辛弃疾都是南宋诗词大家。如果不是因为身体原因，辛弃疾是要以枢密都承旨的职衔到临安上任的。可惜，他心力交瘁，病重卧床不起，只得上奏请辞，不久即去世。

陆游对于辛弃疾的去世，自然悲愤不已。这种心情，在他的《示儿》一诗中表达得淋漓尽致。显然，如果不是因为诗人具有无比强烈的爱国情怀，是难以写出这样的诗句的：死去元知万事空，但悲不见九州同。王师北定中原日，家祭无忘告乃翁。这是陆游的绝笔诗，此时的陆游已经85岁，来日无多。清代贺贻孙在《诗筏》中评价此诗："率意直书，悲壮沉痛，孤忠至性，可泣鬼神。"

我在孩儿巷98号待了约莫一个小时。来看陆游的人不多，这一个小时中间，顶多三五人。他们匆匆而来，又匆匆离去。我坐在后院树荫下，古宅的寂静，让我听见风吹过树叶的声音。

我步出古宅，走在孩儿巷，突然想起，后院有没有一株杏树，在春天的夜色中开放？孩儿巷里，卖杏花的人不知道还会不会有？明天清晨的小巷，可会响起卖花的声音？但我可以肯定的是，春天的雨，依然会打湿行人的衣衫，离此处不远的西湖边，依然会有一树一树的桃花、梨花、玉兰花开放。那些芬芳的花树里，也一定会有几树杏花，和断桥边的梅花一起，零落成泥，但芳香如故。

虎跑敬弘一法师

看完一本《李叔同的自我修养》，就觉得他的一生，真是清爽得很。前半生风流倜傥，后半辈子青灯为伴。他选择在西湖边的虎跑出家，又在灵隐寺受戒，可见他对杭州，对西湖的感情十分深厚。李叔同把杭州称为佛地。

李叔同《我在西湖出家的经过》中说，他第一次到杭州是光绪二十八年（1902年）七月。在杭州住了约一个月光景，但是并没有到寺院里去过，只记得有一次到涌金门外去吃过一回茶，同时也就把西湖的风景稍微看了一下。

李叔同说，他出家的远因跟夏丏尊有关。曾有一次，学校里有一位名人来演讲，他和夏丏尊居士却出门躲避，到湖心亭上去吃茶呢！当时夏丏尊对他说："像我们这种人，出家做和尚倒是很好的。"他听到这句话，就觉得很有意思。这可以说是他后来出家的一个远因了。

至于近因，则是他去虎跑定慧寺断食，前后共17天，有《断食日记》为证。入山前，李叔同作词曰："一花一叶，孤芳致洁。昏波不染，成就慧业。"在虎跑的李叔同纪念馆，有"虎跑断食"详介。从这部分内容中可以得知，李叔同虎跑断食，还是跟夏丏尊有关。那是1916年，夏丏尊从一本日本杂志中见到一篇关于断食的文章，好奇之下与李叔同探讨。文章中说断食有许多好处，包括对身体疾病的治疗，于是，李叔同决心一试。

夏丏尊在《弘一法师之出家》一文中，对李叔同出家与己的关系，也做了回应：弘一法师的出家，可以说和他有关，没有他，也许不至于出家。关于这层，弘一法师自己也承认。有一次，记得是李叔同出家二三年后的事，他要到新城掩关去了，杭州知友们在银洞巷虎跑寺下院替他饯行，有白衣，有僧人。斋后，他在座间指了夏丏尊向大家道："我的出家，大半由于这位夏居士的助缘，此恩永不能忘！"

在西湖周边，有不少名人墓地和纪念馆，但生前与死后能完全对得起来的，要算是李叔同。他在虎跑出家，虽在泉州圆寂，却在虎跑有舍利塔，有弘一精舍，又有一间纪念馆。

李叔同在虎跑出家后，法号弘一，后世尊称其为弘一法师。

我老早就想去虎跑看看弘一法师。记得很小的时候，去过虎跑一次，但那时大人带着，让我看的主要是那头假的老虎，以及泉水池。觉得也没有什么好看。现在回想起来，真是流汗不止。那次去，弘一法师的舍利塔和精舍，想必是在的，至于纪念馆，可能开放的时间要推后一些。总之，那次在虎跑，没有看到弘一法师，是一件极其遗憾的事情。

最近一次去虎跑，天气很热，室外温度总有35摄氏度以上。除了坐在有冷气的公交车里，露天地上，是一直在流汗的。从虎跑大门到弘一法师纪念馆，有一段300米左右的林荫道，道两侧，植有好多树木，尤其是右侧，基本上都是水杉，而且树龄也有超过百年的。这些水杉树，大多种在一条小溪里。溪水从高处流下来，不知道算不算虎跑的泉水。虎跑水冲龙井茶，是杭州一绝。不少老市民会特意去虎跑打水。果然，在接近一个叫作晖亭的地方，有一个接水口，好多空瓶在排队。这些空瓶，容量极大，一只大概总有10公斤的样子。其中一位大妈，带着至少三只空瓶，一只一只依次接水。水口在一处岩石间，以一根塑料管引出，水流似乎不小。排队接水的，大多是中老年，不见一个年轻人。我倒是很想去喝上几口，但看那样子，似乎不太现实。于是，回到溪边，用双手捧了几把到嘴里，也谈不上有什么特别的味道，大经因为这里是有名的虎跑泉水，所以，大家才争着来取水吧。不过，我倒是想起，当年李叔同在这里断食，以及后来的出家修行，喝的也是这个水，就觉得此水，与西湖的水相比，的确有些与众不同。

书法大家启功先生在一块巨大的汉白玉石上题了"李叔同弘一法师纪念馆"，阳光照射下，玉石和字体都熠熠闪光。馆内的展陈内容，记述了弘一法师的一生。特别令我印象深刻的，是弘一法师的弟子丰子恺书写的《送别》。丰子恺曾说，他以为人的生活，可以分作三层：一是物质生活，二是精神生活，三是灵魂生活。物质生活就是衣食。精神生活就是学术文化。灵魂生活就是宗教。人生就是这样一个三层楼。不过我们的弘一法师，是一层一层地走上去的。

因为保存得好，纪念馆展出了不少弘一法师生前用过的原物，可以说是相当珍贵了。这些文物，皆为弘一法师弟子所赠，比如法师用过的煤油灯、怀表、文房四宝，法师穿过的衣服，还有他的书法作品。这些文物丰富了馆藏，也让后世参观者一饱眼福。

尽管是暑期，又是周日，但依旧入馆者寥。不过，凡入馆来的，大多安静地移动脚步，有的会在其中一幅照片前，或法师的某件遗物前驻足，看上数分钟。有的，则会俯身，拍上几张馆藏展品。看弘一法师的人，自然不会太多，懂弘一法师的，则更少。他们看完展厅，悄然离开，就像他们安静地来。他们中的大多数，是因为听了《送别》来看作者，但当他们走近作者，才发现，原来这是一个如此浩大的人生，如此辽阔的世界。

在民间，弘一法师流传最为广泛的是歌曲作品《送别》。而《送别》的创作，也源于一桩令弘一伤心的事。

李叔同在上海时，参加了"城南文社"。宝山名士袁希濂、江阴书家张小楼、江湾儒医蔡小香，加上城南草堂主人许幻园，无一不是喜好丹青之人。他们时常聚在一起挥毫泼墨，切磋诗文辞章以添雅趣，有"天涯五友"雅称。多年后，李叔同与他的弟子丰子恺提及在上海的时光，仍不无留恋地说："我从二十岁到二十六岁之间的五六年，是平生最幸福的时候。"然而，在上海，李叔同最好的朋友还要算城南草堂的主人许幻园。

城南草堂位于上海闹市之中，却又如空谷幽兰般，独处于喧哗之外，有一种"心远地自偏"的气韵。而草堂的主人许幻园更是让李叔同喜出望外，他眉目流盼间宛如月映深潭，有一种不染俗尘的遗世独立气质。两人兴致来时，烛光摇曳觥筹交错，吟诗唱和。人间的缘分，也真是奇妙得很，许幻园和李叔同本是各在江湖，却同居一舍，朝夕相对，以诗为乐，以酒助兴。道是天涯飘零客，风停时，他乡偶遇且相知。

然而，这样惬意的日子也是没过多久，随着草堂女主人许夫人的去世，许幻园一下子颓败了下来。更没想到的是十载后，所有的繁华皆成了幻灭。那是1914年一个大雪纷飞的日子，许幻园因为资助民主运动破产了，他跑到李叔同的门外，带着哭腔喊了两声"叔同，叔同"。李叔同从屋里走出来，许幻园没有进门，远远地泪如雨下："叔同啊，我幻灭了。"然后转身踉跄而去。

李叔同望着友人的背影，顷刻热泪盈眶。对于曾经将他照顾得十分周全的人，他如今只能无奈地看对方凄凉离去。看着昔日好友远去的背影，李叔同在雪地里站了整整一个小时，随后，李叔同返身回到屋内，把门一关，叫来妻子抚琴作了绝唱《送别》："长亭外，古道边，芳草碧连天。晚风拂柳笛声残，夕阳山外山……"

1942年的暮秋时节，风霜爬满了弘一法师的额头，他的面庞依旧坚毅，写满了从容淡然。参禅悟道多年，他预感自己的大限将至。他穿着草鞋，挂着锡杖，衣衫褴褛地飘零了许多地方后，将福建泉州不二祠温陵养老院选为人生的最后一站。

民国三十一年（1942年）10月10日这天，他提笔写下"悲欣交集"四字。10月13日晚，弘一法师圆寂于泉州不二祠温陵养老院晚晴室。

弘一法师出家后，徐悲鸿先生曾多次进山看望法师。一次，徐悲鸿突然发现山上已经枯死多年的树，居然发出新嫩的绿芽，很纳闷，便对法师说："此树发芽，是因为您，一位高僧来到此山中，感动了这棵枯树，它便起死回生。"弘一法师说："不是的，是我每天为它浇水，它才慢慢活起来的。"

鲁迅说："朴拙圆满，浑然天成。得李师手书，幸甚！"

张爱玲说："不要认为我是个高傲的人，我从来不是的，至少，在弘一法师寺院转围墙外面，我是如此的谦卑。"

风雨茅庐的前世今生

郁达夫卖掉一部小说的版权费作为启动资金，举债在杭州场官弄63号置地一块，自建一幢中式别墅，名"风雨茅庐"。

王映霞在日记中记载了风雨茅庐的建设："1935年年底动工，熬过了一个冰雪的冬季，到1936年的春天完工……足足花掉了一万五六千元。"20世纪30年代，一万五六千元，也是一个大数，而郁达夫那部著名小说《她是一个弱女子》的版权费，也不过1000元，所以举债建房是肯定的，也是无奈的选择。

从故居内陈列的内容看，郁达夫对新房子十分满意。房屋开工后不久，郁达夫在《冬余日记》中说："官场弄，大约要变成我的永住之地了，因为一所避风雨的茅庐，刚在盖屋栋；不出两月，是要搬进去定住的。"郁达夫还详细说明了房子的格局与规模"住屋三间，书室两间，地虽则小，房屋虽则简陋到了万分，但一经自己所占有，就觉得分外地可爱；实在东挪西借，在这一年之中，为买地买砖、买石买木，而费去的心血，真正可观。"郁达夫的这段记录，可见当年建风雨茅庐，实在也是超出他的财力之外，但他的心情却是愉悦的。

据说新居落成之日，恰逢马君武来杭。郁达夫逼他用正患痛风的右手写了"风雨茅庐"四字匾额，挂在了门前。如果我们现在看到的匾额上的字，还是马君武所题，那么堪称完美。事实上现在的"风雨茅庐"书写者是浙江的书法家王冬龄。

郁达夫显然是喜欢杭州的，所以他才会说出"永住之地"。郁达夫是富阳人，从地理归属来讲，他原本就是杭州人。加上他曾在杭州就学谋生多年，他对杭州的感情，非一般旅人可比。他写过不少与杭州有关的诗文、小说。他曾说过，杭州既"具城市之外形，而又有乡村之景象"。

从披露的郁达夫研究史料来看，1936年春天建成风雨茅庐，当年，郁达夫就离开杭州南下，并且再也没回杭州。他欲把杭州作为"永住之地"的愿望，却成为他一生的遗憾。

2015年夏天，风雨茅庐对外开放。我在获知这个消息时，就一直想着要去看看这幢在我心里充满神秘之感的房子，但一直想去，却一直没有动身，实在有些好笑。因为场官弄距我的居住地并不远，大约7千米左右，平时我散步，沿西湖一圈，也逾10千米。

在风雨茅庐对外开放8年以后，我终于去了场官弄。那天，天气很热，好在场官弄两侧种满了梧桐树，浓密的树荫遮住了灼热的阳光，跟随手机导航一路行去，直到场官弄尽头，只见一堵墙，却未见风雨茅庐，而导航明明说已经到达目的地。我向左右两侧一看，发现右侧是一扇小区铁门，敞开着，快走几步，见一石碑，刻"郁达夫故居"，才知这里就是场官弄63号。

风雨茅庐的入户门为双门设计，一扇黑色铁门，内套一扇小门，再无其他侧门。这是大宅的基本设计，平时出入，只开小门。我抵达风雨茅庐时，大门紧闭，只开启其中的小门。大门门楣上悬着"风雨茅庐"的门匾，字迹飘逸而力透纸背，一看就是大家手笔。我步入铁门，迎面就是正屋，四方形的正屋，三侧有回廊。郁达夫设计风雨茅庐时，正屋应该是客厅，两侧是卧室，现在是郁达夫史料陈列馆。但高温之下，陈列馆内没有空调，也没有开灯。只在史料展陈的屋内，有两盏电灯悬在空中，发出幽暗的光，几乎看不清展板的图文。这时，恰好有一位工作人员从对面的屋内出来，我问，怎么没有开灯？她说，这里要重新装修了，其实已经闭馆，不对外开放了。

正屋隔成三间，就是郁达夫所说的"住屋三间"无疑，中间是客堂，悬"风雨茅庐"匾额，有一尊郁达夫半身像，基座刻有郁达夫手迹：我不仅是一个作家，更是一个战士。客堂两侧分别是郁达夫生平陈列。有一些复制的手稿，也有一些图文，其中，王映霞的照片与郁达夫另外两位妻子，孙荃与何丽有的照片放在同一块展板上，以"红尘往事"作为主题，没有详细说明。但三位夫人的展陈内容，王映霞倒不如孙荃。在王映霞部分，说她本姓金，小名金锁，学名金宝琴。这两个名字，自然都不及王映霞来得响亮。郁王之恋，典型的才子佳人，曾被柳亚子誉为"富春江上神仙侣"，可惜他们最终没有走到白头。

在展馆内，有一张郁达夫摄于1944年的照片，拍摄地点是在印尼，这也是郁达夫留在人间的最后一张照片。照片上的郁达夫头发蓬松，着白衬衫，系领带。照片上方，摘录了一段他写给孙荃的信，其中有"国即予命，国亡，则予命也绝矣。"

正屋与后院，以拱形洞门相隔，后院面积不大，但也是草木葳蕤。在正屋与后院之间，有一株大树，稍稍有些倾斜，倚靠在房檐上，似乎没有房檐和两根支撑的铁管，大树就要倒掉的样子。这株大树已经有些年头，不一定是风雨茅庐建成时种下的，但至少也有三五十年。

后院是书房和卧室。书房东南侧开大窗，这种设计，在民国建筑中十分少见，可见郁达夫的设计思想颇有些桀骜不驯。俗话说文如其人，在风雨茅庐，我倒是看见房如其人了。大窗设计使得书房通透，光照充足。书房靠窗搁一张书桌，两侧是书柜和沙发，窗子两侧，挂郁达夫手书"学问无止境""正大光明"。相比正屋，后院更显得安静，窗外是一圈围墙，将书房、卧室，与外界的喧哗隔离开来。从卧室再往里走，又有一间，我无法判定当初郁达夫或王映霞用这个房间来做什么，现在是用于展示"郁达夫小说奖"获奖作者与作品的简介。只是风雨茅庐要整修，这些陈列已有些残破。

正屋与后院以墙相隔，但在靠后院一侧狭长的弄堂里，我看到一口水井，虽然封掉了，但相信当年，郁王在此筑巢，这口水井是发挥重要作用的，他们的日常用水，想必都取之于此。在书房台阶下，有一口水缸，故居管理人员种上了一株荷花，夏天正是荷开时节，这株荷花，也开出一朵艳丽的花，在轻风中摇曳，十分好看。

正屋与后院，是风雨茅庐的主要建筑。但在进门右侧，有两层房子，起码有十来间，呈一直线，与正屋之间，形成一个过道。不清楚这是郁达夫当年设计图里面就有的，还是后来加盖的。这排房屋，现在是街道物业和一家食品安全管理机构的办公地，应该同时也是故居管理人员的办公处。

我一身大汗，走出风雨茅庐。时光已过去87年，这幢青砖别墅依旧非常耐看，与周边后来建成的公寓相比，气质不凡，依然有鹤立鸡群之感。我有些为郁达夫感到遗憾，他漂泊一生，原本想在杭州好好生活写作，但终究没有实现自己的愿望，客死异乡。郁达夫的作品，曾经是我年少时无数个寂寞的夜晚中灵魂的慰藉。我喜欢他的小说和散文，其中就包括《她是一个弱女子》，郁达夫正是用了这部小说的版权费，开始建设他的"风雨茅庐"的。

这部小说的手稿，也是郁达夫唯一存世的手稿，曾在风雨茅庐展出。网上所传这部小说首版所得的版权费是风雨茅庐得以开建的第一批资金，似乎也有据可查。郁达夫后来在《沪战中的生活》中对写作《她是一个弱女子》的经过有回忆：在战期里为经济所逼，用了最大的速力写出来的一篇小说《她是一个弱女子》……

在郁达夫小说创作史上，《她是一个弱女子》占据着一个特殊的位置。这是郁达夫继《沉沦》《迷羊》之后出版的第三部中篇。小说以1927年"四·一二"反革命政变前后至1932年"一·二八"事变的历史时期为背景，以女学生郑秀岳的成长经历和情感纠葛为主线，描绘了她和冯世芬、李文卿三个青年女性的不同人生道路和她的悲惨结局。小说的构思和写作过程，正如郁达夫自己在《〈她是一个弱女子〉后叙》中所说："《她是一个弱女子》的题材，我在一九二七年（见《日记九种》第五十一页一月十日的日记）就想好了，可是以后辗转流离，终于没有功夫把它写出。这一回日本帝国主义的军队来侵，我于逃难之余，倒得了十日的空闲，所以就在这十日内，猫猫虎虎地试写了一个大概。"

从这段叙述中，可见郁达夫创作这部小说时的处境并不太平。他在乱世间写作的这部小说，不仅是现代文学的重要坐标，也为郁达夫解一时生活之愁，提供了必要的帮助。而风雨茅庐让郁达夫在风雨飘摇的时代，有了一个可以挡风避雨的屋檐，也让身为作家的他有了一个灵魂憩息地。

民国时期，有一批以鲁迅为代表的作家，就像郁达夫曾经说过的那样"能说'失节事大，饿死事小'这话而实际做到的人，才是真正的文人"。

我觉得，郁达夫就是这样一个十分接近鲁迅，同样是骨头很硬的文人。

葛岭路13号

一

黄源先生在人间的最后一个住处是葛岭路13号，与西湖只隔一条北山街。房屋主人去世后，这里是黄源旧居。黄源儿子黄明明收集整理了大量黄源的遗物，尽量丰富故居展陈。一天晚上，我环湖跑从断桥进入北山街，在跑过新新饭店后，突然想去看看黄源旧居，就转入葛岭路。进葛岭山门，上行至13号门前停步。旧居大门紧闭，但能看到房屋的传统木构架、木门窗，白墙黑瓦，以及青石阶沿踏步，是一幢颇具江南民居风格的建筑。或许，这也是黄源生前在此居住时间最久的原因。

夜访黄源旧居不遇，总让我心怀遗憾，似乎是心里的一个结。一个西湖荷花盛开的季节，我特意又去了趟黄源旧居。从葛岭路至葛岭山门，去往抱朴道院的路上，大约再上行二三百米，就达黄源旧居。不过，在上行过程中，我还是想到，在黄源晚年，这个居住地，并非是最好的，上下山的路，对于一位长者来说，每出一次门，就是一次艰难的跋涉。

至"又入佳境"亭，左转，可见一幢两层建筑，就是黄源旧居。旧居门前是一个院子，疏于整理，石缝间，长出不少野草，就连屋顶瓦片之间，也有一丛丛野草在风里摇曳。院前更是有数棵参天大树，将旧居从我的视线里割裂开来。在"黄源旧居"横匾下，大门紧锁，但室内灯光亮堂，我隔着木格子窗往里望，可见一张黄源的巨幅照片，他正在伏案写作，照片右侧，是一副题词：丹心铁骨。

我绕过左侧墙根，走到后院，旧居的门是开着的。院子里有一株我叫不上名字的树，树下两张木椅子。与主楼呈90度的是一幢平房，想必是厨房与餐厅，只是门锁着。黄源坐像面朝东向，先生戴着一顶帽子，坐在一张藤椅上，面露微笑。一些树叶飘落在地，有几片粘在黄源坐像的肩头和帽子上。我掸去黄源身上的落叶，想跟黄源雕像合一个影，但无人入旧居，略有惆怅，又担心手机自拍效果不好，只好作罢。

我进入旧居，室内无人。一层是黄源先生生平陈列，二楼封闭。黄源生平按年代陈列，脉络清晰。其中1929年的三张照片，有特别的意义。一张是黄源夫人许粤华与长子黄伊凡在上海的旧照，照片上的许粤华风姿绰约，是一位江南绝色美人。照片的文字说明虽简短，却一定程度上厘清了我心头的一个问号。这张照片的说明如下："1929年夏，黄源从日本回国，与许粤华结婚。许粤华，笔名雨田，翻译家、散文家，浙江海盐人，是民国时期著名才女之一。1941年4月，黄源收到许粤华从福建寄来的诀别信。"黄源与许粤华这段婚姻的始末，没有更多公开的权威资料可以佐证，大多都是道听途说。我与黄明明餐叙时，黄明明似乎也是讳莫如深，我也就不便再多问。

不过，我还是在一些文学史料的夹缝中，找到了一些黄源与许粤华婚姻破裂的起因，以及许粤华那封诀别信的内容。1941年4月中旬，黄源在上海等待安排去苏北期间，收到了在福建工作的妻子许粤华的来信，这其实是一封宣告分离的永别信："我们离别已数年，各自找到生活的所在，今后彼此分离，各走各的路吧，永别了吧。"处于战乱的年代，也许是长久分离的缘故，许粤华正式向黄源提出分手。黄源收到信后表现得出奇地冷静，在复信中说道："我们曾有过十年春天的幸福，但幸福被战乱打碎，被迫分离。现在我只能尊重你的自由。我邀你同去的地方，并不是现存的福地，需要艰苦的创业，你不去也就罢了。我惟一可告慰的是鲁迅逝世后，国难又当头，我终于找到了那条正确的道路，我将继续地走下去。永别了。"

之后，许粤华与黎烈文结为夫妻。1946年春到台湾，许粤华在台湾继续从事翻译和文学创作。1972年10月黎烈文于台湾逝世后，她随二子一女到美国定居。作为70多年前曾亲身参加过鲁迅先生丧事全过程的见证人，许粤华的一生，也有些许传奇。她的影像出现在黄源旧居，也算是对历史的一个客观注释。

黄源在1929年的第二张照片是黄源的特写，头发从中间分开，一副圆形眼镜，系领带。照片的说明是："1929年黄源来到上海，开始翻译生涯，靠笔杆子谋生。他的第一篇文章（是）《介绍〈托尔斯泰未发表作品集〉》。《托尔斯泰未发表作品集》是在内山书店出版的。（他）编译的第一部译著《屠格涅夫生平及其作品》由丰子恺设计封面，在上海华通书店出版。之后先后翻译出版了《高尔基》《三人》《屠格涅夫代表作》《1902年级》《将军死在床上》等十多部译著。"

1929年的第三张照片是上海内山书店外景，文字说明是：内山书店是鲁迅晚年在上海的重要活动场所，鲁迅常来此购书、会客，并一度在此避难。

从这张照片的画面上，我看不到任何人，但我们都知道，内山书店是鲁迅经常会客的地方。曾有文学青年写信给鲁迅希望见面，鲁迅回复，每日下午三四点，总在内山书店。左翼剧作家夏衍来上海后，经常到内山书店买书，见到鲁迅时是"一个严寒的日子"。1930年，二人共同发起筹建了"左翼作家联盟"。萧红与萧军也在书店与鲁迅约见，鲁迅发着烧，将一个装有20元钱的信封放在桌上，缓解了他们初来上海的窘境。借由鲁迅，二萧也慢慢认识了当地的其他朋友，包括茅盾、聂绀弩、胡风和叶紫等一批作家。

凤凰网读书频道记述了鲁迅在内山书店的一些往事。据书店伙计回忆，鲁迅第一次到内山书店买书是1927年10月的一天，"那人头发长得很长，有一点小胡子，咬着一个竹制的烟嘴。先顺着书架一声不响地浏览一周，然后返回来选书，装帧、书名、目录都不放过。仅从衣着上看，不像能买得起书的人，因为每本书最少也要一两块钱呢！而这个人，一选就选了十几本，总共要50多元，已经超过我们一天的营业额了。"从那之后9年，鲁迅共到内山书店买书、会友500余次，购书多达千册。

内山书店的创始人内山完造也成为鲁迅的好朋友。1929年，内山书店规模扩大，从北四川路魏盛里迁到了施高塔路11号，店里靠窗的位置有了一张藤椅，这是鲁迅的专座。鲁迅先生每次来都面朝里坐，内山老板则坐在对面相陪，有时进店的学生认出了鲁迅，就会躲在角落小声议论，这时鲁迅先生就会长叹一声，"又有人讨论我了，算了，回家吧"。

在万国公墓的葬礼上，作为鲁迅治丧委员会中唯一的日本人，内山完造作了感人至深的演说："鲁迅先生的伟大存在是世界性的。他是一位预言家，先生的每一句话，都如同旷野上的人声，不时地在我脑际打下烙印。先生说，道路本来没有，是人走出来的。每当我念及这话，仿佛就见到先生只身在无边的旷野中静静地前进着的姿影，和他踏下的清晰的足迹。"

黄源旧居内这张内山书店照片的背后，隐藏着多少中国现代文学的作家与作品。而一位来自浙江海盐的文学青年，也从此与鲁迅结下深厚友谊，成为中国现代文学重要的见证人。

二

2003年1月2日下午，作为鲁迅的弟子，98岁的黄源先生离世。我去参加了黄源的遗体告别仪式。可以说，我与黄源相隔遥远，之所以要去送黄源最后一程，很大程度上与黄源的儿子黄明明有关。在一次作家黄亚洲老师组织的聚会上，我认识了黄明明和他夫人，因为对黄源先生的尊重，所以，就特别有兴趣通过黄明明，打听黄源先生的一些信息，而黄明明也很乐意与我分享他父亲的往事。

在黄源先生的一生中，最重要的时期是他和鲁迅先生、陈毅元帅的交往。

22岁那年，有着扎实英语基础的黄源在上海劳动大学编译馆工作,因为一次偶然的机会见到了鲁迅,并为鲁迅讲演做记录。过了几天,鲁迅又应邀去上海立达学园讲演,他又担任记录工作。从此,黄源追随鲁迅、茅盾等人,开始了自己的文学人生之路。1933年7月1日,《文学》创刊,编委会有鲁迅、茅盾、郁达夫等十几个人,黄源当编校。次年9月16日,《译文》创刊,鲁迅主编了三期以后,笑着对黄源说"你已经毕业了"。从此,鲁迅便把编辑任务交给了黄源。后来,鲁迅在给徐懋庸的公开信中写道:"至于黄源,我以为是一个向上的认真的译述者。"

黄源夫人巴一熔女士回忆过这样一桩让黄源终身难忘的事。自从黄源认识鲁迅以后,就经常收到鲁迅的赠书,作为礼尚往来,黄源也很想作一些回赠。其时,鲁迅正打算翻译《果戈理选集》。一天,黄源在上海静安寺路的一家外文书铺看到了一部德译本《果戈理全集》,共6本18元钱,他就买了下来,并在第一卷扉页上写下了"鲁迅先生惠存"字样。鲁迅十分高兴,欣然接受了赠书,但考虑到黄源的经济情况,无论如何要付给书钱,黄源自然不肯接受。双方推辞了半天,最后达成这样的妥协:鲁迅接受签了字的一册,其余5册照付不误,还了黄源15元钱。

黄源最后一次见到鲁迅是在1936年10月14日。那天,黄源前去看望身患重病但精神尚好的鲁迅,并把一位日本朋友的一尊高尔基雕像转交给鲁迅。当时,鲁迅还拿着雕像,让爱子周海婴猜是谁。五天以后的清晨,当许广平托内山书店的伙计把鲁迅去世的噩耗告诉黄源时,黄源立刻奔往他常去的鲁迅的二楼卧室,伏在先生的遗体上痛哭失声。鲁迅逝世后,黄源作为治丧办事处人员,日夜为之守灵。出殡时,他亲自送鲁迅的遗体到万国殡仪馆,之后又紧随鲁迅的灵柩来到墓地,与巴金等其他15位抬棺人一起,亲手扶着灵柩送入墓穴。

在黄源老遗体告别会上,有不少都是在战争年代出生入死的老同志。因为黄源不仅是一位文学家,也是一位战士。抗日战争全面爆发不久,黄源因父亲病故回家料理后事,这时上海已沦为"孤岛"。黄源安葬好父亲后,已无法返回上海,于是,在1938年底,黄源来到了皖南新四军军部。不久,黄源认识了陈毅,那是1939年初,其时,陈毅只带一个班,因腿部受伤,骑了一头黑驴行进。黄源跟随陈毅走过茅山地区游击根据地,一路走,一路聊,简直是无所不谈,行进途中,有时住破庙,有时就住百姓家,且通常与陈毅共睡一床。陈毅谈他的童年,谈他到法国留学,也谈到中央苏区的工作。

在皖南,黄源曾任军部文委委员兼驻会秘书,主管文学创作和编辑出版工作,并主编了《抗敌》杂志的文艺部分和《新四军一日》《抗敌报》等文艺报刊。

黄源与陈毅的再次见面,是在皖南事变后。1941年1月12日傍晚,新四军石井坑制高点被敌军突破,黄源与军部首长叶挺、项英等走散。叶挺以为黄源"阵亡"了,后来在狱中写的《囚语》中提到:"闻黄源亦死于这次皖南惨变……(黄君)工作努力,成绩也甚好。在此次惨变中饱受奔波饥饿之苦,形容憔悴,又不免一死,痛哉!"当时的《新华日报》还发表了《忆黄源》的悼念文章,称:"一个不幸的消息传来,说鲁迅先生的高足、《译文》杂志的主编黄源先生在皖南突围中牺牲了……"其实,黄源并未阵亡,他突围出来后,几经周折到了上海,后又通过许广平和新四军办事处取得联系,赶到了苏北根据地。陈毅见到黄源时,颇感意外,继而以他特有的朗朗笑声说:"我们真以为你已经尽忠报国了哩!"

三

黄源在葛岭路13号定居后,巴金曾多次来杭州休养,每次黄源都会和巴老相聚叙旧,回忆鲁迅。

1981年春天,巴金先生下榻杭州新新饭店,他在这里完成了《随想录》之六十四《现代文学资料馆》的写作。新新饭店与黄源居住的葛岭13号相距不远,黄源得知巴金就在新新饭店,特意去看望了巴金。这也是黄源和巴金在"文革"之后的首次见面。新新饭店的名人照片墙记录了这两位文坛巨匠见面的画面,从照片上看,两人都戴着帽子,都是黑边眼镜,坐姿随意,隔着一张茶几,各自跷着二郎腿,坐在单人沙发上。黄源双手拢在袖子里,巴金的左手轻搁在耳边,似乎在听黄源说话,而黄源一脸笑意。整个画面看上去既随意,又融洽,是好朋友之间的见面闲聊。

1994年6月,黄源看望在杭休养的巴金,说:"要活到九七看到香港回归"。黄源老的夙愿终于得以实现。但后来,当年为鲁迅抬灵柩的,只剩下巴金一人,不知道巴老获悉黄源老去世的消息,心里会怎样的伤痛。2005年,巴金也走了。自此,中国现代文学史上最重要的创造者和见证者,基本都已离开人间。

黄源先生为人谦逊,著述丰硕,为中国文坛留下了宝贵的精神财富。在黄源的家乡海盐县美丽的南北湖畔,有一座明清风格的黄源藏书楼,里面珍藏着黄源老捐赠给家乡的近万册图书。黄源的骨灰也安放在这里。

我们在去殡仪馆参加黄源老遗体告别仪式的途中,大家以敬重而惋惜的语气回忆黄源先生在世时的情景。与黄源老同辈的著名作家陈学昭女士的女儿陈亚男说,浙江文坛与鲁迅先生有过渊源的前辈作家都走了。浙江省作协创联部的张雄说,他有一张鲁迅的四方联邮票,曾让黄源、陈学昭、林淡秋等与鲁迅有深厚感情的文坛前辈们签名。我们都说这是一枚不可多得的珍贵邮票,应当捐献出来,让大家一起欣赏。张雄说他有这个打算,但现在还没有最后决定是捐给上海的鲁迅纪念馆还是绍兴的鲁迅纪念馆,但他已经有一个意向,如果浙江文学馆建起来了,他倾向于捐献给浙江文学馆。如今,规模不小的浙江文学馆已建成,不知道张雄有没有把他的那张珍贵邮票捐献出去。

城南年味（外一篇）

◎ 帕瓦龙

今天正月初九，壬寅年的春节算是基本过完了，该工作的人也开始忙碌了。然按照传统，老底子的人认为：只有闹完了正月十五的元宵节，年才算真正的结束。

我突然想写一写杭州城南的年味，这不单单是因为年前年后拍了一堆城南年味的照片，而且在我看来，杭城再也难找出一地的市井烟火气息和年味可与城南相媲美了。城南这个地理概念，其实以今天大杭州的范围来讲，估计至少要划到钱江南岸的滨江和萧山了。而我所说的城南是从杭州老城区的概念出发的，也就是740多年的南宋都城遗址及其以鼓楼一带为中心所辐射的方圆3至5平方千米的范围。

史载宋室南渡后，自然给杭州添了天子气，虽称"临安"，但皇宫依旧城阙高耸，宫室华丽。而此时的长安、洛阳、汴梁、金陵、扬州等天下名都多受兵燹之祸，残破不堪，北京也只是一座破墙矮城。杭州既无兵戈之害，又贵为天子之宅，自是当时之国中首府，甚至堪称世界第一大都市，即便入了元朝，也仍被马可·波罗赞誉为"世界上最繁华美丽的都市"。所以，自从南宋都城落脚杭州后，临安都城自大街及诸坊巷，大小铺席，连门俱是，既无虚空之屋。处处呈现茶坊、酒肆、面店、果子、彩帛、绒线、香烛、油酱、食米、下饭鱼肉鲞腊等铺……如今，南宋御街的繁华依然延续，古塔、水门、石桥，沿街古老的厢坊里巷，坊肆毗连的诸行百市，甚至来自异域的伊斯兰教凤凰寺也以旧时的尊容伫立于羊坝头。如此景观和风情，无不让今人仿佛目睹了现实的《清明上河图》。

与之俱来的"年味"，也因宋室南渡，给杭州带来新的气象和高度。而城南作为皇城根边的贵胄之地，更引领了临安全城风骚。虽说南宋国祚仅存了不算漫长的152年，但其留下的历史文脉、风土人情和生活习俗深深地影响了后世人。城南至今拥有浓郁的市井烟火气；许多老街小巷仍叫着南宋留下的地名，诸如旧藩署、太庙巷、察院前巷、城隍牌楼巷、十五奎巷、元宝心巷、凤山门、六部桥、高士坊巷、大井巷、高银巷、五柳巷、清河坊、羊坝头等等，无不标示着南宋留下的痕迹。

聊完了这段历史，自然还是回到城南"年味"上来。"烟柳画桥，风帘翠幕"的杭州，自古就是一座繁华都会，春节前更是格外热闹。

据宋末元初的周密《武林旧事》记载：年关时节，临安城中"朝天门内外竞售锦装、新历、诸般大小门神、桃符、钟馗、狻猊、虎头及金彩、缕花、春帖幡胜之类，为市甚盛"。其所言朝天门内外即今天的城南。周密觉得描写得不过瘾，又说道："至夜，篝烛糁盆，红映霄汉。"意谓：家家燃起火炬松盆，驱邪祈福，火光映红天空。可见"年味"在古人生活里是多么神圣、隆重而又严肃、有趣。

回头再看如今的过年，是不是觉得越过越乏味。转眼走了辛丑牛年，抬头迎了壬寅虎年，但年味是远不及古人的，你难道还没有觉得这年味儿，还不如自己小时候？这样的问题，你随便问一下打着精神看电视春晚的老年人，或抽烟聊天的中年人，或低头专心刷手机的晚辈们，他们大概都会点点头说："是啊，过年确实挺没劲的。"尽管手机里不断有春节相关内容的推送，微信朋友圈里拜年声不断，支付宝年年有集五福、抢红包等活动，但所有"造出"的看似热闹的气息和情形，都掩盖不了一个事实：年味儿还是旧的好！儿时度过的春节，才让人怀念。

习俗是一件很好玩的事。比如放爆竹，燃放爆竹这一传统，在中国已有2500多年历史。《荆楚岁时记》曾记载，正月初一，"鸡鸣而起，先于庭前爆竹"，以吓退怪兽恶鬼。当时，没有火药和纸张，人们便用火烧竹子，使之爆裂发声，以驱逐瘟神。火药发明后，有人把火药装在竹筒里燃放，声音更大。直至北宋，民间才出现了用纸裹着火药的燃放物，改称"爆仗"，到了南宋又改为延续至今的称谓"鞭炮"。《武林旧事》里说到临安每逢过年：岁除爆仗……内藏药线，一点燃就连续百余响不绝于耳。

北宋王安石在其《元日》一诗中写下的千古名句："爆竹声中一岁除，春风送暖入屠苏。千门万户曈曈日，总把新桃换旧符。"他把爆竹列为首行起头，可见他迎接新年时的澎湃之情。

有许多宋人过年时做过的事，我们今天一样照样可做。比如：南宋有5至7天的新年假期，人们穿上色彩鲜艳的新衣服，与家人一同采买年货，张贴春联，走亲访友，赏花灯。还比如像南宋《梦粱录》记载，宋人非常重视大年三十日晚的那顿年夜饭。七碟子八碗堆满餐桌，有鸡有鱼，有荤有素。年夜饭后，则由小孩子负责守岁，享用十般糖、澄沙团、蜜姜豉、蜜酥等各色"消夜果"。今天的杭州人可以在家欢乐团聚一场，也可以在杭城的楼外楼、知味观和天香楼等饭店、酒楼享用饕餮大餐。

我已经记不清一年里要来城南多少回。我拍下了几万张城南百姓的市井生活照片，并不奢望它们给我带来什么回报和荣耀。我享受的是一次次揿动快门的过程，从一帧帧照片中，体验生活的城市、街巷的烟火气、光影变化及每个人的表情，并反观自己的存在和聆听内心所感的真切声音。

街拍以真实性为宗旨，我一次次游荡于街头，一遍遍地实践光影、人物和快门的关系，定格一幅幅凝固的"瞬间"，就像一次次试探我内心的诚恳。而这其中，城南"年味"无疑是最吸引我产生揿下快门冲动的瞬间。

城南，虽然历经了多朝的荡涤，但有关"年味"的习俗，多少还是承袭了南宋以来的传统。每年自过了冬至，城南许多店铺和人家，仍然保留了腌制酱货的习惯，这种江南人的旧俗，据说源自南宋临安。那时，酱油的出现让人们找到了酱货（不仅美味，更宜于久存）。经冬天的暴晒的酱货，哪怕到了江南梅雨和初夏时节，也仍旧十分美味。因此，入冬后的晴朗日子，在察院前巷、太庙广场和大马弄的店铺门口总会见到成排成行的酱鸭、酱肉、酱鸡及各色腌腊制品。它们在冬日阳光的照射下，散发出诱人的酱色光泽，氨基酸含量也达到峰值，口味更佳。于是，许许多多迷恋酱货的杭州人就会蜂拥而至，一些外地人为满足口欲，也会千里迢迢慕名而来。

酱货以酱鸭为人们的最爱。杭州人，不仅有"家有酱鸭才叫过年"的观念，而且有年三十那顿饭须有酱鸭才成席之说。我虽说出生和生活在杭州，但祖籍宁波，跟了上辈人喜食海鲜和咸呛蟹之类，所以和地道的杭州人口味有些距离。酱鸭是他们的钟情之物，而我总有点顾忌那鸭肉的膻味，就如对于羊肉我也兴致寡然，每次家住余杭五常的小江约我去仓前淘羊锅，我便会说上一句：羊肉太膻了。

于痴迷酱鸭的杭州人看来，我多少有点62（杭州话意为：拎不清），居然不喜欢味道这么好的东西，在他们看来简直是没有口福。在杭州人眼里，呷着酱鸭，就着小酒，滋味不要太爽，哪怕青菜泡饭掼一块酱鸭也乐甚至哉！

做杭州酱鸭，以养足 3 年的本地麻鸭为上，其次是当年成熟的呆头鸭，再次是白鸭和北京鸭，最次的是几个月便上市的速成鸭，所以挑选一只上好酱鸭是有门道的，肉眼很难判定好坏。通常，市面上能买到当年成熟的酱制板鸭和呆头鸭已经可以了。养足 3 年的本地草鸭很少，于商家而言成本太高，不划算。

城南的酱鸭以太庙广场前的一溜店铺所售最为出名，尤以"文娟酱鸭"和周围的几家生意最为忙碌，一个春节前后，在他们热情的吆喝声里，每天都能卖出上千只酱鸭。

民以食为天，城南的年味多半是围绕着吃展开的。且不说年前年后，鼓楼旁和十五奎巷里几家以经营杭邦菜为主的饭店的生意火爆，去晚了往往排队等翻桌子，就连多家小吃店，如春霞锅贴、游埠豆浆等也座无虚席。城南的年味，是素朴、平常和真诚的，不矫揉造作，它真实地融入这一方市井烟火气息之中，始终陪伴着这里生活了许多年的百姓。

如今在城隍牌楼巷和大马弄经营沿街小店的摊主、菜贩大多是外地人，杭州本地人宁愿出租房屋也不愿劳累经营，而这些吃苦耐劳的外地人扎根在此，从养家糊口到打出一片天地，默默地成了此地的新主人。

过年逛大马弄，是许多老杭州人的不二选择。大马弄是杭州主城区仅存的一条马路菜场，三五米宽，二百多米长，南起太庙巷，北至城隍牌楼巷，1966 年被改为韶山巷，1981 年复称大马弄。每逢过年，这里便格外热闹，小小的巷子中，各种年货包罗万象，来自山东寿光的蔬菜、金华的土猪肉和土鸡、临安的冬笋和山核桃、舟山的海鲜、杭州的酱鸭等应有尽有，故有"逛大马弄买好年货"之说。

至于河坊街么，当然也是很有年味气息的。这里多年前已被政府打造为商业旅游步行街，一家紧挨一家店铺都是招商引进的，原先的居民早就迁出了。所以，这里鳞次栉比的商铺看似张灯结彩，却不太提得起我拍摄的兴致，我总觉得这里少了一种"真实"的味道，商业味太浓，游人也太多。

穿过修复后的御街，站在中山中路，我还是很欢喜的，这里有几幢出名的老建筑，其中最著名为建成于 1923 年的浙江兴业银行（今中国工商银行杭州羊坝头支行），如今成了网红和拍婚纱的打卡点。在杭城时尚圈有这么一个流行说法：法国有香榭丽舍，杭州有羊坝头。这里只要不是下雨的日子，人们总会络绎不绝地来此拍照，从白天到黑夜，为的就是与身后法式建筑同框，营造别样的街头浪漫风情。年前更是一拨一拨新人在此拍婚纱合影。

我也非常熟悉凤凰寺对面开店 20 多年以卖牛羊肉为生的马老板，现在两家门店由他两个儿子经营，72 岁的他帮大儿子管管店。老马为人热情，心地厚道，因而他家的生意是这一带十几家清真牛羊肉店中最好的。他每次见我挎着相机走过，总会截住我聊上几句，我拍过他不少表情丰富的照片。当他得知我端在手里的徕卡 M10-R 相机和一只 50mm 的双 A 镜头，竟要 8 万多元时，着实惊掉了下巴。"这得让我卖掉多少牛羊肉啊！"老马是回族，一名虔诚的伊斯兰教徒。年前，我在他这儿买了七斤牛肉，回家卤着吃。老马的牛羊肉都来自他的家乡青海草原。

相比于游人如织的河坊街，我更喜欢在馒头山社区的凤山路、宋城路和梵天寺路一带游荡。我出门街拍，比较随意，游荡的姿态看似散漫且无目的性，也没有太明确的计划性和功利性，但这能让我的心和目光跟着镜头走动，而我只是等待合适的光影，将习以为常的场景和人物变成镜头里的"神奇的时刻"。

年前，我又去探访了家住宋城路铁路宿舍的李奶奶和陈奶奶两人。之所以去看她俩，是因为去年我在这里拍照认识了她俩。我想，快过年了，看看她俩过得如何？她俩都是铁路系统退休老人，李奶奶 94 岁了，陈奶奶 92 岁了，她们的丈夫都早过世了。现在，李奶奶一人独居，生活全是自理，脑子还十分清楚。陈奶奶本来也挺健康，但两年前滑了一跤，股骨骨折，好在恢复得不错，身体并无大碍，她现在由两个儿子和一个女儿轮班在此照料。我这次见到她俩时，正好在陈奶奶在家门口挂晒两只酱鸭，李奶奶也在一旁。两人居然还认得出我，她俩奇怪我怎么又来了，我说，刚好在此拍照，顺道看看你们在否？我又说，快过年了，向你们问个好并祝身体健康。随后我又拍下她俩一起朝我微笑的照片，她们慈祥的表情，让我想起我小候养育过我的外婆。离开时，我对两位老人说，明年再来看你们。

年味，其实就是人情。一个没有人情的社会，必是冷漠和缺乏底线的。我无意充当了高尚和感动他人之人，只求内心平和、与人良善，我想这也是手持相机之人的基本素质。即：有人情，才能拍出有味道的照片。

年匆匆地来，匆匆地去。时光呈现新生万象，又湮灭旧岁往事，但城南的年味会永远被人记得和提起。

茅家埠看雪

杭城的雪，到了冬天也难得落下，唯有刺骨的冷一点都不吝啬。碰上漫长的冬雨天，整日阴沉沉，冷飕飕，衣服也晒不干，心情自然没有了暖阳灿烂般的开心。

但是，如果来一场雪，纷纷扬扬把天地素裹一下，杭城的居民倒是很容易激动、沸腾一把，仿佛家里突然来了多年未见的朋友，见面后必然先握手、寒暄、上茶、喝酒，等等。动作快的人，还会抢在第一时间在微信朋友圈发上宅前细雪飞舞的照片。更有甚者，杭城的雪明明还未正式飘落，便把天目山的雪景搬来，一阵感叹"杭州，终于下雪了！"不知新并入杭州的临安人看了是否有些不屑？

鲁迅先生说："暖国的雨，向来没有变过冰冷的坚硬的灿烂的雪花。"可见一直以来，江南落下一场雪的稀罕。对于宋朝南迁者的后代而言，杭州的雪似乎已不单是天空之水的自然结晶，除了滋润万物，素雅景致之外，它更像传递了某种信息，深怀一种思乡的情结。

今冬的雪，前后已经下了两场，在我看来倒是十分有意思。一场在"大雪"日准时降落，仿佛接到了上天的旨意，不折不扣地用一场雪来梳妆昔日南宋都城的节气；另一场则更显神奇，它下在年末的倒数第二天，并在新年钟声敲响前悄悄完成撤退，可谓下得目的性和思想性十分明确，是一场彻底的负责任的雪，一场真正的2018年最后一场雪。

自诩资深摄影人的我，向来对雪抱有天然的亲近和痴迷，对雪景有着抑制不住的冲动。每每冷空气还在天空凝固，我便会生出渴望，便会盘算凌晨去西湖拍雪，便会斟酌哪条线路更值得去拍。个中滋味和感觉，必是睡懒觉的人难以体会的。于我，哪怕叫不到同行摄友，西湖的雪景也是无论如何不能轻易错过的。

说到西湖，不能不感慨造物主对杭州这座"人间天堂"的眷顾，也不能不感激以白居易、苏东坡为代表的历朝历代有识之士和先民对这座城市的贡献。西湖景致，四季皆有看点，而最美的，我认为应是西湖雪景。明代书画鉴藏家汪珂玉在其《西子湖拾翠余谈》中评说西湖云："西湖之胜，晴湖不如雨湖，雨湖不如月湖，月湖不如雪湖……"可见，汪先生对西湖雪景的崇尚已到了绝之又绝的地步。而这一论说，也确确实实影响了一代又一代杭州人对西湖雪景的推崇和偏爱。

看西湖雪景，又自然而然地想到明朝山阴大才子张岱的《湖心亭看雪》，这篇张岱酒后挥就的散文小品能留传至今，断然是出乎张岱意外的。明末清初的落魄文人，把他一生的悲凉、遗世独立的情怀，彻底融入了西湖雪景的幽静深远。

"大雪三日，湖中人鸟声俱绝。是日更定矣，余拏一小舟，拥毳衣炉火，独往湖心亭看雪。雾凇沆砀，天与云，与山，与水，上下一白。"

上下一白，山水迷蒙。我当然也是极其想去湖心亭看雪的。记得上去这座西湖中央的小岛，还是中学初三时，那时未曾知道张岱，而如今读懂《湖心亭看雪》已然过去了40多年。每每看西湖飘雪，我是多么想再去体验一下张岱当年的心境啊。

湖心亭，小于三潭印月，大于阮公墩，三者合称"湖中三岛"。它又有"蓬莱"之称，是西湖三岛中最早营建的岛，"湖心平眺"在清代被列为"钱塘十八景"之一，历代文人雅士趋之若鹜。亭前有乾隆皇帝手书"虫二"石碑，乃繁体"风月"去掉周边笔画后所剩的字，寓意此处风月无边。如今湖心亭一直在维修，只能远眺，而远眺的最佳处，我认为须是孤山文澜阁或四照阁。凭栏远眺才有真正的趣味，因为登高看湖心亭，比呆呆站在孤山湖边平视它多了层次和错落之美。

看西湖雪景，一般人首选断桥及白堤、北山路两岸，这多半是"断桥残雪"名气太大，加上又演绎出许仙和白娘子断桥相会的传说，人们便格外地认为这是个谈情说爱的圣地，谁都希望邂逅一段浪漫故事，释放一点浪漫情怀。我早已过了这个年纪，即使走到断桥揿下快门，也恍如听到一声梁兄晓明的一句诗："爱情从宋朝以来，已经像一杯茶，越喝越淡……"

嘈杂，人多，使我拍雪景愈来愈避开断桥一带。看西湖雪景，我更喜欢去相对人少的杨公堤、浴鹄湾、茅家埠一带，尤以茅家埠次数最多。"茅家埠"之名，源于明清时村口埠头布满茅草，野趣横生而得名，著名的"上香古道"即起点于此。古时，香客到天竺拜佛，湖滨雇船到此，泊船登岸，向西行走便可到天竺山三寺和灵隐寺。这里人迹相对稀少，乡野气息浓郁，虽没有西湖大家闺秀的气质，却也不失小家碧玉的精致和可人。

茅家埠可分上、下茅家，主要景区有茅乡古道、通利古桥、玉涧桥、五峰草堂、醉白楼、赵之谦纪念亭等景点。我喜欢在这里不急不忙地闲逛，也喜欢择一景处蹲守，看雪落之时，茅屋静寂，野鸭戏水，零星的游船、橹声在雪映的湖面荡漾，鹭鸟在雪花和芦苇间穿梭……

心底升起本能的和自然的纯朴柔情。哦，天上的雪落进杭城只是一场普通的雪，而落到茅家埠就真正成了一幅幅山水国画。

茅家埠看雪，少不了去拍"黛色参天"八角亭。这座被摄影人拍出名的亭子，现在无疑是茅家埠最火的"网红"景点，凡是来茅家埠玩的人都会来此转一转。的确，我也是被摄影同行所摄的照片吸引而来的。这是一幅人站在桥上从高处俯拍的照片，"黛色参天"的八角亭、一艘小舟清波荡漾、远处山岚迷蒙……所有的元素有机统一在画面里，如果运气足够好，再抓住突然飞入画面的野鸭、鹭鸟，那就算是一幅上乘的唯美之作。事实上，别说碰上野鸭、鹭鸟的运气，就算等候一只小船进入镜头，也考验摄影人等待的耐心。所以，讲一幅耐人寻味的照片，除了天气（光线），还要加上摄影人的运气和耐心。

我没有去调研茅家埠"黛色参天"八角亭的来历，只是觉得依山傍水之处，这亭的造型及延伸的回廊和亲水平台，实在算得上一处清静闲适的养心之处。据说"黛色参天"的出处来自1200年前的"诗圣"杜甫。有一年，杜甫游了诸葛亮的庙，写有一首《古柏行》，前四句是"孔明庙前有老柏，柯如青铜根如石。霜皮溜雨四十围，黛色参天二千尺。"从此，很多人便记住了"黛色参天"四字，而其余诗句少有人记得。题有"黛色参天"的亭阁不仅杭州有，其他地方也不少。

茅家埠看雪，看的是一种心境。雪日，山水黛色空蒙，自然就多了情怀。五代词人鹿虔扆写道："九疑黛色屏斜掩，枕上眉心敛。"五代十国时，朝代更迭频繁，词人感叹，与大自然相比，人世间的事情是多么渺小短暂啊！据查"黛色"为青黑色，是中国人的传统色彩名词，也是历代文人极为喜欢的颜色。

茅家埠看雪，走累了可以找一茅屋茶馆坐坐，上一杯地道的龙井，氤氲的清香，听雪落在茅草屋顶的寂灭之声；肚饥了可去找一家农家饭店，来一盘盐肉蒸蛋、一盘醉虾、一盘炒油冬儿青菜，再温一壶五年陈老酒。一个人赏雪，虽不能和当年张岱在湖心亭巧遇同乡干上三大白相比，但酒也是必须要满上的，喝了酒才会有暖意，喝了酒看雪才更惬意。

一个人的一生，日子多半寡淡，所以要学会生出趣味，善待自己。拍几幅自己喜欢的照片，写几行让自己开心的诗；与一只鸟对对话，看一场雪落下来……一切别人眼里看似无趣，甚至无关紧要的小事，都值得自己去做，去忙碌，去实践。有了良好的心态，一切则无所谓了。

下雪了，我还会去茅家埠看雪。

我与两个杭城人的故事

◎岑建平

    于我来说，对杭州风景美的认识特别是对杭城人品质美的认同，缘于40年前的两个人以及发生在他们身上的两件事：钢铁厂的罗师傅和报社的张编辑。

    杭州处处是风光，山水相间美如画。有情有调有生活，十景天天随身伴……如此对杭州的赞美，自古以来在书刊中、画卷上、歌词里可谓比比皆是。美景固然是最不遭人排斥的事物，但人所表达出来的美在这个世界上却是绝无仅有的"风景"。

    从地图上查，海宁到杭州也就70千米，但从我出生后的20年里，交通仅有沪杭铁路上来回跑的"慢车"，加上经济条件使然，传说中的杭城之美也只能成为梦里之景。

    直到我参加了工作，才有了去杭州的经济基础，当然，更重要的是不想留下所谓的"遗憾"。那是1979年的阳春三月，我们四个同时进入单位的同事结伴到杭州游玩。为了能顺利实现"说走就走"的愿望，我们分别编造自认为完美的理由向所在部门的负责人请了假。在一个乍暖还寒的清晨，我们登上了上海至杭州途径海宁硖石火车站的第一班列车。

    虽然有了固定收入，但每月的工资还是捉襟见肘，住旅馆对当时的我们尚是一种奢望。好在同行的一位同事的舅舅在杭州钢铁厂，他答应和工友让出一间集体宿舍给我们住三个晚上。于是，两个多小时后从杭州城站下车，又辗转换乘了几路公交，沿途顾不上欣赏美景，着急先要找到临时的家。尽管杭钢在远离市区的半山，但好歹有个免费住的地方，这对我们几个来说是一个很大的减负，何乐而不为呢！同事的舅舅姓罗，在炼焦炉车间当班长。罗师傅在钢厂大门口的传达室候着我们。没有多余的客套话，他只是招呼他的外甥我们的同事跟着他走，就顾自在前面领路。我们四个随着他的脚步在厂区七拐八弯，终于看到了百分之百钢铁元素的笨重的大门框，用钢板切割出来的"职工宿舍"四个字焊接在门框的最上端，只不过字的表面刷了一层红漆，在锈迹斑斑的弧形门头上有些醒目。集体宿舍不大，墙面像火烤过一样呈焦黄色，两张高低铺分列两边，中间摆了张"四仙桌"。也许是为了迎接我们几个远道而来的小客人，床铺上整理得倒很清爽。

安顿好"家"后，我们早已按奈不住兴奋，放下行李就匆匆往杭州城里赶。自然，湖滨是首选的游览地。

刚开始写这篇作品时我就构思好，不打算赘述游玩的过程，要把更多的文字留给两个杭城人。

一天下来回到钢铁厂宿舍，累却快乐着，个个都"游"兴未艾，七嘴八舌规划着明天的行程。这一夜让人激动得又无法入睡了，翻来覆去折腾了大半夜……第二天窗户上刚出现一束射灯般的阳光，大家就都醒了。让我纳闷的是，掀开被子发觉脚上沾满了一团团棉絮，那模样一下子把我惊呆了。原来，棉被里子被我撕开了一个很大的窟窿。这下可有点着急上火了，我既没办法缝补，当然也找不出什么能搪塞的理由蒙混。脑子里塞满了遭罗师傅骂的担忧。这一天，我全然没了游兴，灵隐寺、玉泉……沿途的众多著名景区，被那个填满了棉絮的窟窿搅得静不下心来。忐忑不安中挨到天黑回到宿舍。当我无精打采地往床铺上一躺，窟窿竟然魔幻似的不见了，取而代之的是一条缝线。目瞪口呆地望着粗糙且结实的缝迹，我感觉这一天的烦恼也被缝进了那个窟窿里。

谁料刚刚有些坦然，却出现了更大的不安。我们四个人带回来一箱啤酒，喝着喝着居然把"四仙桌"的一条腿弄折了。仿佛闯了大祸似的，大家都傻了眼，你看着我，我瞧着他，屋里弥漫着无奈的叹息，流露出担心甚至害怕的情绪。有人提出，我们出点维修费请罗师傅找人来修修；也有人建议，回海宁后大家凑点钱寄给罗师傅买张新桌子。争论来争论去，最终也拿不出一个合适的方案。

如此过了一个躁动的夜晚。第三天中午我们在楼外楼吃了一餐，打算次日打道回府，可一桌子的佳肴并未引起大家的"吃兴"，反而愁容让四张脸扭曲成古怪的表情。特别是我还损坏了被子，真不知要挨罗师傅怎样的骂了。我甚至臆想出罗师傅举着一根钢条抽打的架势。傍晚，当我们战战兢兢迈进集体宿舍，一个个都懵了，三条腿的"四仙桌"稳稳地站立在原地，而且一桌子酒菜冒着热气飘出香来。我们这才恍然发现，罗师傅正笑容可掬地招呼我们，来来来，今晚陪你们喝一口，权当是欢迎你们来杭州玩，又代表给你们几个小家伙送行。

这三天来，我是第一次与罗师傅近距离面对面，他红润光亮的面孔如同钢炉里的火花，让人陡生一种健壮且威武形象的联想。他的眉毛又细又嫩，与他的40多岁的年纪极不相配。曾听说过厨师往往被蹿上来的火焰烧掉了眉毛，我猜想，罗师傅的眉毛十有八九是钢火吞食的缘故。也许喝到了兴头上，罗师傅的话随着酒量也多了起来，他说他也不是杭州本地人，当年响应号召从萧山过来当钢铁工人，这一干就过去了十八九年，那焦炉就是他的生命，人在炉膛旺，生命不息钢火不灭。

我最担心的事并没有发生，一晚上罗师傅一个字也没提到"窟窿"和"断腿桌"。他边连番敬我们酒边说，你们年轻人要记住，不能怪人一时的疏忽，但疏忽恰恰是对万无一失的警示。我听懂了，很多时候不是优秀才自律，而是自律才会变得优秀。尤其像我们这些工作时间不长的后生，不能光想着诗和远方的虚幻，更多的时候要有应对未来的准备。从罗师傅身上，我第一次认识了心目中的都市杭城。

宿舍里的晚餐固然比不上中午"楼外楼"的丰盛，可我们反而难于控制少有的口腹之欲……这一晚我睡得最踏实。

回到海宁后第一天上班领导就把我们叫去了，他严厉批评我们变着法子请假去杭州玩，是一种无组织无纪律的自由散漫行为。考虑我们进单位时间不长且是初次犯错，免除了进一步的处分，但是每个人要写一份检查，并保证下不为例。

没过几天，挨批评的愁云被一个喜讯冲淡了。

那天吃中饭时，我顺手翻开当天的《经济生活报》，发现副刊上发表了我的一篇小小说。当我为我的"处女作"而喜上眉梢时，好消息接踵而来，仅仅半个月后，我又收到了意外之喜。记得当时门卫大爷递给我一封落款为"浙江日报"的信封。拆开一看，上面豁然印有"浙江日报社"的大红抬头，大致意思是"兹邀请你参加浙江日报社举办的创作笔会，云云……"

偶然发表了一篇千余字的作品，还有幸受邀参加省报举办的创作笔会，双喜盈门激起了我对杭城的无比遐想。报到那天，接待我的是一个姓张的编辑。大家都叫他张老师。张老师个子不高，说着一口浓重的杭州话。始终挂在脸上的微笑如雕塑家手中的神来之笔，让他瘦削的脸庞也随之饱满起来。

创作笔会上，除了讲授文学创作的要领，还要求大家创作新作品，或者谈一些创作构想，再由编辑提出修改意见或完善作品架构。在一个星期的笔会过程中，我从其他编辑老师口中得知，张老师是一名抗战老兵。1941年，18岁的他用手中之笔投身抗日。解放战争时期又利用新闻工作者身份作掩护，开展中共地下党活动，亲身参与和见证了杭嘉湖部分地区的解放。中华人民共和国成立后，张老师曾因受"冤假错案"牵连，做过车床工、白铁师傅、挑煤工、装卸工。或许是地下工作的历练，无情的打击非但没能摧毁张老师的意志，坚守信念的他终于在28年后迎来了新生，重返报社从事他热爱的新闻工作。

看得出，被生活折磨去宝贵时光的张老师，并没有磨灭对未来的憧憬。显然，满脸的皱褶是他忠于事业的印记。笔会结束前一天，当我把熬夜写出来的作品交给张老师时，发现他的双眸满是期许的光。果然，他边认真读边用笔在稿子上标注着什么。渐渐地，他舒展的眉头隆起了疙瘩。张老师指着画了几处红杠的稿子，一字一句地说，作为一个初学创作的年轻人，文学创作有时带有偶然性，不是发表了一篇作品就是成功了，主题确立、题材提炼、人物刻画、作品架构、语言简洁、文笔顺畅等等，都要有不同于常人的个性。所以，真正的成功还有很多路要走，不排除会出现弯路，甚至回头路。

我突然意识到，张老师无非是想告诉我，每一件事的成功后面都有大量的付出。

可能是担心压抑了我的创作热情，他又转变话题，近乎以老乡的语气回忆道："我曾经在海宁工作过，亲身见证了海宁解放的历史时刻。海宁有深厚的文化底蕴，只要有心创作，深入生活，累积素材，丰富阅历，灵感随手可拈。"他转而又说："我们不能苛求每个人都成为专业作家，反倒是更需要成千上万的业余作者在基层点燃文学的火花……"一次短暂的交流，让我感受到张老师呵护创作萌芽的良苦用心。我想，长驻在张老师脸上的微笑，一定是他长年铸就的对生活信心所染成的"色标"。这，或多或少给我能坚持几十年的业余文学爱好注入了创作的永动力。

与罗师傅和张老师的交往是第一次也是最后一次。有时我想，如果当时我们开了旅馆而不去住杭钢集体宿舍，也就不会认识罗师傅；再比如，我的小小说没能见报，也就遇不到张老师。当然这种假设是毫无意义的。幸运的是，我与两个杭城人的故事，在我的一生中特别是碰到困难时，或多或少给了我意志的支撑！

之后有几次去杭州，我都会绕道去眺望钢铁厂以及工厂背后那座海拔361米的半山；逛一逛浙江日报社所处的长2580米的体育场路。在慢慢咀嚼罗师傅、张老师身上"清水出芙蓉，天然去雕饰"般的品质的过程中，我学到了做人的规矩和作文的道理。这些，也让我原先对杭城之美的认识有了更多的诠释……

游西湖感遇"西子"

◎许建康

古往今来，赞美西湖的篇章繁如秋星。的确，西湖的美、西湖的艳，无论是山色空蒙的春日，还是白雨跳珠的夏天，抑或淡妆浓抹的四季，那胜似画图的展现，美得极致，美得完美，美得渗浸灵魂。西湖堪称山水湖泊的标本。大概看多了湖光山色，好像所有的湖山之美就应该如西湖一般，集人文自然于一体，既有楼台亭阁、茶楼酒肆、岸柳堤花，又配之以假山曲水。在扬州的瘦西湖、南京的玄武湖、武汉的东湖等地，同样感受到了西湖的灵魂存在。然而，比较天下数十以西湖命名的湖泊，唯有杭州西湖当得起"西子湖"的盛誉。

那日，在朋友的推荐下，我游览了新开辟的西湖南线。漫步在杨公堤和长桥等景区，过眼处，西湖以另一种清新的风韵迎面扑来，那别开生面的景致，开拓了我审美的全新境界。所到之处，景观设计精心独到，不着斧痕，却处处体现了最高技巧和匠心，充分融进了老庄返璞归真和大象无形的哲学思想。在迂回萦绕的蹊径上，古木水泽斜横，山石临岸危倚；过板桥清溪，林木中粉墙黛瓦，漏窗雕梁隐现。那种仿佛是一个章节一个章节的景色，无法让你望得很远，却能让你在享受眼前的美景时，又有"且听下回分解"渴望。那种似断而又连绵的景观，被一条璞玉般的主线串连着，在每一章节中都有一个令你兴奋、令你惊叹的设伏点，让你应接不暇。在你沉浸在宁静清穆的氛围中，灵魂不觉间就走入了诗情画意之中：枯藤老树昏鸦的背景中，有一行白鹭上青天；山穷水绝疑无路时，又路转溪桥忽见；行到水尽处，欣见青山依旧在……

这些看似漫不经心的古朴景观，却注入了现代人崇尚自然的时尚元素，那小桥流水、些山滴水、古木茨檐无不体现着传统和现代的统一，诗情和现实的融会，和谐地流淌着自然的韵味，契合了现代的审美和精神的需求。

你置身于繁华的城市，却迈步在林木幽深的林间小阶，听着潺潺的小溪从少事修饰的溪岸淌过你的脚旁；看着小径的两旁那些近似乡野的绿地，时断时连，高低起伏，并有涓涓细流从低洼处铺设的青草上蜿蜒流动；山鸟偶尔掠过你的头顶，留下一二声啁喳。此时，你会如入物我两忘的桃源之境。

时值深秋，湖边遍植的水杉和原生的树木，在飒飒的秋风中，显得更加疏朗和挺健。路旁一些无名的小花，不知是被有意还是无意地安排着，在草丛中交织开着，烂漫着独自的天真，点缀着苍翠的大地，直将这位美丽而又朴实的村姑，装扮出几分妩媚，几分俏丽。放眼远眺，被白堤分割的里西湖，很大部分又被包围在黑黝黝的参天林木之中。后者在天际站成了苍劲的卫士，使西湖的柔弱中多了几分林野的粗犷。

秋雨中的西湖是平静的，倒映着的雷峰塔沉沉地压在湖面上，粗重的塔影不断地被柔媚的湖波扭曲揉碎，又顽强地凝聚黏合。

那天，雨可能还要大些，化作主婢两人的白青两蛇，在这美丽的湖光山色中邂逅了仙人一般的许仙。白素贞终究经不住人间天堂的诱惑，一眼千载，相中了许仙，完成了人蛇情感的超越，流传下了这千古悲欢情话。而今，早已挣脱雷峰镇压的白素贞，在此，是否会被湖中塔影，勾起她千年等一回的尘封情缘而泪目……

如果说西湖的美，为爱的邂逅营造了柔情蜜意，不如说，在这人间天堂的美好景色中，似乎一切相遇都有一种前生数百次回眸的眼缘。南齐时杭州著名歌伎苏小小，当年也在西湖边邂逅了英俊的公子哥阮郁，两人一见钟情，顿坠爱河。怎奈门户不当，山盟犹在，公子哥却在父亲的诱逼下一去杳然。从此，西子湖畔痴情的苏小小一病不起，咯血而亡。幸如苏小小所愿，她的芳魂安息在她万般不舍的西泠桥畔。不知小小是否至死还魂系至爱，在美丽的西子湖畔，粉蝶扑火似的，以期再一次销魂入髓似的邂逅？这自然不得而知。只是后人都有咏小小的诗，其中一位古人过小小的墓，写下了"墓前杨柳不堪折，春风自绾同心结"的诗句，读来不禁让人为这位玉情金义的小小泪落潸然。

时间渐近日西，四野一片清淡，雨水也渐密，只是一会儿，树梢便在滴着水，景色由远到近，由淡到深，水墨画般地洇涣润泽开来，苍重的景色从天的帷幕上剪影般地突现出来。而那湖边枯谢的残荷，再也不怕雨淋似的，像一把把草草收起的纸伞，静默地承受着三二雨滴的敲打，发出了空寂的梵音，又像是从遥远的天际传来古琴幽怨的呻吟，情致不禁深陷李商隐那句"留得残荷听雨声"的意境。顿时，一颗游心在山水天地的淡淡墨色中荡漾起来……

其实，西湖在唐以前不称西湖。北魏郦道元《水经注》记载："县南江侧，有明圣湖，父老传言，湖有金牛，古见之，神化不测，湖取名焉。"于是，西湖便衍生出两个古称：明圣湖和金牛湖。东汉时，一名叫华信的地方官，在西湖以东地带筑塘抵御钱塘江咸潮，此湖因而得名钱塘湖。这是唐及唐以前西湖通用的名称。白居易诗文中常常提及钱塘湖，如《答客问杭州》中有"山名天竺堆青黛，湖号钱塘泻绿油"的诗句。

以"西"名湖，是由于在隋以后钱塘县城从湖之西，迁址到湖之东，也就是原来在城东的钱塘湖，后来位于城西了，故名西湖。不久"西湖"这个称呼被频繁使用。同样是白居易的诗文，后就经常用"西湖"一词，如其有"西湖别"等诗题。

西湖，在北宋苏东坡眼里，美得堪比是春秋时越国的绝代佳人西施。于是，在他的名篇《饮湖上初晴后雨》诗中便有了"欲把西湖比西子，淡妆浓抹总相宜"的千古绝唱。此后，西湖又有了西子湖的美名。在此，不得不佩服苏仙超然审美观和想象力。

我忽然有个猜想，当年东坡先生眼中的西湖，超越了西湖的自然属性，将西湖比成有沉鱼之美的浣纱女西施，即使淡妆浓抹，依然不失她纯情美丽的自然本色。这其中，东坡明里用浓与淡的对比又统一的手法，赞美了西湖，暗里却是诗人抑制不住对西施敬仰的流露。西施不仅有天生丽质、美丽温婉的淡，更有刚柔相济、深明大义的浓。她在国家危难之时，勇于担当，舍身为义，不惜牺牲个人的幸福。她的精神，足以让东坡受到震动。同样，苏小小的有情有义，及传闻中的白素贞的坚贞不屈，也感染了东坡，使他深为西湖的美所折服，由衷地把西湖比成了西子。

而我，在西湖真的邂逅了心中西子！

杭州随笔

◎陈飞月

断桥不断

　　一缕悠悠杳杳的情愫，一个旷远弥久的对视，一座桥，一把伞，一抹白色缥缈的身影，一片冰雪火焰……西湖是一个巨大的水印，印刻了这段明亮清澈的人妖之恋，印刻了这片亘古的风景里所有的注脚。

　　千年修行，红尘一遭，妖是纯粹的，只为回报这前世之恩。妖又是执着的，寻觅，从千年前开始；等待，此生的每一个日夜。妖更是颖悟的，隔枝杨柳隔枝桃，西湖的妖娆没有迷了她的眼。白娘子雨中款款而来，她驻足了，不在柳荫依依中，也没在桃之夭夭下。是她预见了柳浪莺啼的尽头是秋风瑟瑟，还是洞悉了灼灼其华的明日便是落红满地？她选择了这名曰断桥的古朴石桥。石质的秉性，青灰的意念，风雨剥蚀沧桑落尽后凝练成了一种从容与豁达。这种从容与豁达容得下人，也容得下妖，更容得下他们超越世俗的情。

　　义无反顾，在回头的一刹那，圣洁的心事铺开便是断桥的那一掬皑皑的残雪，这雪年复一年耀着来人的眼。初衷未改，如磐坚定，只有这桥承受得起这一片风荡雨涤。断桥不断，多少年后桥上的故事却被凌空飞越的一些意念凌乱。

　　脉脉一水间，忽而想起临水而立的金山寺，那里被称作"人上人"的人是否真的一直在守着古佛青灯？一缕南山路的咖啡浓香飘来，袅绕出一片意味深长。还是一个雨天，还是那座桥，桥边各色的花伞，流动成一段五彩缤纷的风景。断桥不断，凝成西湖的一只眼，清清冷冷望断这隔世的誓言，寂寥且宽广着。以水为镜，水何澹澹，独见一湖雨荷的心事，零乱若千年之前。冰雪消融了，被清辉拭亮的女子淡然回眸，找寻她曾经露水的家。

行走在河坊街

精忠报国！走过了八千里云和月，没走过那场朝廷奸佞的算计。时光还你一跪，这一跪，下跪者不再抬头，更不再站起，这一跪，王府成市井。

忆旧最好走河坊街，行走在时间里，所有故事也是行走的。商铺、茶肆、瓷器、西泠的印篆、红顶商人的庭院，甚至井阳冈的老虎……都有迹可循。风火墙影随日转，百眼柜的药香飘出时可以无关离乱和病痛，化作时光里经久不息的济世之念。布衣或丝绸一样衣袂带风，那一丝香粉味，却不一定是孔凤春的。街市热闹的吆喝也不需要下什么定义，南宋的皇城根儿夹杂着南腔北调。这是生活的，这也是真实的，这里有老杭州的风俗民情和日常风貌，一切只作还原演绎却不虚拟。

河坊街上走过，在这市井之中完全不必故作深沉，可以盯着武大郎的炊饼摊定定地看，把那饼看成一种抽象，让八卦的心情、故事情节及些许人情世态的感叹作漫无边际的放逐，然后左手一包葱包桧，右手一包定胜糕，把聚拢是烟火、散开便是人间的平常与真实完完全全地呈现。

有拨浪鼓的声音从时光中穿透而来，饱满而明朗，敲打出生命的蜕变和虚实。一个孩子绽着太阳花的笑脸伸手接过了货郎手中明快的生活节奏，即便此时货郎肩上的担子并不轻松，脚步却沉稳如初。

西溪且留下

闲卧水云，碧波清浅，舍畔鲜竹，潭中游鱼，舟行款款中载一舱天地野趣。水是灵气所在，西溪三堤十景一个"水"字作自然铺陈和情感演绎。渔村的烟雨与潭中清波不分彼此，火红的柿子挂在干净利落的树梢时，摒除了诸多琐碎杂念，凝一层霜华，纯净明了。

西溪内敛，或许只是傍晚时一场平常的雨，便把汉晋时的风经唐宋到明清及以后酿上千遍万遍。轻拢慢捻着四季与人情的倏忽或是永恒。湿地刚刚好，河流、沼泽、河汊、房舍、堤坝……有水有地，水浅地平，没有太大的高低落差，不必计太多浮沉之道，一半人间烟火一半幽境逸兴，释然，坦然，悠悠然，均为心之所向。一杯独酌，三五话桑麻皆是风景，静听时光的回响，那回响却让今日来者略感奢华。

一曲溪流一曲烟，舟行水中可以是物我两忘的怡然，闲步堤上则携带几许丰盈的嘱望。福堤、绿堤、寿堤，"福、禄、寿"的千古美愿随流波和月华作反复归集，梦想可及或不可及，脚步里从来就是倾心而为。芦花在夕阳中探着头，不曾摇曳，一只不知名的鸟从苇叶间掠出，与水亲近又随天远……

堤上一人，走过一遍又一遍，便成千人万人。西溪且留下！

路过西湖

◎周玲雅

　　因为工作的原因，我三次路过西湖。第一次时间还算比较宽裕，随一位杭州的朋友一道走了一圈白堤，去了孤山跟宝俶塔。后两次因为是夜行，时间匆忙，只好在西湖的入口处远远打望了一下夜色中的西子湖。虽然只是匆匆一瞥，但仍给当时的我留下了相当惊艳的印象。

　　前两天，跟一位朋友喝茶的时候听她说虽然常去杭州，但每次去西湖都只走到一半，然后信誓旦旦，扬言下次去西湖一定要整圈都转下来。居然跟我的想法不谋而合，不禁莞尔。

　　在我看来，去西湖的时间最好是阳春三月，同行的人不必多，二三好友即可。入景区的时间选在午后三时，那时的人流不会拥挤，可以在满树银花的苏白两堤充分感受西湖的淡泊娴静之美。

　　记忆里，午后的西湖永远给人一种疏风朗月的感觉。湖水是微波不兴的，断桥是亘古柔软的，堤树是欲说还休的，就连拂面的杨柳熏风也会在恰到好处的时间里送来隐隐荷的清芬，令人沉醉。碧波潋滟的湖面上时常泊着几只木制游船，湖水看上去厚沉沉的，仿佛涤荡着氤氲不散的脂粉香。船夫欸乃着驶着船，在水的韵律中渐次拨开湖绿，一环一环纵入湖心。再往湖心划得深一些，雷峰塔的轮廓就更见明朗了，衬着湖心初绿的幼荷，别有一番风情。古书上说法海和尚把白蛇娘娘压在雷峰塔下是为了把许仙从孽缘中解救出来，更是为了芸芸众生，我想当时法海是有私心的，也许白素贞从妖到人的剧变与他奉守的人妖殊途的信戒背道而驰，最后不过假借水漫金山的名义把白素贞收服，以此平息内心的巨澜。小时候，每每看到戏文里的白素贞唱到"西湖山水还依旧……

看到断桥桥未断，我寸肠断，一片深情付东流"，总会潸然落泪。好在编故事的前人给了白素贞一个修成正果的结局，否则幼年时期的我大概总会为法海棒打鸳鸯的阴影所缠结。

张爱玲《五四遗事——罗文涛三美团圆》里也有一节写到夜泛西湖的场景："晚上如果月亮好，还要游夜湖。划到幽寂的地方，不拘罗或是郭打开书来，在月下朗诵雪莱的诗。听到回肠荡气之处，密斯周便紧紧握住密斯范的手……"每每读到此处便对夜西湖心生向往。湖岸的星碎灯火落在瓦绿的湖水里，湖央的白塔在月光的照抚下呈现出一种近乎透明的质感，光洁的釉面如同盛唐的骨瓷，让人心生爱怜。游船拨开田田荷叶的抱缚，缓缓摆到了一枝小荷的近旁，或许荷上还托着一滴尚未干透的晶莹的露水。于是这样，夜游西湖的念想也如孤山崖边的野藤蔓一样疯狂生长。

断桥桥身很新，灰白的石阶隐约泛出灿目的光泽，少有沧桑和破败感。于我的印象，断桥应该是一座很有古韵的桥。扶手应该被抚得光滑泛青，桥阶被踏出浅凹的脚印，桥墩上的石狮被风雨冲刷出岁月的磨痕，桥拱带着历史的沉重质感勾勒出无懈可击的优美弧度。可惜的是，全然没有。大概把它修缮得太过完美，失去了原本的韵致，有点失落。这种长久的失落感一直盘亘在心里，难以排遣。

穿过长长的白堤，因为心中惦念着苏小小，不一会儿就走到了堤尾的西泠桥。苏小小墓在落日的孤影下寂寂长眠于西泠桥畔，有种凄恻之美。这位南齐临安城的奇女子，以一阕"妾乘油壁车，郎骑青骢马，何处结同心？西陵松柏下"博得了众多文人骚客的垂青。她交际浮云，欢情流水，把自己的精灵幻化到躯壳以外，身处浊世的最底层，心在山水之间，逍遥自在地做一个精神上的隐士。白居易曾赋诗赞其曰："苏州杨柳任君夸，更有钱塘胜馆娃。若解多情寻小小，绿杨深处是苏家。"她的一生就像一个虚无缥缈的梦，梦醒处，人飘然而逝，只留下一个美丽而遥远的背影，一个无法与世俗妥协的背影。唯美，潇洒，无拘无束。然而苏小小也印证了古来红颜多薄命的宿命之说，年十九咯血而死，终葬于西泠之坞。

就这么一路摸索着记忆中的绳索匆匆过了一次西湖，这些并不完整的细节一次次催发着我内心深处蛰伏已久的念想，若得契机必定完完整整畅游一遭西子湖。毕竟这么一位淡妆浓抹总相宜的女子，总要花一番时间去细细品味才不致辜负了她的旷世之美。

光耀亚运

光明之缘

青山着意化为桥

◎陈 雄

2022年，萧山电力经受了一场严峻的考验。

这一年，我们经历了有气象观测史以来，或者说是有气象记录以来最热的夏季，而且没有之一。6月中旬，夏至还未到，夏天的帷幕还未开启，但我国较大范围的热浪却呈排山倒海的态势，一拨拨来袭。过了夏至，过了初伏，这热浪一拨高过一拨，一浪强过一浪，气温节节攀升，高温纪录不断地被刷新，高温红色预警成为这个夏季极端气候最醒目的词语。旷日持久多达68天，全国有28个省级行政区出现了40摄氏度以上的高温。

极端的天气、紧缺的电力和骤升的用电负荷就像一张艰难试卷的三大考题，摆在了党政机关和职能部门的面前，电力部门首当其冲。在浙江省杭州市萧山区，2021年全社会最高负荷是363.2万千瓦，创历史新高，同比增长9.7%。到2022年，因为连续的高温，因为空调负荷的剧增，使得萧山区的最高负荷，再次达到了史无前例的382.1万千瓦。这期间，萧山单日最大负荷缺口达到80万千瓦，占萧山最高负荷的1/5，相当于整个浙江省缺口的7.3%。

这是一份百万萧山百姓作主考官的答卷，也是一份保民生、保稳定、保发展的综合考卷，这也是一份几乎难以圆满完成的考卷。如今秋风已起，高温逐渐褪去，当我们再回首酷暑高温的近百个日夜所经历的惊心动魄，萧山区委、区政府和每一个政府职能部门，以及国家电网萧山供电公司的每一位建设者都可以自豪地说，为了人民的利益，萧山交出了一份满意的答卷。

家住北干二苑红枫小区的金阿根老师已经年近八旬，曾先后担任过萧山二轻系统的一家工艺鞋厂和一家石英厂的负责人，他对曾经的用电困难体会很深。他又是萧山小有名气的作家、笔杆子，也曾经是很多部门的行业作风监督员。当问及针对今年电力能源紧缺政府与职能部门对保供电的措施是否到位时，金老师竟表现出一脸的惊讶和迷茫："今年的电力有那么紧张吗？我们北干二苑可是一次电也没停过。我也没有听见其他的居民说过有什么拉电、事故停电，或者电压不稳的事。今年啊，多亏有了萧山电力的保障，家家户户都有电可用，有空调可用，不然不知道会热死多少人。"说着金老师就打开了话匣子，讲起了发生在 2003 年那场电荒给社会和经济生活带来的巨大影响和深刻的教训。

2003 年，对于萧山来说，对于萧山电力来说，无疑是痛苦的一年。

也几乎是同样的状况和类似的自然灾害，2022 年的情况比 2003 年的更严重。2003 年，一场五十年一遇的高温和干旱，电力供应出现前所未有的短缺危机，缺口几近用电负荷的一半。全区共 498 条供电线路，频繁拉闸限电，最多的一天拉电超过 250 条次，部分线路成为连续多日停电的重灾区。因为缺电和拉电，线路"停三供四"和"开一拉一"成为常态，导致了企业无法正常组织生产，不敢接生产单子，机器无法正常运转，商场、宾馆无法正常经营，老百姓也常常无电可用，给生活带来了极大的困难和不便。

那一年，萧山因为频繁拉闸限电，少供电量至少为 2 亿千瓦时。

除了因为电力缺口拉闸限电，由于电力设施建设滞后的陈账太多、线路超载而拉电，配变台区因超载而烧毁的事故也频繁发生，又在一定程度上增大了百姓生活用电和企业生产用电的停电频率。

这之后的 2004 年，在萧山区委、区政府的坚强领导和指导下，萧山供电局在其他职能部门和镇、街道的密切配合下，形成了一套有序用电管理体制改革的重大方案，萧山的拉限电情况得到了根本性的改变。

这套有序用电管理体制方案以"重心下移、权责一致、包干使用"为原则，以停机不停线，确保老百姓"有灯可点，有饭可烧，有电视可看"为目标，由供电局一家管电变为政府指导下的多家管理，核定用电基数，将负荷指标分配到全区各镇、街道、农场、开发区等 30 个包干单位，形成大家自我管理、各负其责、互相监督的局面。

管理体制调整后，各镇乡、街道的主要负责人都亲自参与本单位有序用电规划的制定和实施工作，抽调相应工作人员，建立专门工作班子。全区上下形成了纵横交错的管理网络，使得有序用电方案更细化，电量分配更合理，发现问题更及时，群众监督更直接，管理力度得到了根本性加强。

尽管对目标进行了细化，但供电局的压力并没有因此而完全分解，反而增加了一项重要工作：管理。如何保证公开、公平、公正，并且细化为分配指标公平、执行限电公正、实施情况公开，这同样是一件困难事。供电局与上海协同科技有限公司联合开发了电力负荷分配与监测系统，应用现代信息技术，对全区 30 家包干单位的用电情况进行实时监控。一个单位一块模块，其分配指标和用电情况均在网络系统上显示。正常情况下，模块为蓝色，一旦超标用电，模块即显示红色，供电局就按规定严格执行"谁超限谁"的措施。

至此，萧山有序用电的一整套管理体制形成了，"萧山经验"在全国得到了推广应用。

2003 年，时任浙江省委书记习近平冒着严寒来到了杭州市电力局，他站在杭州市电力局电力调度大厅硕大的屏幕前，忧心于浙江省会城市杭州乃至整个浙江的能源卡口之紧和电力缺口对经济民生的影响之困，对浙江电力人提出了"要让电等发展，不能让发展等电"的重要指示。

他对电力发展和经济发展紧密关系的阐述，既是对电力发展现状的关切，又是对电力发展未来的期望。电和发展的关系深化了"人民电业为人民"办电宗旨的内涵，是对新时代我国能源发展理论的崭新探索，开辟了中国特色新能源发展的新道路。

就是在这要让电等发展、电力要适度超前的理念指引下，萧山电力在 2002 年到 2022 年的 20 年间，掀起了一次又一次电网建设高潮，实现了萧山电网从数量到质量上的大跨越、大飞跃和大提升。20 年来，就是在这不能让发展等电的重要指示引导下，萧山电力以建设坚强、低碳、智慧的网为己任，不忘初心，大刀阔斧建设萧山电网。

数字的比较是最具说服力的。

在 2001 年底，萧山境内有变电站 45 座，其中 220 千伏变电站 3 座，110 千伏变电站 14 座，35 千伏变电站共计 28 座，总变电容量为 231.67 万千伏安。

20 年之后，到 2021 年底，萧山境内拥有变电站 80 座，其中 500 千伏变电站 3 座，220 变电站 12 座，110 千伏变电站 55 座，35 千伏变电站 10 座，总变电容量达到 1839.6 万千伏安。

这是一个惊人的数据。20 年间，萧山境内输变电网络的变电容量增加了 1707.03 万千伏安，2021 年比 2001 年增加了 7.36 倍。

供售电量的变化更是巨大。

2001 年，萧山全社会供电量是 42.93 亿千瓦时，售电量是 39.94 亿千瓦时。到 2021 年，全社会用电量达到了 214.26 亿千瓦时，售电量达到 183.45 亿千瓦时。20 年，供、售电量分别增长百分之 399% 和百分之 359%。

这巨大的变化后面，是萧山区委、区政府和有关职能部门为实现电网适度超前而付出的艰苦劳动和卓越的工作。

孙济平,见证了萧山电网的发展和变迁。即将退休的他回忆起进入21世纪以后,萧山电力热火朝天的建设场景,依然热血沸腾,激动不已。

萧山是全国经济领先的县市,是全国百强县,工业超千亿冲双千亿等都是萧山经济发展经历的辉煌,这些独特的区域经济发展优势,造就了规模日益扩张、实力不断提升的萧山电力,但也给萧山电力的建设和发展提出了很高的要求。尤其是在电力紧缺性拉电的矛盾过后,电网又陷入受送拉电的困境。

怎么办?必须大刀阔斧地建设,而且要超前规划,超大投入,超常规建设。可喜的是,这种理念很快成为从萧山政府到电力部门的共识,并制定了决定萧山电力未来发展的专项规划方案。在萧山电力专项规划评审会上,来自全区各镇的领导建言献策,对萧山电力未来的发展充满了希望。

2006年春节以后,区委领导调研的第一个单位是萧山供电局,第一次全区性重要会议是电网建设工作会议,区政府与各镇街道职能部门签订军令状。区领导十分明确提出:供电局要多争取项目,因争不到项目而导致缺电,追究供电局责任;有项目而无法建设,致建设受阻,追究镇街道政府的责任;协调不好工作由区政府负责任。社会上下都深刻意识到电力建设的重要和迫切,一切均在为电力建设铺平道路,开启绿灯。

那几年,萧山的电网建设如火如荼。

以萧山电网建设史上值得大书特书的一页——2006年为例,在开年后5个月的时间里,就先后有越王、红山、白浪等3座110千伏变电站投入运行,投运主变容量25万千伏安。

110千伏越王变,这座在湘湖休博园区内的专用变电站,从开工建设到通电投运仅用了180天时间,为杭州世界休闲博览会的顺利召开提供了有力的电力保障。

110千伏红山变,这项启动于2003年的工程,曾经由于外界因素干扰,迟迟无法顺利投运。2006年,萧山区委、区政府全力支持电网建设,采取强制措施,使这项久拖不决的工程在当年5月25日通电投运,解决了该地区用电紧张矛盾。

110千伏白浪变,这座建在东片工业经济发达地区的变电站投产,代替了原35千伏金星临时变的运行任务,极大地提高该区域的供电可靠性和设备安全运行水平。

2006年6月初,220千伏祝桥变送出工程顺利投运,不仅减轻了萧山电厂和220千伏宁围变的压力,而且有效改善了萧山中部地区特别是萧山主城区的供电结构,使区域供电可靠性大为加强。

110千伏城东变自1996年投运以来,一直由萧山电厂供电,并转供后来投运的110千伏丽都变。由于南片此前供电需求增长较快,致使萧山电厂在年初出现了有史以来的最高负荷,供电压力大增,220千伏祝桥变送出工程迫在眉睫。为此,萧山供电局将送出线路建设列入2006年上半年的重点工作,加班加点,抢赶程度,终于在5月底完成了线路施工并于6月初投运。此举结束了萧山电厂10年来电力北送的历史,从而为萧山南部经济的发展,提供了更为充裕可靠的电力保障,也大大减轻了220千伏宁围变的压力。

这些只是萧山电网建设高潮中的细小片段。在近20年中,萧山电网建设刷新了一个又一个历史纪录,电网建设投资超过百亿元,呈现"投资大、范围广、周期短、见效快、技术新、布局好"的显著特点。

到2021年底,萧山超强电网框架基本形成。区域拥有涌潮、萧东、昇光3座500千伏变电站,并分别以这3座变电站为中心,构成由12座220千伏变电站组成的3个220千伏框架网络。而这几乎就是改革开放三十年周年时整个杭州地区的电网现状,只是设备比那时更加先进,结构更为合理完善。

坚强的电网犹如一个人的骨骼、体魄,它是电力运行的基础和必要条件。改革开放以来,特别是近20年来,萧山大地上的电力建设者们,以前无古人的超前意识和非凡魄力,使萧山电网成为国内首屈一指的坚强输电供电网络。从一个羸弱多病的少年到健康健硕的壮年,萧山电网一步步走来,每一步凝聚的都是萧山各级部门领导和广大老百姓对电力事业的支持和无数电力建设者所付出的心血汗水。

历史的车轮滚滚向前,势不可当。在世界第四次工业革命浪潮风起云涌的时候,中国已毫不犹豫地,也无可争议地站在这次工业革命的波峰浪尖上,与世界齐舞。

中国电力也昂首走到了世界舞台上。

这是坚决贯彻"推动能源消费革命、能源供给革命、能源技术革命、能源体制革命和全方位加强国际合作"这"四个革命一个合作"能源安全新战略最坚定的行动。

电力是国民经济的"温度计"与"晴雨表",

电力需求的变化可折射出区域经济运行情况。在新一轮数字经济的浪潮中，电力指数正见证着萧山经济的全新蜕变。据统计，从行业用电情况来看，2020年萧山区全行业累计用电量近170亿千瓦时，其中第三产业用电比例不断增大。与此同时，萧山区涌现出钱江世纪城、万向创新聚能城、临空经济示范区、科技城核心区、湘湖及三江汇流区块等用电热点区域，现代物流业、软件和信息技术服务业、科技服务业等第三产业用电需求正在不断攀升。随着萧山产业结构优化，新旧动能转换，萧山制造正在朝着萧山创造、萧山智造转变。电力是经济发展的排头兵，面对新时代、新环境、新形势，萧山供电公司必须适应这种变化，努力做好电力先行官，为萧山经济实现赶超跨越发展贡献电力智慧。

2021年2月2日，杭州萧山区正式印发红头文件《杭州市萧山区关于加快实现电力能源领域"双碳"目标行动纲领》，这使杭州市萧山区成为浙江省首个出台电力能源领域"双碳"目标行动纲领的区县。

为推动加快实现碳达峰、碳中和目标，国网杭州市萧山区供电公司会同萧山区政府紧紧围绕能源消费革命战略，精准把握萧山区发展定位，率先研究"双碳"路径和举措，促成行动纲领出台，并将进一步联合政府相关部门和单位，推进落地实践，为浙江省率先实现碳达峰、碳中和目标提供萧山样本。

行动纲领以碳达峰、碳中和目标为引领，按照"政府主导、电力主动、企业主体、社会主流"的"四位一体"工作机制，通过机制、政策、管理、技术等多维变革，推动能源生产和消费领域改革，形成"创新能力更强、能源效率更高、资源消耗更少、环境影响更小、市场响应更快、体制机制更优"的具有萧山特色的电力能源低碳发展新局面。

曾经是钱江供电所所长，现在担任萧山供电公司发展计划部主任的朱磊，深知新的产业结构调整对新能源革命、对新电力的挑战和需求，深知电力在新时代、新形势下对经济发展和人民对美好生活向往的责任担当。当谈起电力的新使命、新作为时，他说："清洁低碳是新阶段能源发展的主旋律，我们将紧扣双碳目标，先行先试，为美好生活充电，为美丽中国赋能。而且我们要在其他各个方面紧跟时代步伐，发挥国家电网的国际领先优势，以做得更加尽善尽美。"

2021年6月29日，国内首个城市级新型电力系统示范建设行动方案在杭州市萧山区发布。这个方案聚焦东部沿海典型能源受端城市特征，搭建以弹性电网为核心的多网融合型基础网络平台，围绕承载大规模清洁能源受入、支撑城市清洁能源替代需求两大问题，推进供应清洁化、终端电气化、用能高效化。

萧山是典型的工业强区，也是典型的能源输入城市，能源消费90%以上依赖外部输入，外来电占比接近95%，且区域负荷波动较大，日峰谷差率达35%，区域能源亟待低碳转型。为此，国网浙江电力有限公司着力构建萧山城市级新型电力系统，以期打造"广泛互联、安全互动、多网融合、数字赋能"的城市级新型电力系统示范标杆。

该方案围绕能源、工业、建筑、交通、农业、居民生活六大领域，通过构建十二个指标，实施二十八项落地工程，推动能源领域的率先脱碳，支撑工业、建筑、交通等各领域碳中和目标达成。

清华大学电机工程及应用电子技术系主任康重庆表示，杭州萧山的城市级先行实践对于省域甚至全国的新型电力系统示范建设都有推广借鉴意义。他说："推进'双碳'目标下的新型电力系统建设，需要进行多领域、多层级的探索。许多中央企业已经发布了行动计划，各省也陆续公布了'双碳'目标，而推进城市级、县域的新型电力系统建设，则更为基础。"

时任萧山区发展和改革局局长吴远东在接受访谈时兴奋地说："根据计划，杭州萧山将在2025年全面建成城市级新型电力系统先行示范，并实现电力系统率先碳达峰。届时，清洁电能占比超过50%，分布式电源100%消纳，5年累计减少二氧化碳约296万吨。"

前文提到的2022年的高温和电力缺口，对萧山电力于此前安装的新技术装备是一次测试和考验。2021年的7月3日，国网杭州市萧山区供电公司的员工殷建波和相关配合单位一起成功为杭州前进齿轮箱集团有限公司安装上了电力需求响应终端，这也意味着全杭州市的首个工业负荷被接入需求响应平台。

从具体功能上来说，殷建波口中的电力需求响应终端，不仅能采集用户每分钟负荷，同时可以监控用电尖峰与低谷的负荷，最终结合多方数据分析计算后作为供电公司发放补贴的依据。通过应用经济杠杆，电力需求响应用"小终端"撬动"大市场"，积极引导用户用能管理精细化，进一步优化能源配置架构，推进资源场景灵活应用，实现电源、电网和用电负荷的互动，增强电网弹性。

对于这个功能的优势，殷建波是这样解释的："以前遇到包括迎峰度夏电网供电紧张等一些用电高峰，我们会对供区非连续生产工业用户无差别负荷压限，以保障电网的稳定运行，有一定的强制性。现在用户装上电力需求响应终端后，我们的负荷调整策略就转变成了'邀约'性质。打个比方，今天我们恰好需要通过降低工业能耗配合公司变电站检修，而杭州前进齿轮箱集团有限公司愿意响应，我们就会对其进行专项经济补贴予以激励。"

在其中的一次变电设施检修过程中，杭州前进齿轮箱集团有限公司实现了2500千瓦的可调负荷响应，相当于3200台壁挂式空调同时运行的功率。如果持续通过调整生产计划参与需求响应，累计补贴算下来也是一笔不小的收入。这既保障了民生用电，也使得企业经营利益不受损失。

杭州前进齿轮箱集团有限公司老电工卢峰回忆起这次调峰补贴，心里是禁不住地高兴："我们作为区域内老字号工业企业，过去限电拉电影响不小，损失也不小，相比以往限压负荷，现在供电公司推出了市场化激励手段，我们可以根据实际生产情况和统筹安排生产计划调节响应负荷，既把点让给民生，又可以获得丰厚的响应补贴，真正地实现了双赢和多赢。"

在常规情况下，工业要用电，商业要用电，居民也要用电，电力部门为了尽可能满足多方用电需求，会投资建设更多的变电站。现在得益于高弹性电网的建设，把传统的需求侧响应模式变成多方互动的新业态。国网杭州市萧山区供电公司将面向区内所有用户建立负荷资源库，在库中存入全区不同类型但均有意向参与需求响应的用户。后续一旦出现区域用电紧张、电网紧急风险等情况，可以第一时间与资源库用户取得联系，动态平衡用电需求，以实现供电需求侧的安全可靠、公正平等和开放透明。

而这些，只是今年供电公司全新"机制赋能、布线行针、刚柔并济、群山四应"有序用电机制中的部分生动注脚。滴水窥海，2022年的酷暑高温，居民顺利用上幸福电，充分证明了这套机制的科学性和高效性。

如今，面对萧然大地上那一座座现代化的变电站，面对那一基基高高耸立的输电铁塔，面对那一根根纵横交错的飞舞银线，我们会想到一些什么？我们的内心又会涌起怎样的思绪？

几年前，萧山知名本土作家俞梁波在深入体验了电力职工的工作、生活后，在他的报告文学《布网的人们》中这样写道：

"按照通俗的说法，供电部门的员工是一群架网的人，架一张安全、高效、洁净电网的一群人。或许，在我们的日常生活中，我们偶尔会对天空的电线有些思绪，仿佛听到电流的欢快的声响；或许，我们会在某个偏远的地方，看到一座变电站安静地伏蹲着；或许，我们有一天站在某个大厦的顶层，静静地俯视城市夜景，那是我们的家园。"

"有一天，当我们看到一只飞鸟在空中掠过，我们突然想到那些布网的人们，他们让这一片天空更加宁静，他们让夜晚如此精彩，他们让千家万户与光明相伴。"

如今，作家俞梁波笔下所说的萧山电网已经变得更加坚强，更加低碳环保，更加科学智慧。通过这张网，萧山的经济发展更有保障，萧山的城市夜空更加美丽，萧山的人民更加安居乐业。

在微信朋友圈，我曾看到一位年轻人写的一段话，我不知道他写的算不算是诗，也许他的语言还不够精美，也缺乏诗歌的韵律，但他所表达的对萧山电力这10年、这20年非凡的发展成就由衷的赞美，恰如山中清泉，如悠扬的旋律，自然地流淌。

"轻风抚摸清晨的湘湖，泛起涟漪四散，整齐划一的充电桩是往来游客出行的保障；"

"阳光洒落午间的梅林，孕育绿电不断，鳞次栉比的光伏是美丽乡村画卷上最绿的一笔；"

"华灯照亮夜晚的城市，呼应灯火千万，秀美的亚运三馆是现代萧山最闪耀的名片。"

"这是杭州萧山平凡的一天，这是国网杭州市萧山区供电公司不忘初心砥砺前行的光辉岁月。"

青山有情，青山作证，青山着意化成萧山电力励精图治，建设世界一流的坚强电网，把萧山送到康庄家园的幸福之桥。

中流击水缚苍龙

◎郑卓雄

一

瓯江是浙江省境内仅次于钱塘江的第二大河流，位于浙江南部，东临东海，南与飞云江流域交界，西与闽江流域接壤，西北部、北部与钱塘江、椒江两流域相邻。清光绪《永嘉县志》载，温州"三代时盖瓯国"，故称此江为瓯江。汉顺帝永和三年（133年）析置永宁县，又名永宁江。东晋明帝太宁元年（323年）分临海立永嘉郡，又名永嘉江。唐高宗上元元年（674年）称温州，又名温江。唐元和七年（812年）因有刺史韦宥"于江浒沙上得筝弦，投之江，忽化为白龙而去"之说（见《集异志》）而名蜃江，谐音而为慎江。历史上，因沿江曾盛植木芙蓉，繁花若霞，因以花名江，也叫芙蓉江。

瓯江发源于龙泉与庆元交界的仙霞岭洞宫山百山祖西北麓锅帽尖，自西南向东北一路咆哮卷涌，至丽水后折向东南，一路宣泄原始的力量，贯穿整个浙南山区，经温州注入东海，几千年一如既往。其干流全长388千米，凑成整数，号称八百里。

它从远古就以深切的母爱和血脉之乳滋养、丰润了浙南大地，成为经济和文化起搏的动脉。千百年来，历代瓯越子民在这里逐水而居，在瓯江等六条水系的干、支流两岸繁衍生息，形成了星罗棋布的大小村镇和县城州府。发达的水系为人们带来了航运、渔业和灌溉之利。在古代，在这条黄金水道上，谢灵运、李白、白居易、秦观、陆游、李清照、叶绍翁、刘基、汤显祖等大家都留下了游踪。

不过，这蜿蜒曲折的八百里水路，有着桀骜不驯的性格，并且得到了前所未有的释放。

瓯江属典型的山溪性河流，其流经之处大自然鬼斧神工的杰作一一呈现。岩性河岸，卵石河床，河道时宽时窄，深潭与浅滩相间，整条河流几乎全在山谷中蜿蜒穿行，左右腾挪。河谷两岸地形陡峻，河谷纵向底坡较大。河岸除局部地段系沙泥外，大多是岩山，河床覆盖有较厚的卵石、大块石。它任性肆意，曲折跌宕，横冲直撞。

除了深山峡谷的崎岖地貌，凶险也源于剧烈降落的水流高度。从瓯江源最高处江浙第一高峰的黄茅尖算起，到上游大港头镇不到200千米的流程，海拔急剧下降了约1600多米，平均每千米下降8米，瓯江几乎是坐着滑梯一路急速俯冲而下。长江有着5500米的落差，但它用了6000多千米的缓冲将这5500米降到海平面；瓯江，却必须只用长江1/8的长度，去消解超过1/4的高度——与长江相比，瓯江的流程被严重压缩，俯冲力至少增加了1倍，直泻而下的姿态里，有些热切和率性。

一条被急促催行的江，必然是脾气暴烈的。滩多湾多，礁险水急，河水暴涨暴落，几乎是瓯江水系中所有河流的共性。它们在层层叠叠的大山中被束缚，被压抑，被迫在层峦叠嶂中千回百转，积聚起移山倒海的力量，也积累起疯狂的暴戾，它们蔑视一切生命与一切法则，只是由着内心蓬勃的冲动，由着无须理由的情绪，倾泻出毫无城府又让你把握不定什么。南宋绍兴三十年（1160年）春，诗人陆游乘小船溯瓯江北上，在急流险滩中发生折舵事故，经船工努力奋争，终于化险为夷。诗人便写下了"溪流乱石似牛毛，雨过狂澜势转豪。寄语河公莫作戏，从来忠信任风涛"的诗句。

在颤抖的悠悠岁月里，瓯江赋予浙南人民的一半是血泪，一半是黄金。雨果说的"大自然的双面像"，在它身上展示得淋漓尽致。翻开尘封的万签插架的典籍，搜寻有关它的书页，不论正面反面，都醒目地写着：水患！水患！

频发的梅雨洪水和台风暴雨洪水，给浙南人民带来了深重的灾难。

史籍中水灾的记载远多于其他灾害。自隋朝立州以来境内所遭受的重大水灾，历朝史籍多有记载。记入二十五史的54次，其中《旧唐书》记载4次，《新唐书》记载8次，《宋史》记载5次，《元史》记载1次，《明史》记载1次，《清史稿》记载35次。清光绪年间编的《处州府志》记载历年水灾144次，其中唐代4次，宋代11次，元代6次，明代52次，清代71次。各县县志及其他志书所载不可胜计。据资料统计，丽水市境内洪水灾害的出现概率平均为二年一次，甚者一年多次，其中大洪水灾害的出现概率平均为五年一次。

古代受历史条件限制，每遇水灾，事前不能预报。洪水突临，转移不及，只得仓促避于楼屋，常致屋倾人亡。在丽水市区南明山高阳洞下首的崖壁上就有水灾记事，字迹不大，却深深镌刻进石骨，让人们无法忽视这微小的历史残片："大宋绍兴甲子（1144年）、丙寅（1146年）岁，洪水自溪暴涨，约高八丈，人多避于楼屋，误死者不可胜计。因纪于石，以告后来。"寥寥数句的记述，让今天的我们读来仍后背发凉，惊悚不已。可见，那场大洪水在丽水历史上留下了多深的伤口。究竟死了多少人，清道光《丽水县志》卷十四有如下记载："绍兴十四年（1144年）八月，水高八丈，溺死三千余人。十六年（1146年），大水如前。"

洪水肆意横流，泛滥成灾，所到之处房倒田毁、惨绝人寰。翻开《处州府志（标点本）》卷之二十五"祥异志"第1872页，一开头就是唐朝的事（再早的事，就看不到记载了）。上头赫然写着：

显庆元年（656年）九月，栝苍暴风雨，海溢，丽水溺死七千余人。

总章二年（669年）六月，栝州大风雨，海溢。

神功元年（697年）三月，栝州水，坏民房七百余家。

开成三年（838年），处州平地水八尺有余。

宋代开始，水灾记载明显增多，灾情描述也较具体，其中灾情比较严重的有：

宋庆历间（1041年—1048年），松阳县百仞堰毁于大水，松阴溪南一带"一望萧然，尽为赤土"。

宋绍兴十四年（1144年）七月，处州三县大风雨。八月，丽水淹死三千余人。

元大德九年（1305年）六月，丽水、青田水发自缙云，漂荡庐舍，淹死数百人。

元至元六年（1340年）六月庚戌，松阳、龙泉二县积雨，水涨入城中，深丈余，溺死五百余人；遂昌县尤甚，平地三丈余，桃源乡山崩，压溺民居五十三家，死者三百六十余人。

明成化十九年（1483年）六月，大水，云和溪水高二丈，濒溪民房漂没；景宁冲毁民居二百余家，溺百余人。七月，遂昌大水，毁民居田地，淹死十余人。

明嘉靖元年（1522年）五月十五日至十九日大雨，龙泉平地水漫一丈五尺，人畜死伤无算，留槎洲民居漂荡殆尽。

明万历三十七年（1609年）八月，青田洪水暴溢，舟行城内救溺，漂荡民居殆尽。丽水大水，漂没田庐。缙云大水冲毁城楼。遂昌大水，田禾漂没。

明天启三年（1623年）四月，丽水大水，麦无收。缙云大水漫城垣。

明崇祯八年（1635年）五月，处州大水，淹官署、民居。括苍、南明、行春三门俱坏。水退，沿溪积尸无数。

到了清代，有关水灾的记载更加丰富，不仅正史中有大量资料，地方志以及其他野史中也有很多具体描述：

清康熙二十五年（1686年）四月，宣平大雨五日，漂没田庐，溺者无算；丽水大雨四昼夜，漂没庐舍无算。闰四月，处州大雨，水高于城丈余；松阳大雨四昼夜；景宁大雨三昼夜。二十四日，青田大水高故岸二十余丈，排水拔木，城邑为墟，凡学官、县治、祠庙、民舍尽漂入海，上流男女楼居者连屋浮下，尚攀屋号呼，灯荧荧未灭，随奔涛逝没……流亡不可胜计，蔬谷鸡犬无遗种。

清嘉庆五年（1800年）六月二十三日，丽水大水，船逾城入，越二日水退，死者以千计，册报坏田五千五百余亩。二十五日夜，遂昌雷雨交作，山崩水涌，临溪民房尽漂没。二十七日，北乡山洪暴发，前后漂没数千人。

光绪二十六年（1900年）七月廿日、八月十日丽水两次山水暴涨，城厢内外水高数丈。府仓积谷售罄，饥民捣毁府署。碧湖饥民将不肯平粜稻谷的财主戴高帽游街。

光绪三十年（1904年）六月十七日，大水。龙泉济川桥被冲，城内水与檐平，船可撑至清修寺边，茶丰住田街、秦溪漠和水南一带田舍冲漂殆尽。景宁沿溪漂没田庐甚多，为道光后最大水灾。次日，庆元城内东门一带民屋被冲，溺死数十人。

从辛亥革命到中华人民共和国成立前的30多年间，是浙南历史上又一个洪水灾害严重的时期。民国期间的重大水灾有四次，分别发生在民国元年（1912年）、民国十一年（1922年）、民国十七年（1928年）和民国三十一年（1942年）。特别是民国元年（1912年）八九月间的洪水，为二百年一遇的特大洪水。这一场水灾，史称"温处水灾"或"壬子水灾"，受灾区域之广、受灾人口之众，可称温州、丽水两地数百年里之最。

我查阅过《丽水县志》和《瓯江志》，那悲惨的情景简直不能想象，这是多么残酷的生命之殇。《丽水县志》载："民国元年（1912年）八月二十九日，溪水高于平时八丈，漂没沿溪田庐，溺毙人畜无算。"《瓯江志》载："温州、处州两府毁房三十六万余间。永嘉山洪暴发，溺死者逾万人，景宁沿溪村落水深丈余，外舍全村覆没。"

时任青田县知事叶正度《查赈日记——记民国元年特大洪水》一文写道："八月二十九号，风雨大作，至晚八点钟，山水陡发，至十一点钟时，前后约三小时之久，水已涨高约二十丈之谱，全城漂没。知事与各科长员，幸有法警大力者，打破后围墙，奔至后山顶试剑石地方，得全性命。其时但闻风声、雨声、喊救声、哭泣声、房屋坍塌声，声声相应，惨不忍闻。三十号黎明，在后山顶一望，全城皆成泽国，人民庐舍无片瓦可睹。当拟电省，雇人赴温发出，无应命者。彼时适有新授宣平知事王君石庚，亦孑然逃至后山，衣履全无，晤及托代为电省。三十一号，水势渐落，城垣始见。县署大堂以前尽成平地，淤泥堆积上房。房屋虽未全坍，已皆柱折礎出，不可栖止，器具漂流无存，城内死尸遍地。且分文俱无，实为半策莫筹，再四思维，不得不至温设法借款，筹办掩埋并急赈事宜。"

1912年《地学杂志》第11～12期刊载《青田洪水祸记》一文，记载了青田洪水暴发的情形和极其悲惨的状况：洪水暴涨时值夜晚，大多数人根据以往洪水的经验，认为洪水很快就会退去，所以都选择在家中等待。洪水进屋后，人们又爬至阁楼和楼顶，没有及时向高处转移，至29日晚8时，青田"水量独在城脚，嗣后速度顿增，每十余分钟增高数尺……至十一点钟，陡高十四五丈，南门城楼占全城最高点，青田统捐局所在地，亦高过楼头数丈。大雨倾注，雨点打头如雹，弱者喊呼求救，健者双手交胸，瞑目待死，如登法场。呼救之声甚烈，而声即旋息，全屋已入水，人已死矣"。还有些攀缘于树者，又随大木以拔，漂泊不知死所，前后三点钟青邑一隅已死万余人。

这场水灾给瓯江流域各县造成了空前的灾难，当时各地的报告和报纸中频繁使用了"山洪猝发""变为泽国""未有之奇灾""惨不忍睹"等词语。

29日夜，洪水冲毁遂昌西门堤防，水涌入城，西隅几与楼平，倒塌房屋百余间，毁田地农作物无数，死百余人，石仓源芥菜园全村覆没。云和城西堤堰崩裂，城内水深丈余。景宁沿溪村落水深丈余，大均以下水益高涨，外舍全村覆没，六都张山村淹死30余人。丽水城四周虽有军事和防洪双重功能的坚固城墙，但溪水高出平时8丈，大水入城，城内水深可行舟，城墙多处被冲毁，房屋、桥梁倒塌无法统计，人畜溺毙无数，受灾户达5000多户。丽水县知事李平在9月7日呈送省民政司的电文中写道："城中各地一片汪洋，尽成泽国，共计被灾者约有五千余户，房屋漂没无数，人民淹毙不少，男妇老幼呼号痛哭，日夜不绝，凄惨情形不堪言状。此专就城关内外而言，至东南西北四乡据报被灾情形亦堪重大，至有连村漂流成白地者。"《温州历史年表》也有记载："永嘉两次遭强台风袭击，瓯江沿岸及附近多处发生数百年罕见特大洪水，田园塌坏，哀鸿遍野，西溪一带山洪卷走万余人。""其时暴雨成灾，江心屿千余民众被困。"温州永嘉诗人徐定超在目睹水灾惨状后写下的《温处水灾歌》，描述了当时洪水卷带着大量人口顺流而下，人们登高避水，如同人间地狱般的悲惨景象。诗云："蔽江而下人如市，……云是青田遭奇灾。两日大雨天不开，平地水涨没楼台。……有司奔救才十一，血肉多被馋鲸吞。"

9月1日，瓯江流域的风雨总算全面停歇了下来，洪水退尽，天地慢慢地从混沌的状态里清醒过来，瓯江两岸暂时恢复了宁静。正当受灾各县全力赈灾，侥幸存活的灾民设法自救时，祸事又至。9月17日，受台风影响，各地又风雨狂发，连日大雨，水势陡涨，并引发了山洪。灾情和上次相比，有过之而无不及，很多在上次洪水中幸免的房屋和粮食也遭冲毁，致使灾情更加严重。《浙江省办理温处水灾征信录》载，丽水县"十八号洪水横流泛滥于城乡各地，沉没房屋与前同，留存之食物概遭损失。"青田水势"较前次微低数尺，所有十余日间居民搜罗呼号，设法借贷置来竹篱草席搭盖之蓬屋约二三百户又复扫荡而光，……沿溪一带未毁之村落，未冲坍之田稻盖皆漂没"。

据《浙江省水利志》载：温、处两属遭台风暴雨袭击，山洪暴发，瓯江漂流死者逾万，飞云江浮尸蔽江。两属受灾59万余人，淹田41万余亩。

洪魔横扫之后，完全没有束戈卷甲之意：

民国十一年（1922年）五月十一日至十三日，遂昌大雨倾盆，山洪暴发，冲毁桥梁、道路、田地，不可胜计。六月，复大雨兼旬，丽水、缙云等县溪水泛滥，田庐漂没，地方筹款急赈，华洋义赈会拨巨款赈济。八月九日，景宁大水，沿溪损失与民国元年（1912年）相近。

民国十二年（1923年）八月十四日，龙泉大雨成灾，县城义仓二十五万斤谷被水浸。

民国十七年（1928年），青田暴风雨。农田被淹七千九百亩，漂没一百五十余亩，沙淤三百亩；冲塌堰坝一千五百余丈，民房十三间；三千一百人受灾。八月一日，缙云大水，七万八千人受灾，毁屋三百五十间、桥梁七十二座。

为了生存，瓯江沿岸人民同水灾进行了顽强不息的长期抗争，"瓯江水患的治理"也成了历朝历代的重大民生问题之一，甚至成了各朝的"政本"。历代以来，官府及两岸人民曾不断进行小规模的修利堤防，导达沟渎。处州府自古以城为堤，防御洪水。沿溪各县也兴建大大小小的防洪堤，以保护他们的家园和田园，如缙云的凤山堤、云和的白水堤、松阳汤公堤、遂昌胡公堤、景宁永乐堤等。但是，那些堤堰根本敌不过无边洪水的魔性与狂妄。

面对瓯江灾害的巨大破坏力，当时的政府和沿岸民众有时束手无策，充满恐惧。在极度恐惧和无能为力之下，哀戚命运的沿岸民众无可奈何地兴起了众多关于水神崇拜的活动，其中迷信防灾的主要方式就是通过兴建龙王庙等水神庙宇来起到镇守瓯江水土的作用。在科学并不发达的古代，我们有足够理由想象瓯江两岸人民在潜意识中深埋着对水的恐惧和对自然的敬畏。他们设香案，摆祭品，三叩九拜，拈香祷告，以精神的信仰来抵御来自于瓯江的不可预知的水患，以精神的力量来排遣内心的巨大压力，以虔诚的寄托扫清心理上的阴霾。

中华民国时期，近代水利科技被引入丽水，境内逐步有了流量站、水位站、雨量站等基础设施，人们可以对水文进行科学观测和研究了。

但水患仍犹如"达摩克利斯之剑"高悬在瓯江之上，终竟未能摆脱瓯江翻腾起危害甚烈的恶浪。

二

彻底解决瓯江水灾及旱灾问题是千百年来浙南人民的夙愿。1894年，中国民主革命先行者孙中山在其《上李鸿章书》中，提出了一个改变中国贫穷落后面貌的初步设想。

时年28岁的孙中山，上书清政府直隶总督李鸿章，洋洋八千言谈富强之大经、治国之大本，尤对电能的认识与作用秉书陈情：谓"有不徒苟生于世之心，则虽处布衣而以天下为己任……不待文王而犹兴也"。余"为生民命脉之所关，且无行之之难，又有行之之人，岂尚有不为者乎？用敢不辞冒昧，侃侃而谈，为生民请命"。向当时的清廷介绍的西方先进技术中就有"水力生电"，即刚刚诞生不久的水力发电技术。阐述了"平水患、兴水利"的思想，建议利用水力发电。

1918年到1919年，他在上海住所闭门发愤著书，把"奔走国事三十余年"的经验，从理论上做了总结，写成了《建国方略》，构想了中国建设的宏伟蓝图。他在《建国方略》中提到：发展电力事业是成就强国的必经之路。

抑洪水而天下平，驱"猛兽"令百姓宁。饱受水患滋扰的浙南人民，急需在瓯江上建设一道防洪屏障，以控制上游洪水。

民国十九年（1930年）春末夏初，当时正处于军阀混战时期，浙江地质所地质学家张更怀揣孙中山先生的宏伟蓝图，身体力行，以坚强的毅力亲自率队，利用北洋政府时期原浙江军阀当局所绘1:40万地形图，踏上浙西南地质考察的征途，此前"浙之西南，地僻山险，地质方面未曾经人调查"。他们捡枝为杖，翻山越岭，披荆斩棘，行走在陡峭湿滑的山梁上，如在刀尖上的独舞，步步惊心。而且，"比例尺既小，等高线也未够精确，用时颇感困难"。他们在艰险异常的野外工作了50日，行程2000余里，因途遇匪患，松阳、丽水等县未及调查，仅对景宁、云和、庆元、龙泉等县做了调查，作《太顺、景宁、云和、庆元、龙泉等县地质简报》。这次考察，首次运用现代地质学的概念和原理，对丽水境域的地文、山脉、河流、地层及岩石、地质构造、矿产进行观察、分析和论述。心血泽后人，为中华人民共和国成立后的瓯江流域的开发提供了基础资料。

民国二十四年（1935年），国民政府资源委员会下属的水力发电勘测总队曾派勘测队查勘瓯江小溪和飞云江水力资源，拟制小溪开发计划。民国二十九年（1940年），还派员勘测瓯江上游大溪和支流松阴溪水力资源及坝址。

然而，国民党统治下的中国政治腐败，国力疲敝，是没有力量完成孙中山先生的遗愿的，再好的设想只能沦为空想。

中华人民共和国成立后，治理瓯江的千古难题交到了共产党人手中。1950年，地质部华东地质局301地质队不畏艰险，在绝壁陡崖中攀行，对瓯江的水利资源进行初步调查。1956年9月25日至12月28日，水电部上海勘测设计院、浙江省水利厅勘测设计院组织30人，联合对瓯江水系进行地质普查。他们肩负着党和人民的重托，不辞辛苦，在人迹罕至、山重水复的环境中查勘，行程1300多千米，查明流域内的地形、地层岩性、水文工程地质条件以及拟建的紧水滩、石塘等坝段的工程地质条件。次年2月编成《瓯江流域普查报告》。上海勘测设计院编绘出版了《瓯江流域水库基岩地质图》《浙南瓯江流域构造纲要图》《瓯江流域水库实际材料图》《瓯江流域水库工程地质分区河谷图》等基础图件，并由吴泉根编写出《瓯江流域规划阶段工程地质报告》。

1956年起，水电部上海水电设计院开始对瓯江流域进行规划。1958年6月拟定规划报告，建议采用青田高坝方案，对瓯江水电进行第一期开发。水电部和中共浙江省委批准了这一方案，瓯江水利资源利用，终于在新中国的时间表上真正铺开了蓝图。7月，瓯江水力发电工程局成立；8月，瓯江水电站开工建设；10月，浙江省委与水电部水电总局会同召开中外专家（苏联专家5人）现场会议，研究和决定电站设计的主要方向与原则，副省长吴宪代表省委、省人委在会上做了总结报告。是年冬，工程全面动工，参加工程建设的职工近2万人。

1961年3月，贯彻国民经济"调整、巩固、充实、提高"方针，水利电力部和浙江省委决定瓯江水电站下马停建，人员、设备并入新安江水电工程局。至次年停建时，两条泄洪隧洞已打通并衬砌，衬砌后洞径22米；厂房顶拱已开挖完成，跨度38米；整个工程建设已投入资金4541万元。

1972—1975年，水电部第十二工程局勘察队在神圣的使命感和荣誉感鼓舞下，上山下谷，爬坡攀崖，重新对瓯江进行查勘规划，先后提出《浙南地区水电选点报告》和《瓯江流域规划查勘报告》。鉴于浙南地区人多地少，青田高坝淹没范围过大，移民过多等情况，决定放弃青田高坝方案，采取高低坝相结合，分散与集中相结合的梯级开发方案。在瓯江干流大溪，以不淹龙泉、松阳、碧湖和丽水平原及城镇为原则，兴建紧水滩、石塘水电站；在支流小溪，以不淹景宁盆地为原则进行开发，兴建大赤、滩坑水电站；在干流青田兴建黄浦水电站。推荐紧水滩为第一期开发重点工程。

江河滔滔，荡尽风云往事，化作阳光下翻腾闪耀的浪花。时任紧水滩工程总设计工程师王理华，把毕生精力都奉献给了中国的水电事业，为紧水滩水电站工程的设计倾注了大量心血，见证了它从孕育、出生，到成长的点点滴滴。如今他虽近望九之年，但仍然保持一副挺拔而不失硬朗的身板，精神矍铄，耳聪目明。他关于水电站设计的记忆仍很鲜活：紧水滩水电站初步设计由水电部上海勘测设计院于1960年编制完成，装机容量7.5万千瓦。后因瓯江水电站停建，紧水滩水电站初步设计也随之改变。1974年5月，水电部十二工程局勘测设计院重新对紧水滩水电站进行勘察规划，编报《浙江紧水滩水电站初步设计》。1975年，根据水电部和浙江省的部署，水电部十二工程局勘测设计院重作瓯江流域规划，经技术经济比较，装机15万千瓦。1980年6月，水利电力部华东勘测设计院重新编制初步设计补充报告，电站装机改为20万千瓦；8月，水利电力部水电总局审查同意。1984年5月，由于下游梯级石塘水电站兴建为紧水滩水电站扩大容量提供了条件，于是经批准扩大紧水滩水电站容量为30万千瓦，列入国家"七五"重点工程。1984年8月7日，水利电力部部长钱正英到紧水滩水电站工地视察，并与我们座谈，对工程建设寄予厚望。

紧水滩工程的历程曲折，但结果圆满；设计不断优化，效益不断提高；能坚持设计的客观性和科学性。紧水滩水电站大坝为三心双曲变厚砼拱坝，是我国水电建设史上的一项巨大成就。这种在国内高拱坝中首次采用的坝型，新颖经济，1989年荣获国家第四次优秀工程设计金质奖。

三

1978年10月，水电建设大军风尘仆仆开进大地延伸的山峦，放响了开发瓯江水力资源的第一炮，唤醒了沉睡了千万年的瓯江幽谷。水电建设者们沐风栉雨，历尽艰辛，让巍峨的大坝从"龙宫"中节节升起。

1985年11月，正值工程建设如火如荼的时候，我带着好奇、喜悦和梦想，走进了建设工地，从此，我的命运、魂魄永远与紧水滩水电站产生了无法割舍的缘分。面对滚滚瓯江，我情不自禁地写下了：

瓯江，我心中的一脉河流
在你宽广博大的胸际
烙上了一条蛟龙图腾崛起的伟迹
在你强劲的脉搏中
沸腾着我燃烧的热情
你用荡溢的甜乳
塑就了我光明的魂灵
使我挺直坚实的脊梁
负起历史久未如愿的期冀

瓯江，我心中丰盈鼓胀的血脉
我的脉管里旋流着你的骄傲
鼓胀着你石破天惊的神秘愿望
成熟着你一个等待收获的梦想
我周身每一滴浓缩的血液
都孕育着你勃勃不息的胆魄
都激荡着你呼啸远天的回声

瓯江，我心中的一脉河流
我的梦永远闯不出你曲折跌宕的旋涡
我的心永远跳不出你激情丰沛的胸怀

1986年6月26日电站下闸蓄水，将大山的盼望牢固地合拢，将瓯江的等待轻轻地托起，把10.4亿立方米绿波粼粼的碧水锁在群山之中。

据有关资料表明，水库控制流域面积2761平方千米，总库容14亿立方米，其中防洪库容2.3亿立方米。水库控制流域面积占丽水的38%，占碧湖的50%。水库蓄水后使大溪流量得到调节，出现五年一遇洪水时，削减洪峰流量53%；出现二十年一遇洪水时，削减洪峰流量57%；将流域的防洪标准从三至五年一遇提高到了二十年一遇。库区不仅驯服和收敛了瓯江龙泉溪放荡不羁的暴烈性格，对提高下游丽水市区、青田及碧湖镇的防洪能力，保护两盆地7万多亩农田都有着重要的作用，基本改变了下游小水小淹、大水大淹、大小水灾频繁交替的状况。此外，由于大溪流量得到调节，水位较从前稳定，方便于两岸的农田灌溉，亦为库区周围及下游地区的工业、生活用水提供充足水源，有利于工农业生产的发展和人民生活的改善。

面对在峡谷中渐渐应运而生的一个阔大的人工湖，我心中的对山川觅胜的原始恋情与源远流长的历史激动，会不期然地被呼唤出来，于是我挥笔写下了：

　　一个绿酽酽的梦
　　在我憧憬已久的渴盼里滋润
　　在我赤诚豪爽中孕育
　　带着深谷清幽的全部思绪
　　带着摩岩石壁坦荡的襟怀
　　带着飘溢浓郁的春色
　　自我的明眸泪流而下
　　沿着我的血管和经络汹涌而来……
　　我周身沸腾的血液
　　每一滴都来自你甘甜的乳浆
　　你醉人碧波的每一闪动
　　都凝着我的理想我闪烁的希望
　　都奋力起动着我生命的脉搏
　　你掀起的每一页畅旷的波浪
　　都闪耀着都市斑斓的流彩
　　都牵曳着每一座山村春晓时的萌动

　　我是你梦中一声悠远的回声
　　我是你梦中关不住的冀盼
　　我是你梦中读不断的绝句
　　我是你梦中血运旺盛的萌芽……

1987年4月4日，首台机组投产发电，翡翠色的山谷里开始旋转着电的涡轮，输电线开始牵动大山的神经。1988年年底，装机6台，总容量30万千瓦的紧水滩水电站全部建成。它不仅使滔滔瓯江洪流变成强大的电能，成为华东电网的调峰、事故备用的主力，而且带动了浙南经济的振兴，在发电、防洪、航运、过木（竹）等方面发挥了巨大的作用。

我国第一个向国际公开招标水电施工项目所引起的"鲁布革冲击波"还未消去，1985年7月1日，下游石塘水电站工程又响起了雷鸣般的开山炮声，拉开了瓯江梯级开发的序幕，并率先第一个在国内公开招标电站主体工程和施工项目。装机3台，总容量7.8万千瓦，石塘水电站于1989年7月2日投产发电，与上游紧水滩水电站竞显光华。

沧海风云，山河为证。浙南人民的千年梦想在中国共产党领导下，终于变成生动的现实，千年来绵延不绝的水患，不再成为瓯江沿岸人民的心腹之痛。正如时任浙江省委书记李泽民1989年10月11日来紧水滩水电厂视察时，对陪同的厂领导所说的："紧水滩水电站是瓯江流域防洪体系中的骨干工程，它的建成标志着治理瓯江水害、开发瓯江水利资源的伟大事业迈出了关键一步。紧水滩水电站的成功建设，最根本的是得益于改革。你们要抓住机遇，把电站管理好。"

四

沧海横流，方显出英雄本色。紧水滩水电厂自1985年10月1日建厂至今，紧电人以他们特有的果断和激昂，构成了这个电力企业的骨骼，凝就了企业的骨血和灵魂。厂历届领导班子励精图治，党、政、工、团密切配合，带领全厂职工顽强拼搏，开拓进取，使企业一步一步地走向崛起，实现了一次又一次的跨越。1996年8月5日，时任浙江省委副书记、副省长柴松岳视察了紧水滩水电厂。在察看了电厂的生产现场和设施并听取工作汇报后，他充分肯定了电厂两个文明建设所取得的成绩，并勉励电厂说："紧水滩水电厂近几年取得了很大的成绩，荣誉很多，名气很大，希望保持荣誉，多做贡献，不仅要成为浙江电力系统的一面旗帜，还要成为全国电力系统的一面旗帜。"

让瓯江岁岁安澜，是紧电人的初心和使命，这其中浸透着紧电人的无悔付出。已退休多年的老职工何水昌回忆起当年的时光，深有感触："1983年因工作需要，受企业选派来到紧水滩水电厂，负责水库调度工作。当时条件比较差，连个办公地点都没有，我和几位新招员工，天天挤在水电部十二工程局施管处本来就不大的办公场所。主要工作是熟悉流域洪水特性，参与洪水预报调度作业。建厂初期，电站还处于施工阶段，主要依据紧水滩、石塘梯级水电站联合调度图进行水库调度。当时防汛工作面临许多困难：一是施工期洪水特性是天然河流汇流，而水库形成后是库面汇流，两者汇流条件和特性截然不同，而工程设计单位和水文科研单位提供的洪水预报方案，始终达不到预报精度要求。二是水情测报传递通信只有有线电话一种方式。越是遇到大洪水越是会发生通信线路倒杆断线，中断雨情资料传输。三是计算设备原始落后，只有算盘和一只计算器。四是技术力量十分薄弱。

"水电厂建立后本着'人民至上、生命至上'原则，始终把安全度汛放在各项工作首位，牢固树立"防大汛、抗大洪、抢大险"的意识，成立了以厂长为首的厂防汛领导小组，下设防汛办公室，负责具体事务，不断强化重在预防的意识，重视制度建设，制订和完善《防特大洪水应急措施》等有关制度11种，制订了《水工技术监督标准》等大坝安全管理规章制度6种。健全安全渡汛保证体系，落实以厂长为第一责任者的各级安全防汛责任制。

"每年春节一过，全厂上下就把每年的防汛工作立足点放在防大汛抗大洪上，坚持'宁可备而无用，不可用而无备'。厂领导狠抓防汛工作，对流域测站设备进行检查和维护，亲自对库区超低建筑进行全面检查，同时加强对水工建筑物及发电主设备的巡查维护，组织抢险队伍和制定抢险措施，以保万无一失。

"'工欲善其事，必先利其器'，为提高洪水测报工作的准确性、及时性，1993年5月，水电厂开始着手建设水文自动测报系统，于1994年汛期投入试运行，提高了防汛安全水平，提高了水库优化调洪。当时，由于系统刚投入试运行，设备稳定性很差，故障接二连三发生，我们顶风冒雪，为的是抢在12个小时内修复，常常是黑夜才从中继站下山，受冻挨饿，摔跤滑倒是很正常的事。2004年开始建设紧水滩水力发电厂水调自动化系统。2007年8月5日进入试运行阶段。2008年1月1日竣工验收。系统完全建成后，实现对流域水雨情信息的监视、水调业务的综合管理，提高水调管理的自动化程度和管理水平，为电站安全度汛、水资源的充分利用提供技术支持，充分发挥梯级电站联合调度的优势，保证梯级电站的安全经济运行，提高水电效益，同时满足与省调、防汛、气象等部门信息交互和调度协调需要。"

每值汛期，紧电人睁大的眼睛里，总是积满了血丝，咆哮的洪水因他们的神勇，最终臣服在他们的脚下。紧电人奋力伏"洪魔"的可歌可泣的动人场景，在我的眼前一幕幕浮现：

1992年7月4日至7日，紧水滩流域发生建库以来首场大洪水，降水总量为248.91毫米。洪峰流量4200秒立米，相当于五年一遇洪水，三天最大洪量4.8亿立米，相当于六年一遇洪水。紧电人临阵不乱，坚守防汛岗位，采取各种可能的应急措施，做好调洪错峰。由于密切注视天气趋势，采取了洪水预报手段，预泄水量3000万立米，腾出调洪库容，使下泄流量比六年一遇允许泄量2700秒立米减少700秒立米，库水位比五年一遇设计洪水位186.45米低1.5米，大大减轻了下游防洪抗洪的压力。

1994年6月7日，紧水滩库区流域内持续普降大雨、暴雨，降雨强度逐渐增大，形成了一场峰高量大的洪水。汛情一露头，根据已经产生的降雨量、入库流量以及暴雨趋势，为保证系统的正常运行和水库调度的顺利开展，厂防汛指挥部成员和水库调度人员昼夜值班，库区12个雨量站人员坚守岗位，及时传递水情，运行人员加强巡回检查，确保机组稳发、满发，检修人员勤维护，及时消除设备缺陷，水库调度人员进行滞洪错峰的实时调度。全厂干部、职工全面进入临战状态，做好组织预防抢险工作。在这场与自然灾害的大拼搏中，紧电人全力以赴，自觉投入防汛抗洪第一线，经受住了严峻的考验。

对出现的异常水情仔细分析、测算，及时调整水库调度方案。采取预先腾出库容，洪水期间加大机组出力等措施，紧水滩水库未发生弃水。石塘水电站库区区间发生了2次百年一遇的洪水，洪峰流量分别为1310秒立米和1320秒立米。与此同时，下游松阴溪下泄流量也达到6000秒立米。若两股洪峰同时下泄，丽水市区将遭受重大损失。电站及时将入库流量全部拦蓄，错开了松阴溪的下泄洪峰，保证了丽水市区的安全。

是年6月13日17时起，瓯江流域又暴雨如注，出现大面积持续降水，顷刻间各支流溪水汹涌澎湃涌向紧水滩、石塘库区……

汛情如战情。紧水滩电厂防汛领导小组召开紧急防汛会议，按预定方案布置防汛抗洪工作，实行二十四小时轮流值班，在现场决策指挥，密切注视汛情。

6月17日，库区再次出现大强度降雨过程，上午11时至14时，降雨量达58.3毫米，最大洪峰流量达7000秒立米，库水位以每小时0.55米速度上涨，在短短的五天时间内，紧水滩库水位暴涨16.9米，出现了三十三年一遇的大洪水，下午14时下游石塘电站库水位达正常高水位102.5米。

面对突如其来的洪水，全厂上下临阵不乱，厂防汛领导小组根据水情、入库流量以及暴雨趋势，为确保大坝安全度汛和下游的错锋洪汛，果断采取措施，适时错峰泄洪。由于依据正确的洪水预报，提前削落水位，及时削减洪峰，使丽水市应发二十二年一遇降至五年一遇洪水，大大减轻了下游防洪压力，减少了经济损失，受到省、地、市（县）领导的好评。

住在丽水市大水门内当年的"仓前桥"附近的一位姓张的老居民回忆道："在我十来岁的时候，端午节的前后，几乎每年都要发一回大水。大溪里的水涨起来，仓前桥外的大水门就关闭上城门，关上的城门和沿江的城墙把大水挡在了城外。可是过不了多久，大溪里迅速上涨的洪水从西山（旧称小栝山，据说唐宋时处州府治曾设在那里，与东南面的万象山"岗阜相连"）和桃山之间的缺口处溪口村倒灌进丽阳坑，从已经毁损的左渠门那里漫进城中来（丽水城中的水，是从左渠门那里把丽阳坑水引入城内的），于是城里城外都泡在洪水之中。自从紧水滩电站建成后，我们不再担惊受怕，沿岸人民不再饱受洪灾侵害，安宁康泰的生活有了保障。"

1995年二季度3个月，紧水滩流域突遭集中强降雨，共降雨1338.9毫米，比正常年偏多475.1毫米，库水位一直居高不下，特别是6月份降水总量达633.3毫米，为有实测资料以来最大，紧水滩发生大于1000秒立米洪水12次，其中大于2000秒立米有4次，最大入库洪峰为4910秒立米，相当于八年一遇，水位呈持续急速猛涨，最高库水位达186.66米，为建库以来最高，防汛工作又面临着一场"大考"。面对持续暴雨和洪峰，以党员干部为核心的多支防汛抢险突击队伍迅速吹响了防汛抗洪的"集结号"。在这次洪水中，紧水滩等水库及时拦蓄洪水，削减洪峰，发挥了显著的防洪效益。这是国家防汛防旱指挥部在下发的防汛简报中对紧水滩等水库拦洪削峰效益的评价。1996年3月22日，被国家电力工业部授予"防洪防汛先进集体"荣誉称号。

1998年由于受厄尔尼诺现象影响，气候反常，年内降水极不均匀，降水过程集中，主要集中在上半年，1至6月紧水滩降水量多达1852.3毫米，比多年年平均（1746毫米）偏多106.3毫米，特别是6月份降水量820.6毫米，超过有资料以来（1994年6月644毫米）最大月份。6月12日、13日流域普降暴雨，日平均降水量分别为55.2和142.7毫米，水库水位急剧上涨，24小时内最大涨幅9.15米，为历史之最，3小时最大涨幅1.49米，最大洪峰流量4260秒立米。面对来势迅猛的水情，紧水人闻"汛"而动，快速响应，强本固基，严格执行防洪预案，压实工作责任，充分利用水库的防洪功能，进行拦洪蓄水，削减洪峰。

"桑美"是五十年一遇的登陆中国大陆的超强台风，中心气压特别低，风速特别大，降雨特别集中，发展迅速，移动快，台风能量集中。"桑美"正面袭击丽水市，短时强降水造成小流域山洪暴发、水位猛涨，小溪、龙泉溪水位大涨。小溪最高水位达228.77米，超危急水位0.57米。11日16时48分，瓯江洪峰流量达到3820秒立米。

洪峰叠至，汛情紧急。紧电人履行职责职能，强化担当作为，逆风而上，时刻关注台风路径，提前预警，积极应对，立即启动防洪抢险应急预案，上下齐心协力，鏖战洪水，以责任构筑起一道冲不垮的"防洪大坝"。经初步统计，1998年至2000年19场洪水中，由于紧水滩水库的调蓄，使丽水小水门站的实际峰高比天然峰高降低0.80~3.10米，为碧湖平原削峰1260~3310秒立米，为青田县城削峰987~2580秒立米。

2014年8月19日5时开始，到20日后半夜两点，瓯江上游和松阴溪上游降雨量特别集中。短短21个小时内，紧水滩流域平均降雨量达到了96毫米，松阴溪流域平均降雨量达到了116毫米，这场洪水达到了五十年一遇的标准，这种在8月中旬瓯江全流域普降暴雨的现象为历史罕见。19日23时紧水滩水库水位已达184.01米，达到汛限水位，20日凌晨5时，紧水滩水库入库洪峰流量达5140秒立米。

险情就是命令！险情就是战场！紧电人面对复杂的汛情，沉着应对，组织加密大坝安全监测与巡查，同时加密会商，反复修订调洪演算，确保预报成果的准确率，科学调度。在确保大坝安全的情况下，充分发挥水库调蓄能力，用"时间换空间"，主峰入库时全力拦洪削峰，最大限度为丽水主城区消减洪峰达3500秒立米，为下游防洪抢险争取时间、减少损失。将洪水从一个"瘦高个"调控成"矮胖子"，降低了丽水市洪峰水位约3米，为减少下游损失，协助险情处理，发挥了积极作用，受到省市两级政府的充分肯定。丽水市水利局总工程师徐荣华感慨地说："这次洪水来得格外凶猛，洪峰也为历史罕见，瓯江上游紧水滩、石塘和玉溪三级电站中，由于石塘和玉溪电站本身库容很小，基本没有调蓄能力，来多少洪水就要泄多少洪水，否则就危及大坝安全，具备调蓄能力的只有紧水滩电站。紧水滩电站在这次防御流域性大洪水中起到了关键性的作用，不仅有效拦蓄了1.8亿立方米洪水，而且最大限度发挥了调峰的作用，避免与松阴溪、宣平溪、好溪洪峰叠加，最大限度地减轻了对碧湖平原、市区以及青田造成的灾害。可以这么说，如果没有紧水滩水库的调蓄错峰，那么本次洪水对市区和下游造成的灾害将不可想象。"

时序轮替中，始终不变的是紧电人奋进的身姿，他们坚守一线、风雨兼程，用每个人的努力，筑起了坚实的防汛屏障，真正做到了"守土有责、守土担责、守土尽责"，做到干字当头，永葆闯的精神、创的劲头、拼的勇气，快字为先，雷厉风行、只争朝夕，实字为要，抓铁有痕、踏石留印。

五

雄关漫道真如铁，而今迈步从头越。站在新的起点，紧电人将不忘从历史中结晶智慧，在发展中积淀品质，在奋进中升华信念，让顽强拼搏、担当奉献的精神薪火相传。为营造风生水起的企业发展生态，紧电人把握好"转型升级、融合发展、动能提升、国际领先"的企业发展主线，以水为媒，与电相连，精研水文化，深挖水价值，做足水文章，以博大精深的水文化更好诠释坚守担当、拼搏创业、包容协作的紧电精神。

2020年7月8日，浙江省政协主席葛慧君深入紧水滩电厂生产现场，详细了解安全生产、防洪度汛、生态供水等情况，重点听取了电厂水冷式绿色数据中心和混合式抽水蓄能项目建设的汇报，充分肯定电厂防洪度汛工作，并对电厂激活水资源、深挖水价值、做足水文章的工作思路予以赞赏和支持。她强调，电厂要深入践行"两山"理念，发挥自身优势，培育发展新动能，为我省建设重要窗口做出应有的贡献。

2021年1月8日，紧水滩水冷式绿色数据中心项目破土动工。该项目依托紧水滩水电站建设，总投资约15亿元，规划建设机柜1万架，是国家电网公司目前在建的第二座超大型绿色数据中心，计划将于2024年年底全面完工。

紧水滩水库库容约13.93亿立方米，水质优越，是天然的冷却水水源。通过抽取水库深层常年保持约13摄氏度低温水，借助大坝两侧水位高度落差，将冷却水引至数据中心机房，用于冷却互联网信息设备。据测算，紧水滩水冷式绿色数据中心设备总能耗与信息设备能耗的比值（简称能效比）低于1.15，参照能效比为1.5的传统数据中心，在机柜设备满负荷运转条件下，每年可节约电量1.52亿度，减少碳排放量90782吨。此外，该项目以电站6台水轮发电机组作为应急后备电源，省去常规柴油发电机及相关设备设施资金投入，显著降低投资成本和运营成本，未来还将采用势能回收、余热回收等综合节能技术，对冷却后的尾水再利用，可进一步降低能耗水平。

项目建成后，将大大增强浙江电力内部自用信息和数据处理承接能力，满足电力信息大规模数字化储备需求，进一步保障电力大数据安全。同时，紧水滩水冷式绿色数据中心采用市场化运营模式，可作为电商、金融、物流及各类互联网增值服务的基础平台，为华东大片区域工业互联网、智能制造、智慧城市等新兴业态领域建设提供基础算力保证。

2021年是"十四五"开局之年，浙江电力盘活水电站基础设施和生态资源，率先建设水冷式绿色数据中心，赋能多元融合高弹性电网，为国网公司能源互联网企业建设提供有力支撑。紧水滩电厂将进一步发挥所在地良好的生态资源优势，为"数字浙江"建设注入新活力，为我国传统水电转型发展提供示范样本。

我们坚信，顽强的紧电人一定会不负时代的重托，在未来的征程中奏出一曲又一曲更加辉煌壮丽的交响曲。紧水滩水电厂——这颗浙南明珠一定会更加璀璨夺目。

南麂光明礼赞

◎ 谢作尾

2021年春天，我第三次来到美丽的南麂岛。这座位于浙江省南部海域，离平阳县鳌江口30海里的小岛，因从高处俯瞰，岛形似一只昂首向东飞奔的麂而得名。这里有大自然鬼斧神工的被誉为东海奇观的"天然壁画"；有世界罕见、国内唯一由海浪冲刷形成的贝壳沙海滩；有岛屿上罕见的绿草如茵的天然草坪……这里不仅是"碧海仙山"，也是"贝藻王国"。据悉，南麂岛的贝类有400余种，藻类有170余种，堪称我国近海贝藻类的重要基因库。

跟前两次一样，我到南麂岛必去三盘尾观看日出。当大海在晨光中慢慢苏醒，一轮红日喷薄而出，万道霞光似箭齐发的时候，人们欢呼"太阳出来咯""太阳出来咯"……这是人们对太阳的礼赞，也是对光明的礼赞！

南麂岛离台湾省基隆港大约140海里。自古以来，也是兵家必争之地。明万历十年（1582年），为加强海上防卫，始设南麂副总兵。清初郑成功曾驻军南麂西岙。顺治十八年（1661年），清廷历行海禁，将岛民驱逐一空。民国初年，平阳籍著名实业家王理孚创立南麂渔佃公司，招渔民上岛垦殖。抗日战争期间，南麂岛两次被日军占领。1949年浙江大陆解放后，国民党残部纷纷逃到沿海岛屿，并形成以大陈岛为核心，包括南麂岛在内的海上防御体系。蒋介石曾登上南麂岛察看，企图将南麂岛作为"反攻大陆"的基地之一。1955年1月，中国人民解放军启动了海陆空三军联合作战，取得了一江山岛战役的胜利，国民党在浙江沿海的防御体系随之瓦解。驻扎在南麂岛的国民党残部气急败坏，逼迫岛上2000多居民一同撤退到台湾省。1955年2月，中国人民解放军胜利登上南麂岛，至此浙江省全境解放。

南麂岛解放后，在中国共产党领导下，加强了对南麂岛自然生态保护和旅游资源开发。1990年，经国务院批准，南麂岛成为我国首批5个国家级海洋自然保护区之一。2001年3月，南麂岛被浙江省政府批准为省级风景区。66年来，南麂岛的电力事业也取得长足的发展。

记得我第一次到南麂岛是2007年夏天，因天气原因停航多日的轮船乘风破浪，一路颠簸，抵达南麂岛码头时，当时的南麂供电所所长杨光辉、职工杨克银已在等候我们。杨克银是土生土长的南麂人，自小跟随父亲出海打鱼。1988年，南麂乡政府克服重重困难，在岛上建设柴油发电厂，安装两台柴油发电机，并架设供电线路，开始集中供电。20岁的杨克银幸运地被南麂发电厂录用，成为岛上第一名电工，也是唯一的电工。1990年，南麂乡政府决定将发电厂承包出去，杨克银等5人承包了发电厂，并新增了一台120瓦的发电机，每天晚上发电6小时。1999年，平阳县供电局接管南麂岛供电任务，并成立了南麂供电所，对岛上的供用电进行统一管理，从此结束了南麂岛限时发电、限时供电的历史。杨克银也成为南麂供电所的一员。尔后，平阳县供电局对南麂岛配电网进行全面改造，岛上供用电秩序逐年好转。截至2011年底，岛上共有5台柴油发电机组，总装机容量1400千瓦，10千伏线路2条，总长12.36千米；配电变压器17台，总容量980千伏安；在旅游旺季，尤其是在夏季的7月和8月，岛上用电负荷攀升，供用电矛盾仍相当突出。我们住的宾馆虽然安装了空调，但只是摆设。

第二次到南麂岛是2014年10月，南麂岛离网型微电网示范工程刚刚竣工投运。由国网浙江省电力有限公司承担的"含分布式电源的微电网关键技术"课题于2012年1月获国家科技部批复立项，入选"863计划"。课题包括建设南麂岛离网型微电网示范工程、鹿西岛并网型微电网示范工程。其中，南麂岛微网工程建设规模为风力发电系统1000千瓦、光伏发电系统660峰千瓦、柴油发电系统1600千瓦及储能系统，同时结合了电动汽车充换电站、智能电表、用户可中断负荷交互等先进的智能电网技术，工程总投资1.5亿元。2012年5月，南麂岛微网工程开始建设。南麂供电所所长刘光涨全程参与了工程前期、可研、施工到设备调试的所有工作。平阳供电局青年员工林启待是位"90后"，毕业于华北电力大学，爱钻研新技术，主动请缨参与南麂微网工程建设。虽然岛上条件艰苦，但他无怨无悔。上岛的第一年，他在岛上工作时间超过250天。孙景钉是温州供电公司电力调控中心的一名技术骨干，2010年天津大学电气工程及其自动化专业博士毕业生，也是温州电力系统的第一个博士生。他全程参与了南麂岛微电网的建设及调试。当时，他的儿子刚刚出生，妻子跟他说，能不能跟领导提提换一个人上岛，被他断然拒绝了。他先后10余次从温州市区舟车劳顿地前往南麂岛，在岛上累计超过了100天。

经过广大建设者的不懈努力，南麂岛离网型微电网示范工程于2014年国庆节前夕竣工投运。这项工程不仅有重要的科研价值和示范意义，对提高南麂岛供电能力和供电可靠性也起到了重要作用。2015年，南麂供电量258万千瓦时，比上年同比增长16.74%。

第三次到南麂岛时，林启待已担任了南麂供电所所长。35千伏南麂岛与陆地联网工程竣工投运也有一年多了，但提起这项工程，他仍格外兴奋。

随着岛上渔业和旅游业的快速发展，南麂岛用电负荷持续增长，南麂岛微电网捉襟见肘，越来越不能满足用电增长的需要。2018年9月，时任浙江省委书记车俊到南麂岛调研，对岛上的用电问题给予高度关注，批示要求国网浙江省电力有限公司给予支持，切实保障南麂岛用电。国网浙江省电力有限公司迅速贯彻落实，启动建设南麂岛与大陆联网工程。该工程总投资近2亿元，包括新建一座35千伏全户内变电站，主变容量4万千伏安，新建输电线路47.7千米（包括架空线路、陆缆线路和海缆线路）

2019年3月27日，35千伏南麂变电所率先开工。温州供电公司党委书记张仁敏、平阳县县长黄慧等领导出席开工仪式。浙江省电力有限公司总经理助理李继红宣布工程开工。现场还举行了红船共产党员服务队授旗仪式，简朴而隆重。温州电力建设有限公司派出精兵强将承担变电所的施工任务。项目负责人韩宇是长春人，大学毕业后来到温州工作已将近10年。年迈的父母在东北老家，6岁的女儿虽在温州却难见一面。踏上南麂岛后无论双休日，还是大小长假，他都不曾离岛。他始终践行着自己的誓言："联网未通，我不离岛。""早上6点准时起床，晚上10点必须休息"，韩宇和他的工友严格落实"8小时睡眠制"，就是为了保证每天剩下的16小时里能"吃得消，扛得住"。

4月9日，国家海洋局东海分局在平阳组织召开南麂岛大陆联网工程海底电缆路由勘察报告评审会，审查通过了《南麂岛联网工程35千伏海缆路由勘查报告》，前期涉海审批迈出关键性一步。

南麂海缆全长43.9千米，横跨平阳西湾和南麂岛两地，是目前国内最长的 35 千伏无接头三芯海缆。众所周知，无接头的电缆跟有接头的电缆比，其可靠性、传导性更强。生产这么长的海缆，需要连续不间断地生产，为此，生产厂家专门建造了 20 层楼高的生产车间。我国自主知识产权、国内首制的海底电缆施工船"启帆 9 号"担负本次电缆敷设重任。施工船全长为 110 米，额定荷载 5000 吨，敷设路径误差可以精准控制在 5 米以内，均属于国内领先水平。由于南麂岛是大黄鱼生态养殖区，为保护当地渔民的经济效益，工程团队避开养殖区，原本就紧凑的施工时间变得更加紧张。为此，30 多名施工人员在海上轮班作业，24 小时不停工，在经历 12 个日夜艰难施工后，海缆穿越东海，穿过海边堤坝，于 11 月 13 日，在大陆侧正式登陆，与西湾侧 35 千伏陆缆相连。至此，南麂岛与大陆联网工程全线贯通。中央电视台全程直播了海缆登陆的过程，展示了"大国重器"。

2019 年 11 月 30 日是载入南麂岛历史的日子，也是南麂岛人民盼望已久的日子。经过建设者 8 个月的艰苦奋战，南麂岛与大陆联网的 35 千伏输变电工程整体投运，比计划工期提前了一个月。从此，南麂岛并入大电网，岛上的供电能力足足提升了 20 倍。2020 年，南麂岛供电量首次突破 500 万千瓦时，达到 508 万千瓦时。

"幸福，从一条海底电缆开始"，这是平阳当地媒体报道南麂岛与大陆联网工程的标题。南麂岛解放 66 年来，从无电到有电，从单台柴油机发电到微电网工程，从微电网工程到联网供电，实现了三次跨越。每一次跨越都体现了党和政府对民生问题的高度重视，体现了党执政为民的理念和人民情怀，其中也凝聚着无数电力职工的智慧和汗水。

南麂岛缺电的历史已经远去，这颗镶嵌在我国东海之上的"明珠"必定更加璀璨。

电之缘

◎张利庭

中学毕业那一年的夏天，面对老师发下来的那一份入学志愿书，我有些无所适从，最终填写了电力系统专业。实际上，这成了我的职业选择。屈指算来，我已经在电力行业工作了30多年，回顾当年的情形，我首先想起的是麻子五爷。

水电和干电

麻子五爷是我爷爷的远房堂弟。我们家族没有族谱，爷爷也不知道哪一辈上跟五爷他们是一家，只说他俩确定无疑是同宗同辈。与老实木讷的爷爷不同，五爷见多识广，能说会道，听说刚解放那会儿，作为货真价实的贫苦农民被吸收进了农村基层管理队伍，一路升迁，几年后竟然当上了乡长。据说最终因为脾气暴躁，拍桌子骂娘得罪了领导，硬生生被免了职，回家干他种田的老本行了。关于罢官一事，五爷自有一番慷慨的说辞，充分占据道德制高点，尽显英雄本色。在我童年的印象里，爷爷总有干不完的活儿，五爷总有说不完的话。如果哪天没见到五爷来我家串门找爷爷聊天，那他一定是出门去了。我好几次听到他笑话我爷爷，说"舍不得吃，舍不得穿，买介许多田地做啥？还差一点被划成了富农，犯不着哦！"五爷说的是事实。我们家成分是上中农，离富农一步之遥。说起这家庭成分，现在没这种花头经了，当年别说我爷爷压力山大，就是我，心情也不爽。上学那些年，一到填表格写家庭成分一项，想到自己并非贫下中农队伍的一员，就不免有点自卑。然而，爷爷私下里很不屑地说"怎么能像他那样好吃懒做？牛皮大佬一个！"

五爷上知天文，比如，他说古代的大官都是星宿下凡，他虽然不知道究竟哪一颗星对应哪一个人，但他很肯定地对我说,官越大星越亮。五爷下知地理，他不但见识过大海，还知道海的那边有什么。五爷更知道历史，无论是唐僧取经、梁山聚义、三国混战，还是三侠五义，他都说得煞有介事,让我不得不信以为真。五爷还懂科学，有一次他一本正经地告诉我:电有两种，一种叫水电，一种叫干电。他指着我家的电灯泡说:电灯泡用的是水电，它是从电线里来的；干电呢就是手电筒里的电，它是一节一节的。我恍然大悟，这都是电，有两种，还真不一样。这个干电的概念我能理解，家里的手电筒不知道被我拆了多少回了，有一次拧电珠时不小心，用劲大了一点，咔嚓一声，电珠的玻璃球与金属部分就分开了，再也没能合上去。原来，那两节硬邦邦、沉甸甸的东西就叫干电。至于水电，我马上联想到了村外的机埠和抽水机，敢情水电的名称和抽水有关？五爷知道我还不理解水电的概念，他继续解释，水电都是新安江送来的，新安江有个大坝，水从坝里向坝外流，电就从线上送出来，我们用的水电都是从新安江来的。他看着我目不转睛、认真听讲的样子，大约以为孺子可教，为了更形象地说明问题，从口袋里掏出半包新安江牌香烟，指着上面的彩色图画耐心地跟我解释。我尽管还是没有弄懂，但五爷坚定的语气、认真的态度早已让我折服。从此，麻子五爷版的"水电""干电"的概念留在了我心里，至今没有忘记。

电触鱼

麻子五爷的儿子，小名叫阿鹏，是老来子，长我5岁。阿鹏从小过着令人羡慕的日子，不但是五奶奶的心头肉，还有四个姐姐宠着他，像割草养羊、切南瓜喂猪这些农村孩子都逃不过的活儿他基本不用干，他有的是玩的时间。阿鹏是村里少数几个让我真心佩服的人，他最大的特长是能抓到各种各样的活物，无论鸟兽虫鱼，只要见得到的，他都能逮回来。有一回我跟着他在地里追一条扁担蛇，阿鹏说这个蛇没有毒不用怕。蛇找到自己的洞穴并往里钻，但大半截身子还在洞外，阿鹏毫不犹豫地抓住了长蛇的尾巴拼命往外拉。我人小胆子更小，不敢碰蛇尾巴，只顾慌张地拉着阿鹏的衣服一起用力。结果，可怜的蛇虽然逃过了一劫却损失了一截尾巴，不知道往后它还能不能再长出来。

如果说阿鹏还有什么烦心事，那就是五爷的管教。五爷与家里的女人们不一样，好像有些不待见自己的儿子。我几乎没见过五爷对阿鹏有好脸色，常常是骂，有时候还动手打。有一次，爷爷跟我说"阿鹏就像小时候的麻子五爷"。我当时听了茫然不解，却一直记得这句话。有一天，阿鹏扛着几根竹竿拎着渔网出门，渔网里面还装着一些东西，其中有一小捆绿色的电线。我问他要去做什么，他神秘地笑笑没说话，我不明就里，只顾兴冲冲地跟着他去了。到了村西头的菱水浜，阿鹏让我远远站在河堤上看，不让我靠近，他一个人下了河滩。此处离村子较远，水清草绿，常有人扛着鱼叉在此转悠，往往能收获一两尾鲫鱼或鲤鱼。我看到阿鹏把竹竿搁在河边的小树杈上，拆开电线往竹竿头上绑。不一会儿，阿鹏举起了一根拖着绿皮电线的竹竿慢慢地把它挂到了空中的"赤膊电线"上。我吓了一大跳，那可是闯祸的事！家长们都再三告诫孩子，这些"赤膊电线"是绝对碰不得的，那上面有电，是要人命的。我按捺不住狂跳的心，看着阿鹏的每一个动作，他倒是不慌不忙，又去拿另外的竹竿……这时，听到有人在喊："阿鹏你在做啥？当心拆烂糊啊！"我回头一看，是村里的陈阿大正往村子方向走去，大约是刚从外面回来，他侧着脑袋一直看着我们这一边，但最终没有走过来。阿鹏没作声，我心里有点慌，当我重新转过身来时，看到挂在高处的电线已经不在了，阿鹏正在收拾东西。我猜到阿鹏弄的是"电触鱼"，这事儿我听人说过却没亲眼见过，对阿鹏的冒险行为我一边怀着极大的好奇心，一边又有点莫名的紧张。我向阿鹏走近了几步，轻声问道："不弄了啊？"我不知道自己是松了口气呢还是有点遗憾，阿鹏头也不抬，轻声说："嗯，回去了。"回来的路上阿鹏闷闷不乐，我见他脸色凝重也没敢多问。可没想到一场风波即将到来。

我刚到家没多会儿，从阿鹏家里传出来五爷暴怒的吼声："这个小赤佬！总有一天小命要送掉！"我悄悄走近他们家，只见五爷抄着扁担气势汹汹地要揍阿鹏，五奶奶死命抓着扁担的另一头，阿鹏如木头一样站着不动，像是吓傻了。原来，陈阿大很快告知了五爷他所看到的情形，正好五奶奶也一起在劳动现场，夫妻俩急如星火地赶到电鱼的地点，没找到人，又急急赶回家来，正好看到儿子爬在梯子上想往一个隐蔽的角落里藏匿电线。这下可好了，人赃俱获。夫妻俩一起教训儿子，却又意见不一，最终演变为夫妻吵架。我紧张地看着，没一点看热闹的心情，一方面为阿鹏担惊受怕，另一方面，我作为一名参与者，心里也惴惴不安。还好，五爷和五奶奶看到我倒没问我什么话，也没有为难我。阿鹏为他的冒险事业付出了代价，当天晚上，五爷正式给阿鹏立了规矩，除了规定好几条禁令之外，还明确了他必须要做的家务活，放假时要参加生产队劳动等。五奶奶帮儿子说话欲减轻一点惩罚，却没有成功。按照平时的情形，五奶奶在家里还是很有说话权的。五奶奶不但能说会道，而且家里家外都是她在操心操劳。五爷的日子过得轻松是因为有一个能干的老婆。不过，这一回五爷摆足了一家之长的架势，毫无退让之意。阿鹏的舒服日子算是过完了。麻子五爷在原则问题上一向是说一不二的，而且脾气厉害，那种雷霆之威真要暴发起来没有人不怕。

隔天，爷爷正在家里打草鞋，我在旁边帮他整理稻草。随着一声熟悉的清嗓子的咳嗽声，麻子五爷背着双手来到了我家，一开口就对着我说起了阿鹏电触鱼那件事。这事儿家里人早就盘问过我了，大概由于我毕竟涉事不深，被教训了一番就算是过关了。听到五爷提起，我还是有些慌张，因为心里总觉得自己是做坏事的参与者，脱不了干系。五爷并没有责备我的意思，他还说那天正好小机埠是停电的，否则就出大事了。五爷随后给我讲起了故事，尽是些远近村子里触电死人的事情。说到一个被电弧烧伤手脚但侥幸没死的人时，他还模仿人家歪歪扭扭走路的样子，逗得爷爷笑了起来。我却笑不出来，听得心里毛毛的。五爷的一串故事中有一位女主人公是我们家亲戚，她家的电灯线接得简陋，为了省钱只用一根线接上电灯，另一头接一根铁棍插在地上，那时候的低压系统中性点是直接接地的，这种接法在农村并不少见。可有一次她糊里糊涂地拔起了铁棍，结果死在了自家的电灯底下。听五爷讲这些可怕的故事是我一生中第一次接受电力安全教育，永生难忘。

阿鹏电触鱼这件事情发生在1972年。根据电力志记载，那一年嘉兴农村地区发生触电人身死亡的70人，第二年更高达79人，以后虽逐年减少，但直到1988年，统计数据一直维持着两位数。嘉兴农村电力应用起步于20世纪50年代末，从逐步普及到改革开放后的迅速发展，有力地促进了社会经济发展，但在早期，村民也曾因为缺乏用电安全意识和相关知识而付出沉痛的代价。

小机埠

得益于电力灌溉的逐步普及，从无到有，嘉兴农村地区逐渐用上了电。电力排灌站，也叫机埠，主要设备是一台一二十个千瓦左右的抽水机，同时机埠也成了农村的电源点，为农村民用电的普及创造了条件。菱水浜边的"赤膊电线"是架在木杆子上的一回380伏低压三相裸铝线，从我们村南边的机埠送到隔壁的自然村。

我们公社于1962年成立农业机械电力排灌管理站（简称"机电站"），负责全公社电力排灌站的建设维护管理工作。我们生产队1.5千米外的迎龙漾就在那一年建成了生产大队的第一个机埠。不久，我们村子南面也有了机埠，因为规模没有生产大队的那个大，所以村民都叫它"小机埠"。小机埠建在龙潭河北岸，这龙潭河你别看名字响亮，其实只是一条弯弯曲曲的小河而已，河两岸的旱地里有许多坟墓，杂草丛生、松柏荫荫，成群的喜鹊整天在树枝间吵个不停。灌溉站建在此处只是因为位置原因，这里地处四个自然村的地理中心点，而且地势较高，三条灌溉渠可以通达附近四个村子的大部分水田。小机埠建设之初，电源是从生产大队拉过来的一回380伏低压线路，之后又建设了一条1万伏电压等级的高压线路。

小机埠的出现，尤其是高压线路的建成，使附近村庄具备了用上电的基本条件。各个生产队自筹资金、自力更生建设低压线路，相继把电接到了村里，首先在公用养蚕室、仓库等装上了电灯，又逐步购置了打稻机、脱粒机、排风扇、小型抽水机等用电设备。这些设备的使用大大节省了人力，提高了效率。而搬运方便、可灵活就地安装的小型抽水机更是农民抗旱排涝保丰收的有力依靠。老式木制水车曾经是江南水乡不可或缺的重要生产设备，随着电力排灌的普及退出了历史舞台。我小时候家里墙上架着一大一小两台水车，是爷爷年轻置办的大家当。发水灾时，这两个庞然大物被扛出去放在水田边，爷爷他们赤脚光背"吭哧吭哧"踩水车，看起来特别累。这两部水车后来再也不用了，最终被爷爷在清理屋子的时候拆解掉了。随着电力应用的推广，集镇上有了碾米厂，还有粮食、饲料加工等设施，农民家里的石磨、石臼等祖传家什也逐渐退出了日常生活。

生产队有了电，农民家里也开始装电灯了。不过，那时候，农民家里想用上电的话，从设备材料购买到安装都得自己想办法搞定。电费呢，只要如数交给机埠管理人员就可以了。在我出生之前家里已经装上了电灯，但村子里不少人家是在20世纪70年代陆陆续续装起来的。那时，家里虽然有了电灯，但煤油灯和蜡烛仍然是不可或缺的东西，因为停电是常事。改革开放之前，农民家里一般连个电风扇都没有，更谈不上别的什么家用电器，电灯也似乎可有可无。我小时候就习惯于在油灯下做作业。晚上就算有电，但电灯功率小而且挂得高，看书写字还不如油灯。当然，电灯还是给村民的生活带来很大的方便和舒适感，尤其是逢年过节或办个喜事什么的，屋里有电灯晚上就敞亮多了。

小时候常听奶奶唠叨："电灯多了，夜里贼骨头少了。"我总是要反驳她："你别老是想着解放以前的事，电灯和贼多贼少没有关系，那是新旧社会的不同。"奶奶不听。其实想想，奶奶说的也对，光明驱散黑暗，社会文明不断进步嘛。

麻子五爷说，龙潭河本来是个阴气很重的地方，没人在那里安家，是"水电"带来了阳气，从此改变了这里的风水。这话似乎不假，几十年来，村子里不断有人建新房，还真是越来越靠近小机埠了，尤其是所有的老坟被迁移集中安葬，机埠旁边的水泥路（刚够一辆小汽车通过）铺成之后，更多的人家搬迁到了小机埠附近。按乡俗，每一户建新房的农户都会事先找先生看过风水，要是先生说风水不好那是不会有人愿意去的。呵呵！不知道真是风水轮流转呢，还是乡亲们图方便？

小机埠给我留下了一份快乐的记忆。这是一所特殊的小房子，正面朝南靠西有一个门和一个窗，不抽水的时候总是关得严严实实。从门口沿着河边的路往东走是一座小小的水泥桥，桥下是人工挖建的深沟，引水龙潭河，并从这里的屋子底下经过。往桥下看可见伸到水里的粗大的钢铁水管。房屋的北墙靠在高高的水渠上，水泵出水口差不多就在北屋檐下。水渠旁边的水泥杆上安装着一个小变压器和一些设备，几根不同颜色的粗电线整齐地从北墙西侧的墙洞穿过，进入屋内。小机埠不抽水的时候没人，这地方离村子远，只要没家长看见，小孩子们就可以尽情玩乐，还有一种冒险的刺激感，我们踩着水泵轻易地就爬上了屋顶，每人扛着一截捡来的桑树，在屋顶上一架就可以消灭想象中的鬼子了，年纪小或胆子不够大的伙伴上不了屋顶，就在地面当观众呐喊助威。有时候，我们还会分两组分别从左右两侧同时冲上水渠爬向屋顶，模拟革命战争中的抢夺制高点，以先到达屋脊者为胜。有时候在屋顶上为论输赢争执不下，假戏真做，干脆就真的动起手来，那就得有人哭鼻子了。

不过，我最感兴趣还是小机埠屋子里面的秘密，这却是不容易看到的，负责管理机埠的驼子阿四总是一脸严肃地守护着他的那一方小天地，轻易不让我们靠近。他把小屋子常常漏雨的原因归咎于我们在屋顶上的胡闹，为此还当面教训过我们，因此，小伙伴们都有点怕他。屋子里没人时我们经常会趴在朝南的那扇玻璃窗边向里张望，并七嘴八舌地讨论着，凭着眼见为实加道听途说努力地想拼凑出一套关于小机埠的解释，个个自以为是，乐此不疲。如今，曾经的争论我早已经记不得了，但当年的那种兴奋情形却没有忘记。

麻子五爷和驼子阿四是好朋友，他们经常在小屋里会面。有一次，麻子五爷一边从我家的长凳上站起来，一边跟我爷爷说着"今天小机埠放水，到驼子那儿去看看"。我说想要跟他一起去，五爷爽快地答应了，爷爷也没反对。终于走进了那个小屋子，水泵没有开，驼子阿四正拿着工具在捣鼓什么。原来，屋子里也没啥神奇的，马达很大，水泵更大，水管很粗，挂在墙上的铁箱子不知道有什么用，立在地上的铁柜子里有大小不一的灯亮着，还有一些比我家里的钟更精巧的圆的或方的东西，感觉很是高级。我最大的收获是终于亲眼看见了启动水泵的过程：只见驼子阿四抓住一个装在铁箱子上的手柄，先是往前推，随着越来越大的嗡嗡声响起，马达开始转动起来，而且越转越快；接着驼子阿四又用力将把手反过来往后拉到底，马达转得更快了，声音逐渐变成了有节奏而沉稳有力的突突声；大马达飞快地旋转着，深沟里先有水声，稍后才听到屋外水泵哗哗出水的声音。驼子阿四示意我不要靠近机器，麻子五爷坐在靠近门口的一张凳子上，我站在五爷旁边看着驼子阿四忙碌，心里因为好奇而有一点点紧张，其实所有的事情都跟我没一点关系。

不一会儿，驼子阿四在五爷旁边的另一个凳子上坐下来，我继续以一个乖孩子的样子沉默着站在五爷身旁。我发现面前的这两个人有很多差别。除了麻脸与驼背这两项最明显的不同之外，五爷的两个嘴角是往上翘的，阿四则一直是耷拉着的；五爷声音洪亮，滔滔不绝，阿四声音轻微，惜字如金；五爷手指里夹着纸烟，时常仰起脸来笑声朗朗，阿四最开朗的时候也就是低着头轻轻一笑，似乎永远关注着他手里那个旱烟管的烟头。他们的聊天内容我早已经淡忘，唯一有印象的是他们说了不少有关阿鹏的话。原来，阿鹏来过小机埠，而且不止一次。驼子阿四很赞赏阿鹏，说他将来有出息。在此之前，这个驼子阿四在我心里差不多就是一个凶神恶煞，永远是绷着他那一张黑乎乎的脸，对我们这些渴望一探他小屋子秘密的顽皮儿童从来不会流露丝毫的欢迎之意。而这一次的近距离接触，我虽然没有跟他搭话，但我感觉到他和五爷或我爷爷其实并没有什么特别的不同。

阿 鹏

自从参加生产队劳动之后，阿鹏渐渐地变成一个像模像样的社员了。我也不大有机会再跟着他去干那些捞鱼摸虾、挖蟹捕雀之类的快意事了，自然就找别的伙伴玩，日子没啥区别。而那一次阿鹏在电耕犁作业现场的表现却让我刮目相看，从此，我对他不仅是佩服，简直是崇拜了。

那一年夏天"双抢"的时候，生产队组织在小机埠西面的田畈里用电耕犁耕田。几个村里的壮汉把两台几百斤重的牵引机在水田的东西两头放好，东侧牵引机旁边还有个配电箱，电缆直接从小机埠接过来。从两台牵引机上拉出钢丝绳扣在那个将要在田野里飞奔的庞大的铁犁上。我和小伙伴们被告诫不能过于靠近操作现场，我们站在水田东横头的高岗上，居高临下地认真观赏，尽管啥也不懂却不肯漏掉任何一个细节。一切顺利，在牵引机马达的轰鸣声中那个铁犁成了个活物，不停地在水田里来回滚动，湿漉漉的泥土在铁犁四周飞溅。突然，马达没声音了，铁犁也不动了。有一个生产大队派来的机耕手开始到处检查，后来就一直在配电箱上摸索，最后说是什么东西坏了得去公社里买，来回要半天，看来只好停工了。

那一天，阿鹏一直忙来忙去，非常积极地在现场做配合工作，拉电缆、接电线及故障后的处理等，他始终跟在机耕员的身边，还时不时地跟机耕员说着什么，正经是个成年人了，虽然他那时候才是个上初中的学生。阿鹏天生是个爱动手的人，按五爷明显带着贬义的说法叫"手痒"。手痒的阿鹏这时候自告奋勇说让他来弄弄看。大约是怀着死马当作活马医的心态，机耕员同意了。阿鹏开始拆配电箱里的东西，机耕员在旁边坐下来抽烟，歇了一会儿又站起来跟阿鹏说话。阿鹏他俩在配电箱上摸索的时候，现场其他人都趁空歇脚，抽烟、聊天，只有我们几个小孩子一边热切地关注着阿鹏他们的工作，一边不懂装懂地讨论着。大约停工了个把小时后，机耕员发话了，让人到小机埠那一头去推闸刀送电。不一会儿，电耕犁又活了。机耕员对阿鹏赞许有加。现场其他的成年人似乎也不以为意，继续干他们各自该干的活，我们几个小孩子却不禁叫起好来。阿鹏望着我们，一脸的得意。

高中毕业后的阿鹏成了真正的社员。不久，他接替驼子阿四管起了小机埠。麻子五爷还常来我家串门却不再去小机埠逛了。我倒成了小机埠的常客。当然，我再也不会爬上屋顶玩打鬼子一类的游戏，只在屋里跟阿鹏聊天。小机埠经过更新改造也不是当年的老旧设备了，阿鹏会如数家珍地给我介绍。我想，我中学的物理成绩略比别的功课好一点大约也有阿鹏的功劳。阿鹏很快被公社调走，参加了一个什么工作小组，我便很少见到他了。乡镇企业兴起的时候，阿鹏从技术人员干到了厂长，后来又去了县城工作，最终成了国家工作人员。

世易时移，工业文明和商品经济以令人眼花缭乱的速度改变了家乡的一切。在迅速推进的农村城镇化进程中，我们那个小村子也即将消失。我在文字中留下这些童年记忆的片断，只是因为一份怀念。传统农村的嬗变折射出时代的巨大进步，电力，无疑是促进这一场大变革的一种特殊而强大的物质力量。电力曾经给那个物质匮乏、闭塞保守的年代带来现代文明的曙光，这束电力之光可以惊艳大地，也能唤醒人心。

飞行记

◎ 蓝莉娅

铁塔在日头下闪闪发光。

似乎要吸收日光下的所有能量，在黑夜反哺大地。裹挟着闪银色的空气，与巨大的空中空间，一架无人机轻轻飞跃了铁塔。

世界上的第一架无人机诞生于100多年前的1917年。那一年，皮特·库柏和埃尔默·A·斯佩里发明了第一台自动陀螺稳定器，这个发明可以使飞机保持平衡向前飞。无人机在民用领域的使用，则要进入二十世纪八九十年代，21世纪后方才蓬勃发展起来。

100余年后，飞行记在"江南最后的秘境"有了新故事。2023年3月8日，国家电网浙江省电力有限公司丽水供电公司成功入选2022年国家电网公司10家配网无人机自主巡检示范单位，并位列榜首。这个消息的背后，是浙西南山区无数电力巡线工，通过从昨日世界通往未来的银线，串联起过去与当下。无人机在瓯江的山水空间飞跃，两者产生了一种神秘链接，我想构建起这种内里性生发能量的，是这片平静的山水。

万物生长

几乎所有的故事都是厚积薄发的。

掀开瓯江这片山水，无人机自主巡检的故事要从2012年前说起。2012年，国家电网丽水供电公司作为浙江省电力有限公司首批开展终端电缆线路DTU建设试点，4年后局部试点推广架空线路智能开关建设，2018年终端建设规模全面迅速铺开，配电自动化有效覆盖率、标准覆盖率分别提升至86.5%、30.2%。无人机巡检的大规模崛起，则是在2019年以后。那一年，丽水供电公司以典型山区配网特色入选国网公司无人机自主巡检县域试点。正是这次契机鼓舞了许多人。

在山高林密的浙西南山区，在丘陵、盆地和难以通行的高山之间，偶然会发现一些有几十户高山居民的小村落。20世纪90年代在全国推行村村通电、户户通电政策时，浙江省未通电的村落和住户主要集中于丽水和温州。这里地形地貌复杂，山高路远，规划难、施工难、运送也难。若将整个浙江省做一个西南至东北方向的纵切面观察，物理地貌层面的风景，体现为一幅从棕绿险峻至淡绿平缓的画面，一头是高山密林的深棕与浓绿色调，另一头则是平原与海域的浅棕与清淡。这是一个很有趣的地理层面的观察。所以，在一份关于丽水配电网架空线路分析报告中发现，占比近80%的长度存在线路供电半径长、分布面积广、接线结构复杂的状况，继而导致山区人工巡线成本高、设备缺陷发现难等问题。

某种程度上的先天不足，反而使之具备了成为全国率先实现适航区配电线路无人机自主巡检全覆盖的一股内生动力。正如另一自然场景内所表现的，山区的线路通道，一旦未经及时清理，便又长满了横七竖八的杂草，铁塔、线路和草木三者之间产生一种强劲的对抗与张力。这副情状，类似于西西弗斯循环往复推石头上山的境况，是发自地底深处源源不断地努力保持生长的姿态。

应当从传奇的角度来重新领略2019年。用一段很长时间过后的目光回过头来看这一传奇，则是一种面对改变即将发生时，所有思虑渐渐汇集、凝聚的气象。关于提升山区线路运维效能的议题，早已摆在许多人的案头。当年有一个预测，预计未来5年仅主网输电线路将增加60%左右，面对日益扩张的"总盘子"，这个数据的对立面，则是线路运维人员逐渐减少的局面。提升线路运维效能，根本上说，就是如何解决日益繁重的生产任务与日益缩减的人力资源之间不匹配的矛盾，要抓住其中的关窍，在于突破创新，提质增效。"首创"精神如何才是"首创"？在数字化牵引新型电力系统建设的路上，探索打造山区电网智能运检体系建设，成为推动战略落地的必然趋势，即"破局"之路。用流行话来说，是顶层设计与理念先行。当然，系统谋划与集体行动也从根源上决定了这项事业能够成功。

这是一份颇具英雄气质的雄心壮志与集体共谋。我似乎听见了一个铿锵有力的声音——从规划建设、运维管理、应用提升三个维度发力，构建"一室三化"无人机应用管控体系。这个过程像极了盖房子的原理。具体地说，这个管理体系首先设立完善管理体系、理顺业务流程、强化要素配置、严格质量管控、加快技术创新、助力基层减负六要素为目标。我的理解：目标可视为屋顶，那是我们企图达到的高层次。他们告诉我，接下来要从硬件设备、人员配置、机制设计三个方面入手。我则将之视为正大门的三个大落地窗。这个管控体系包含了实现市县两级载体，在市级无人机专班指导下，县公司组建管控室，实行无人机管控室常驻、设备主人轮岗的运作机制。这是房子的主心骨横梁。与此同时，这个管理体系设立了监管实体化、制度标准化、专业一体化、巡检自主化、应用智能化、业务工单化六项指标。这是墙体，耸立于各个房间之间。职责界定明确了"运检归口—供指协管—管控室把关—站所执行"。这是房门。流程机制则细化"站所提报—管控室复核—运检确认"缺陷审查、"运检编排—管控室督查—站所落实—供指通报"消缺闭环，依托供服系统实现业务工单化流转。这就像是房间流通的空气。

将高度概括化的文字、精炼规范的标准，一一整合，就是一个由内而外、由外而内的过程，正是造房子所需的建筑基本原理。科学与技术相结合，才真正有用。又一个瓯江沿岸的房子落成。

可以说，这房子，在理想与现实之间承载了一个十分完备的管理体系，形成了一纸可复制、可推广的工作经验。

破局之路

山腰的半途闪闪发光。电力巡线工在山里巡线。他们身着早已褪色的蓝色棉布工作服，背对一座巨大的铁塔，手持着一个遥控器，轻松操作，无人机便像只轻灵的鸟，一飞冲天。20世纪，茨威格曾将"电"的出现称为一个"巨人"，他不认为火车、轮船出现的这一表面上的奇迹是不可理解的，却认为"电的最初若干成就是完全出乎人们意料之外的"，正是因为电，"时间和空间的关系发生了自创世以来最具决定性的变化"。而今天无人机应用的迅猛发展，则无限扩大了电力日常巡检的地理空间与视觉范围。如果说盖房子是一种基础原理，那么实现无人机应用的实操过程，是意志战胜物质的又一典型场景。

一个全新的课题摆在所有人面前。推动运检工作模式实现根本转变，没现成经验可照学照搬，只能摸着石头过河。前路漫漫且需要雄心壮志，因为推进体系建设的过程，既要思考研究契合山区建设模式，又要对应调整运维组织构架，变更管理要求，划分职责界面，既要保障力量做好常规重大巡检任务，又要扭转人的观念。新课题带来的阻滞感，从理念、机制、人员以及外部环境几大要素层层加码，所有的起承转合，唯一要诀是迎难而上。

可视化、效率提升、数字运维，是王骏永对于无人机自主巡检应用最直观、最深刻的三个感官体验，也是这支团队推动科学与技术结合在丽水山区落地的初衷。特别是在大力推进班组建设3年提升的关键风口上，如何通过科技力量解放生产力，提升效率效益，成为所有人的共识，无人机以这样一种工具载体的形式存在，"有用"一词隐隐成为许多人的追求和目标。

要实现这项看得见的"小目标"，"飞手"至关重要。经过一轮轮选拔与培训，一支无人机专家库迅速组建起来了，截至2022年底，全市系统无人机持证人数达462人，取证率达到6.7人/供电所，构建成了市、县、所三级协同管理机制。在设备方面，用于线路建模的中型无人机有20架，用于自主巡检的小型无人机165架，配网架空线路无人机配置率达到每百千米1.4架。中肯地说，这个飞手队伍规模和无人机设备配置率，也诠释了所有人的决心和行动力。

当年电报机通过三番五次进行海底电缆铺设终于成功后，飞越大洋的第一句话，让年轻的美洲与古老的欧洲在太平洋两端联姻。时至今日，无人机巡检"首飞"，恰具有如此举足轻重的历史性地位。电报机使太平洋东西两岸包容进一种美妙的联系之中，人类共同意识第一次在彼岸两端同时知晓，一个世纪后，无人机在丽水地区进行首飞，沿着山川河流、高山密林、灯火人家，将山区电网镌刻进一个美妙的立体式联系网之中。这次跨越山河的行动，确保了21世纪的人类共同意识，在天南海北的微信两端，得以持续不断地保持联系。

无人机自主巡检的过程，包括建模、规划和复飞三个步骤。大家习惯把激光建模和航线规划这一过程合并称为首飞。航线规划是在建模基础上开展的，相对技术含量更高，也决定了复飞质量。其中，无人机线路激光建模、航线规划和首次数据采集的过程，委实是最难，也是最关键的。具体地说，激光建模就是运用无人机开展激光雷达扫描线路杆塔及通道走廊，利用所获激光点云数据，建立配电通道三维模型，实现无人机自主巡检路径规划及三维可视化管理，从技术层面验证运检如何实现智能。通常一基杆塔需要采集杆塔基础、绝缘子、防震锤、导地线挂点等30至50个坐标点，将照片传至"架空输电线路全景智慧管控应用群"后，通过缺陷自主识别模块智能分析，结合人工对各种参数进行分析建模。这个建模过程，为缺陷处理提供数据和技术支持，最终实现缺陷自主识别。

这个过程十分不易，相当烦琐且十分耗时，因为在丽水，110千伏及以上杆塔有8700多基，且95%以上分布在山区。这个更加直观的分析决策平台形成的过程，有利于无人机自主精细作业航线规划，而且根据得到线路通道内的导线弧垂、跨越物、树线距离等精确信息，进行交跨距离测量、弧垂测量、导线风偏计算等分析，有利于后续制定高质量的运检措施。2022年10月11日，随着无人机搭载激光雷达完成10千伏后门山J151线全线自主开展"点云"数据采集及三维建模，标志着丽水率先全省完成全域配网线路建模。

首飞后的下一步即复飞。当无人机再次巡检同一杆塔时，读取第一次飞行时采集的航线轨迹数据，通过航线规划验证"复飞"，就实现了"一键巡航巡检"。2022年12月20日，丽水公司完成复飞航线验证工作，分区域，分阶段实现自主巡检线路的巡检全覆盖，依托复飞数据采集开展图数治理工作，梳理无法复飞的"无信号"区域，划为人工协同飞行区，实现所有架空线路复飞"全覆盖"，在国网系统内率先实现了地市级配电线路无人机自主巡检全覆盖。

短短两个月，在不同程度地存在覆冰、树木、鸟害、机械、大棚、山火、外破等危险点的线路上，飞手与时间奔跑。无数的飞手在行动，飞跃莲都区、雅溪区域16条线路310千米783基杆塔，也飞跃青田区域28条线路646千米1646基杆塔，还飞跃了缙云县、云和县、景宁县、龙泉市和松阳县等县域，在处州大地上，飞跃而行。

飞行隐喻

国网缙云供电公司舒洪供电所，地处浙江省缙云县中部，承担舒洪镇、大洋镇、胡源乡及周边共26个行政村300多平方千米5.6万多人口的供电服务工作，辖区内有35kV变电所2座、10千伏线路15条207千米，0.4千伏线路463.27千米。舒洪供电所内的大洋服务站更是处于浙东南沿海第一高峰位。距离县城35千米，辖区面积164.5平方千米，平均海拔900米以上，其中大洋山主峰高达1500米，有山区线路88.3千米，是缙云公司线路最为复杂化的区域。当年，线路初期设计时受地形地貌等因素影响，电力线路靠近陡峭山地，大都穿山越峡而过，在这里，根本无法实现"树让线路"。

自建所以来，舒洪所一直以原始的人巡模式进行巡线。大洋服务站的王伟洋每月20号做完催费工作后，定期巡视他所管辖的线路。他所负责的台区线路，植被茂盛，林木繁多，处于沟壑梁峁的恶劣区域。复杂多变的气象条件和地理环境对于线路通道巡视及清理条件影响非常大，局部区域视线盲区是不可避免的。无论线路地处何处，"大洋之子"王伟洋，每基杆，他都要爬到。

这种情况直到2021年才有了改变。这一年，舒洪所运用无人机进行线路巡检，王伟洋第一个报名参加培训。对基层一线职工来说，这一巡线技术的改善，是一次解放生产力的巨大变革。用王伟洋的亲身体验来讲，在天上飞的无人机，不仅能排查绝缘子、避雷器灼烧污闪放电、横担锈蚀、隐蔽部位松动等迹象，而且原先得花一天时间翻山越岭，才能巡视完25基杆塔，现在不到一个小时就巡完了。显而易见，相比传统的人工巡检，无人机不受地形环境限制，AI缺陷识别模型利用AI图像识别技术，通过对已有巡检图片中输配电线路可能存在缺陷问题的部件进行标注，使用算法达到拟人化判断目的，从人工检查大量无人机照片的工作中解放出来，提高缺陷发现率。这种技术革命层面在基层的落地，给一线职工带来了深深的震撼感，更是一种与时代共同进步的价值感。

回过头来，如果对可视化、效率提升、数字运维三个关键词进行另一番场景化解析，则是一个个数据立体式的呈现。

我看见在巡检现场，一张瓷瓶破裂的图片，以可视化的线上画面传导至后台，实现了人人共享的数据分析，突破往日人工巡视、线下记录的传统模式局限。据数据统计，无人机一飞，便使山区线路杆均巡视时间由45分钟降至8分钟以内，缺陷发现数同比提升3倍以上。如果将这个巡检现场缩小，就可以看见广袤的大地上，许多无人机飞跃山头，穿林过海，将所有的画面串联起来，巡线工的日常工作，将日均巡视线路长度由3千米/人提升至10千米/人左右。

当"有用"成为越来越多人的共识，他们进一步开发应用输变配一体化巡检、多机多巢协同巡检、无人机远程遥控等实用性功能。在无人机的加持下，配电架空线路跳闸次数同比压降50%以上，进一步提升巡检效率。畅想更多场景下无人机应用的可能性，在现场测绘及勘查，在架空线路差异化巡检应用，在故障点查找，在现场勘查和竣工验收应用，在安全稽查和应急抢险，每一种场景应用下，无人机应用的想象力与可能性被充分挖掘。显而易见，推进运检模式提质转型、基层运维减负增效，不再是一个白日梦。

毋庸置疑，无人机自主巡检是数字化牵引新型电力系统建设、落实现代设备管理体系战略要求的重要内容，是设备运维提质增效、科技赋能的关键手段之一。但亦存在无人机巢部署区域重叠、资源利用率不高、专业穿透性不够、传统无线电模式长距离跨越后信号易中断以及部分山区通讯信号弱等问题。

2022年12月2日，随着南城供电分公司无人机管控室完成10千伏同丰线8至11号杆、110千伏金都1224水阁T接4#塔和110千伏四都变电站环绕飞行任务，输变配一体化巡检指令下达至试点机巢。该机巢无人机完成全部巡检任务后，将数据图片成功回传至数据中导站，分传至互联网大区、变电辅控系统。这一过程，实现了机巢内输变配跨专业巡检任务的自主拼接及无人机航线重组，数据自动回传中导站再分传至各专业巡检系统的成功应用，标志着丽水公司又一次率先在全省实现输变配一体化巡检。这一想象力与可能性的重组，实现了各专业的穿透协同，更安全，更高效，推动"人机协同"向"自主巡检"跃进转变。

如此革命性的转变，使所有人对数字运维的未来前景充满了想象力。作为丽水公司输电线路智能巡检团队作业飞手小组组长，张超使用无人机可以说是得心应手。他曾将无人机巡检的过程，比喻为给巡线人员安装了一双会飞的"眼睛"。我觉得，他的这双"眼睛"，不仅仅是技术层面的一种想象力与可能性，更是一种意志战胜物质的反抗。这一反抗，我想到网络上的一种讨论，命题是"无人机+AI，会替代人工巡线吗？"我的答案是"不会"。如果以此为辩题展开论辩，支持方肯定会一一给出论点，论证"无人机+AI"巡线种种好处，我对这些有力的论据均表示支持。但是，茨威格告诉我们，所有的成功失败与千钧一发背后，宏大或渺小的，永远是人。让这道辩题的结辩立场回归，"无人机+AI"是服务于电网巡线的一项史诗性实践，而这背后，是一笔一画书写山乡巨变的电力人，普通人。

银光闪耀。脑海中无数次回想无人机在银色铁塔与银线上飞跃的场景。在建模，巡检、识别、分析、提供智慧意见的时候，它们是所有质朴的巡线工所喜爱的方便携带的好伙伴。那时候，它们身上具有了自由灵动的意识，轻轻一跃。它们飞跃的，是拥有钢铁意志般的铁塔与绵延无限的银线。银线白色闪耀的质地看似具有轻盈之感，实际上则是沉重的。无论单体的铁塔还是长度无限的银线，它们是重的代表，有那么一刻，它们象征诗意栖息大地。后来，我知道所有的所有，匍匐在土地上，山乡巨变，它们都是土地的隐喻。

梨花开遍高田坑

◎林新娟

高田坑的梨花开了！一朵朵，一枝枝，一树树，开在房前屋后、瓦檐窗棂，风一吹，像雪，像雾，缥缥缈缈，又像白鹭划过天际，如梦似幻。

昨夜雨疏风骤，今晨阳光轻洒，飘落的梨花粘在鱼鳞瓦、青石板路上，风吹不散。那么多的人，切切地望着，缩着脚贴着墙根行走，谁都不愿惊扰这洁白的精灵。

2023年的这个春日，又一个旅游旺季，像往年一样，我来高田坑看梨花，访老屋，也来古村落送电力服务。

一

从浙江开化县城出发，一路向西北行，溯长虹溪而上，见青山越来越高，梯田越来越多，老屋越来越密，真子坑村就到了。那年开化县对行政村规模进行调整，高田坑村与老屋基村合并为真子坑村，但开化人还是习惯称高田坑村为高田坑村，称老屋基村为老屋基村。

明崇祯至民国的7部《开化县志》俱有载："钱王冢，在县西北三十里云台真子坑。旧志传吴越王钱镠祖茔也。"当年的云台真子坑，即现在的老屋基村。远道而来的游人，习惯在老屋基访钱王冢，再上高田坑寻乡愁，那里有青山秀水鸟语花香，有梯田炊烟老屋旧街，有国内第二家暗夜公园……

上山的路有些长，从真子坑村起步，翻行4.9千米盘山公路，绕68道弯，达海拔680多米的高田坑。村庄久居深山人未识。1996年前，村里人了解外面世界的工具，除了电话只有电视。那时电网老旧，晚间全村几十台电视打开，画面或不完整，或色彩暗淡，极像劳累一天的老汉，一坐下眼皮就开始"打架"。

村里通往外界的是一条羊肠小道，宽仅容一人经过，有130多个弯。村民出门靠步行，置物靠肩挑，有些老人数十年未下过山。

改造电网！修路！高田坑村人人拥有同样的梦想。

1996年，开化开展农村电气化县建设，供电局摸排薄弱点，倒排时间施工。当年7月，高田坑村电网改造工程竣工，电视画面变得色彩分明。

修路随即成了头等大事。村集体筹措资金，村民自发投工投劳，开化县交通局立项，终是路面浇筑，4.9千米的盘山公路直通村口。

这条路记录了高田坑人的奋斗，也展现了高田坑人的质朴。2008年年初，地处高海拔的高田坑遭遇冰冻灾害，古树折，电杆断，村庄陷入黑暗中。开化县供电局迅速派出抢修力量。车过老屋基，遇第一个大转弯，山路陡起来，车轮打滑，抢修人员和车辆寸步难行。时任农电部主任的林晓松犯了愁：这么远的山路，这么多的设备，如果靠肩抬，什么时候才能恢复供电？

林晓松试着拨通村干部的电话，未及开口，对方主动说派人来帮忙。挂了电话，林晓松身后走来两位肩背袋子的年轻人。他们是在外务工、回家过年的高田坑人。问清缘由，两人立刻把袋子放到工程车上，开始帮着推车。陆陆续续地又来了几位回家过年的村民，也把行李扔进了车厢。众人合力，推车上山。车动了起来，虽慢如蜗牛，却不知不觉转过一个山弯。挥汗间，林晓松看见从山上走下来一群人，老老少少男男女女20多人加入推车队伍……午后一点半，抢修材料顺利运进村庄。

二

春天来高田坑的人，爱春光、爱梨花，更爱高田坑。他们穿过廊桥，走在青石板路上，转在房前屋后，恋在田间地头，看一树一树的梨花白桃花红，看一片一片的菜花黄青山碧，看一口一口的鱼塘水儿清鱼儿欢。

我与同事们也来了。同事们头戴黄色安全帽，肩背白色电工工具袋，检查村里的变压器、电力线路，走村串户送服务上门。我手持相机，抓拍下一个个美好的画面。在屋后择菜的邹桂花奶奶看见我们，一边乐呵呵地喊"小程啊，你们来了"，一边起身招手示意就近说话。

"小程"不小，已56岁，名叫程图军，有26年党龄。同行的王真和比他大1岁。两人都是池淮供电所的员工，负责管理长虹片区的居民用电，与村民早已熟络。尽管两人鬓间已生华发，但在村中老人眼里，他们仍是小年轻。

86岁的邹奶奶习惯这里的山水草木，独自一人居住。她的三个儿子在县城工作，假期开车回来探望老母，逢年过节接她进城。老人腿脚患风湿病，走不了远路，选择与老屋同在。

两位师傅修好了邹奶奶家厨房里有问题的电灯，检查了电表，转身走向下一家。4月的风，暖暖的，吹得门前的梨树轻轻晃了晃腰身，花瓣如雨纷飞。远处的几支"长枪短炮"发现了亮点，一阵狂拍。一位头戴鸭舌帽，身穿马夹的瘦高大爷让两位师傅慢些走，将他们的身影与幽长幽长的小巷、一树一树的梨花一同定格。

大爷姓王，73岁，从上海来，在高田坑住了数日。他和摄友们是高田坑的常客，除了记录大山里的景，也寻找心中的故乡。王大爷幼时长在乡下，后来进了城，因为各种缘由，老家成了再也回不去的故乡。10年前，他来开化钱江源国家公园探秘，此后便年年到高田坑看梨花看油菜花，看晒秋看雪景；看燕雀在房梁上土墙上筑巢，在鱼鳞瓦上歌唱，看长尾雉在千年红豆杉的密枝里飞进飞出……他说：你们身上的蓝色牛仔工装，很温馨呀！

三

黄土墙上鱼鳞瓦，整座村庄都是温暖的颜色。农家乐八仙桌上摆上了汤瓶鸡瓷盆鱼，满室生香。

那年我初访高田坑，正值树上的梨子泛黄，收获的黄豆堆满晒场。那天，我们在余银祥家入座时，他刚送走一波食客，抓起菜单就迎上来，搁下菜单又转身从鸡圈里拽出一只大公鸡，高喊妻子去屋后鱼塘捞清水鱼。炊烟袅袅间，茄子、四季豆干、笋干、黄豆腊猪脚等纷纷上桌。

高田坑村发展旅游产业后，余银祥是早期响应号召经营农家乐的农户。一家人在县城买了房，老两口在家经营农家乐，儿子和儿媳妇之前在杭州工作。这个春天，儿子、儿媳妇回到开化住进新房，带孩子在县城读书。余银祥的妻子也跟着进了城。习惯了晨闻鸟鸣即起、见暮合背锄归的余银祥则留在老屋生活。

午餐去余银祥家扑了个空，我们转至村口方善飞经营的农家乐。老屋里的几桌都客满，我们在门前小坐,看蜜蜂在梨花丛中飞舞,看落花随春水东流,看几只燕子飞入屋檐待了半天后又离去,看一波游客举着手机拍着风景,穿过廊桥进村去。

方善飞是老屋基村人,连任真子坑村党支部书记多年。高田坑的独特在于老屋的古朴风姿,山外人慕名而至,服务要跟上。长虹乡政府鼓励村民发展农家乐,村民们吃不准,方善飞带头在村里租了老屋经营。看到"领头雁"起飞,有胆大的村民也跟着干起来。如今方善飞已卸任,一心经营农家乐,年收入10多万元。

高田坑的名气越来越大,游客越来越多。随着农家乐的增多,用电量不断增长,原来的变压器无法满足村里的用电需求。村干部看在眼里急在心上。开化县发展全域旅游,供电公司派人踏勘现场,结合村里的发展增设了2台200千伏安的变压器,并对村里的线路全部实施入地改造,打造"景中无杆,镜中无线"的美丽乡村。

离开老屋,我走向高田坑的制高点:观星台。站在这里,就像小时候站在后山茶园俯视村庄,看炊烟袅袅,看父亲抱柴归,听母亲喊"回家吃饭了"。脚下一片片土墙石墙青砖墙支起的黑瓦,连成一片,树树梨花探素颜,片片绿野村边绕。恰似吴冠中笔下的水墨江南,从山里来,又到笔墨中去。

古朴的高田坑,88幢老屋,犹如88位沧桑老者,穿越明清王朝交替的烽烟,穿越民国时期的战火,在新时代乡村振兴的大道上阔步向前。

柴火炉消失了

◎黄丹凤

后半夜3点多，胡芳又一次被噩梦惊醒了，梦中的徐光头一氧化碳中毒，被人抬出了他逼仄昏暗的小屋。

这几晚，每到后半夜三四点，胡芳就梦醒了，做着类似的梦，社区老头老太们不是病了就是发生了意外。

去年夏天，油桃小区5幢的一位老人做饭时用气不慎引发火灾。从那以后，胡芳心里的阴影便一直挥之不去。

躺在床上是翻来覆去，被窝里透了风，暖气全跑外面了，睡在一旁的老公也被吵醒了。套上大棉袄，胡芳索性去了客厅。半歪半躺地窝在客厅毛绒绒的布艺沙发上，打开手机备忘录，梳理一下明天需要办理的几件事。

不是说小个子不显老吗，刚到不惑之年，鱼尾纹、法令纹不知啥时候已悄悄爬上她的脸。前几个月开同学会，感觉自己明显比同桌老了许多。不知不觉，思绪已从备忘录飘到了同学会。她轻轻抚着还算白皙光滑的脸，轻轻叹了口气。

一股冷气从背脊袭来，胡芳不禁一阵哆嗦，将思绪拉了回来。甩甩头，定了定神，又紧了紧棉袄领口，将小被子把双腿盖严实了，将注意力拽回到手机备忘录。

明天市里的垃圾分类的现场会将在自己社区召开，接待工作都安排好了；浙大的一个大三学生要来社区实习报到，已交代了韩主任……

任街口社区的党委书记快10年了，也算"老司机"了，工作起来也该是得心应手了吧。然而，上面千条线，下面一根线，带着社区的8名工作人员，应付各种检查，整理各类台账，策划开展各项活动，还要管着社区大几千号人，每天大事、小事一大堆，肩上尤如有千斤重担，压得她喘不过气来。最关键的是，社区的居民住房都是建于二十世纪八九十年代的老房子，80%以上住的又是60岁以上的老年人。

平日里，胡芳时常关照小伙伴们，为大伙儿办事得格外上心，万一粗心失误，哪怕出现一点点的意外，对社区来说都是毁灭性的灾害。

自从进了社区后，自己和小伙伴们都像是长有三头六臂，既是社区消防员，处理各种邻里纠纷，处处灭火，又是宣讲员、资料员，有时还当搬运工，帮体力不支的居民搬花、扛米，定期看望居民，排忧解难……

想到这里，胡芳不禁皱起了眉头，云和小区14幢居民徐光头的话又在耳边回旋："不是我不想用电烧水，实在是我家要节省一些，我的退休工资还得供我孙子在杭州买房呢。"

这个月还没到中旬，胡芳和小伙伴们已经轮流到徐光头家走访三次了，可效果并不理想。这几天的失眠，主要是为这事。明天供电所的师傅来了是否能处理好呢？

胡芳并不十分看好。

上月底，胡芳和同事到新园小区走访。至徐光头家时，刚走进门，胡芳他们就倒吸了一口凉气。客厅的正中放着一张四仙桌，桌上铺满了报纸、药盒等物，靠墙的四周堆了两台八九十年代的铁电扇、四五个茶壶，以及旧纸盒、鞋架等各式杂物，只剩一条可以走路的通道，五六十平方米的房子，拥挤不堪。

窗外，一排已有年龄的冬青，严严实实地遮挡住本可以通过窗台透过来的阳光，屋里暗沉沉，冷冰冰。一条破旧得已呈灰色的电线从房间拉到客厅，接在一个书本大的广播盒上，线路的中间用透明的塑料胶带包裹，透出里面的三色电线，显得尤为突兀。

视线穿过房间来到阳台，一只烧着开水的煤炉正"突突"地冒着热气，阳台最内侧面，堆着一堆一人多高的树枝和木头。逼仄的环境、呛人的气息，让胡芳一度以为自己穿越了，回到了小时候，脑子竟有点短路了。

"徐大伯，你在这里用柴火烧水吗？"定了定神，胡芳还是有点不敢相信，问出声。

"是啊，树枝和木头都是我出门溜达时候捡来的，用水不花钱，有些时候了，挺好。"徐光头回答得很是自豪。

"这很危险，这几天通气不畅，易引起一氧化碳中毒，而且火烛……"条件反射似的，胡芳来不及为眼前场景害怕。内心只有深深的自责，怎么到今天才发现，万一发生了什么，是自己的失责和不是。胡芳不敢想。

"我知道，我会小心的。你们也要理解我。"没等胡芳说完，徐光头就打断了她的话。

徐光头真名叫徐甫，80多岁了，看起来身体还算硬朗，估计是年轻时候脑力劳动多了，头发已没几根了，戴了一顶已看不出黑色还是灰色的鸭舌帽。

徐光头家前几年儿子因病去世，后来媳妇离家了，孙子今年刚大学毕业，自己在省城找了工作，女儿离婚后一直有病在家，全靠老父亲接济过活。老伴没有退休工资，这几年光靠徐光头的每月退休金和退役军人补贴共6000多元维持一大家子生活。老夫妻俩一分钱掰成两半花。

那天，胡芳他们苦口婆心地劝导，压根就无济于事。隔了一天，换了社区韩主任上门做思想工作，仍旧无功而返。第三次，动用了社区志愿者，还是没用。

失望，无助，自责……，这些日子像有一条布满钢钉的藤条，抽打着胡芳的心。在社区摸爬滚打多年，处理过的大小事少说也有千件。结果，倔强老头徐光头，让胡芳江郎才尽了。

"明天下午现场会结束，联系供电所王书记。"在手机备忘录记录完最后一条，已早上5时许了，胡芳起身简单洗漱后，进厨房给娃准备早饭。

现场会很成功，让胡芳暂松了一口气。王书记的电话也顺利接通，那头很爽快地答应了，预定后天过来。

两天后的下午，供电所的王书记带着他们的胡副所长，两人开着一辆黑色私家车，风尘仆仆地赶到了。下车后，一人提着蓝色工具箱，一人拎着红色的环保袋。王书记是个女同志，齐耳短发，走在人群里一下就会被淹没的那种。胡副所长皮肤黝黑，国字脸，身材很是结实，一看就知道干活是好手。

这一次，社区就胡芳一人带路，人多了怕徐光头反感。

老夫妻俩都在家，徐光头很热情地接待了他们，徐光头的老妻看到有公家的人来，又忍不住哭了，哭述自家的不幸，被徐光头一声喝住，才渐渐止住哭声。

"老师傅，这种危险的事以后做不得啊，一定要请专业的人处理，你看看……"胡副所长把徐光头家的电器设备里里外外都查了个遍后，对徐光头说。

随后，捡起拖在地上的电线，将原来用塑料包裹的接头拆掉，用尖头钳剪去原接线部分的一截。用电工刀熟练地把火线、地线和零线三根不同颜色的外皮剥去，将两头的三根电线分别绕紧后，取出工具箱的绝缘胶带把接线部分绕得严严实实，又细细检查施工质量确实过关后，去了厨房调换插座。

"是的，年轻时候干的是精工，电工知识稍稍懂一些，为了省钱就自己搞了一下，以后一定注意。"虽年长了一辈，但碰到了专业电工师傅，徐光头有点心虚，居然作了口头检讨。

"刚刚阳台有一个烧柴炉子，有点危险，你看看以后能不能用电烧壶烧水呢？"为徐光头家换了插座、节能灯、多用插头……，活儿快干完了，胡副所长他们与徐光头的话也唠得差不多了。看到时机成熟，胡所长忙不迭地抛出关键问题。"其实，烧电也不贵，现在不是有峰谷电嘛，晚上22：00至次日早上8：00电价打五折，一壶水算下来也就三四分钱左右吧，一个月多两三元钱电费。"不等徐光头说话，胡副所长乘势而上，连着把话说了。

"还有这种好事，家里电视不看，智能手机不会用，还真不临市面。"听到这里，徐光头心动了。

"是我们的宣传做得不够好，徐老伯你腿脚不方便，如果有需要，我们帮你代办也可以，身份证照片拍一下就行，但是你阳台上的柴火炉不能再用了。"胡副所长准备好人做到底了。

看到自己和小伙伴们努力多次未果，胡副所长他们却是四两拨千斤，轻而易举就快搞定了。胡芳心提到了嗓子眼儿，瞪着双眼，急切地看着徐光头。

"那麻烦你们了，我这就拿来身份证。"徐光头丢下手中的热水袋进房去取了。

"这是真的，是真的。淡定，要淡定……"胡芳在心里重复着默念，整个人开心得竟有点轻飘飘，喉咙又被像棉花塞住了，有点微微胀痛，眼眶热热的，一抹，是湿的。

三天后，王书记和胡副所长到徐光头家中回访时，屋里屋外已收拾得干干净净，一阳台的树枝木柴已不见踪影，连那只柴火炉也消失了。

千峡湖底下的记忆

◎ 刘远平

淳安有个千岛湖，而在景宁有个千峡湖。景宁"两山夹一水，众壑闹飞流"的山形地貌，滩坑水电站库区又是支流如脉，山高壑深，注定了千峡湖的形成。千峡湖是浙江省最大的峡型湖，也是浙江省第二大的人工湖。

千峡湖，她有我最深记忆。20年前，我曾在千峡湖底的渤海镇当了两年的"军区司令"。那时，我们电力系统的员工戏谑称城关、沙湾、渤海、东坑、英川五个供电所为"五大军区"，而我就供职于"渤海军区"。

我在渤海工作两年后因故调离了那里。后来，随着滩坑水电站的建成，我的记忆跟随库区移民留下的数万亩良田、数千间民房，悄然沉入碧波万顷的湖底，被封存。这次走进千峡湖采风创作活动又让我踏上了这片既熟悉又陌生的土地。从上车的那一刻开始我就趴在车窗边，一路寻找记忆中沿溪的一滩一潭、一村一舍，沉醉于当年的情景，梦幻般地感觉到自己就像当年坐在客车里一样：外舍、白岸、古传、石龙、金钟、绿草、石塘口、田埠、渤海，一直到大都、大顺、小顺、陈村和青田鹤口，都从车窗外匆匆掠过。

正当我还在记忆里极力搜索往事的时候，车子戛然而止，映入眼帘的是一个漂亮的小镇——库区搬迁后复建的渤海镇所在地梅坑村。现在的梅坑村跟过去的梅坑村简直是天壤之别：过去的梅坑村没几栋房子，且都是破破烂烂的泥瓦房；复建后的梅坑村房子一排排，整齐划一，白墙黛瓦如水墨丹青，杂草荒地变身为梅林公园、滨湖栈道，成了家家有绿、户户有花的"花样渔村"。

因梅坑村头有座小水电站，我们经常要从渤海过来抄关口表，对梅坑村也很熟悉。那时老的景青公路不从梅坑这边走，而是经过隔溪对面的渤海，村民买点东西都要渡船到对面的渤海镇。后来，因滩坑电站建设，库区淹没了渤海村和老的景青公路，所以新的渤海镇就搬迁到了梅坑村，景青公路也从梅坑这边绕下去了。

我走出村外，站在水库岸边凝视湖面，几只闹腾的水鸟时不时掠过水面，用爪子给平静的湖面捣出丝丝涟漪，给水库增添了一分生机。我眼光越过湖中央，扫视那边的半个湖面，用记忆和想象搜寻水下当年渤海的位置。

在我的记忆中，过去渤海村的地形与本县沙湾村的地形十分相似：都是建在背靠青山面朝河的一块凸起的溪滩边上，都是呈半月形，也有上渡和下渡两个渡口，只不过渤海的河面比沙湾更开宽一点罢了。渤海原来叫"蒲海"，原系蒲草丛生之沼泽地，后以谐音变为现名。在过去走水路的时候渤海是商贾云集之地，清知县袁衔"渤海"诗云："前朝通百货，鱼盐称爽垲。"

在渤海村后山，有一座巨墓叫陈坦庵墓。建于明弘治十年（1497年），占地1200平方米，属县级文物保护单位。陈坦庵墓是一座保存完好的明代大型石墓，墓体占地670平方米，墓园通道宽阔，墓台五级，均用平整的大块条石砌成，墓台陡板雕刻花卉、鸟兽、钱纹和人物故事图案。墓东侧竖石碑一方，额撰"坦庵先生陈公墓志铭"，记述墓主陈坦庵的家世生平。墓碑文字清晰，笔力遒劲。此墓为省内少见。后因其地处滩坑水电站淹没区内，2007年由县政府拨款把古墓整体上移50米，重建恢复原貌，供人们游览观光。

关于陈坦庵在渤海还流传着这样的一个故事：相传其为人至孝，父病期间端茶煎药，精心调理，日夜陪护。海盗掠境，乡邻四处逃奔，唯他抱父而不离去，贼寇被孝心感动而退。父死其母因过度悲伤致病，他割股肉作药引子治愈母病。几年后母死，因家境贫寒，无钱购买砖头、石块葬坟，日夜哀声叹息。某夜忽梦见神人指点，屋侧地下埋有一罐金，次日挖土得之，从此家业兴旺。

在我的记忆中，渤海方向很少建坟墓，村里的人在过世后都是放在棺椁里抬到山上，然后搭个简易的棚子遮盖起来。等数年后肉体腐烂完，把尸骨放入金瓶坛中，再把金瓶坛放到一些悬崖峭壁的山洞或缝隙里。

有一年我和同事去山上巡线，那座山森林茂密，古木参天，一走进去就感到阴森森的。当我们走到一个深凹里时，看到有一支毛竹搭在我们的电力线上，同事拿着柴刀走到深凹里去砍毛竹，毛竹还没砍倒自己却一个踉跄一脚踩空掉到棺材寮里的空棺材里，吓得他呼天喊地，落荒而逃，掉在棺材寮里的柴刀也不敢去拿了。现在，我们说起这件事他仍心有余悸。

因我们电力行业是特殊的服务行业，关系牵涉到千家万户，所以在渤海的几年里，这里的一家一户，一山一水都有我们的故事。但到2003年10月22日，我在老渤海的故事戛然而止……

那年，我们供电所在新四乡（就是现在的九龙乡）半岭村搞农网整改，也就是农村电网改造。因线路改造中缺少部分材料，我在回景宁领取材料的途中出了车祸，受伤严重，当时用"九死一生"来形容受伤程度也毫不为过。被抢救回来后，我又在杭州、上海等地相继医治了一年多，动了四次手术，还留下比较严重的后遗症，所以调离了渤海，到了公司本部。后来，随着滩坑水电站的建设，千峡湖底下的一切就成了我这一生永远的记忆。

亮 光

◎李长健

纵使卑微到尘埃,也做花开向亮光
——题记

人人都说沂蒙山好,
沂蒙山上好风光。
青山绿水多好看,
风吹草低见牛羊。
高粱红来,豆花香,
万担谷子堆满仓。

在沂蒙山小调传唱的齐鲁中部,八百里沂蒙自古便是崮岭四塞、舟车难通,地缺平陆、天少降雨的苦寒之地,生长于此的人们尽管从不曾熄灭生活的热情,但较差的自然条件却一直紧紧地攥住他们。

一

1982年,宋庆兰就出生在这片沂蒙山区的费县新庄镇宋家山湾村。当地崮岭丘壑连缀,坡坎梯田相接,人均土地不足一亩。因缺水,地里多只能种植地瓜、花生及少量玉米。

也许是童年特有的快乐本真和村邻间相差不多的生活条件消解了童年小宋吃不饱、穿不暖的生活窘觉,她依然过得快快乐乐,一家人也相亲相爱。家里日常吃的是地瓜干和地瓜煎饼，有时则是地瓜玉米糊，一家人只有在过年时才能吃顿白面饺子。母亲将冬天的衣服摘出棉花，就成了她夏天的衣服，继续穿在身上。

"苦寒之地盼儿子"，宋家也不例外，在有了两个女儿后，宋家依然想再要个儿子。小宋4岁时，宋家终于盼来了儿子，3年后又有了妹妹。在养儿子的心愿满足后，宋家开始集中精力建设家庭，改善生活。

二

1990年，小宋8岁。夏天傍晚时，母亲独自上山打猪草，劳作中，一条潜伏在草丛中的毒蛇咬中了她的左手食指。带着疼痛，小宋的母亲挨过一夜，第二天自己上山采来草药敷治，但并不见效，手臂肿胀得更加厉害，人也变得恍惚起来。村民们见势不妙便急忙叫回在外务工的宋父，当宋父将宋母送到费县医院救治时，蛇毒已侵散两天，整个手臂已被侵害。救治中，医院前后开刀十余次，将宋母左手的手指全部截除，手臂肌肉也多处剔除重建。

一个月的住院及手术治疗让这个家庭欠下2万多元债务。这笔钱对当时的沂蒙山村来说是一笔巨款，宋家一下陷入巨大的经济困境。宋母手臂也因血管神经受损，无法用力，被碰擦后也变得极易感染。

3年前，小宋的姐姐到了适学年龄，村小学的老师几次上门劝学。宋爸说："你看我们这个家，大姐上学了，农活就没人干，妹妹和弟弟也没人管，姑娘家的，也不需要读啥书。"就这样，小宋的姐姐弃学在家，成为支撑家庭的劳力。

到小宋该上学时，母亲意外中了蛇毒，残疾了一只手臂，家中塌下半边天，小宋读书的念头也随之掐灭。

重压之下，生活继续挣扎前行。

小宋14岁时，宋爸常感口渴乏力，在帮人砍玉米秸时，手指突然发黑。上医院检查，医生说是糖尿病。患上糖尿病的宋爸从此扛不起重活，也无法外出务工，家里的重活重担便落在了17岁的姐姐和小宋身上。

三

1999年，17岁的小宋决定外出打工挣钱，她去了当地皮革厂，每月能挣到200多元。除了几十元的每月用度，7年间，她把余钱都寄回了家里供家里还债及弟弟读书。

21岁时，小宋经人介绍，认识了同县另一个镇上的农村青年小严，两年后两人结婚。

小严体谅小宋家的困难，同意小宋的要求，也没举行婚礼，家里给小宋买了一套新衣服，他骑辆摩托车把小宋接回家，就算完了婚。

婆家给的彩礼，小宋全部留给了娘家。

待小宋离开老家时，家中的欠债还掉了一半。

四

2004年10月，带着对困难的更好的应对和对生活的更好的期盼，小宋和老公一起来到杭州。在亲戚家寄居一段时间后，他们租下了城中村的一间小房。在这里，2005年2月，小宋儿子出生。儿子1岁多时，这里拆迁，小宋一家租下一间城中村的车库。

初到杭州，小宋的老公先去做了一段时间清洗高楼外墙的蜘蛛人，后来又去做送货工，小宋此时带着孩子不能工作，老公收入不稳定，一家人日子过得十分艰难，一日三餐也经常难以为继。

2005年6月，经老乡介绍，小宋的老公进入橡胶厂工作，月工资600元左右，此时收入仍然不能满足家用，往往在离发工资还有十天时家里就已经断炊，一家人只能向工友借钱接济到工资发放。儿子出生后8个月时，小宋去接了一点手工活在家做，每天赚5元钱，贴补一下家用。就这样把日子向前苦捱。

2008年9月，小宋把儿子送进幼儿园，自己任职于一家保洁公司，决心用劳动重新撑起家庭。

五

小宋任职的这家保洁公司承揽着天荒坪公司杭州办公楼的保洁业务，在小宋之前，这家公司派到天荒坪公司负责保洁的员工经常被投诉，公司老板娘看小宋人清爽，眼缘好，就决定把她派去。

我留心小宋，因她的和颜悦色和轻巧利落，目测她30来岁，大家对她干活儿的印象都不错。

小宋来公司做保洁的3年时间里，我偶尔跟她说两句话，只知道她是山东人，一家人都在杭州，有个小孩等一些零碎的信息。

2011年入夏换季时，妻在家中整理儿子的衣服，有些不忍丢弃，我便想到了小宋她家。遇到时，问了一下她孩子的年龄，她说小孩有7岁，男孩子，我便带了两包衣服送她，她很高兴地接纳了。见她喜欢，后来我又陆续送给她一些小孩的衣物和学具。

暑假期间，偶尔跟她说话，更多地说起她小孩上学的事情。她说想让儿子在杭州念书，带在身边。8月间小宋有些悲苦之色，言谈间她说儿子上学报名出了些问题，因为他们春节回家过年导致暂住证有一段空档，所在城区的民工子弟学校便不接收她孩子入学。

8月中旬的一天中午，工会的徐建芬同志来我这里校排打印两份资料，一边忙着一边嘟哝道"这个孩子正当罪过啊""书没得读"云云。见她这么说，我便接话："你说的是不是小宋的孩子？""你也知道这个小孩？"徐师傅有点意外，我说我知道一点。见有人可说，热心肠的徐师傅便对我大谈了一番小宋家的困难情形。

按照杭州的相关政策，民工子弟入学必须在本地居住满1年以上（暂住证时间）。当年春节，小宋他们回了一趟老家，没有把暂住证及时续办，尽管他们在杭州实际居住时间已满5年，但新办的暂住证上的定居时间却不足1年，这样他们便成了不具备入学资格的人群。

在杭州读书入学的申请被驳回后，小宋面临要把儿子送回老家，一家人再次分离，甚至再次返回沂蒙山区的困境。小宋所在保洁公司的老板娘，公司工会的徐师傅得知情况后，都站出来帮助小宋。

徐师傅年龄较大，电脑操作不太熟练，她来我这里正是在帮小宋弄一份孩子入学申请。

徐师傅说这次是去找市人大的一位领导，小宋所在家政公司的老板娘帮联系上的。见大家都如此热心，我表示也加入，一起去跑跑。

见到这位人大的领导，大家说明情况。人大领导见大家都能如此关心一个外来务工者的孩子，也很感动，当场叫来了负责信访的同志，谈及此事，最后叫我们留下书面材料和联系电话，待他们研究政策，反馈消息。

期间我联系上一位表示愿意结对帮助的朋友，也联系了一所郊区小学，表示可以有条件接收。一周后，我正要告诉小宋可去郊区小学面谈时，小宋说信访的领导帮联系好了一所城区小学，已约好去学校面谈的时间了。

过了两天消息传来，小宋的孩子顺利入学。

六

小宋孩子求学的事情在天荒坪公司传开了，不少人得知情况后，都给予关注。在新学年开始时，大家纷纷捐款、捐物。

在小宋的帮扶团队中，常在杭州办公区工作的徐师傅、何师傅、蔡师傅、裘师傅与小宋联系最为紧密。

徐师傅为人热心善良，将小宋时时记挂在心，经常询问了解小宋的家庭情况，对小宋进行帮助。年龄较长的徐师傅让小宋常得到母亲般的温暖。

2013年退休后，徐师傅还经常专程去办公楼看望在那工作的小宋。为使小宋的家庭得到更多关注和帮助，她还特意到小宋老公所在的单位，向其单位工会反应小宋家的实际情况，最终引起了其所在单位对小宋家庭的关注和帮助。

从小宋孩子上幼儿园开始，每学期开学时何师傅都给小宋的孩子捐助资金。2017年，小宋表示经过自己的努力，债务已还清，已能自给养家时，何师傅的捐助才被婉拒。

为培养小宋孩子追求知识、读书上进的行为习惯，在小宋孩子入小学前两年，身为工程师的何师傅会在周六、周日到办公室对小宋儿子进行学习辅导。小宋儿子很爱听何师傅的辅导和教导，觉得很受益，他幼小的心灵在天荒坪公司的办公楼里烙印上了求知上进的辙痕。

蔡师傅、裘师傅都在公司从事财会工作，一贯细心细致，在得知小宋的情况后也多次捐款、捐物，对小宋给予关怀。

七

2014年年初，小宋在何师傅办公室搞保洁时，何师傅跟她聊天，问起她在杭州居住的情况，得知因房屋拆迁，小宋一家第三次搬迁后租住在一间阁楼上。作为本地人，何师傅一直有较强的置业意识，也经见了不少置业成功的案例，便建议小宋说："如其每月交房租，不如自己使把劲贷款买房，再每月去还房贷。"小宋听到这话非常惊讶，自己做梦也没敢想在杭州买房，自己这两年刚刚能够保障在杭州的生活并帮老家父母还完欠债。尽管觉得有点天方夜谭，但何师傅让她买房的建议还是留在了她的心里。

小宋是相信天荒坪公司员工的，慢慢地，她开始接受了这个建议，并把这个想法告诉老公。

2015年上半年，何师傅给小宋推荐了位于杭州勾庄镇的一套59平方米的小户型房源，但当时小宋的老公还没有接受买房的想法，这次机会便放弃作罢。

在小宋的不断劝说下，2015年下半年，老公终于同意在杭州买房。

2015年12月，何师傅又向小宋推荐了杭州康桥镇的现房房源，并带小宋先后两次去现场看房。推荐之前，何师傅已仔细研究了该楼盘开发商背景、房屋户型、房屋地段等买房重要信息及外来者购房的各种政策条件。对小宋购房的经济问题何师傅也帮她进行了细致筹划。

在小宋老公也到现场实地看过后，2015年12月底，凭借自有的10万元及老公的6万元公积金、部分借款和公积金贷款，小宋家在这个位置签下一套总价70万元，面积80多平方米的商品房。

购买住房及申办公积金贷款有系列复杂程序，对于从未上过学、不识字的小宋来说，靠自己去办理这些事务势比登天。当时已退休的何师傅又带着小宋去相关机构一一办理，合同签约当天，忙到深夜11点多，在确认开发商已完成合同备案后，何师傅才放心离开。

在杭州购房往往需要遇着一个机会，当时杭州房地产市场不景气，年底更是大力度促销，期间何师傅又向开发商谈到小宋的家庭情况，希望给予更多优惠，开发商也做出了积极回应。

八

今天的小宋，做事更加有条不紊，见人依然笑意盈盈，只是多了一份沉着和自信。长期的劳作，使她看上去老去了许多，手上也布满了老茧。

在天荒坪公司，小宋一干就是10多年，成为在公司从事保洁时间最长的员工。大家对她的工作都非常满意，把她当成了公司大家庭中的一员。

徐师傅对我说，"接触小宋后，我很钦佩小宋的乐观坚强。她从不跟杭州人比，而是跟老家人比，觉得自己幸运，对未来抱有希望，认为自己的日子会好起来。工作上她总是向上比，力求做到最好，得到了大家的一致认可。"

"她总是买最便宜的菜。女人都有爱美之心，在生活条件略微好转后，她去买了一副5块钱的耳钉。我后来送了她一副耳钉。"

我了解到小宋的很多过往后，小宋也愿意把更深的内心想法跟我讲：

"我做梦也没想到能过上现在的生活，在杭州住上属于自己的亮堂的房子。""尽管我现在每月还给我爸寄钱买药，每月还贷款，但我感到生活很有奔头。""政府现在的政策也好，我爸妈在老家申请了困难户，政府还将我老家的危房改造成了两间小平房。""我爸妈他们现在平时也能吃上肉和米面。"

"虽然我爸妈没有让我读书，但我还是感谢他们给了我生命，让我来到这个世界。相比钱，我觉得亲情更重要，亲情是第一位的。"

"我今后可能就一直在杭州了。我最感谢的还是天荒坪公司的员工。我没去过他们的电站，我只知道他们从事着与电有关的工作。他们让我感受到生活还有这么多的温暖和亮光。我自己只能尽自己的劳动和本分做好工作，感恩社会。"

"跟电网公司员工的接触是我和社会最重要的接触。他们还让我改变了对世界的看法，让我消除了自卑感，找回了自信，让我更明白努力的意义和心向光明的福报。"

"儿子也很懂事，第一次在学校食堂吃饭时，觉得饭菜竟然那么好吃，就带回来一些给我吃。""上学后还教我识字。天荒坪公司员工送给他的书，他都很爱惜，都保存得很好。"

"我没读书，但我幸运地遇上了电网公司的员工。今后再难，我也要让孩子多读书，自立自强。希望他的人生能够帮助到别人，发出亮光。"

我的魔法师爷爷

◎陈 怡

我的爷爷叫沈大法。就像他的名字一样，他似乎有着"大大的法力"，就像一位无所不能的魔法师！

你可别不信，家里的吊扇不转圈，爷爷口袋里摸出线，三两下就好了；插孔不通电，他从口袋里摸出螺丝刀、电笔，拆拆装装就能用了；他还会教我接灯泡，开关一拉，灯就亮了。

而我一直是他的"小学徒"，常常搬个小板凳，倚在他身旁，听他讲那些在"电力魔法王国"的冒险故事……

爷爷出生在1941年，那个光明还在路上的年代。

"那时候啊，一到晚上我们都不出门，到处都是黑漆漆的，可吓人了，只有忽闪忽闪的'洋油灯'陪伴着我们。"端着紫砂茶壶，爷爷陷入了回忆。

"你们都不用电灯吗？"抬起头，皱着眉，我疑惑地问他。

"傻孩子，那时候很多人连'电'是什么都不知道，哪还用得上电灯。就连城里，也只有一家面粉加工作坊的马达是要用电的。电厂晚上都不需要发电。"老沈笑着摸了我的头。

就因为是稀罕物，1959年，18岁刚从学校毕业的爷爷，就来到平湖电厂当了电工，这一干就是一辈子。

爷爷说，那时候，咱们平湖还是一个小小的农业县。农民靠天吃饭，雨水充盈收成就好；遇到干旱年份，看着禾苗卷曲，也只有"自认倒霉"。1955年，一个历史性的机会，平湖县新仓乡供销合作社和农业生产合作社订立结合合同的经验得到了毛泽东主席亲笔批示，诞生了"新仓经验"。借着如火如荼的试点工作，平湖县走到了全国农业合作化运动的前列。后来，国家大力支援农业发展，全国上下都在搞排灌用电，平湖县也建起了第一个电力灌溉机埠。农村电力需求高涨了，爷爷和他的那帮电力兄弟们也常年在田间地头奔走，挖坑架线拉木排，全靠一双手变出灌溉之电来。

各乡、镇、村之间是没有道路的，交通工具只有船，远一些的施工点要坐船4个多小时才能到达，这就是当时农村做线路的现实。身着棕衣，脚踩草鞋，冒着刺骨的倒春寒，爷爷他们将一列列装着物资的木排源源不断地撑到工地。"这可不像学校的拔河比赛，对手可是好几十斤重的电线杆。"就这样一天天磨下来，他们的手掌磨破流血结疤，一握绳索，刚结疤的双手就钻心地疼。再后来慢慢习惯了，十指上布满了老茧，裂着大小口子。"这手啊，粗糙得都不敢摸细料子的衣服。"

浙江多台风，二十世纪五六十年代，木头电线杆常被台风刮倒，线路也常被刮断。1961年，台风贝蒂肆虐而来，平湖全县停电。爷爷和他的电力兄弟们逆行抢修。12米长的电杆，台风天里显得脆弱而危险。爷爷他们背着工具包，顺着扶梯一步一步爬上去，打开变压器的盖子，修理变压器……他们就这样没白天没黑夜地抢修线路，当时县里的喇叭也播放着他们的事迹，因及时的电力抢修，平湖的农田排涝得以实施，减少了不少损失。

在爷爷他们这些电力魔法师双手的变化下，20世纪70年代末，平湖农村经济建设也迎来了它的又一个辉煌期。1978年，全国财贸学大庆学大寨会议在北京人民大会堂举行，平湖县新仓供销社主任姚安金被安排了主席台就座，与来自全国各地5418名代表交流经验。小小的平湖县牵动了全国关注的目光，串联起供销社改革。

20世纪80年代开始，平湖县又开始推广西瓜电热育苗、大棚蔬菜播种技术，组建省级规范化庄稼医院，创办以出口为主的蔬菜专业合作社。平湖的粮食总产快速增长，1984年总产达到36.50万吨，成为平湖有史以来粮食产量最高的年份。

1978年，改革开放的春雷催醒了中国大地，平湖城乡发展也鼓足了劲儿，除了农业、农村用电外，工业经济蓬勃发展，全塘、黄姑等地的乡镇企业开始崛起，电力供需矛盾也日益突出，原先的35千伏的线路和嘉兴输送的电力已经不能满足平湖县的电力需求。

"你们有建设中的变电所吗？"

"是多少千伏的？"

"何时能够投产？"

爷爷说，20世纪80年代初期，首都钢铁厂一个分厂的工程项目要南迁，相中了与上海毗邻的平湖。如果这个项目能够顺利落地，将对平湖经济产生巨大的影响。但在一个"三连问"后，项目专家组得不到满意的答复，于是这一项目最终转投宁波地区。

那次无奈的经历后，爷爷这辈电力人就铆足了劲儿，他们再次施展魔法，让平湖拥有了源源不断的可靠电，足以支撑起飞速发展的社会经济。1981年，平湖首座110千伏变电所——平湖变投入使用，配变容量达31500千伏安，大大缓解了平湖的用电窘境。之后，电力施工队又陆续开工建设了全塘变、新埭变等多座35千伏及以上电压等级的变电所。

百尺竿头，更进一步，充足可靠的电力成为招商优势。

爷爷说，在1990年末的时候，一位日本客商来平湖考察寻找合作对象。此前，他已经在中国投资搞了几个合资厂，但由于合作伙伴挑选不当，效益并不理想。

当时，他给原平湖新仓一厂的厂长李勤夫出了一道难题，要在3天时间内做好7件日本的服装样品，这其中包括西装、学生装、时装、裤子，都是专业化程度要求很高的。

于是，爷爷收到了李勤夫的求助，希望这3天无论如何也不要断了他们厂的电。一听说有日商对平湖的投资环境感兴趣，爷爷当即下令，要全力保障新仓一厂的用电，保证合作能进行下去。

经过全厂精干力量突击日赶夜做，以及充足的电力保证，第三天，李勤夫带着7件样品来到了上海华亭宾馆日商的住地时，比原定时间提前了半小时。

"太不可思议了，在如此紧迫时间内将服装完成度极高，这是你们的魔法！"日商啧啧称奇，立即决定将下一个投资定在平湖。

不久，爷爷就收到了新仓一厂的电力增容申请。

那个时候，申请电力增容，情况复杂的要100多天。但是日方给的投产时间只剩下50天了，因为时间紧迫，爷爷亲自督办，帮助填资料、协调安排订购材料、协调周边用户，最后用了30多天顺利完成增容。1991年1月，中外合资浙江茉织华制衣厂正式投产。这一年，茉织华共生产服装180万件，创汇1361万美元，企业利润高达614万元。

195

如今,爷爷已经退休了,电力的魔法棒还在施法。

长大的我,总会带着爷爷去各地转转,但他眼中的风景似乎只有那些银丝铁塔。

这一天,我和爷爷漫步在平湖市广陈镇"明月山塘"特色古镇的老街上。

"那一年,全县搞消灭无电户的突击检查,也是在广陈这里,我们找了一圈都没有找到电表,才知道一个村子都没有通电。后来,我们花了好几个月的时间,才把电线杆运过来,一根一根地安上去。通电的时候,村民们敲锣打鼓,比过年还热闹。"回忆起过去的事情,爷爷的嘴角微微上扬。

然而,这一次,爷爷又没有找到电表。

"怎么回事?电线杆没了?电表也没了?是不是谁施了魔法,把他们变走了?没有电表和电线杆,这村民的电从哪里来?"没想到,大魔法师也有不明白的一天。

于是,爷爷让我又陪着他走了一圈,还是被他找到了玄机。

"伪装得真好,完全和环境融为一体了,难怪我老头子没看出来,现在的人真是越来越会想喽!"爷爷像发现了新大陆似的激动极了。原来这电表藏在了老街的"窗户"里,不仔细点,可是瞧不出来的。

再往前走,竹林深处,环境清幽,我们误入了一栋独门独户的乡村小别墅,屋顶上还有一排排的光伏板,原来,是古镇开发的民宿。一辆绿色牌照的私家车停在门外,车主下车准备入住。突然,一阵香味扑鼻而来,色泽鲜艳的番茄、入口鲜脆的四季豆、让人垂涎欲滴的土鸡……在民宿的餐厅,厨师正用电磁灶炒菜。

"以前从没想过电居然能如此地渗透到生活中,炒菜可以用电,烧水可以用电,连车子也能用上电。"看到这些,爷爷不禁感叹时代的变化。